LENA JOHANNSON war ein Jahr lang Halligschreiberin auf Hooge im Wattenmeer vor der Westküste Schleswig-Holsteins. Sie lebt mit ihrem Mann an der Ostsee in der Nähe von Lübeck. Ihr Mann versorgt sie mit Kraft und Energie, die Ostsee und ein stattlicher Garten geben ihr Ruhe und Inspiration.

Von Lena Johannson sind in unserem Haus bereits erschienen: *Die Halligärztin* · *Die Liebe der Halligärztin*

LENA JOHANNSON

Sommer-
glück
auf der
HALLIG

Roman

Ullstein

Besuchen Sie uns im Internet:
www.ullstein.de

Originalausgabe im Ullstein Taschenbuch
1. Auflage Juli 2020
2. Auflage 2020
© Ullstein Buchverlage GmbH, Berlin 2020
Umschlaggestaltung: Favoritbuero, München
Titelabbildung: © David Russell / EyeEm / getty images (Vögel);
© Sarnade / Alamy Stock Foto (Hallig);
© Ratana21 / shutterstock (Himmel);
© ArtMari / shutterstock (Titelillustration);
© 21Phukao / shutterstock (Blumen);
© Oleksandr Lytvynenko / shutterstock (Gräser)
Gesetzt aus der Quadraat Pro powered by pepyrus.com
Druck und Bindearbeiten: CPI Moravia Books
ISBN 978-3-548-06201-3

Für meine Schwester,
ohne die es dieses Buch in dieser Form nie gegeben hätte.

Kapitel 1

»Das kann doch wohl nicht wahr sein!« Wiebke knallte den Brief des Telefonanbieters auf den Tisch. Sie atmete einmal tief durch, dann schnappte sie sich das Schreiben erneut und las laut vor: »Wir müssen Ihnen leider mitteilen, dass wir den Termin am zwanzigsten März nicht einhalten können.« Sie ließ das Blatt sinken.

»Das ist das zweite Mal, dass sie mich vertrösten. Wie lange soll ich denn noch auf den neuen Anschluss in meiner Praxis warten? Wir müssen Ihnen leider mitteilen ...«, wiederholte sie wütend. »Von wegen! Die haben schlichtweg keine Lust, vom Kontinent auf die Insel zu kommen, so sieht's aus.«

Tamme saß am Küchentisch und griente. Wieso, bitte schön? Was war daran so lustig? Wahrscheinlich fand er es mal wieder total übertrieben, dass sie sich derartig ereiferte. Aber wenn ihn etwas ärgerte und er spätestens bei drei auf der Palme war, dann war das natürlich etwas ganz anderes. Er schmunzelte immer noch. Vermutlich, weil sie vom Kontinent gesprochen hatte, obwohl sie eine Zugezogene war und erst zwei Jahre auf der Insel lebte, wie er sie gern erinnerte.

»Versuch gar nicht erst, wie eine alte Pellwormerin zu klingen«, sagte er manchmal. Aber Wiebke fühlte sich inzwischen nun mal wie eine von ihnen, egal ob sie seit zwei Jahren hier lebte oder seit zwanzig.

»Hätte ich gewusst, welches Theater mich erwartet, hätte ich den Anbieter nicht gewechselt.« Sie seufzte. »Allerdings ging das wirklich überhaupt nicht mehr mit der alten Leitung – Sandra und Corinna konnten mir ja noch nicht mal Gespräche durchstellen. Hoffentlich klappt das mit dem Telefonanschluss im neuen Haus besser.«

»Bestimmt!« Tamme strahlte sie an. Um seinen Optimismus beneidete sie ihn wirklich.

»Ein Glück, dass es Mobiltelefone gibt, und die hier meistens sogar funktionieren.«

»Wie man's nimmt.« Tamme zog die Augenbrauen hoch. »Manchmal wär's mir lieber, dein Handy würde endlich kaputtgehen.« Er kniff die Augen zusammen. »Ich habe schon überlegt, ob ich es am Tor mit den vielen Liebes-Schlössern festkette. Fällt bestimmt niemandem auf. So lange es nicht kläglich ruft: ›Ich bin ein Telefon, mach mich hier ab!‹«

»Kindskopf!«

Er zog sie auf seinen Schoß. »Im Ernst, Wiebke. Du hast einen wichtigen Beruf, das respektiere ich. Aber wenn ich mich nicht täusche, haben wir beide in diesem Jahr einiges vor, dafür sollten wir uns Zeit nehmen. Und zwar ungestört. Meinst du nicht?«

Zwei Jahre war es erst her, dass Wiebke dem Krankenhaus in Berlin den Rücken gekehrt und mit ihrer Tochter Maxi nach Pellworm gezogen war. Unglaublich, wie sich seitdem ihr Leben verändert hatte. Wenn sie darüber nachdachte, kam es ihr fast unwirklich vor, wie sie und Maxi es in der riesigen Stadt überhaupt ausgehalten hatten. Wie hatten sie sich dem rasenden Puls der Metropole nur aussetzen können? Sofort beschlich sie das schlechte Gewissen, denn Maxi hatte keine Wahl gehabt. Für sie musste das hektische Leben ihrer Mutter, die von Nachtschicht zu Sonderschicht gehetzt war, die Hölle gewesen sein. Und dann die schlechte Luft! Die hatte Maxi mit ihrem Asthma den Rest gegeben. Im Nachhinein dachte Wiebke oft, dass die Anzeige, in der eine Inselärztin für die Praxisübernahme auf Pellworm gesucht wurde, genau zur richtigen Zeit auf ihrem Tisch gelandet war. So wie auch Tamme keinen Tag zu früh in ihr Leben getreten war.

»Bist du in Schockstarre verfallen?«, fragte er. Erst jetzt fiel ihr auf, dass er sie die ganze Zeit ansah. Beim Blick in seine braunen Augen durchströmte sie sofort eine wohlige Wärme. Wie immer seit ihrer ersten Begegnung.

»So was Ähnliches.« Sie lächelte. »Manchmal muss ich mich noch immer kneifen, weil ich sonst nicht glauben kann, dass in den letzten zwei Jahren so viel Schönes passiert ist.« Sie betrachtete seine stets leicht gebräunten kräftigen Arme mit den kleinen schwarzen Härchen darauf, die er von seinen griechischen Vorfahren mütterlicherseits geerbt haben musste.

»Das kann ich dir gern abnehmen.« Er grinste frech und machte Anstalten, ihr in den Oberschenkel zu kneifen.

»Untersteh dich!« Wiebke sprang auf, beugte sich aber sofort wieder zu ihm herunter. »Du könntest etwas anderes tun«, raunte sie und küsste ihn zärtlich.

»Was immer du willst.«

»Du könntest an diesem herrlich sonnigen Frühlingsmorgen dein Spezial-Rührei zum Frühstück machen.« Jetzt war sie es, die frech grinste. Reingefallen! »Dafür würde ich mich sogar zu einer Masterplan-Sitzung für das große Thema Hochzeit hinreißen lassen.«

»Abgemacht!« Tamme stand auf, holte Eier und Räucherlachs aus dem Kühlschrank, griff sich eine Bratpfanne, und schon stand er pfeifend am Herd.

Seit Nick, Maxis Erzeuger, Wiebke vor der Geburt zu verstehen gegeben hatte, dass er sich mit Ende dreißig zu jung fand, um Vater zu werden, hatte sie von Kerlen die Nase gestrichen voll gehabt. Selbst wenn ihr dann noch ein Fünkchen Glauben an die Männerwelt erhalten geblieben wäre, hätte Nick auch das noch erstickt, indem er ihr ohne jede Überzeugung, geschweige denn Leidenschaft angeboten hatte, sie zu heiraten. Notfalls. Wenn sie darauf bestand. Sie hatte nicht darauf bestanden, sondern ihn zum Teufel gejagt und sich geschworen, zukünftig ohne das vermeintlich starke Geschlecht auszukommen. Das hatte auch gut geklappt. Bis sie Tamme kennenlernte. Mit Humor, Geduld und seinem liebevollen Umgang mit Maxi hatte er ihr Herz im sprichwörtlichen Sturm erobert. Und nun würden sie tatsächlich heiraten und auch noch in die Liebesallee ziehen! Kitschiger ging es kaum. Und auch nicht schöner. Bis ihr gemeinsames Haus fertig renoviert war, wohnten sie zu dritt –

inklusive Hund Janosch zu viert – in der Doppelhaushälfte im Feldweg. Die hatte Wiebke zusammen mit der anderen Hälfte, der Arztpraxis, gemietet, als sie nach Pellworm gezogen war. Ziemlich praktisch, sie brauchte nur aus einer Tür heraus- und in die nächste hineinzugehen, und schon war sie an ihrem Arbeitsplatz. Auf diese Bequemlichkeit würde sie demnächst verzichten müssen. Schade. Aber das war es auf alle Fälle wert.

Sie sah Tamme zu, wie er die gequirlten Eier in die Pfanne goss. Sein Humor und sein Charme in allen Ehren, aber sein durchtrainierter Körper war auch nicht zu verachten. Der war ihr zum ersten Mal im Schwimmbad aufgefallen, wo er nach dem Dienst seine Bahnen gezogen hatte. Tamme Tedsen, friesischer Schwimmmeister mit griechischer Mutter. Ihr zukünftiger Ehemann. Eine warme kribbelnde Welle durchflutete sie. Wiebke ging zu ihm, schmiegte sich an seinen Rücken und schlang die Arme um ihn.

»Was wird das?« Tamme drehte den Kopf zur Seite und küsste sie auf die Wange. In dem Moment waren Schritte zu hören, die die Treppe heruntertapsten.

»Lecker! Gibt's Tammes Spezial-Rühreier?« Noch etwas müde und mit zerzausten Haaren ließ sich Maxi auf einen Stuhl fallen.

»So was in der Art.« Tamme grinste. »Dir auch einen guten Morgen, junge Dame.«

»Guten Morgen, Tamme, guten Morgen, Mami, guten Morgen, Janosch.«

»In der Reihenfolge«, kommentierte Wiebke seufzend und deckte den Tisch.

»Machst du bitte ganz viel Fisch rein?«

»Wenn du das möchtest, Luxus-Kind, dann gerne.« Tamme holte den restlichen Lachs aus dem Kühlschrank.

Janosch hatte sich aus seinem Körbchen erhoben, um Maxi zu begrüßen. Doch der aus der Pfanne aufsteigende Duft ließ ihn kurzfristig seinen Plan ändern und zum Herd abbiegen.

»Versuch's gar nicht erst!« Tamme schubste Janosch sanft zurück. »Du bist schließlich kein Seehund.«

»Er mag trotzdem Fisch, genau wie ich«, verkündete Maxi. »Wann fahren wir nach Husum zum Möbelkaufen? Ich möchte so ein Sofa haben, auf dem ich mit meinen Freunden sitzen kann, und das nur nachts ein Bett ist.«

Demonstrativ verschränkte Maxi die Beine zum Schneidersitz, was auf einem handelsüblichen Küchenstuhl gar nicht so einfach war. Dann hob sie die Arme, öffnete sie, als würde sie einen Stadtplan auseinanderziehen und wieder zusammenfalten und schunkelte leicht. Wiebke runzelte die Stirn.

»Und Akkordeon kann man darauf auch spielen«, fügte Maxi noch hinzu.

Wiebke und Tamme wechselten einen gequälten Blick. Maxi hatte sich zu Weihnachten ein Akkordeon gewünscht. Woher ihr plötzliches Interesse an einem Musikinstrument kam, konnte Wiebke sich beim besten Willen nicht erklären. Sie selbst brachte nicht einmal ein Kinderlied auf der Blockflöte zustande. Aber aus pädagogischer Sicht war es sicher wertvoll, Akkordeon spielen oder auf dem Kamm blasen zu können. Insofern unterstützte sie ihre Tochter gerne. Und wenn Maxi schon einmal ausdrücklich etwas haben wollte ... Im Gegensatz zu den meisten Kindern war sie ausgesprochen bescheiden. Sie hatte wirklich keine übertriebenen Wünsche, und wenn, dann waren sie selten materieller Art. Einen Hund hatte sie sich von ganzem Herzen gewünscht, aber sonst? Maxi war eher dafür zu begeistern, einen besonderen Ausflug zu unternehmen, etwas außergewöhnlich Schönes zu erleben. Manchmal reichten schon Kleinigkeiten. Wie damals, als sie neu auf Pellworm waren. Maxi wollte so gerne ein Pony streicheln, aber Ina vom Reiterverein hatte es ihr nicht erlaubt. Nicht nur, dass sie Maxi nicht in den Verein aufgenommen hatten, sie verwehrten ihr sogar, ein Pferd zu streicheln. Und das nur, um Wiebke klarzumachen, dass sie auf der Insel nicht erwünscht sei. Niemals würde Wiebke das enttäuschte Gesicht ihres Kindes vergessen. Sie seufzte. Aber lange her und endgültig vorbei.

Tamme füllte das dampfende Rührei in eine Schüssel und gab zuerst Maxi eine Portion auf den Teller.

Wiebke ging das Herz auf, wenn sie die beiden zusammen sah. Sofort waren die Zeiten vergessen, als Wiebke sich als Nachfolgerin des alten Inselarztes noch mühsam hatte behaupten müssen. Dass es Menschen gegeben hatte, die ausgerechnet Maxi darunter hatten leiden lassen, dass sie die neue Ärztin nicht haben wollten, würde sie allerdings nie vergessen können.

»Was ist denn nun mit den Möbeln?«, wollte Maxi wissen. Sie konnte aber auch wirklich beharrlich sein. »Janosch braucht doch ein Körbchen, wenn er bei mir übernachtet. Ich weiß schon genau, wo das stehen soll.« Sie stopfte sich eine Gabel Ei in den Mund. »Er hat ja kein eigenes Zimmer, darum habe ich mir überlegt, dass er eine Ecke von meinem abhaben kann«, verkündete sie großzügig und lächelte so breit, dass ein Stückchen Lachs zwischen den Zähnen zu sehen war. Sie war offenbar sehr zufrieden mit ihrem großzügigen Angebot.

Nach dem Frühstück schien Maxi die Möbelfrage kurzfristig vergessen zu haben. Sie spielte mit Janosch, dem sie einen Knoten aus dickem Seil vor die Nase hielt. Natürlich schnappte er sofort danach, und Maxi zog mit aller Kraft, um ihm das Spielzeug wieder abzuluchsen. Sehr schön, so konnte Wiebke ihr Versprechen einlösen und sich endlich Zeit für Tamme und ihre gemeinsame Zukunftsplanung nehmen. Er hatte schon recht, es gab tatsächlich einiges zu besprechen. Der Umzug war dabei vermutlich noch der einfachste Teil. An die Hochzeit im August durfte sie noch gar nicht denken. Nicht, dass sie sich nicht von ganzem Herzen darauf freute, aber die Vorbereitung lag ihr dann doch auf dem Magen. Eigentlich wollten Wiebke und Tamme nicht ausgerechnet im Sommer mitten in der Hauptsaison heiraten. Nur sprach dummerweise sehr viel dafür. Zum Beispiel hatte sich ein Teil von Tammes griechischer Verwandtschaft angekündigt. Sie mochten es den sonnengewöhnten Onkeln, Tanten und Cousinen nicht antun, im Frühling oder gar im Herbst das Mittelmeer gegen die Nordsee zu tauschen. Schön, in Griechenland konnten die Temperaturen auch empfindlich in den Keller gehen und es war bestimmt auch mal windig. Die Stürme hier waren allerdings von einem ganz anderen Kaliber. Was, wenn sie die An- oder Abreise erschweren würden? Tamme und sie waren sich einig, dass man dieses Risiko ausschließen konnte.

»Bloß nicht gleich Stress von Anfang an, weil die drüben auf dem Kontinent stehen und nicht wissen, wie sie herkommen sollen«, hatte Tamme kategorisch gesagt. Recht hatte er. Wenn doch alles so einfach zu klären wäre.

»Maxi, willst du heute nicht etwas mit Hilke unternehmen?«, schlug Wiebke vor, um ungestört mit Tamme planen zu können. »Das Wetter ist gut, und Janosch würde sich bestimmt freuen, wenn ihr mit ihm herumtobt. Frische Luft tut euch allen gut«, erklärte sie pädagogisch wertvoll, »und macht hungrig. Wie wär's, wenn wir anschließend zusammen Waffeln backen?«

Kein Jubelschrei, nicht einmal gelangweilte Zustimmung? Im Gegenteil. Hatte Maxi eben noch fröhlich mit Janosch herumgetollt, krabbelte sie jetzt still auf ihren Platz am Küchentisch und pulte hochkonzentriert an ein paar Krümeln herum.

»Erde an Maxi?«

»Nö, keine Lust«, kam es ziemlich kleinlaut zurück.

»Und warum nicht?«

»Ich möchte heute nichts mit Hilke machen. Die ist manchmal so komisch«, fügte sie leise hinzu.

»So plötzlich?«, wollte Wiebke wissen.

»Nö, schon in letzter Zeit. Auch in der Schule.« Maxi sammelte immer noch Krümel auf.

»Nun lass dir mal nicht jeden Wattwurm einzeln aus der Nase ziehen, hm?«

Kein Kichern, nicht einmal ein Lächeln von Maxi. Allmählich machte Wiebke sich Sorgen.

»Ich denke, sie ist deine beste Freundin. Wieso findest du sie auf einmal komisch?« Wiebke setzte sich zu ihrer Tochter und sah sie aufmerksam an.

»Die hört mir manchmal gar nicht zu. Außerdem versteht die nie, worüber wir lachen.«

»Die ist ...« Wiebke verstummte. Es war wohl nicht der beste Moment, um ihr zu erklären, dass man nicht »die«, sondern »sie« sagte, wenn man von seiner Freundin sprach.

»Dann sagt man das noch mal, und die hört wieder nicht zu«, erzählte Maxi weiter. »Ich glaube, die findet mich voll langweilig.«

»Das kann ich mir nicht vorstellen, Maxi, sie konnte dich doch immer gut leiden.« Wiebke wartete ab. Vergeblich. »Du sagst, sie ist in letzter Zeit komisch. War das denn früher anders? Ich meine, hat sie dir früher besser zugehört oder mehr gelacht?«

Maxi überlegte. »Nö.« Es arbeitete hinter der kleinen Stirn. »Oder vielleicht doch, weiß nicht so genau.« Plötzlich fiel ihr etwas ein: »Fabian aus meiner Klasse hat Hilke manchmal nachgemacht. Auch früher schon. Der hat so nach oben geguckt und geschielt und sich lustig über sie gemacht. Das war immer voll gemein.«

Wiebke stutzte. Sie sah Tamme an, der die Küche aufgeräumt und sauber gemacht hatte, und gerade den Lappen zum Trocknen aufhängte. Er zuckte hilflos die Achseln.

Wiebke hatte Hilke natürlich schon ein paar Mal gesehen, sie war immerhin Maxis beste Schulfreundin. Dabei war ihr zwar aufgefallen, dass Hilke nicht das lebhafteste Kind war. Ansonsten schien sie aber ein nettes, ganz normales Mädchen zu sein.

»Wie kommst du denn darauf, dass Hilke dir nicht zuhört?«

»Die guckt mich manchmal gar nicht an, wenn ich ihr was erzähle. Die guckt vorbei oder nach oben, wie Fabian das nachgemacht hat. Manchmal guckt sie auch einfach zu den anderen, als wäre ich gar nicht da.« Maxi legte beide Hände auf die Tischplatte und das Kinn schnaufend darauf. Geste und Hundeblick hatte sie eindeutig von Janosch abgeguckt.

»Wahrscheinlich lässt Hilke sich nur leicht ablenken«, überlegte Wiebke laut.

Maxi setzte sich wieder gerade hin. »Und wieso murmelt sie öfter vor sich hin? Das macht sie sogar im Unterricht.«

Jetzt wurde Wiebke hellhörig. »Sie quatscht nicht mit ihrer Sitznachbarin?«

»Das bin ja wohl ich«, entgegnete Maxi entrüstet.

»Also ehrlich, Wiebke, als ob dieses Musterkind im Unterricht quatschen würde!« Tamme klang mindestens genauso entsetzt über diese Unterstellung.

Maxi strahlte ihn an.

Wiebke verdrehte die Augen, war ja klar, dass die beiden wieder einmal zusammenhielten. Sie ging nicht weiter darauf ein. »Was sagen die Lehrer denn dazu?«

»Nichts.« Offenbar hatte Maxi keine Lust mehr, länger

über Hilke zu reden. »Jedenfalls will ich lieber ein Sofa kaufen fahren. Oder ich gehe allein mit Janosch raus«, erklärte sie sehr überzeugt.

»Na gut, wenn wir uns beeilen, schaffen wir die Fähre um Viertel vor zwölf nach Nordstrand noch.« Tamme war ein Naturtalent, wenn es darum ging, trübe Stimmung in Luft aufzulösen.

»Super!«, kreischte Maxi. »Ich bin ganz schnell.« Schon sauste sie ins Badezimmer, um sich zu kämmen und sich die Zähne zu putzen.

»Wir können die Fähre um halb sieben zurück nehmen. Länger halte ich das sowieso in keinem Möbelgeschäft aus.« Tamme seufzte theatralisch.

»Danke, Tamme, du bist mein Held.« Wiebke küsste ihn. »Maxis Laune war echt auf dem Tiefpunkt. Ich glaube, ich sehe mir Hilke demnächst einmal genauer an.«

»Ach was! Wenn du mich fragst, wollte deine raffinierte Tochter nur ihren Kopf durchsetzen und sich ein Sofa aussuchen.«

»Das ist nicht auszuschließen.«

Trotzdem, Wiebke würde die Sache mit Hilke im Blick behalten. Wenn sich Kinder in dem Alter plötzlich auffällig verhielten, durfte man das nicht auf die leichte Schulter nehmen. Vielleicht hatte Hilke Probleme. Ihre Mutter führte den einzigen Blumenladen der Insel. Besonders gut kannte Wiebke Sabine Schmitt allerdings nicht, von Hilkes Vater ganz zu schweigen, den hatte sie höchstens mal von Weitem gesehen. Hoffentlich hatte Hilke ein gutes Zuhause. Wiebke hörte ihre eigene Tochter ein Stockwerk höher rumoren und beobachtete Tamme, der gerade vor dem Hundekorb hockte und Janosch die Ohren kraulte.

»Tut mir leid, Kumpel, man kann nicht immer gewinnen!«

Janosch antwortete mit einem herzerweichenden Winseln.

Schwer vorstellbar, dass in dieser Idylle, die Pellworm zweifelsfrei war, ein Kind vernachlässigt oder vielleicht sogar misshandelt wurde. Andererseits passierte das tagtäglich an vielen Orten des Landes, auch an sehr friedlichen und hübschen Orten. Bloß keine voreiligen Schlüsse ziehen! Womöglich hatte Hilke auch nur Probleme in der Schule, die von allein wieder verschwanden. Es war niemandem damit geholfen, die Pferde scheu zu machen.

»Das war's wohl schon wieder mit den ersten Frühlingsboten«, stöhnte Corinna am nächsten Morgen. »Gestern und vorgestern war es traumschön, und heute haben wir wieder Winter.« Sie schüttelte ihren Regenschirm kräftig aus und stellte ihn hinter den Empfangstresen der Praxis.

»Guten Morgen, Sandra«, rief sie ihrer Kollegin zu, die schon dabei war, den Bestand der Spritzen zum Blutabnehmen, das Verbandsmaterial und die Medikamente zu kontrollieren.

»Moin!«, kam es zurück.

Wiebke musste schmunzeln. Auch Sandra hatte sich als Erstes über das Wetter beklagt, als sie zum Dienst erschienen war. Nur hatte sie ihre Kleidung auch schon an die ersten Sonnenstrahlen angepasst, sie trug eine relativ dünne

Bluse. Seit sie im zweistelligen Bereich Kilos verloren hatte, zeigte sie einfach zu gern ihre Figur. Wenn sie sich nur keine Erkältung einfing. Einen Ausfall ihrer Mitarbeiterin konnte Wiebke nicht gebrauchen.

Im Gegensatz zu Sandra war Corinna noch voll auf kalte Jahreszeit eingestellt. Auf eine sehr kalte Jahreszeit. Gerade setzte sie die Mütze ab, zog ihre Handschuhe aus und hängte die dicke Jacke an die Garderobe. Dann streifte sie die Winterstiefel ab, die sie gegen dünne dunkelblaue Ballerinas tauschte. Zuletzt nur noch den flauschigen Pullover über den Kopf gezogen und schon war sie fertig! Alle Achtung, sie war ausgerüstet, als wollte sie nach Sibirien aufbrechen. Wenn Wiebke es recht bedachte, hatte Pellworm in der Tat ab und zu eine gewisse Ähnlichkeit mit Sibirien.

Corinna strahlte, sie war bereit für den Arbeitstag. Wiebke hatte nie bereut, ihre Nachbarin und ausgebildete Krankenpflegerin eingestellt zu haben. Nicht nur, dass die Praxis seitdem immer mit einer Sprechstundenhilfe besetzt war, auch wenn Sandra mal krank war oder Urlaub hatte, es war auch eine echte Freude, mit Corinna zu arbeiten. Sie hatte schon einige Schicksalsschläge verkraften müssen und käme dennoch nie auf die Idee herumzujammern. Bewundernswert, wie positiv Corinna das Leben sah.

»Also mal ehrlich, Corinna, du siehst aus, als würden wir am Nordpol leben. Gute Nachrichten: Das, was von oben kommt, ist Regen und kein Schnee mehr«, ermunterte Wiebke sie. »Ein Glück, dass es heute regnet und am Wochenende trocken war. Wir waren am Samstag kurz entschlossen auf dem Kontinent ...« Weiter kam sie nicht, denn Corinna unterbrach sie.

»Ringe kaufen?«, fragte sie erwartungsvoll an, ihre Augen bekamen sofort einen verräterischen Glanz.

»Neugierig bist du überhaupt nicht!« Wiebke knuffte sie, und Corinna lachte ihr Glöckchenlachen. »Erst mal ist der Umzug dran, du hoffnungslose Romantikerin. Der hat Vorrang, auch wenn die Hochzeit schon in fünf Monaten stattfinden soll.« Fünf Monate, allmählich wurde Wiebke doch nervös. Ach was, eins nach dem anderen.

»Wir brauchen ein Schlafsofa für Maxi. Sie wünscht sich eins, und das bietet sich in ihrem neuen Zimmer wirklich an, wenn ihre Freunde zu Besuch kommen. Trotzdem, ich bin richtig froh, heute in der Praxis zu sein. Gegen das Gewühle in Geschäften mit Horden Einkaufswütiger ist das hier die pure Erholung. Überhaupt, es geht doch nichts über Arbeit im Traumjob mit Traum-Kolleginnen!« Corinna strahlte. »Ganz besonders am Mohn-Tag!«

Wiebke biss genussvoll in eine Mohnschnecke. Es war Tradition, am Montag welche mitzubringen, um die Planung für die Woche zu versüßen. Seit geraumer Zeit war aus der Besprechung eher ein Kaffeekränzchen zu zweit geworden, weil Sandra den Kalorien im Allgemeinen und den Kuchenteilchen im Speziellen abgeschworen hatte.

Corinna ließ nicht locker. »Wie viele von Tammolos' griechischen Verwandten kommen denn nun zu eurer Hochzeit? Ich halte die beiden Ferienwohnungen natürlich gerne frei, aber irgendwann müssten sie sich entscheiden. Schließlich ist dann Hauptsaison.«

»Ich weiß. Ist wirklich lieb von euch, dass ihr uns die Apartments reserviert.« Wiebke begann aufzuzählen: »Also, allen voran kommt Apollon, der Bruder von Tammes Mutter Eleni, mit seiner Frau Dafne. Er ruft fast täglich an und macht Tamme wohl schon ein kleines bisschen verrückt. Dann kommen, soweit wir momentan wissen, deren Töchter Nike mit Ehemann Jannis und Ismene mit Alexandros. Außerdem hat sich noch die alleinstehende Schwester von Apollon angekündigt.« Sie sah Corinnas verwirrtes Gesicht. »Efgenia ist die Schwester von Tammes Mutter, also die Schwester von Tammes Mutter Eleni und seinem Onkel Apollon natürlich.« Corinna schaute immer verzweifelter drein. »Musst du dir nicht merken. Ich bin froh, wenn ich das einigermaßen hinkriege.« Wiebke dachte an das, was Tamme ihr über diese Efgenia erzählt hatte. »Sie scheint als Nicht-Verheiratete in Griechenland noch als alte Jungfer und damit gleichzeitig als etwas schrullig abgestempelt zu werden. Unglaublich, oder?« Corinna nickte kauend. »Tamme meint allerdings, sie hat es faustdick hinter den Ohren und findet es gar nicht übel, als etwas sonderbar zu gelten.«

»Ist der Ruf erst ruiniert ...«

»So ungefähr. Außerdem gehört sie zu Tammes Familie. Ich kann mir kaum vorstellen, dass sich da irgendjemand die Butter vom Brot nehmen lässt. Auf sie bin ich jedenfalls besonders gespannt.«

»Bisher kann ich eure Gäste noch an zwei Händen abzählen«, nahm Corinna den Faden wieder auf. »Momentan komme ich auf sieben Personen. Wenn sich alle gut verstehen, könnten sie locker in den beiden Wohnungen unterkommen.« Damit war ihr Teil der Organisation offenbar erledigt, und sie konnte ihrer Neugier wieder freien Lauf lassen. »Habt ihr schon ein Animationsprogramm für den Mittelmeer-Clan? Wie lange bleiben die eigentlich, eine, zwei oder vielleicht doch vier Wochen? Wir könnten schon mal griechische Schilder an den Pellwormer Sehenswürdigkeiten anbringen.« Corinna schien sich königlich zu amüsieren, und Wiebke war nicht sicher, ob sie das womöglich ernst meinte. Mit vollem Mund konnte sie dummerweise nicht antworten, zuckte mit den Schultern und richtete den Blick gen Himmel.

»Die neue Lampe ist ja noch gar nicht angebracht«, nuschelte sie beim Anblick der Kabel, die von der Zimmerdecke baumelten.

Die alte Lampe war so ziemlich das letzte Relikt aus der Praxis-Ära des alten Inselarztes Dethlefsen gewesen. Vor einigen Wochen hatte sie sie kurz entschlossen abgehängt. Wiebke wollte einfach nicht mehr an die Zeit erinnert werden, als sie damals die Praxis übernommen hatte. Nur musste sie in den letzten Tagen ständig genau daran denken. Wahrscheinlich, weil der Umzug bevorstand. Deshalb kam wohl alles wieder in ihr hoch, was mit der Ankunft auf Pellworm, mit dem Einzug und dem ganz und gar nicht unkomplizierten Start als Inselärztin zu tun hatte. Der alte Dethlefsen hatte es ihr aber auch wirklich nicht leicht gemacht. Erst eine Nachfolgerin suchen und dann an seiner Praxis und seinen Patienten kleben wie eine Muschel an einem Schiffsrumpf. In gewisser Weise konnte sie ihn durchaus verstehen, nur war es auch höchste Zeit gewesen, dass er in den verdienten Ruhestand gegangen war. Er konnte kaum noch hören, man musste immer damit rechnen, dass er aufgrund von einem Missverständnis eine Fehldiagnose stellte. Das war mehr als einmal geschehen. Der harmloseste Fall war noch der einer Patientin gewesen, die über lästigen Husten geklagt hatte.

»Wat? Lästige Pusteln?«, hatte Dethlefsen ausgerufen. »Wegen so einer Lappalie kommen Sie. Na, das kriege ich schon hin, ich verschreib Ihnen was.« Nur ein Hustenanfall der Frau hatte dazu geführt, dass sie doch noch ein Medikament gegen ihr tatsächliches Leiden bekam. »Oha, oha, gegen Ihren Husten schreibe ich Ihnen man lieber auch gleich was auf!«

Wiebke hätte ihm von Herzen gegönnt, das Rentnerleben nach der Umgewöhnung zu genießen, doch es hatte nicht sollen sein. In einem Winkel ihres Herzens hatte Wiebke ein schlechtes Gewissen. Sie hatte ihm die Hölle ganz schön heißmachen müssen, um nicht nur seine Assistentin, sondern die Chefin in der Praxis zu werden. Ein winziger Teil ihres Bewusstseins stellte einen Zusammenhang zwischen ihrem Ultimatum und Dethlefsens plötzlichem Tod her, wenn ihr Verstand auch genau wusste, dass das Unsinn war. Vermutlich hatte sie darum die olle Lampe hängen lassen und sich nicht getraut, sie endlich auszutauschen. Bis jetzt.

»Die Leuchte habe ich vom Kontinent mitgebracht. Ich finde, wir können mal wieder etwas Hübsches Neues ge-

brauchen. Ich werde Tamme an seinem freien Dienstag her-
locken, damit er sie anschließt.«

Wiebke klatschte in die Hände. Zeit, an die Arbeit zu gehen. Das Hochzeits-Thema hatte sie damit auch geschickt
abgeschlossen. Corinna war nicht nur eine der besten Nachbarinnen der Welt, sondern inzwischen längst eine Freundin. Trotzdem, zu viel Privates musste sie nun auch nicht
wissen.

»Eigentlich braucht ihr für den Endspurt einen Wedding
Planner.« Von wegen, Thema abgeschlossen. Wiebke
glaubte, sich verhört zu haben. »Das macht man heute so.
Jemand, der, oder besser die, sich um alles kümmert, sodass
ihr euch auf euren Tag nur noch zu freuen braucht.«

»Corinna, ich weiß, was ein Wedding Planner ist, nur
weiß ich nicht ...« Weiter kam sie nicht.

»Mir fällt sofort jemand ein, der ...«

Dieses Mal unterbrach Wiebke sie. »Mir fällt ein, dass
gleich unser erster Patient kommt und wir noch nicht einmal die Woche besprochen haben.« Corinna zog einen
Flunsch. »Über die Hochzeitsplanung reden wir ein anderes
Mal weiter, okay?«

»Was liegt an?« Sandra setzte sich genau im richtigen
Moment zu den beiden. Von ihr ging keine Gefahr aus, weiter über Ringe, Blumenkinder oder Belustigungspro-
gramme ausgehorcht zu werden. Die Verbindung zu ihr war
rein beruflicher Natur, was wohl daran lag, dass Sandras
Mutter, frühere Hebamme von Pellworm, maßgeblich an
der Intrige beteiligt gewesen war, die Wiebke damals von
der Insel vertreiben sollte.

»Ich werde diese oder nächste Woche einen Tag nach Hooge fahren«, überlegte Wiebke laut. »Zwar habe ich noch keine Meldung von Volker bekommen, dass es Grippefälle gibt, aber ein paar schwerere Erkältungen werden sich jetzt im Frühling bestimmt schon auf der Hallig ausgebreitet haben. Das kennen wir ja selbst. Kaum treiben die ersten Sonnenstrahlen die Temperatur in die Höhe, ziehen wir uns an wie im Hochsommer.« Sie sah Corinna an. »Du natürlich nicht, Fräulein Frostbeule.«

»Ein Halligbesuch ist sowieso fällig«, bestätigte Sandra nach einem Blick in den Kalender. »Wann fährst du?«

»Ich dachte am Donnerstag. Wenn ich mich nicht täusche, haben wir nicht viel auf dem Zettel.«

»Jo, passt.« Sandra trug den Außendienst ein. »Ich rufe Volker nachher gleich an.«

Wiebke zog sich in ihr Sprechzimmer zurück.

Plötzlich fiel ihr wieder ein, wie Maxi am Wochenende auf den Vorschlag reagiert hatte, etwas mit Hilke zu unternehmen. Das war total untypisch gewesen. Freunde waren Maxi wichtig. Normalerweise ließ sie keine Gelegenheit aus, sich zu verabreden. Sie kam mit jedem gut zurecht, selbst wenn ein Kind Einschränkungen hatte, störte Maxi das für gewöhnlich nicht. Warum auch? Wiebke dachte an Claudia. Maxi hatte sich mit dem Mädchen im Teutoburger Wald, wo Wiebke aufgewachsen war, bei Großeltern-Besuchen angefreundet. Welch ein Schock, als Claudia durch einen Unfall plötzlich an den Rollstuhl gefesselt war! Das Schlimmste daran hatte sie Maxi verschwiegen: Ausgerechnet Wiebkes Vater hatte das Unglück mit seinem Lkw verursacht. Es war eine Tragödie. Für Maxi war es aber nie ein Grund gewesen, ihre Freundin im Stich zu lassen. Sobald sie Claudia besuchen durfte, hatte sie das getan. Im Krankenhaus, wo es für Kinder nun wirklich nicht schön war. Umso mehr irritierte Wiebke Maxis jetziges Verhalten. Entweder büßte sie ihre unbekümmerte Offenheit mit zunehmendem Alter ein, oder Hilkes Verhalten war so auffällig, dass Maxi damit tatsächlich nicht zurechtkam. Mal sehen, ob sich Maxi überreden ließ, in den nächsten Tagen mit Hilke ins Schwimmbad zu gehen. Maxi liebte das Schwimmbad. Tamme könnte ein wachsames Auge auf die beiden haben. Wiebke legte großen Wert auf seine Einschätzung. Durch seinen Job hatte er schließlich viel mit Kindern zu tun. Ihm würde auffallen, falls Hilke sich anders verhielt als andere Mädchen ihres Alters. Und wenn es Wiebke gelang, rechtzeitig aus der Praxis zu verschwinden, hätte sie etwas Zeit, um Hilke selbst ein wenig zu beobachten. Auf neutralem Boden sozusagen.

Kapitel 2

Der Frühling löste langsam den Winter ab. Pastellfarbene Sonnenaufgänge verkündeten mildere Tage, und das gelbe Wattenmeerhaus am Hafen, so schien es Wiebke, strahlte dem Sommer schon entgegen. Wiebke liebte die Insel bei Wind und Wetter, aber in diesem Jahr freute sie sich besonders über die ersten Boten der wärmeren Jahreszeit.

Sie hatte Maxi verabschiedet, die zur Schule geradelt war, und sich auf den Weg zu Tammes Haus gemacht. Dienstag war sein freier Tag. Die beiden nahmen sich üblicherweise Zeit für ein ausgiebiges gemeinsames Frühstück, ehe Wiebke in die Praxis musste. Da Tamme am Vorabend allerdings eine Sitzecke hatte zerlegen wollen, die sie ins neue Haus mitnehmen wollten, hatte er ausnahmsweise nicht bei Wiebke übernachtet.

»Sag bloß, du hast deinen grünen Daumen entdeckt.« Wiebke staunte nicht schlecht, dass sie Tamme ausgerechnet im Garten antraf. »Das ist ja ein ganzes Blütenmeer!«

Tatsächlich hatten sich besonders viele Schneeglöckchen und Krokusse direkt vor seiner Terrasse angesiedelt. Eigentlich zählte Tammes Grundstück eher zur Kategorie

Naturwiese. Beete mit Blumen oder akkurat gestutzten Sträuchern suchte man vergeblich.

»Ich habe sie nicht eingeladen. Aber wo sie schon mal da sind ...« Tamme versuchte, mit einem Rasenkantenschneider dem Löwenzahn und den Grasbüscheln den Garaus zu machen, die in allen Fugen der Waschbetonplatten prächtig wucherten. »Falls sich jemand mein Häuschen angucken kommt, soll es schließlich nicht aussehen wie bei Hempels unterm Sofa.« Wann immer ein Verkauf im Gespräch war, verwandelte sich Tammes positive Miene in Bedauern und Zweifel.

»Du musst es nicht verkaufen, Tamme«, erinnerte Wiebke ihn sanft. »Du kannst es erst mal vermieten.«

»Wozu soll das gut sein?« Er stützte sich auf den Handgriff. »Ich brauche keine Eherücktrittsversicherung.«

»Ich auch nicht. Ich dachte nur, weil du immer so trübe aus der Wäsche guckst, wenn du vom Verkauf deines Hauses sprichst.«

»Ganz leicht fällt es mir nicht«, gab er zu. Dann war das Strahlen in seinen Augen wieder da. »Es spielt übrigens keine Rolle, ob Käufer oder Mieter, beeindrucken will ich die auf jeden Fall.« Die Logik hatte etwas Bestechendes. »Außerdem profitierst du auch davon, wenn ich jetzt schon mal ein paar Handgriffe übe. Das Schwimmbad kommt ab und an mal ohne mich aus, seitdem sich Linus überraschenderweise doch noch eingearbeitet hat.«

»Hat er sich etwa von Schnecken- zu Faultier-Tempo gesteigert?«

»Mindestens! Auf jeden Fall hält er allein ganz ordentlich die Stellung. Das heißt, mir bleibt mehr Zeit, um in unserem kleinen Paradies in der Liebesallee meine Fähigkeiten als Gärtner auszuprobieren.«

»Du meinst, wir hätten vielleicht sogar das ganze Jahr etwas Blühendes?« Wiebke sah ihn mit staunenden Augen an.

»Nicht nur! Wir werden uns außerdem nur noch von Obst und Gemüse aus eigenem Anbau ernähren.«

»Und vermutlich dramatisch abnehmen …« Wiebke musste lachen. »Ich sehe dich direkt vor mir, mit Latzhose, Schlapphut und Rauschebart wie der Fernsehgärtner aus Husum. Eine gute Assistentin hast du auf jeden Fall schon.«

»Bisher stehst du nur rum und hältst mich von der Arbeit ab. Ich fürchte, so kann ich dir die Assistentenstelle nicht geben.«

»Wer spricht denn von mir? Maxi hat sich doch sofort ein kleines Kräuterbeet angelegt, als wir damals in den Feldweg gezogen sind. Hm, die Frage ist allerdings, wer wessen Assistent wäre.«

»Und was ist mit dir? Du wolltest doch eigentlich auch kürzertreten. In der Praxis, meine ich. Hast du inzwischen mal wieder eine Anzeige geschaltet?«

Treffer! Wiebke wollte sich tatsächlich längst intensiver darum gekümmert haben, eine junge Kollegin oder einen Kollegen zu finden, mit der oder dem sie eine Praxisgemeinschaft bilden konnte. Solange sich nichts änderte, hatte Wiebke täglich Bereitschaft. Wenn ihr Pieper Alarm meldete, musste sie los. Einen Versuch hatte Wiebke unternommen, nur hatte sich auf das Inserat kein geeigneter Kandidat gemeldet. Seitdem war das Thema erst einmal in Vergessenheit geraten. Wirklich blöd. Nicht nur, dass sie die Großstadt unter anderem verlassen hatte, um mehr Zeit für Maxi zu haben, nun hatte sie auch noch einen Mann, mit dem sie mehr als immer nur wenige Stunden zwischen Einsätzen verbringen wollte. Wiebke fiel siedend heiß ein, dass ihr Pieper selbst bei ihrer eigenen Hochzeit Alarm schlagen konnte. Sie musste sich dringend wenigstens um eine vorübergehende Vertretung kümmern.

»Apropos Praxis, hast du nicht Lust, nachher vorbeizukommen und eine Lampe in der Küche anzubringen? Die von der Decke baumelnden Kabel sind nicht gerade attraktiv und geben obendrein kein Licht.«

»Glaub bloß nicht, dass ich dein Ablenkungsmanöver nicht durchschaut habe.« Er verdrehte die Augen. »Ich komme trotzdem vorbei und erledige das.« Sie küsste ihn. »Ich kann dir aber nicht sagen, wann das sein wird. Nele will mich am Nachmittag anrufen. Sie hat so viel um die Ohren, dass sie noch immer nicht weiß, wann sie zu unserer Hochzeit nach Hause kommen kann. Lange bleiben kann sie sowieso nicht, es werden kaum mehr als zwei Tage sein.«

Rührend, wie Tamme immer noch von »nach Hause« kommen sprach. Seine Tochter Nele wohnte seit Jahren auf dem Festland bei ihrer Mutter, nach Pellworm kam sie nur zu Besuch. Selbst das war selten geworden, seit sie in Verona war. Ein Schuljahr in Italien, bevor sie anschließend in Deutschland ihr Abitur machen würde. Ein bisschen beneidete Wiebke sie um diese Erfahrung. Was sie Tamme bei ihren Anrufen erzählte, klang wunderbar, Nele war jedes Mal geradezu euphorisch. Hoffentlich überlegte sie es sich nicht anders, machte auch ihren Abschluss dort und blieb für immer. Tamme vermisste sie jetzt schon schrecklich. Wiebke wollte sich nicht ausmalen, wie es einmal sein würde, wenn Maxi flügge wurde und sie sich längere Zeit nicht sehen konnten. Glücklicherweise waren es noch viele Jahre bis dahin.

»Immerhin kommt sie«, munterte Tamme sich selbst auf. »Die Verwandten aus Griechenland hat sie ewig nicht gesehen, Cousine Nike sogar noch nie.«

»Im Hochzeitstrubel habt ihr ohnehin nicht viel voneinander. Wer weiß, vielleicht kann Nele nach dem Schuljahr in Italien etwas länger bei uns bleiben. Kann doch sein, dass sie sowieso wieder bei Fenja und Fiete auf Süderoog aushelfen will.«

Wiebke sah auf die Uhr. Es wurde allmählich Zeit. Dann fiel ihr doch noch etwas ein: »Was deine große dramatische Familie aus Griechenland angeht, musst du mir übrigens demnächst mal einen Stammbaum aufzeichnen. Ich habe versucht, Corinna zu erklären, wer wie mit wem verwandt ist.« Sie pustete eine Strähne aus der Stirn. »Das ist echt mal eine Aufgabe!«

»Dann zeichne ich dir am besten gleich noch eine Landkarte dazu. Die kommen nämlich nicht alle aus Drama, nur meine Mutter, Onkel Apollon und Efgenia wohnen dort.«

»Weiß ich doch!« Drama – da war Pellworm ja noch ein staubtrockener Ortsname. Vermutlich hielt es jeder Deutsche für einen schlechten Scherz, wenn man ihn erwähnte. »Und eine Landkarte brauche ich nicht, denn ich weiß sehr wohl, dass Drama im Norden Griechenlands liegt und berühmt für sein weltklasse Skigebiet ist.«

»Das ist jetzt eher übertrieben.«

»Das war ein Witz, Tamme.« Wiebke schnitt eine Grimasse. In dem Moment klingelte sein Dienst-Handy.

»Halb zehn! Ich habe heute frei, und das Bad ist geschlossen«, sagte er sehr bestimmt. Wiebke wollte ihn gerade bewundern, dass er so konsequent war, da ging er ran.

»Herr Scheewe, Moin, wie ist die Lage auf Hooge, ernst, aber nicht hoffnungslos?« Durch den Lautsprecher war ein meckerndes Lachen zu hören.

Der Bürgermeister der Hallig war noch nicht mal ein Jahr im Amt, und er kam vom Kontinent. Sein Credo »Wir machen alles neu: größer, schneller, besser« kam nicht bei jedem gut an.

»Klar ist ein Schwimmbad eine tolle Sache. Hm, ja ... sicher ... Finde ich auch, deshalb arbeite ich in einem.« Tamme hörte zu, holte tief Luft, kam nicht zu Wort, hörte weiter zu. Bemerkenswert, für gewöhnlich hatte er kein Problem damit, auch mal zum Zug zu kommen. Jetzt schüttelte er den Kopf.

Wiebke gestikulierte. Sie musste wirklich los. Aber Tamme ignorierte sie beharrlich.

»Mit Außenbereich, ah ja. Und Jacuzzi draußen. Klingt super, wo haben Sie das gesehen?« Er schnaufte erschöpft. »Ja, auf Island kann man so was natürlich gut machen. Da kommt das Wasser schließlich ganz natürlich aus heißen Quellen.« Tamme verdrehte die Augen und tat so, als würde er sich in den Unterarm beißen. »Hm, ja ... Herr Scheewe, nehmen Sie es mir bitte nicht übel, aber ich muss mich jetzt um jemanden kümmern.« Wiebke grinste. »Ein anderes Mal können Sie mir gerne Ihre Bilder von Island zeigen.«

Wiebke schlug die Hände vors Gesicht und schüttelte den Kopf. Da das Telefonat noch zu dauern schien, machte sie Tamme Zeichen, dass sie nun wirklich in die Praxis ging. Er nickte matt, sie küsste ihn sanft auf die Wange.

»Was haben Sie gerade gesagt?«, rief Tamme auf einmal.

Wiebke blieb stehen, als sei sie gegen eine Wand gelaufen. In der nächsten Sekunde griente Tamme wieder.

»Sie sind 'n büschen früh dran, lieber Herr Scheewe. Erster April ist noch nicht.«

Wiebke entspannte sich, da murmelte Tamme: »Der meint das ernst, das gibt's doch nicht.« Klang ziemlich interessant. Zu schade, dass sie losmusste.

»Hooge ist doch nicht Island. Oder haben Sie neuerdings einen Vulkan auf der Hallig?«

Wiebke traute ihren Ohren nicht, der Scheewe hatte doch wohl nicht vor, auf Hooge ein Schwimmbad zu bauen. Einen größeren Unsinn hatte sie noch nie gehört. Allein der Energiebedarf wäre ein Wahnsinn, vor allem bei einer Handvoll Einwohnern, die das Bad nur nutzen konnten. Aber dem Scheewe war so etwas zuzutrauen.

»Die bummelig hunderttausend Tagestouristen pro Jahr können Sie vergessen«, hörte sie Tamme noch schimpfen, als sie sein Grundstück schon hinter sich gelassen hatte. »Die gucken sich den Königspesel an, und dann ist gut!«

Doch der frisch gebackene Bürgermeister wollte sich anscheinend allen Ernstes ein Denkmal setzen. Ein Schwimmbad auf einer Hallig. Sie musste lachen. Tamme würde ihn schon noch von seinem Plan abbringen.

Mal davon abgesehen, dass einige Kilometer Luftlinie entfernt offenbar gerade jemand größenwahnsinnig wurde und Wiebke noch der Kopf von Onkel Apollon und Co. schwirrte, hatte sie an diesem Morgen das Gefühl, dass alles in ihrem Leben endlich richtig war. Die Sonne schien, sie lief das kurze Stück vom Schmerhörn zum Feldweg, betrachtete die Frühblüher am Wegesrand und genoss die salzige Meeresluft. Vom ersten Tag an liebte sie die Schreie der Möwen und die hohen typischen Rufe der Austernfischer. Von wegen, nach ein paar Monaten hörst du das gar nicht mehr. Wiebke nahm jedes Detail ganz bewusst wahr, das den Alltag auf Pellworm so besonders und so schön machte. Auch nach zwei Jahren noch. Obendrein ging es Maxi gut wie nie, ihr Asthma machte sich fast gar nicht mehr bemerkbar. Sie war ein aufgewecktes, kluges Kind, das sich in der Nachbarschaft und auf der ganzen Insel sicher und aufgehoben fühlte. Das Einzige, was sie immer vermisst hatte, war ein Vater. Und auch den hatte sie jetzt. Ab August sogar hochoffiziell. Das war doch alles wie in einem Film, den man sich, in eine Decke gekuschelt, anguckte, ein Glas Wein dazu oder einen Becher Eis oder auch beides. Und am Ende seufzte man ein wenig melancholisch, weil man zurückmusste in die Realität. Nur war das kein Film, es war die Realität. Wiebke würde heiraten! Sie musste schmunzeln. Seit Wochen war es das Top-Thema, für die Insulaner und auch für die Hallig-Lüüd, wie Wiebke gehört hatte. Obwohl zwischen ihnen und ihr ein Streifen Nordsee lag, war Wiebke als Ärztin für sie zuständig. Nicht umsonst nannte man sie Hallig-Doc. Der alte Dethlefsen hatte das zwar auch gemacht, allerdings eher sporadisch und vor allem nicht mit amtlichem Segen. Das hatte Wiebke schleunigst geändert und für eine Lösung gesorgt, die sich außerhalb jeder Grauzone befand. Regelmäßige Sprechstunden und natürlich Notfalleinsätze nach Bedarf waren das Mindeste, was die Menschen erwarten konnten. Leider kostete das alles viel Zeit. Umso mehr musste sie sich endlich um Verstärkung in der Praxis kümmern.

Trotz der Sonne war es noch kühl an diesem Morgen, Wiebke zog den Reißverschluss ihrer Windjacke ein Stückchen höher. Eine Fahrradfahrerin mit Pudelmütze und Handschuhen, hinten am Fahrrad ein doppelter Kinderwagen, überholte Wiebke auf dem Südermitteldeich, bremste ab und hielt an: Saskia, mit den Zwillingen Kai und Katja.

»Moin, Wiebke, müsstest du nicht längst in der Praxis sein?«

»Moin, Saskia. Besten Dank auch für das schlechte Gewissen, das du mir soeben gemacht hast.«

»Brauchst du nicht zu haben. Du heiratest demnächst, also kannst du dir alles erlauben und es auf die Hormone schieben, die durchdrehen.« Saskia strahlte zufrieden. »Wie laufen übrigens die Hochzeitsvorbereitungen?« Das war ja mal eine originelle Frage.

Wiebke beugte sich über den Anhänger. »Hallo, Zwillinge! Alles klar bei euch?« Keine Reaktion. Den Kindern war es eindeutig noch zu früh. Und zu kalt.

»Schwacher Versuch.« Saskia lächelte spöttisch. »Also?«

»Ist doch noch so viel Zeit. Erst muss das Haus in der Liebesallee fertig werden, dann ziehen wir um, und dann geht's weiter.« Ihr fiel etwas ein, ein Brocken, den sie Saskia hinwerfen konnte. »Das Wichtigste ist geklärt: Wir haben das Standesamt im Leuchtturm reserviert, keine Hochzeits-Touristen vom Kontinent können es uns wegschnappen.« Leiser fügte sie hinzu: »Gott sei Dank gibt es endlich wieder einen Standesbeamten auf Pellworm.«

»Da sagst du was! Stell dir vor, wir hätten einen vom Kontinent entführen müssen.« Sie lachte ihr kehliges Lachen. »Zur Not hätten wir das natürlich auch hinbekommen.«

»Natürlich.« Wiebke rieb sich die Finger, allmählich wurde ihr wirklich kalt.

»Es geht eben nichts über gute Organisation«, behauptete Saskia.

Wiebke ahnte Böses. Sagte Saskia das, weil ihr Mann Jost als Eventmanager ein Organisationstalent war und sie von seinem letzten genialen Großauftrag schwärmen wollte, oder brachte sie sich gerade in Stellung, um selbst aktiv zu werden?

»Deshalb brauchst du unbedingt einen Wedding Planner, finde ich.« Wiebke pustete genervt. »Nicht jemand, der viel Geld kostet«, beschwichtigte Saskia, »eine gute Freundin mit besten Verbindungen zu Gastronomie, Licht- und Tontechnik …«

»Eine, die praktischerweise auch gleich die Hochzeitstorte liefern kann«, setzte Wiebke die Aufzählung fort. In diesem Punkt war Saskia allerdings wirklich unschlagbar, und Wiebke wollte unbedingt ein mehrstöckiges zuckriges Kunstwerk von ihr.

»Du hast bestimmt diesen Film gesehen oder die amerikanische Serie, wo die beste Freundin ...«

»Eher nicht«, unterbrach Wiebke. »Du, ich muss jetzt auch los.«

»Ich kann das gerne übernehmen. Ich kümmere mich um alles: Einladungskarten, Tischkarten, Speisekarten, Restaurantreservierung, Tischschmuck, Hochzeitskutsche ...«

»Saskia!«

»Ja, alles klar, du musst los. Komm doch heute Abend nach der Arbeit vorbei. Vielleicht haben Corinna und Lulu zufällig auch Lust. Margit brauche ich wohl nicht zu fragen, die hat bestimmt wieder keine Zeit«, sagte sie mehr zu sich selbst. Sie war schon voll im Planungsmodus. »Das wäre doch mal wieder eine gute Gelegenheit für einen Prosecco unter Mädels, was meinst du? Und wir könnten alles besprechen, also fast alles.« Wiebke zog fragend die Augenbrauen hoch. Gab es tatsächlich irgendetwas, das sie selbst erledigen durfte? »Das Unterhaltungsprogramm für die griechische Verwandtschaft ist in meinem Service nicht enthalten. Die wollen ja wohl gleich ihren Jahresurlaub auf Pellworm verbringen, hab ich gehört.«

»Da weißt du mehr als ich.«

»Das soll der Grieche mal schön selbst in die Hand nehmen«, verkündete Saskia.

»Ich nehme an, mit dem Griechen meinst du meinen Labskaus kochenden Friesen und zukünftigen Ehemann?«

Tatsächlich hatte sich Tamme bisher mehr mit der Hochzeit beschäftigt als Wiebke. Vielleicht war sie wirklich an der Reihe, sich auch etwas einzubringen.

»Gute Idee, Saskia, danke! Aber wie wär's morgen? Heute passt es mir nicht so gut.«

»Geht auch! Ich frage die anderen und drücke Jost die Zwillinge aufs Auge.« Als sie von den Zwillingen sprach, fiel ihr ein, dass die noch hinter ihr im Anhänger hockten. »Oje, hoffentlich sind sie noch nicht erfroren.« Keine Reaktion. »Ich glaube, ich muss mich beeilen und sie auftauen. Bis spätestens morgen dann!«, rief sie munter.

Wiebke bemerkte, dass Kai und Katja sich bewegten. Gott sei Dank, sie hatte sich schon Sorgen gemacht.

»Hunger«, krähte Maxi, als Wiebke abends nach Hause kam. Nette Begrüßung. Wenigstens schien Janosch sich ganz selbstlos über Wiebkes Auftauchen zu freuen. Der Hund erhob sich, wobei der Korb kurz an ihm hängen blieb, dann abfiel und einen halben Meter über den Boden schlitterte. Janosch war größer geworden, als sie gedacht hätte. Ein neuer Korb war wirklich fällig. Nicht nur für Maxis Zimmer. Er blickte sich kurz irritiert um und trabte dann schwanzwedelnd auf Wiebke zu. Sie tätschelte seinen Kopf.

»Hallo, Hund!« Mit hoffentlich jämmerlichem Unterton sagte sie: »Hallo, Kind!«

»Hallo, Mami«, kam es gelassen zurück. Oho, Töchterchen hatte Notiz von ihr genommen. Mehr konnte sie wohl nicht verlangen.

»Ich habe geräucherte Makrele mitgebracht und frisches

Brot. Wir können schnell noch einen Salat machen. Wo steckt Tamme?«

»Der telefoniert schon ewig«, stöhnte Maxi theatralisch. »Mit Angelo, oder so.«

»Apollon meinst du wahrscheinlich, den Onkel aus Griechenland.«

»Ach so, kann auch sein.« Ihre Augen leuchteten. »Stimmt, Angelo ist ja der, von dem Nele erzählt hat.«

»Aha?« Gab es etwa einen jungen Mann in Neles Leben? Sicher würde Tamme ihr später von dem Gespräch mit seiner Tochter erzählen. Hoffentlich trug Angelo, wenn er denn so hieß, nicht dazu bei, dass sie im August womöglich doch nicht nach Pellworm kam. Nein, das konnte Wiebke sich nicht vorstellen, das würde Nele ihrem Vater nicht antun. Sie war eine junge Frau und eine sehr hübsche noch dazu. Wiebke hatte schon lange damit gerechnet, dass sie ihnen einen Freund vorstellte. Nun war es vielleicht wirklich so weit. Ausgerechnet zur Hochzeit ihres alten Herrn. Wiebke musste lächeln.

»Was grinst du denn so?« Maxi ließ Wiebke nicht aus den Augen. »Ihr seid echt alle komisch in der letzten Zeit.«

»Wenn du größer bist, verstehst du das.« Wiebke stutzte. Hatte sie das tatsächlich gerade gesagt? Ein ziemlich blöder Erwachsenenspruch. Fand Maxi offenbar auch, denn sie stöhnte auf und verzog sich in ihr Zimmer.

Wiebke packte die Einkäufe aus. So dämlich war der Spruch eigentlich gar nicht. Verliebt zu sein, machte aus sonst logisch denkenden Menschen nicht selten unzurechnungsfähige Wesen. Das konnte man nur nachvollziehen, wenn man es selbst erlebt hatte. Vor allem die erste Liebe schaltete das Denkvermögen gern mal komplett aus.

Wiebke begann die Salatblätter auseinanderzuzupfen. Wäre irgendwie süß, wenn Nele mit einem Italiener aufkreuzen würde. Ach du Schreck, das würde bedeuten, dass sie noch ein Bett mehr brauchten.

Wiebkes Handy klingelte. Hätte Tamme das vibrierende, vor sich hin pfeifende Gerät doch nur tatsächlich an das Tor in der Liebesallee gekettet!

»Entschuldigen Sie, dass ich so spät anrufe. Hier ist Sabine Schmitt.« Hilkes Mutter. »Ich habe es im Laufe des Tages ein paar Mal in der Praxis versucht.«

»Das Telefon funktioniert zurzeit nicht. Wir sind nur über den Notruf zu erreichen. Ich hoffe, das ist bald vorbei«, sagte Wiebke zerknirscht.

»Es ist mir ein bisschen unangenehm, Sie zu Hause zu stören.«

»Kein Problem. Und so spät ist es ja noch nicht.«

»Es geht um meine Tochter Hilke.« Das klang sehr bedrückt. Wiebke war auf der Stelle in Alarmbereitschaft. »Sie kennen sie ja. Hilkes Bronchitis damals, und sie ist ja auch ein bisschen mit Maxi befreundet.«

»Klar, ich kenne Hilke.« Wiebke bemühte sich, locker zu klingen.

»Ich mache mir Sorgen um sie.« Hilkes Mutter wirkte unsicher und ziemlich hilflos. Dabei war sie eher eine von der kernigen Sorte. Sie hatte ihre Gärtnerei fest im Griff, war energisch und patent. Wiebke erinnerte sich, dass sich Blumenfrau Sabine Schmitt vor zwei Jahren von Ex-Hebamme

Astrid Jessen hatte beeinflussen lassen. Wie so viele andere auch. Nur weil sich Wiebke deutlich gegen medizinisch betrachtet unsinnige Ammenmärchen positioniert hatte, die die Jessen verbreitete, hatte die ehemalige Hebamme einiges unternommen, um Wiebke von Pellworm zu vertreiben. Nachdem sich die Sache aufgeklärt hatte, gehörte Hilkes Mutter zu denen, die zugaben, auf der falschen Seite gestanden zu haben, und sie hatte sich mit einem großen Blumenstrauß bei Wiebke entschuldigt.

Bei dem Gedanken daran sagte Wiebke spontan: »Sollen wir uns nicht duzen? Ich bin Wiebke!«

»Gerne! Sabine.« Man konnte den Stein von ihrem Herzen regelrecht fallen hören.

»Ich weiß nicht, was mit Hilke in letzter Zeit los ist«, begann sie. Die Klassenlehrerin hatte sie angesprochen und gesagt, dass Hilkes schulische Leistungen zwar nicht zurückgegangen seien, sie aber häufig abwesend wirke. »Sie weicht dem Blick von Frau Sommer-Lucht aus und murmelt sogar manchmal vor sich hin. Mitten im Unterricht!« Das hatte Wiebke schon von Maxi gehört. »Außerdem hat meine Tochter kaum Kontakte. Das ist doch nicht normal, in dem Alter so viel allein zu sein, oder? Ich glaube, Maxi ist ihre einzige Freundin, wenn man das überhaupt sagen kann.«

»Maxi kann Hilke wirklich gut leiden«, erwiderte Wiebke. »Allerdings hat sie ähnliche Beobachtungen gemacht.«

»O Gott, wenn das sogar einem Kind auffällt ...«

»Kinder sind diesbezüglich manchmal viel sensibler als

Erwachsene. Ich würde mir gerne selbst ein Bild machen und mir Hilke näher ansehen.«

»Tja, ich kann natürlich mit ihr in die Praxis kommen ... Morgen Nachmittag ist der Laden geschlossen. Denkst du, du könntest uns kurzfristig dazwischenschieben?«

»Ich glaube, ich habe eine bessere Idee. Was hältst du davon, wenn ich die Mädchen morgen Nachmittag ins Schwimmbad bringe? Das schaffe ich in meiner Mittagspause locker. Tamme wird ein Auge auf die beiden haben, und ich komme so früh wie möglich, um sie abzuholen.«

»Ich weiß nicht. Ich dachte, du willst ...«

»Erstens ist es gut, wenn die beiden außerhalb der Schule mal wieder Zeit miteinander verbringen, zweitens hätte ich Gelegenheit, Hilkes Verhalten in ganz natürlicher Umgebung zu beobachten. Ich denke, das bringt mehr, als wenn sie bei mir im Sprechzimmer sitzt. Was hältst du davon?«

Lange Pause. Dann fragte sie: »Hast du einen Verdacht, was mit ihr los sein könnte?«

»Ich möchte mir erst einen Eindruck verschaffen«, antwortete Wiebke ausweichend.

Maxi war sofort mit Wiebkes Vorschlag einverstanden. Schließlich war Hilke ihre Freundin, betonte sie, während sie viel Makrele mit wenig Brot verdrückte.

»Wenn sie will, opfer ich mich eben und gehe mit in das blöde Schwimmbad«, verkündete Maxi und musste dann kichern.

»Blödes Schwimmbad?«, plusterte sich Tamme auch

schon auf. »Noch ein Wort, und ich erteile dir eine Woche Hausverbot.« Er konnte wesentlich besser ernst bleiben als Maxi, sodass sie ihn erschrocken ansah. »Reingefallen!« Er grinste zufrieden.

»Vielleicht ist Emil ja auch da.« Das sollte wohl gelassen klingen, nur war Maxi wirklich keine besonders begabte Schauspielerin. Schon ihre plötzlich rosigen Wangen verrieten sie.

Wiebke und Tamme wechselten amüsierte Blicke. Emil war ein Jahr älter als Maxi, sie waren sich zum ersten Mal im *Bücherfuchs* begegnet. Der Knirps mit seinem runden, freundlichen Gesicht voller Sommersprossen hatte Maxis Herz auf der Stelle erobert.

»Der ist ziemlich cool«, lautete ihr Urteil.

Auch Wiebke hatte er mit seinen guten Manieren sofort für sich eingenommen. Da Emil nicht nur eine Lese-, sondern auch eine Wasserratte war, bestand sowohl im *Bücherfuchs* als auch im Schwimmbad immer die Chance, ihn zu treffen. Sehr zu Maxis Freude.

»Ich glaube, Nele hat einen Freund«, platzte Tamme los, als Wiebke und er endlich im Bett lagen. »Sie hat mir von einem Ferienjob auf einem toskanischen Landgut erzählt, von der Schule, die sie nicht verpassen möchte, davon, wie toll Italien ist, das Wetter, überhaupt alles. Die ganze Zeit war da so ein Lachen in ihrer Stimme. Das war irgendwie anders als sonst.«

»Ist doch schön.« Wiebke sah ihn an.

»Klar, freut mich natürlich für sie. Wobei, sie ist nicht direkt mit der Sprache rausgerückt. Irgendwann habe ich also gefragt, wie denn die italienischen Jungs so sind.« Tamme lachte.

»Das hast du bestimmt ganz zurückhaltend angestellt, wie ich dich kenne.« Wiebke kuschelte sich in seinen Arm und zog die Decke etwas höher.

»Klar. Ich hab gesagt: Und? Jungs? Total dezent, oder?«

Wiebke schmunzelte. »Dein Fingerspitzengefühl ist legendär.« Ihre Hand strich zart über seine Brust. »Und da hat sie dir von Angelo erzählt?«

Er rückte etwas ab, um ihr ins Gesicht sehen zu können. »Woher weißt du das denn schon wieder? Hast du etwa auch mit Nele telefoniert, oder ist das weibliche Intuition?«

»Eher ein kleines Plappermäulchen mit großen Ohren. Aber verrate Maxi nicht, dass ich das gesagt habe, okay?«

»Was kriege ich dafür?« Tamme zog Wiebke an sich und schnurrte in ihr Ohr.

»Hm, keine Ahnung. Mir fällt gerade überhaupt nichts ein.« Wiebkes Hände wanderten unter sein Schlafshirt.

»Lügnerin.«

»Nele ist also verliebt«, sagte Wiebke leise. »Die erste Liebe ist doch immer die schönste.« Sie seufzte.

»Das ist wahr«, stimmte er ihr zu. »Was danach kommt, kann einfach nicht mithalten.«

Wiebke holte Schwung und setzte sich auf ihn. »Außer die erste Ehe natürlich. Die stellt dann wirklich alles in den Schatten«, raunte sie und küsste ihn auf die Stirn, die Nase, ehe sie begann, mit der Zungenspitze seinen Hals zu erkunden.

Tamme stöhnte. »Stimmt, von der Hochzeitsnacht hört man so einiges.« Er setzte sich auf, zog Wiebke fester an sich und ließ seine Hände über ihren Rücken wandern.

»Kleine Kostprobe gefällig?«, fragte sie und küsste leidenschaftlich seine Lippen. Seine Antwort war nicht zu verstehen, doch sein Körper signalisierte eindeutig Zustimmung.

Kapitel 3

Am Mittwoch regnete es junge Hunde. Wiebke hatte Maxi mit dem Auto zur Schule gebracht, das sollte was heißen. Nun holte sie ihre Tochter und Hilke ab, um sie ins Schwimmbad zu fahren. Für einen Hallenbadbesuch war das Wetter geradezu ideal.

»Na, wie war's in der Schule?«, wollte sie wissen, als sie die Wagentüren hinter sich zugeschlagen hatten. Dicke Tropfen prasselten auf das Autodach.

»Gut«, antwortete Maxi knapp.

»Es war sehr laut«, sagte Hilke. »Die Kinder haben ohrenbetäubenden Lärm gemacht. Noch schlimmer als der Regen.«

»Stört dich das sehr?« Wiebke sah in den Rückspiegel. Hilke blickte aus dem Fenster.

»Ja, das stört mich sehr, das mag ich nicht.«

Maxi sah ihre Mutter über den Spiegel an.

»Im Schwimmbad kann es auch manchmal laut werden, zumindest wenn es voll ist. Aber das weißt du ja«, gab Wiebke zögernd zu bedenken, während sie auf den Parkplatz fuhr.

»Ja, deshalb mag ich auch gar nicht so gerne ins Schwimmbad gehen. Erst recht nicht, wenn es voll ist.«

Hilke machte keine Anstalten auszusteigen. Das konnte ja heiter werden.

»Wir sind da.« Maxi gab sich alle Mühe, fröhlich zu klingen. Sie riss die Autotür auf, sprang heraus, lief um den Wagen und hielt für Hilke die Tür auf. »Tamme ist da. Du wirst sehen, er kann alles im Schwimmbad entscheiden. Er kann sogar bestimmen, dass wir die Rutsche ganz für uns allein haben. Das wird toll!« Regen tropfte ihr aus den Haaren und von ihrer Jacke.

Glücklicherweise kletterte Hilke nun doch aus dem Wagen. Sie klemmte ihre Tasche unter den Arm und marschierte wortlos zum Eingang. Maxi und Wiebke sprinteten hinterher. Im Schutz des Gebäudes blieb Hilke wieder stehen. Wiebke hätte nicht gedacht, dass ihr Verhalten derartig seltsam war. Vielleicht sollten sie doch lieber zu dritt einen heißen Kakao trinken gehen. Nur hatte Wiebke dummerweise noch Termine, die sie nicht verschieben konnte.

»Wenn die anderen Badegäste zu laut sind, bläst Tamme ihnen einfach über seinen Lautsprecher den Marsch«, behauptete Maxi. »Der findet es nämlich auch nicht schön, wenn alle rumschreien.« Sie kicherte. »Er sagt immer, dass er keine Heulbojen braucht.«

Maxi hüpfte auf einem Bein herum und sah zu, wie die Tropfen von ihr auf den Boden fielen.

»Stimmt schon, dass Tamme Lärm auch nicht toll findet«, wandte Wiebke ein. »Allerdings fordert er die Badegäste bestimmt nicht so schnell auf, leise zu sein. Die wollen schließlich Spaß haben und toben, wie ihr auch.« Wiebke suchte Hilkes Blick. Vergeblich. »Im Schwimmbad ist es immer ein bisschen lauter«, fügte sie hinzu. »Die vielen gefliesten Flächen reflektieren den Schall.«

»Was machen die?« Maxi wrang ihre Haare aus und trat von einem Bein aufs andere. Höchste Zeit, dass sie aus den nassen Klamotten kam.

»Reflektieren. Zurückwerfen«, antwortete Hilke sofort.

»Man kann Geräusche doch nicht werfen!« Maxi verzog das Gesicht. Nicht mehr lange, und sie verlor die Geduld.

»Doch, Hilke hat schon recht«, sagte Wiebke. »Teppichboden schluckt Geräusche, aber von Stein prallen sie sozusagen ab und landen doppelt so laut hier.« Sie kitzelte Maxis Ohr, die kicherte. »Bloß machen Teppiche sich nicht besonders gut im Schwimmbad.«

»Nee!« Wieder lachte Maxi. Hilke verzog keine Miene.

»Es wird euch gefallen. Spätestens um fünf bin ich wieder hier. Wenn ihr Glück habt, spendiert euch Tamme ein Stück Kuchen.«

Maxi warf ihrer Mutter einen Blick zu, zog ihre Lippen nach innen und hob die Schultern. Dann marschierten die Mädchen aber doch die Treppe hoch zum Kassenautomat.

Außer zwei grippalen Infekten, schlimm genug für die älteren Patienten, hatte Wiebke am Nachmittag glücklicherweise keine ernsthaften Krankheitsfälle zu behandeln. Nur noch der Hausbesuch bei Frau Ingwersen, dann konnte sie die Mädchen aus dem Schwimmbad abholen. Was stimmte mit Hilke nicht? Es beschäftigte Wiebke sehr. Sie war nicht auf Kinderkrankheiten spezialisiert, sondern kümmerte sich im Normalfall um Krankheiten, die sich jeder junge oder erwachsene Mensch früher oder später zuziehen konnte. Eine echte Feld-Wald-und-Wiesen-Landärztin eben. Aber keine Psychologin, wenn Wiebke auch stets versuchte, Körper und Seele ihrer Patienten als Gesamtheit zu betrachten. Kindesmissbrauch. Wieder kam ihr diese Möglichkeit in den Sinn. Drängender dieses Mal. Was, wenn Hilke die Lärmempfindlichkeit nur vorschob? In Wahrheit mochte sie sich vielleicht nicht in einem Badeanzug zeigen. Weil sie sich unbehaglich fühlte, wenn sie wenig anhatte, weil sie blaue Flecken verbergen wollte? Vorsicht, Wiebke, bloß keine übereilten Beschuldigungen. Es gab keinerlei deutliche Hinweise. Wenn so ein Gerücht erst mal in der Welt war, wurde der Verdächtige seines Lebens nicht mehr froh. Für Pellworm galt das doppelt, hier sprach sich jede Neuigkeit in Schallgeschwindigkeit herum. Sie schob den Gedanken beiseite.

Während Sandra den obligatorischen Papierkram erledigte und Corinna für Klarschiff im Laborbereich sorgte, packte Wiebke ihre Tasche für die Visite bei der alten Frau Ingwersen.

»Ich glaube ja immer noch, die alte Ingwersen ist einfach zu träge, herzukommen«, sagte Sandra, als Wiebke sich verabschieden wollte. »Oder sie hat bei dem Wetter einfach keine Lust, vor die Tür zu gehen. Das könnte ich sogar verstehen. Mann, das wird heute wohl gar nicht mehr hell.«

»Nein, damit ist nicht zu rechnen. Wie gut, dass Tamme uns gestern die Lampe montiert hat.« Sandra nickte. »Vielleicht geht es der alten Dame wirklich schlecht«, wandte Wiebke ein. »Ist Frau Ingwersen nicht die etwas kräftigere Dame, die als größtes Model bei Oma MoMos Modenschau mitgelaufen ist?« Wiebke grinste. »Falls man in Wichtelhausen von groß sprechen kann.«

»Jo, das ist sie.« Sandra seufzte. »Denkt Oma Mommsen eigentlich darüber nach, auch Mode für Normalwüchsige ins Programm zu nehmen? Würde ich gut finden.«

Vor allem, um sich gleich als Model zu bewerben, vermutete Wiebke.

»Glaube ich nicht, aber ich kann sie gerne fragen. Ich war lange nicht bei ihr. Das werde ich gleich mal nachholen. Schließlich ist ihre Hüftoperation noch nicht ewig her. Ich wette, sie turnt trotzdem schon wieder durch ihren Garten, als wäre nie etwas gewesen. Ich bin dann weg!«

Oma Mommsen war vom alten Eisen. Eine kleine, zähe Person, die sich nie unterkriegen ließ und immer fröhlich war. Ab und an konnte sie allerdings auch kiebig werden, wenn ihr etwas nicht passte. Sie hatte sich einfach nicht damit abfinden wollen, nur wegen ihrer neuen Hüfte ihren großen Garten nicht mehr selbst zu pflegen. Vom Umzug in ein Seniorenheim auf dem Kontinent gar nicht zu reden. Weil sie aber doch nicht mehr alles selbst schaffte, hatte sie Hilfe beim Rasenmähen und Unkrautjäten angenommen. Damit ihr bei all der gewonnenen Zeit nicht langweilig wurde, hatte sie sich kurzerhand ein Hobby zugelegt: Oma Mommsen entwarf schicke Mode für kleine, schrumpelige Menschen, wie sie ihre Kollektionen selbst beschrieb. Anfangs hatte es alle amüsiert.

»Wie niedlich, die kleine Frau Mommsen macht in Mode«, hatte es ein wenig spöttisch geheißen. Diese Stimmen waren längst verstummt, denn mittlerweile war aus dem Hobby ein ernst zu nehmendes Unternehmen geworden. Wiebke hätte das nie gedacht, aber die Zahl der Mitarbeiterinnen wuchs kontinuierlich, und Saskia war Geschäftsführerin. Auch die hatte sich vermutlich nicht ausgemalt, welche Resonanz die besondere Modelinie bekommen würde. Es war nicht immer einfach, ihren Vollzeit-Job als Mutter von Zwillingen und die anspruchsvolle Tätigkeit in dem rasant wachsenden Betrieb unter einen Hut zu bringen. Wirklich unglaublich, wie Saskia das schaffte. Vor allem: Wie konnte sie dabei so tiefenentspannt sein? Bei Saskia wirkte alles, als ob sie es mit links machte. Dabei sah sie auch noch zu jeder Tages- und Nachtzeit aus, wie einem Modejournal entsprungen. Obwohl sie sich nun schon eine Weile kannten, war Wiebke einfach nicht hinter ihr Geheimnis gekommen. Ihr selbst merkte und sah man es sofort an, wenn sie unter Stress stand. Saskia dagegen hatte sogar noch angeboten, die Hochzeitsplanung für Wiebke und Tamme zu übernehmen.

Wind und Regen machten den Nachmittag tatsächlich zu einem Tag, an dem nicht mal Janosch gerne vor die Tür ging. Als sie in Richtung Utermarkerweg fuhr, staunte Wiebke, wie viele Fahrzeuge dennoch vom Anleger fuhren, und wie viele Touristen im Bus saßen, der gerade von der Fähre kam, um die Gäste zum Oster- und Tammensiel zu bringen.

Mit einem Mal krampfte sich ihr Magen zusammen. Als der Bus abbog, sah sie kurz einen dunkelhaarigen Mann am Fenster des Shuttles. Braune Lederjacke. Frisur und Kopfhaltung. Das war Nick, Maxis leiblicher Vater! Blödsinn! Wiebke zwang sich, ein paar Mal ruhig durchzuatmen. Ihr Scheibenwischer sauste quietschend über die Frontscheibe ihres Krankentransportwagens, trotzdem waren überall Tropfen, die die Sicht auf alles und jeden verschwimmen ließen. Braune Lederjacke, also ehrlich. Als ob sie das in dem Bruchteil einer Sekunde hätte erkennen können. Als ob sie überhaupt irgendetwas oder jemanden deutlich hätte erkennen können. Allmählich normalisierte sich ihr Puls wieder und sie fuhr sich mit der Hand durch das Haar. War ganz schön lange her, dass sie das letzte Mal an Nick gedacht hatte. Warum sollte sie sich auch Gedanken über ihn machen? Die Zeiten waren vorbei. Sie konzentrierte sich auf die Straße. Völlig unwahrscheinlich, dass er es war, Nick wäre der Letzte, der Urlaub auf einer kleinen Nordseeinsel machen würde, schon gar nicht, wenn noch mit Frühlingsstürmen zu rechnen war statt mit knalliger Sonne. Nee, nee, Nick war ein Stadtmensch. Vor allem brauchte er Abwechslung. Sie hatten sich beim Badminton kennengelernt, kurz danach hatte er auf Tennis umgesattelt, dann doch lieber Squash ausprobiert. Einer wie er würde sich auf Pellworm zu Tode langweilen. Auch die Restaurantauswahl würde ihm nie und nimmer reichen. Was das anging, war Nick speziell. Er wollte wissen, woher sein Lamm stammte, ehe er es verspeiste. Hatte er sich eigentlich je überlegt, was das Lamm über ihn wusste? Und überhaupt, war es weniger verwerflich Fleisch zu konsumieren, nur weil man die Herkunft kannte? Fleisch zu essen belastete die Umwelt, und das Tier musste abgemurkst werden, auch wenn es vorher im Streichelzoo gelebt hatte. So sah es aus!

Wiebke schlug mit der flachen Hand auf das Lenkrad. Wieso war sie plötzlich so unfassbar schlecht gelaunt? Überflüssige Frage. Weil noch immer Wut in ihr aufstieg, sobald sie an Maxis Erzeuger dachte. Tolle Erkenntnis! Wiebke bekam Lust auf einen Eisbecher mit extra viel Schokosoße und Sahne. Es wurde ja immer besser, erst bildete sie sich ein, ihren Ex zu sehen, dann brachte sie allein der Gedanke an ihn aus der Fassung, und zu allem Überfluss wollte sie das Elend auch noch mit einer Zucker-Orgie bekämpfen. Wie gut, dass meine Patienten nicht Gedanken lesen können, ging es ihr durch den Kopf, als sie wenig später vor Frau Ingwersen stand. Auf den ersten Blick sah die ältere Dame weder nach Ausschlag noch nach Magenbeschwerden aus.

Ein rosafarbener Mund formte ein mattes: »Guten Tag, Frau Doktor. Danke, dass Sie gleich herkommen konnten.«

Warum Frau Ingwersen Lippenstift auftrug, wenn sie allein in ihren vier Wänden blieb, erschloss sich Wiebke nicht. Vielleicht rührten die Beschwerden daher, dass der größte Teil der auffälligen Bemalung in Ingwersens Magen landete.

»Kein Problem, wo brennt's denn?«

»Hier!« Die Dame nahm den Schal ab und öffnete den obersten Knopf ihrer Bluse. Das sah gar nicht gut aus. Frau

Ingwersen hätte lieber zu knallrotem Lippenstift greifen sollen, der hätte besser zu ihrem Ausschlag gepasst.

»Das sieht mir sehr nach einer Allergie aus. Ist da etwas bei Ihnen bekannt?«

»Nein, das kann ich mir nicht vorstellen.« Sie hatte Wiebke in ihr Schlafzimmer geführt und ließ sich erschöpft auf das Bett sinken. »Ich traue mich schon gar nicht mehr aus dem Haus mit den blöden Magen-Darm-Problemen«, sagte sie leise. »So schnell kommst ja gar nicht zur Toilette, wie das manchmal losgeht.«

»Bei Durchfall und Erbrechen ist es am besten, zu Hause zu bleiben und sich Ruhe zu gönnen«, bestätigte Wiebke. »Und Sie müssen viel trinken, weil Ihr Körper wichtige Nährstoffe verliert.«

»Ja, ist gut«, sagte sie kläglich.

Wiebke fragte sie nach weiteren Symptomen, und Frau Ingwersen antwortete: »Mein ganzer Mund und der Rachen fühlen sich unangenehm an, als wäre alles geschwollen. Ist es auch, glaube ich. Ich habe mir das mal im Spiegel angeguckt.« Ein Ort, an dem sie vermutlich viel Zeit verbrachte.

»Das würde ich mir selbst gern ansehen. Sagen Sie mal A«, forderte Wiebke sie lächelnd auf. »Ja, alles rot. Haben Sie in den letzten Tagen vielleicht Ihre Essgewohnheiten verändert?«

»Meinen Sie, daher kommt das?« Frau Ingwersen sah sie erschrocken an. »Ich habe Tomaten gegessen.«

»Das machen Sie sonst nicht?«

»Kaum. Aber ich habe da neulich diesen Bericht gelesen. Da stand, Tomaten sind das Mittel der Jugend schlechthin!

Die haben das so angepriesen, dass ich nicht widerstehen konnte. Für straffe strahlende Haut würden wir doch alles tun, oder?« Sie kicherte mädchenhaft.

»Leider haben Sie statt straff und strahlend geschwollen und gerötet bekommen. Sie können froh sein, dass Sie im Gesicht keinen Ausschlag haben.« Wiebke prüfte nun Puls, Atemgeräusche und Reflexe.

»Kindchen, natürlich ist da auch alles fleckig. Wofür gibt es denn Camouflage Make-up?«

Wiebke seufzte. »Ich nehme an, der übermäßige Konsum des roten Elixiers ewiger Jugend hat Ihnen eine Histaminintoleranz eingebracht.«

»O Gott, das hört sich ja schlimm an!« Frau Ingwersen legte eine Hand auf die Brust, zog sie aber sofort zurück. Vermutlich war die Berührung äußerst unangenehm.

»Nicht schlimm, aber auch nicht gerade schön.« Wiebke lächelte ihr aufmunternd zu. »Ich nehme Ihnen etwas Blut ab, um meinen Verdacht zu überprüfen. Sie verzichten erst einmal auf Tomaten, liebe Frau Ingwersen, ja? Zumindest sollten Sie den Konsum deutlich reduzieren.« Es konnte einem das Herz brechen, wie traurig diese Frau gucken konnte. »Sie sehen doch bestens aus und scheinen recht fit zu sein. Oder fehlt Ihnen sonst etwas?« Frau Ingwersen verneinte. »Sehen Sie. Ich hoffe, ich bin so gut in Form, wenn ich mal Ihr Alter erreicht habe.« Das konnte man sich wirklich nur wünschen.

»Von nichts kommt nichts. Na ja, jedenfalls bin ich nicht klein und schrumpelig«, kam es schnippisch zurück.

Hoppla, das war ja mal ein Stimmungswechsel! Wiebke

hatte sich also richtig erinnert, dass Frau Ingwersen eins der Models gewesen war, die bei der Premiere Oma Mommsens Entwürfe präsentiert hatten. Die gute Frau Ingwersen war zwangsläufig ein bisschen aus der Reihe getanzt, weil sie eben größer war als all die anderen Damen. Kunststück, wenn sie mit einigermaßen normaler Körperlänge in einen Zwergentreff geriet.

»Apropos klein und schrumpelig. Ich habe Sie bei Oma MoMos Modenschau an der Neuen Kirche auf dem Laufsteg gesehen. Sie waren toll!«

Wiebke packte ihre Sachen zusammen. Sie sollte sich langsam auf den Weg ins Schwimmbad machen, wenn sie Hilke noch ein wenig beobachten wollte.

»Danke schön«, flötete Frau Ingwersen.

»Steht denn bald mal wieder eine Veranstaltung auf dem Programm?«

»Weiß ich nicht, will ich auch nicht wissen«, gab sie einsilbig zurück. Dann konnte sie sich doch nicht zusammenreißen. »Ich achte auf meine Ernährung, trinke viel Buttermilch und nehme gesunde Fette und Öle zu mir, damit ich meine glatte Haut behalte. Nicht zu viel natürlich. Ich habe schließlich eine Figur zu verlieren. Und dann muss ich mir so was sagen lassen.« Was genau wer zu ihr gesagt hatte, verriet sie nicht. »Ich brauche die jedenfalls nicht. Für meine Statur finde ich glücklicherweise überall jede Menge elegante Mode.« Als ob sie das demonstrieren wollte, stand sie auf und strich ihren weinroten Rock glatt. Glücklich wirkte sie dabei keineswegs, sondern eindeutig gekränkt.

Wiebke würde Oma Mommsen mal auf den Zahn fühlen.

Irgendetwas musste zwischen den beiden Seniorinnen vorgefallen sein. Die kleine Modeschöpferin hatte ein großes Herz. Gefiel ihr etwas nicht, konnte sie es allerdings auch nicht verbergen, versuchte es erst gar nicht. Mit ihrer direkten Art musste man erst mal klarkommen.

Wiebke erinnerte ihre Patientin noch mal an den Tomatenverzicht und gab ihr weitere Ratschläge betreffs Ernährung.

»Mit reifem Käse, geräuchertem oder eingelegtem Fisch und Rotwein sollten Sie ebenfalls vorsichtig sein. Das mit Oma Mommsens Mode überlegen Sie sich noch mal«, schlug Wiebke vor, mit den Gedanken schon bei Maxi und Hilke. »Außerdem wäre es gut, wenn Sie in meine Praxis kämen, sobald Sie sich in der Lage dazu fühlen. Ich möchte gerne einen Provokationstest machen.«

Frau Ingwersen schürzte die rosafarbenen Lippen und streckte das Kreuz durch, sodass sie auf bestimmt beachtliche eins sechzig kam.

»Liebe Frau Klaus, ich lasse mir von Oma Mommsen nicht die Butter vom Brot nehmen, das ist wahr. Obwohl die ordentlich Haare auf den Zähnen hat. Aber provoziert habe ich sie nicht! Darauf gebe ich Ihnen mein Wort. Sie kann ja man nix dafür, dass sie so lütt und schrumpelig is«, meinte sie scheinheilig. »Nur kann ich auch nix dafür, dass ich eben 'n büschen größer und eleganter bin.« Sie besann sich offenbar auf den Auslöser ihres Vortrags. »Da müssen Sie gar nix testen!«

Wiebke schmunzelte still vergnügt. »Der Provokationstest hat rein gar nichts mit Oma Mommsen zu tun, liebe

Frau Ingwersen«, erklärte sie. »Ich möchte herausfinden, was bei Ihnen die Allergie oder Intoleranz hervorruft. Dafür setze ich Ihren Körper kurz bestimmten Stoffen aus, provoziere ihn also. Danach sind wir schlauer.«

Gut, dass es nicht weit bis zum Schwimmbad war. Im Grunde war es von keinem Ort der Insel per Auto weit bis zum Ostersiel. In der Hauptsaison konnte man höchstens mal im Stau stecken, wenn gerade ein Tourist sein Fahrzeug mitten auf der Straße stehen ließ, um verzückt Fotos zu schießen. Wiebke beschloss, ihre Stippvisite bei Oma Mommsen für heute zu streichen. Sie hatte keine Lust, sich am Ende doch wieder abzuhetzen. Als sie gerade ihren KTW, den sie liebevoll Kati nannte, auf dem Parkplatz am Schwimmbad abstellte, klingelte ihr Handy. Unbekannte Nummer. Hoffentlich kein Urlauber, der mit dem Elektrofahrrad im Priel gelandet war. Wäre nicht das erste Mal.

»Wiebke Klaus«, meldete sie sich.

»Hallo, Wiebke, hier ist Nick.«

Wiebke hielt die Luft an und ließ sich zurück in den Sitz fallen. Ihr Magen krampfte sich zusammen, schlimmer als vorhin am Anleger. Ihr wurde übel. Sie schloss die Augen, konzentrierte sich ganz auf ihren Atem. Ein, aus, ein, aus. Plötzlich wurde ihr klar, dass es Nick war, den sie atmen hörte und dessen Rhythmus sie sich angepasst hatte.

»Hallo«, presste sie zwischen den Zähnen hervor. Irgendetwas musste sie schließlich sagen. Nick! Was um Himmels willen wollte er von ihr? Jetzt? Das Leben war manchmal echt verrückt. Da erinnerte sie vorhin am Hafen ein Tourist im Bus an Nick, und zack, rief er an. Zum ersten Mal nach fast acht Jahren.

»Bist du noch dran?«

»Sicher.« Sie hörten sich weiter beim Atmen zu.

Wiebke musste an früher denken. Als Teenager hatte sie so etwas mehrfach erlebt. Tagelang hatte sie nicht an den Jungen gedacht, mit dem sie auf der Fete zu Santanas »Samba Pa Ti« eng umschlungen getanzt hatte. Doch sobald er ihr in den Sinn kam, wurde das Lied prompt im Radio gespielt. Da sage noch jemand, es gäbe keine Vorzeichen.

»Ist das alles, was du wissen wolltest«, fragte sie kühl, »ob ich noch dran bin?«

»Nein, das ist nicht alles.« Pause. »Du bist sauer, stimmt's?«

»Nein, wieso? Du, ich freue mich riesig, dass du anrufst.«

»Ehrlich?«

»Nein, Nick, das war ironisch. Ich freue mich kein bisschen, ich bin sauer, ich habe es eilig, es passt jetzt ganz schlecht«, polterte sie los.

»Dachte ich mir schon«, gab er leise zurück.

»Klar, im Denken warst du ja immer groß. Im Machen eher nicht so.« Zorn und Enttäuschung krochen in ihr hoch, breiteten sich in ihr aus. »Woher hast du überhaupt meine Nummer?«

»Du bist die einzige Ärztin auf der Insel. Das war nicht schwer.«

»Hätte ich dir nicht zugetraut«, erwiderte sie. »In Berlin

habe ich nämlich auch nicht unter falschem Namen gearbeitet.«

»Ich weiß, ich hätte mich längst melden sollen. Es tut mir leid. Wiebke, ich habe mir in den letzten Monaten viele Gedanken gemacht. Das hört sich jetzt vielleicht komisch an, aber ich glaube, ich bin gerade dabei, ein anderer Mensch zu werden.« Das hörte sich nicht komisch an, sondern völlig bescheuert.

»Hoffentlich ein besserer«, rutschte es Wiebke heraus.

Sein typisches heiseres Lachen hatte sie beinahe vergessen. So hatte er immer geklungen, wenn er unsicher gewesen war. Manche Dinge änderten sich wohl nie. Auch Wiebkes Reaktion nicht. Es berührte sie auf unerklärliche Weise, wenn er so lachte.

»Nick, lass uns ein anderes Mal telefonieren, ja? Es war nicht gelogen, als ich sagte, dass es jetzt nicht passt.« Sie zögerte kurz. »Tut mir leid«, sagte sie schnell und legte auf.

Warum ausgerechnet jetzt? Am Wochenende zog sie mit ihrem Kind und Tamme in die Liebesallee. Wiebkes Kind, nicht die gemeinsame Tochter von ihr und Nick, nur ihre. Und in Zukunft auch Tammes. Sie würden im Sommer heiraten, wären dann eine richtige Familie. Du wirst mir nicht dazwischenfunken, Nikolas Becker! Wie sehr hätte sie sich nach Maxis Geburt über ein Zeichen von ihm gefreut. Am Anfang jedenfalls. Aber nichts. Kein Besuch, kein Anruf, nicht einmal eine schäbige Postkarte. Vater unbekannt, hatte Wiebke eintragen lassen. Gott sei Dank, Nick hatte sich nicht einen Deut um Maxi gekümmert, wäre ja noch schöner, wenn er jetzt bei der Adoption mitzureden hätte.

Wie in Trance hatte sie das Hallenbad durch den Seiteneingang betreten, Schuhe und Strümpfe ausgezogen und war in ihre Badelatschen geschlüpft. Auf dem Weg in die Halle prallte sie fast mit Tamme zusammen.

»Hoppla, hast du es so eilig, einen Kuss bei mir abzuliefern, oder wolltest du dir einen abholen?« Ehe sie antworten konnte, zog er sie an sich.

»Weder noch!« Sie konnte es nicht leiden, so überfallen zu werden. Zumindest nicht in diesem Moment.

Tamme stutzte. »Du siehst aus, als wäre dir gerade ein Gespenst über den Weg gelaufen.«

»Geflogen.«

»Bitte?«

»Gespenster gehen nicht, sie fliegen. Frag Maxi!«

»Wiebke, was ist los?«

»Nichts«, antwortete sie, »ich bin einfach spät dran, dabei wollte ich unbedingt noch ein bisschen Zeit mit Maxi und Hilke verbringen. Ist Hilkes Mutter schon hier?«

»Nein. Wollte sie denn kommen?«

»Ach so, stimmt, war gar nicht besprochen.« Wiebke musste sich unbedingt zusammenreißen. Leichter gesagt als getan.

»Das glaube ich doch wohl nicht!«

Wiebke wollte gerade zu einer Rechtfertigung ansetzen, begriff aber noch rechtzeitig, dass Tamme sie gar nicht meinte. Er ging an ihr vorbei zu einer Frau, die sich eben eine Zigarette anzünden wollte.

»Das ist jetzt nicht Ihr Ernst«, blaffte er sie an. Die Frau sah so erschrocken aus, dass Tamme sich zügelte: »Rauchen ist hier nicht gestattet.«

»Ist das nicht sogar verboten?«, fragte Linus, der gerade angeschlendert kam.

Gott sei Dank, Wiebke war Tamme erst mal los. Es kostete sie schon genug Mühe, sich nach dem Gespenst am Telefon auf die beiden Kinder einzustellen. Wiebke entdeckte sie, in Handtücher gehüllt, auf einer Liege. Sie bemerkten Wiebke erst im letzten Moment, weil sie die Rutsche offenbar nicht aus den Augen lassen wollten. Der Lärm war ohrenbetäubend, aber Maxi lächelte. Wiebke fiel ein Stein vom Herzen.

»Na, ihr beiden, schon genug gebadet?«

»Hallo, Mami!« Maxi drückte ihr einen Kuss auf die Wange, anschließend starrte sie wieder zur Rutsche.

»Hallo, Frau Klaus.« Hilke sah Wiebke nicht einmal an.

»Wir machen ein Spiel«, erklärte Maxi. »Wer sich am besten merken kann, wer nach wem gerutscht ist! Wenn man noch weiß, was die anhatten, gibt's Punkte extra.«

Maxis Haare waren an einer Seite völlig angeklatscht, an der anderen standen sie störrisch vom Kopf ab. Maxi kümmerte ihr Aussehen herzlich wenig. Wie erfreulich uneitel ihre Tochter doch war! Davon konnte sich Frau Ingwersen eine kräftige Scheibe abschneiden. Gerade lachte Maxi aus voller Kehle.

»Was ist an dem Spiel so lustig?« Wiebke sah abwechselnd von Maxi zu Hilke.

»Ich sag einfach immer: Der hatte 'ne blaue Badehose

an! Oder: Die hat blonde Haare! Ich kann mir nämlich nie merken, wie die Leute aussehen.«

»Stimmt nicht. Du hast schon acht Punkte«, korrigierte Hilke.

»Und du? Mindestens schon hundert«, antwortete Maxi für sie. »Hilke merkt sich sogar, ob rote oder gelbe Blumen auf dem Badeanzug sind, oder dass die Zwillinge dahinten genau gleich angezogen sind. Ich hab nur behalten, dass dem einen Mädchen das Bikini-Oberteil abgeflogen ist.«

Maxi wollte sich schon wieder ausschütten vor Lachen. Wiebke musste zwar auch grinsen, aber das, was Maxi da so kindlich unvoreingenommen herausplapperte, warf ein ziemlich merkwürdiges Bild auf ihre Freundin. Nach einer normal entwickelten Achtjährigen hörte es sich jedenfalls nicht an.

»Ist ja toll, was du dir alles merken kannst, Hilke. Wie machst du das?« Wiebke hockte sich vor dem Mädchen auf den Boden.

Hilke fixierte die Beckenkante und antwortete, als würde sie in der Schule abgefragt werden: »Ich guck einfach hin. Das kann man doch sehen. Zuerst ist ein Mädchen mit einem rosafarbenen Badeanzug gerutscht, die hatte zwei Zöpfe. Dann war ein Junge dran, der hatte grüne Shorts an, die sich beim Rutschen nach oben geschoben haben. Danach kam ...« Während sie weiter aufzählte, wen sie alles gesehen hatte, bewegten sich ihre Augen unruhig hin und her.

»Für Kuchen hatten wir gar keine Zeit!«, rief Maxi und schenkte Wiebke ihren niedlichsten Blick.

»Schon verstanden.« Wiebke stand auf. »Dafür ist es jetzt aber zu spät. Sind Pommes auch okay?«

»Au ja!«, jubelte Maxi und Hilke nickte.

»Na gut, ausnahmsweise. Dann mal los, umziehen und Haare föhnen! Und danach bringen wir dich nach Hause, Hilke.«

Kapitel 4

Sabine war offensichtlich gerade erst aus ihrer Gärtnerei nach Hause gekommen. Sie trug noch ihre grüne Latzhose, die blonden Haare standen durch eine beachtliche Menge Gel von ihrem Kopf ab wie die Stacheln eines Igels. Ihr Mann Uwe schaltete gerade den Backofen an, als sie die Wohnküche betraten. Seine Speisekarte sah Tiefkühlpizza für den Abend vor.

»Dürfen wir noch kurz in Hilkes Zimmer, Mami? Sie möchte mir was zeigen.« Das passte perfekt.

»Okay, Maxi, aber in einer halben Stunde fahren wir los.«

Kaum waren die Mädchen raus, schloss Sabine die Tür und deutete auf den großen Esstisch.

»Danke.« Wiebke ließ sich auf der Rattanbank nieder. Sabine und Uwe setzten sich zu ihr und sahen sie erwartungsvoll an. Wie sollte sie am besten anfangen? Die beiden ahnten sicher noch nicht einmal, dass sich Wiebke für Hilkes Familienleben interessieren würde. Sie wollte niemandem auf den Schlips treten, aber sie musste offen mit ihnen sein. Eine schwierige Gratwanderung. Wiebke beschloss, sich mit vorsichtigen Fragen heranzutasten.

»Seit wann hat sich Hilke so verändert, könnt ihr das sagen? Ist etwas Besonderes vorgefallen, hier zu Hause vielleicht?«

»Bei uns ist alles normal«, antwortete Uwe sofort.

»Gab es Probleme in der Schule?« Wiebke wandte sich an Sabine: »Du sagtest, Hilkes Leistungen haben sich nicht verschlechtert. Aber vielleicht hat sie von Kindern erzählt, mit denen sie nicht klarkommt? Oder hat sie Lehrer erwähnt, die sie nicht mag?«

»Hilke schreibt gute Zensuren. Darauf kommt es doch wohl an«, gab Uwe gereizt zurück. Ein wenig aufbrausend, der gute Mann! »Warum sollen wir ihr auf die Nerven gehen und sie über die Schule ausfragen?« Sabine legte ihm eine Hand auf den Arm, sein Ton wurde tatsächlich etwas freundlicher. »Falls sie Stress mit ihren Mitschülern hat, kann sie den sehr gut allein lösen. Ist doch wohl normal, dass nicht jeder jeden mag. Und Lehrer!« Er lachte auf.

»Konntest du deine Lehrer etwa leiden?« Wiebke hatte ihm das Du zwar nicht explizit angeboten, aber unüblich war es auf Pellworm auch wieder nicht.

»Einige nicht, andere dagegen schon, ja.«

»Alles Fachidioten ohne Ahnung vom richtigen Leben«, brummte er.

»Uwe!« Sabine warf ihm einen Blick zu, der Bände sprach.

»Entschuldigung«, sagte er leise, ohne Wiebke anzusehen.

»Wir haben beide viel zu tun und arbeiten rund um die Uhr«, verteidigte Sabine sich und ihren Mann. »Aber von

Schwierigkeiten in der Schule hätte sie bestimmt erzählt, glaube ich. Sie spricht viel über Maxi, wenn sie denn mal was erzählt. Natürlich nur Gutes. Obwohl ...« Sabine dachte nach. »Hilke ist ein Kind, das eher Fakten beschreibt, weniger Empfindungen.«

»Na und? Jeder Mensch ist anders. Hilke war noch nie eine Heulsuse oder gefühlsduselig«, ging Uwe dazwischen.

Ohne Vorwarnung sah Wiebke Nick vor sich. Gefühlsduselig. Schönes Wort. Das war sie seit seinem Anruf auch. Erstaunlich, dass es ihr gelungen war, ihn eine Weile zu verdrängen. Erstaunlich, aber notwendig. Sie musste es noch etwas länger schaffen.

»Könnt ihr das näher beschreiben, habt ihr Beispiele?«

»Sie würde eher erzählen, dass Maxi einen grünen Rock anhatte, als dass ihre Freundin traurig oder fröhlich oder wütend war.« Sabine sah kurz zu ihrem Mann. »Ich weiß nicht, ob das auch wichtig ist. Aber uns ist eingefallen, dass Hilke als Kleinkind etwas ungeschickt war, ungeschickter als andere Kinder ihres Alters. Das hat uns nie sonderlich zu denken gegeben, weil Uwe auch zwei linke Hände hat.« Sabine lachte ein wenig bitter auf.

»Ja, ziemlich blöd, wenn man ungeschickt ist.« Als die Stille am Tisch nicht mehr zu überhören war, wurde Wiebke klar, was sie da eben gesagt hatte. Nicht gerade freundlich! Sabine und Uwe sahen sie fragend an. »Ich meine, jeder ist bei irgendetwas ungeschickt.« So wie ich in diesem Moment! Der sprichwörtliche Elefant im Porzellanladen ist gegen mich die Umsicht in Person, beschimpfte sie sich innerlich. Wiebke ärgerte sich maßlos, dass Nicks Anruf sie so aus der Fassung gebracht hatte. Also Gedanken ordnen und zur Sache kommen!

»Hilke ist ein intelligentes Mädchen. Sie ist gut in der Schule, hat Freunde und ist sehr liebenswert. Möglich, dass es einfach eine Phase ist«, beruhigte Wiebke die beiden. »Vielleicht eine sehr früh einsetzende Pubertät. Ich würde euch trotzdem empfehlen, Hilke weiter zu beobachten. Vor allem: Redet mit ihr!«

Uwe setzte zu Protest an, aber Sabine hielt ihn mit einer einzigen Geste zurück.

»Maxi rückt auch nicht immer sofort mit der Sprache raus, wenn sie etwas belastet«, fuhr Wiebke fort. »Da bohre ich dann schon mal nach, auch wenn es manchmal eine Menge Geduld verlangt. Haltet mich gerne auf dem Laufenden.« Sie stand auf. »Wenn dir etwas komisch vorkommt oder Sorgen bereitet, kannst du mich auch abends anrufen, Sabine, ruhig auf meinem Handy.« Sie lächelte Hilkes Mutter aufmunternd zu, ehe sie nach Maxi rief.

Auf dem Heimweg gingen Wiebkes Gedanken immer wieder zu Nick. Wie mochte er jetzt aussehen? Wo lebte er, was war aus ihm geworden? Ob er sein Pharmaziestudium abgeschlossen hatte? Immer wieder ermahnte sie sich, ihre Aufmerksamkeit auf ihre Tochter zu lenken. Abendessen hatte es ja schon im Bad gegeben, nun durfte Maxi noch eine Folge *Die drei Fragezeichen* hören.

»Cool, die sind voll retro!«, kommentierte Maxi.

Wiebke lachte. Ihre Tochter war das tollste Mädchen, das sie sich vorstellen konnte. Sie hatten ein gutes Zuhause,

Wiebke liebte Tamme und ihre Arbeit. Das Leben war schön! Wie hatte Nicks Anruf sie nur derartig umhauen können? Dass es zu einem tollen Kind zwangsläufig einen leiblichen Vater gab, war nichts Neues. Und Wiebke war weiß Gott nicht die einzige Mutter auf der Welt, die mit dem biologischen Erzeuger nicht automatisch einen verlässlichen Partner an ihrer Seite hatte. Alleinerziehend war immerhin besser, als mit einem unzuverlässigen, womöglich unehrlichen, und in Nicks Fall unreifen Mann zusammen zu sein. Er hätte am Ende mehr Aufmerksamkeit gebraucht als das Kind. Trotzdem blöd, dass dieser Nichtsnutz gerade jetzt auftauchte.

»Maxi, ich gehe dann jetzt rüber zu Saskia, in Ordnung? Wir haben ein paar Sachen zu besprechen. Tamme kommt bestimmt auch gleich und sagt dir Gute Nacht. Falls was ist, weißt du ja, wo ich bin.«

Maxi gähnte herzzerreißend. »Ja, ja, viel Spaß!« Sie kuschelte sich tief in ihre Kissen und zog die Decke ein Stück höher. Prima, das Toben im Schwimmbad zeigte Wirkung. Wie es aussah, konnte Maxi diese Drei-Fragezeichen-Folge irgendwann noch mal hören.

Treppe runter, raus aus der Tür, ein paar Schritte über den Wendehammer, und schon war Wiebke am Ziel. Nicht mehr lange, dann musste sie sich aufs Rad schwingen, um ihre Freundinnen zu sehen. Ob sie Maxi dann auch allein lassen konnte? Klar, alles eine Frage der Gewöhnung. Wiebke atmete einmal durch, ehe sie den Klingelknopf drückte. Welch ein Tag! Prosecco und Hochzeitsplanung mit den Mädels waren genau das richtige Programm, um endlich wieder auf andere Gedanken zu kommen.

»Willkommen zum Einsatz der Blauen Kappen«, schmetterten Saskia und Lulu im Chor, garniert von Corinnas Glöckchenlachen.

Ein warmes Gefühl durchströmte Wiebke. Diese Nachbarschaft war kostbar wie eine zweite Familie. Sogar Margit hatte es sich nicht nehmen lassen, an diesem Abend dabei zu sein. Wahrscheinlich hatte sie Angst, Informationen über DAS Ereignis des Sommers zu verpassen. Sie lümmelte mit Lulu und Corinna gemütlich auf dem Ecksofa. Saskia hatte ein paar Häppchen auf einer großen Platte angerichtet, die sehr raffiniert aussahen. Wiebke brauchte sich nur noch in die Polster plumpsen zu lassen.

»Ach, Mädels, ist das schön!«, stöhnte sie und erntete irritierte Blicke. »Ich hatte vielleicht einen Tag …«

»Wieso, war Frau … Piieep … so anstrengend?«, wollte Corinna wissen. Das musste man ihr lassen: Wenn sie in privaten Angelegenheiten auch noch so eine Plaudertasche war, wenn es um Patienten ging, stand Diskretion bei ihr ganz oben.

Wiebke hob abwehrend die Hände. »Nein, die war in Ordnung. Ich will jetzt auch gar nicht mehr daran denken.«

»Genau, der Tag war bestimmt gebraucht. Der kann dann wohl weg.« Margit lachte. Humor war eher nicht ihre Stärke.

»Richtig.« Wiebke sah von einer zur anderen. »Wer füttert mich jetzt mit Trauben?« Sie rutschte ein Stück tiefer in die Polster.

»Trauben gibt's in dieser Straße nur flüssig«, rief Lulu und reichte Wiebke ein Glas. »Darum kümmere ich mich gerne, aber trinken musst du schon selbst.«

»Einverstanden.« Wiebke rappelte sich wieder hoch. »Na dann ...«

»Prost!«

Saskia stellte ihr Glas ab und nahm den Stift zur Hand, der auf einem Notizblock bereitlag. »Also, Wiebke, die erste Frage ist natürlich ...« Sie machte eine Kunstpause.

»Was – ziehst – du – an?«, schmetterte der Blaue-Kappen-Chor.

»Ihr werdet es nicht glauben, aber das weiß ich tatsächlich schon.« Wiebke verschränkte die Arme und genoss ihren kleinen Triumph. Vier entsetzte Augenpaare starrten sie an.

»Willst du etwa sagen, wir haben keine Entschuldigung für eine ausgiebige Shopping-Tour auf dem Kontinent?« Lulu schaute drein, als würde sie gleich in Tränen ausbrechen. »Wo hast du dein Kleid überhaupt gefunden? Ohne uns«, betonte sie noch mal.

»Es ist kein Kleid. Es ist ein Einteiler mit Hose.«

»Was?« Hier kamen die Einsätze des Chors eher hintereinander und in unterschiedlichen Tonlagen.

»Wiebke, das kann nicht dein Ernst sein.« Corinna hatte als Erste ihre Fassung zurück. »Bei einer friesischen Hochzeit trägt die Braut ein Kleid. Punkt. Basta.« Es war ihr Ernst. Nicht das geringste Glöckchenlachen folgte, sie verzog nicht einmal eine Miene.

»Du willst doch nicht im Blaumann, also im weißen

Blaumann, oder wie soll man das nennen ... Also im Overall, oder was?« Selbst Margit, die für Mode nicht so viel übrig hatte wie Saskia und Lulu, konnte es anscheinend nicht fassen.

»Jumpsuit nennt man das«, klärte Wiebke sie auf. »Weit ausgeschnitten und mit Neckholder. Das Ganze geht über in eine Marlene-Hose. Alles in einem Cremeton. Dazu werde ich das Collier meiner Großmutter tragen. Super elegant!« Wiebke strahlte. Mit dieser fachlich einwandfreien Beschreibung sollte sie selbst Saskia überzeugt haben.

Von wegen. »Na, deine Schwiegermutter wird sich bedanken, wenn sie einen Hosenanzug anstatt einer Robe mit viel Tüll und Perlen bezahlen darf«, wandte Saskia kühl ein. »Ist doch so, in den Mittelmeerländern zahlen die Schwiegereltern für das Brautkleid, ob nun gekauft oder geliehen. Das habe ich gelesen.«

Wiebke war verunsichert. »Ich glaube nicht, dass das so streng ...« Weiter kam sie nicht.

»Die Schwiegermütter suchen es angeblich sogar mit aus«, ließ Saskia sie wissen.

»Super, dann ist das letzte Wort also noch nicht gesprochen«, stellte Lulu fest und nahm darauf einen großen Schluck. Dann erstarb ihr Lächeln. »Oder weiß sie etwa schon Bescheid und ist einverstanden?«

»Ich habe mal gehört, dass in Griechenland alle Hochzeitsgäste ein besticktes Tüchlein mit gezuckerten Mandeln darin bekommen«, meldete sich Margit wieder zu Wort. »Kriegen wir das auch?«

»Ihr wollt mir nicht erzählen, dass es eine griechische

Hochzeit werden soll und keine friesische. Wir sind schließlich auf Pellworm und nicht auf Kreta.« Corinna war immer noch irritiert. »Allerdings bekommen die Gäste bei Hochzeiten heutzutage auch hier kleine Geschenke. Genau wie bei Kindergeburtstagen. Ist doch so, oder?« Sie sah hilfesuchend die Mütter in der Runde an.

»Allerdings! Eine dämliche Erfindung«, rief Lulu. »Wenn man Kindern die Naschi-Tütchen wenigstens am Anfang geben könnte. Dann würde ich immer Beruhigungstabletten reinpacken!« Sie feixte.

»Können wir bitte beim Thema bleiben?« Saskia sah streng in die Runde. »Ich halte fest: Die Hochzeitskleidfrage ist noch nicht abschließend geklärt.« Wiebke kam nicht dazu, zu widersprechen. »Aber eins muss dringend geklärt werden, Wiebke. Wird die Zeremonie nun griechisch oder norddeutsch? Beides zusammen wird schwer. Es sei denn, ihr wollt Sirtaki um den Leuchtturm herum tanzen.« Sie kicherte.

»Prinzipiell habe ich nichts gegen Sirtaki, auch wenn ich es überhaupt nicht kann.« Wiebke sah in die Runde. »Natürlich wird das Fest friesisch. Erstens ist Tamme ein waschechtes Nordlicht, zweitens will ich es unbedingt. Sonst hätte ich auch seinen Vorschlag annehmen können, in Verona bei Nele zu heiraten.«

»Dagegen hätte ich nichts gehabt.« Lulu schenkte die Gläser wieder voll. »Bella Italia, lecker Cappuccino, Vino rosso und tolle Männer.«

»Hätte Jochen bestimmt auch super gefunden«, warf Margit nüchtern ein.

»Ich wollte im Pellwormer Leuchtturm heiraten, dementsprechend gibt es eine friesische Zeremonie, wie es sich hier gehört«, stellte Wiebke klar.

»Wenigstens das«, seufzte Corinna, »ich hätte die ganze Nacht kein Auge zugekriegt.«

»Kriege ich auch so nicht«, warf Lulu ein. »Hosenanzug. Ach nein, Entschuldigung, Jumpsuit. Ich fasse es noch immer nicht. Du weißt schon, dass das auf Deutsch ein Springeranzug ist? Geh mal auf den Flughafen und guck dir an, womit die Fallschirmjungs aus dem Flieger hüpfen. Echt formschön!«

»Ich schlage vor, wir stellen die Frage des Outfits zurück, wir haben schließlich noch einiges auf dem Zettel.« Saskia klopfte mit dem Stift auf ihren Block, wo eine ganze Reihe von Punkten aufgelistet war.

»Gute Idee!« Wiebke hob ihr Glas. »Wenn hier eine demnächst an Schlafmangel leiden wird, dann ist es Saskia«, verkündete sie schon leicht beschwipst. »Jedenfalls, wenn es dabei bleibt, dass du unsere Hochzeitsplanerin wirst.« Sie sah Saskia fragend an.

»Logisch!«

»Fein. Und du, Corinna, kannst uns als echte Nordfriesin über die typischen Hochzeitsbräuche aufklären.«

Corinna war die Freude über diese wichtige Aufgabe anzusehen.

»Wird auch Zeit, dass wir wenigstens zur Hochzeit aufgeklärt werden, oder?« Lulu prustete los.

Lag es an der weiteren Flasche Prosecco, die Saskia köpfte, dass Wiebke sich so wohlfühlte? Oder war es dieses

Sofa, auf dem man so gemütlich saß? Irgendwie eine ganz tolle Federung, dachte sie und hüpfte sitzend auf und nieder.

»Guck mal, wie sie sich freut!«, kiekste Corinna.

»Was zieht Tamme eigentlich an?«, fragte jemand. Wiebke bekam nur noch die Hälfte mit. Das erste Mal an diesem verkorksten Tag fühlte sie sich völlig entspannt.

»Männer werden ja auch immer eitler«, behauptete Margit. »Ich habe neulich in der Zeitung sogar eine Einladung zu einem Vortrag über Prostatavergrößerung entdeckt.« Sie schüttelte verständnislos den Kopf. »Wer macht denn so was? Das sieht doch sowieso keiner!«

Stille, dann brachen alle in lautes Gelächter aus.

Als Wiebke irgendwann, viel zu spät und mit einigen Schwierigkeiten, ihr Gleichgewicht zu halten, in ihr Schlafzimmer schlich und sich neben Tamme ins Bett kuschelte, erinnerte sie sich, dass sie doch noch eine Menge besprochen hatten. Polterabend oder nicht, friesische Hochzeitssuppe, geschmückter Bogen über der Tür. Ob sie auch schon etwas beschlossen hatten, hätte sie allerdings nicht sagen können.

Am nächsten Morgen fühlte Wiebke sich, als hätte jemand ihre Sensorik neu programmiert. Zu schnelle Kopfbewegungen verursachten Schwindel, und der Druck in ihren Ohren war vorher auch nicht da gewesen. Vielleicht doch ganz gut, dass sie bald einen etwas längeren Weg zu ihren Freundinnen hatte. Es war eine einfache Gleichung: Je öfter sie sich trafen, desto schlechter war es für die Gesundheit.

Wiebke suchte sich einen Platz an Deck und stellte ihre Arzttasche ab. Sie hatte sich mit dickem Schal, Pudelmütze und einer Jacke, die kaum Wind durchließ, extra so ausgerüstet, dass sie an der frischen Luft bleiben konnte. Die Überfahrt fühlte sich jedes Mal nach Urlaub an, obwohl Wiebke fast immer dienstlich auf die Hallig fuhr, oft in einer Nussschale, die sich Wassertaxi nannte. Sie liebte es einfach, sich den Wind um die Nase pusten zu lassen, dem Tosen der schäumenden Wellen zuzuhören und den Anblick dieser endlosen Weite zu genießen. Mitte März war es zwar noch frisch, doch die Sonne schien und versprach, dass Frühling und Sommer nicht mehr lange auf sich warten ließen. In der Ferne tummelten sich tatsächlich zwei Kegelrobben auf einer Sandbank. Wiebke lächelte. So ein Glück hatte man nicht oft. Hatte sich das frühe Aufstehen mit Brummschädel doch gelohnt!

»Moin, Frau Doktor. Grüß Gott!« Hubert, der bayerische Fahrkartenkontrolleur der Hilligenlei, hatte sich offensichtlich bestens im Norden eingelebt. Jedenfalls wirkte er rundum zufrieden und versprühte mit seiner locker-freundlichen Art immer gute Laune auf der Fähre. Und jetzt auch hier auf dem Ausflugsschiff.

»Moin, Hubert, was machen Sie denn hier? Haben Sie sich nicht im Schiff und in der Route geirrt?«

Er lachte. »Na, des hat scho alles seine Richtigkeit.« Manchmal kam sein bayerischer Dialekt wieder durch, vor allem das rollende R. »Die Ausflugsfahrten zu den Halligen starten heuer versuchsweise zwei Wochen früher als sonst. Da braucht's Leit. Da helf ich halt mal aus.«

»Dann habe ich mich doch nicht getäuscht. Mir war doch so, als wäre das Schiffchen letztes Jahr erst im April gefahren.«

Er nickte. Dann machte er Kulleraugen. »Und, schon den Leuchtturm reserviert für das große Ereignis?«

»Klar. Jetzt wären wir sicher schon zu spät dran, und jemand hätte uns das kleine Standesamt weggeschnappt.«

»Pellworm macht ja auch ordentlich Werbung dafür.«

»Zu Recht! Da oben zu heiraten ist eben einmalig.«

»Na dann, gutes Gelingen, oder was wünscht man? Wird schon!« Er lachte und kontrollierte die wenigen anderen Hartgesottenen, die sich auf eine der Bänke an Deck gekauert hatten.

Die Häuser auf den Warften waren schon deutlich zu erkennen. An den Neubau auf Hans-Warft, dem Zentrum von Hooge, musste Wiebke sich erst gewöhnen. Wie mochte es erst den Hallig-Lüüd gehen? Lange her, seit sich die Silhouette zum letzten Mal verändert hatte. Wenn es manchmal auch nicht den Eindruck erweckte, war der Fortschritt auch hier nicht aufzuhalten. In mancher Hinsicht war er gerade hier notwendig. Mit Landunter musste man inzwischen aufgrund der verrückten Klimaverhältnisse schon mitten im Sommer rechnen. Wenn die Sturmfluten zunahmen und höhere Pegelstände erreichten, musste man darauf reagieren. Wiebke blinzelte in die Ferne. Würde man nichts unternehmen, waren Hooge und die anderen Halligen früher oder später verloren. Konnten sie nicht mehr bewohnt werden, dauerte es nicht mehr lange, bis sie den Naturgewalten nicht länger trotzten und von der Landkarte verschwanden. Das würde sich an den Küsten empfindlich bemerkbar machen. Hin und wieder war von einem Umbau der Häuser die Rede gewesen, auf aufschwimmenden Pontons sollten sie gelagert werden. Ein immenser Aufwand und zum Beispiel bei der wunderschönen Halligkirche gar nicht umsetzbar. Die Erhöhung der Warften musste erst einmal reichen. Wiebke fand es gut, dass man bei der Gelegenheit gleich ein großes Gebäude errichtet hatte. Der Hallig-Kaufmann war darin untergekommen. Wenn im alten Laden mehr als drei Kunden gleichzeitig eingekauft hatten, hatte man sich schon drängeln müssen. Das war jetzt besser. Vor allem gab es endlich eine richtige kleine Krankenstation!

Wiebke schloss einen Moment die Augen, Gott sei Dank, es ging ihr schon viel besser. Sie genoss die Meeresluft und das Kreischen der Möwen. Wie gut, dass Tamme sie hier in Friesland gehalten hatte, anstatt sie kampflos in die Berge ziehen zu lassen. Dahin wäre sie beinahe geflohen, als sie das erste Mal von Tammes Tochter Nele gehört hatte. Sein Fehler, schließlich wäre es seine Aufgabe gewesen, ihr von allein von Nele zu erzählen. Glücklicherweise hatte ihr Mittelmeer-Friese sie davon überzeugt, sich trotzdem auf eine Beziehung mit ihm einzulassen, obwohl er nicht fehlerfrei war.

Volker holte Wiebke am Anleger ab. Sie ging normalerweise gerne zu Fuß oder schnappte sich ein Fahrrad, wenn sie Hausbesuche auf dem Zettel hatte. An diesem Tag waren für Hooge nur ein paar Stunden eingeplant, und sie hatte keine Ahnung, ob sie auf einer der abgelegenen Warften gebraucht wurde, insofern war sie dankbar, dass der Krankenpfleger mit dem Auto kam.

»Moin, Wiebke.« Er lächelte sie an. »Ich wollte dich auch schon anrufen und fragen, wann du mal wieder kommst.«

»Wieso, gibt's was Ernstes?« Sie schnallte sich an. Wahrscheinlich war sie die Einzige in der Halligwelt, die das tat.

»Nö, glaube ich nicht. Du kennst ja deine Pappenheimer, drei, vier heftige Erkältungen, gerade gestern eine Hautabschürfung. Das Übliche«, setzte er sie ins Bild. »Die meisten fühlen sich eben besser, wenn der Doc mal draufgguckt hat. Jedenfalls haben einige nach dir gefragt in letzter Zeit. Ach ja, wie steht's eigentlich mit dem großen Fest?«

Wenn das mal nicht der Hauptgrund war, weshalb einige nach ihr gefragt hatten! Wiebke wunderte sich längst nicht mehr, vermutlich wusste jeder Einzelne der etwas über hundert Bewohner von ihrer Hochzeit. Die Leute auf Süderoog, Langeneß und Gröde selbstverständlich auch.

»Ab wann muss ich denn eigentlich Frau Tedsen sagen, Wiebke?«, konnte sich Volker nicht verkneifen zu fragen.

Sie schüttelte schmunzelnd den Kopf. »Ich weiß nicht, ob es in Friesland anders ist, aber eigentlich ändert sich der Vorname bei einer Heirat nicht. Ich werde auch weiterhin Wiebke heißen.«

Er stutzte, begriff und schlug sich mit der Hand an die Stirn. Im nächsten Moment brauchte er wieder beide Hände am Lenkrad.

Bürgermeister Scheewe kam ihnen in seinem knallroten SUV entgegen.

»Will der jetzt etwa auch noch eine Autobahn auf Hooge

bauen und hält das hier für seine Teststrecke?«, fragte Wiebke zornig.

»Wieso? Verstehe ich nicht.« Volker sah sie von der Seite an.

Scheewe war inzwischen abrupt auf die Bremse getreten. Er hatte sie wohl erkannt und gehofft, dass Tamme bei ihr wäre. Dann hätte er gleich wieder ausführlich über sein großes Schwimmbad-Projekt sprechen können. Tja, Fehlanzeige. Das erkannte auch Scheewe und fuhr nach kurzem Nicken ebenso abrupt und mit überhöhter Geschwindigkeit weiter.

Kurz darauf hatten sie Hans-Warft erreicht.

»Was meinst du damit, dass Scheewe auch noch eine Autobahn bauen will?«, hakte Volker nach, als sie ausgestiegen waren.

Aufgepasst, bloß nichts ausplaudern. Wenn auf der Hallig noch nicht bekannt war, welcher Größenwahn den Bürgermeister ergriffen hatte, wollte Wiebke nicht diejenige sein, die sich verplapperte.

»Na ja, erst der Neubau für den Hallig-Kaufmann und die Sanitätsstation ...«, sagte sie.

»Da hatte Scheewe keine Aktien drin, das war schon vor seiner Zeit beschlossene Sache.«

»Ah, wusste ich gar nicht«, entgegnete sie, die Finger hinter dem Rücken gekreuzt. »Was macht eigentlich deine Schauspieler-Karriere?«

Perfekte Ablenkung. Volker war im vergangenen Jahr in die Theatergruppe eingetreten und liebte es, auf der Bühne zu stehen. Wiebke hatte den Verdacht, dass er nicht nur

Spaß an dem Hobby an sich hatte, sondern auch an den ausschweifenden Feiern, die es nach Proben und Aufführungen gab.

»Läuft. Wir studieren gerade *Tratsch im Treppenhaus* ein. Ein absoluter Klassiker«, erzählte er ihr stolz. »Den haben die sogar schon am berühmten Ohnsorg-Theater gespielt!«

Vor dem Krankenzimmer warteten zwei Patienten, das war überschaubar.

»Nanu, haben sich die heftigen Erkältungen selbst kuriert, oder muss ich die alle zu Hause besuchen?«, wollte Wiebke von Volker wissen.

»Nö, bei mir hat keiner um einen Termin gebeten. War dann wohl doch nicht so schlimm. Wenn du hier schnell durch bist, können wir nachher vielleicht noch kurz sprechen. Wegen der Vorräte für die Saison. Verbände und so.«

»Alles klar. Na dann, die Sprechstunde ist eröffnet!«

Zuerst war der leicht buckelige Asmus Andresen an der Reihe. Als Wiebke ihn aufrief, sprang er förmlich vom Stuhl hoch. Doch dann schien er sich auf ein Rückenleiden zu besinnen, stützte seine rechte Hand in die Hüfte und kam mit schmerzverzerrtem Gesicht in den Behandlungsraum gehumpelt.

»Mann, Mann, Hallig-Doc, die beste Krankheit taugt ja man nix. Is nich schön, wenn man alt wird. Kannst nix mehr hören, hast Rücken, musst pupen. Na, Sie wissen das alles viel besser als ich.« Wiebke zog die Augenbrauen hoch. »So theoretisch, mein ich man blots.«

»Das Alter hat auch was Gutes, lieber Herr Andresen,

man ist nämlich viel entspannter. Das stelle ich mir theoretisch jedenfalls vor.«

»Da merkt man, dass Sie doch keine Ahnung davon haben. Wissen Sie zum Beispiel, was das Blöde an grauen Haaren is?« Wiebke zuckte mit den Achseln. »Da kriegst im Alter mehr von, und gleichzeitig werden deine Augen schlechter.« Er machte eine Pause. »Denn sach mir man, wie man die feinen Dinger in der Dusche finden soll.«

Wenn er sonst keine Probleme hatte …

»Was fehlt Ihnen denn nun, lieber Herr Andresen, wie kann ich Ihnen helfen?« Wiebke hatte sich einen Stuhl neben die Behandlungsliege gestellt, auf der ihr Patient saß.

»Das is wohl der Ischias, mein ich. Das tut bannig weh beim Aufstehen und beim Gehen … und so.« Andresen kratzte sich am Kinn. »Sech mol, ham Sie den Tedsen eigentlich lange zappeln lassen, ehe Sie Ja gesagt haben?«, flüsterte er und beugte sich vertraulich vor. »Is ja 'n stattlicher Kerl, kannst nich anners sagen. Meine Frau und ich waren früher manchmal drüben auf Pellworm im Schwimmbad. So bis vor drei Jahren etwa. Seitdem kommen die Enkelkinder nich mehr, oder nur noch kurz, denn lohnt sich das nich. Jedenfalls kennen wir den Tedsen da her.«

»Das ist sehr interessant.« Wiebke lächelte. »Aber jetzt kommen wir mal zum Punkt.«

»Ach so, klar. Was ich sagen will: Bei 'ner Friesin hätte der bannig hartnäckig sein müssen, die hätte ihn man schön 'n paar Mal abblitzen lassen.« Wiebke holte Luft. »Is hier so üblich«, belehrte er sie. »Der Bräutigam in spe muss bei der Angebeteten antanzen, sodass das auch alle mitkriegen.

Früher kamen die jungen Kerle mit 'm Boot, zumindest wenn's einer von Pellworm oder womöglich vom Kontinent war. Die Deern hat ihm erst mol vertellt, dass er sich nich wieder blicken lassen muss. Denn zog er ab mit hängenden Ohren.« Andresen knickte seine beiden Ohren nach unten. Wiebke musste lachen und versuchte, ihn zu unterbrechen. Doch er brachte seine Erzählung unbeirrt zu Ende: »Das Programm wiederholte sich mehrmals. Erst wenn die Deern ihren Verehrer ma zum Tee einlud oder so, dann konnte er wohl anfangen zu strahlen. Bei euch Städtern is das anners, nehm ich an.« Er lehnte sich ohne Rücksicht auf seine Schmerzen zurück, verschränkte die Arme und machte es sich sichtlich gemütlich. Fehlte nur noch, dass er eine Tasse Tee bei Wiebke bestellte.

»Das kann ich Ihnen gar nicht sagen, ich bin nämlich auch nicht in einer Großstadt aufgewachsen.«

»Wieso, kommen Sie denn gar nich aus Berlin?«

»Da habe ich zuletzt gewohnt, aber aufgewachsen ... Auf jeden Fall sind Traditionen ganz bestimmt je nach Region unterschiedlich und zum Teil sicher auch etwas in Vergessenheit geraten. Ich verrate Ihnen etwas.« Jetzt war es Wiebke, die sich zu ihm herüberbeugte und flüsterte: »Ganz leicht habe ich mir die Entscheidung nicht gemacht. Allerdings nicht, weil ich mir bei Herrn Tedsen nicht sicher war, sondern weil ich nicht wusste, ob ich auf Pellworm leben kann.«

»Das versteh ich!« Er nickte heftig. »Is mir auch alles zu laut und zu hektisch bei euch da drüben.«

So, Plauderstunde beendet. »Ihr Ischiasnerv scheint in

Ordnung zu sein. Ich gebe Ihnen ein Wärmepflaster mit, das kann Ihnen Ihre Frau auf den unteren Rückenbereich kleben. Halten Sie die Stelle immer schön warm und vermeiden Sie langes Stehen. Wenn die Schmerzen schlimmer werden, weiß Volker, was zu tun ist. Gute Besserung, Herr Andresen, erst mol!«

Als sie ihn hinausbegleitete, traute sie ihren Augen nicht: Lutz vom Gemeindebüro hatte sich zu der zweiten Patientin gesellt. Er saß freiwillig und ohne Mundschutz neben einer vermeintlich Kranken. Bemerkenswert. Das sprach dafür, dass sie sich etwas gebrochen oder gezerrt hatte. Ansteckungsgefahr schloss Wiebke aus, die hätte ihn mit seiner ausgeprägten Bakterien-Paranoia in die Flucht geschlagen.

»Moin, Swantje, äh Wiebke«, begrüßte er sie. »Frau Christiansen is vor mir dran. Ich warte gerne«, sagte er mit lang gezogenem E am Ende. Allmählich wurde es Wiebke unheimlich, normalerweise hatte er nämlich nie Zeit, sondern machte drei Dinge gleichzeitig.

Frau Christiansen hatte sich die Haut am rechten Handballen schlimm aufgeschürft. Endlich jemand mit einer echten Verletzung, jubelte Wiebke innerlich. Im nächsten Moment schämte sie sich, denn die Wunde sah wirklich nach fiesen Schmerzen aus. Aber noch einen Patienten, der nur simulierte, um den neuesten Hochzeitstratsch aufzuschnappen und zu verbreiten, konnte sie nicht gebrauchen.

»Mensch, Frau Christiansen, wie haben Sie das denn hingekriegt?« Wiebke sah sich die Hand an und sterilisierte die Wunde.

»Tja, ungeschicktes Fleisch muss weg, hat meine Mutter immer gesagt. Ich wollte gestern Reibekuchen machen. Hab ich auch. Aber dann kam meine Nachbarin, die Hilde. Und wie wir so quasseln, will ich schnell abwaschen und guck nich richtig hin. Und da hab ich dann mit dem Handballen über die neue scharfe Reibe geschrubbt, anstatt mit dem Lappen.« Sie seufzte. »Nu weiß ich wenigstens, wie sich 'ne Kartoffel fühlt, bevor sie zum Reibekuchen wird.«

Wiebke konnte sich ein Grinsen nicht verkneifen. Die ältere Dame tat ihr zwar leid, aber die Art, wie sie zerknirscht ihr Missgeschick beschrieb, war einfach zu drollig.

»Na, Ihren Humor haben Sie glücklicherweise nicht gleich mit weggeschrubbt. Die Hand wird auch schnell heilen, liebe Frau Christiansen. Ich trage jetzt eine Salbe auf und verbinde die Wunde«, erklärte Wiebke. »Sie können den Verband nach zwei Tagen abnehmen. Tragen Sie dann gerne noch eine Weile Salbe auf. Ich gebe Ihnen die Tube mit.« So, das war flott erledigt.

»Danke, Frau Doktor.« Frau Christiansen rührte sich nicht vom Fleck.

»Tut Ihnen noch etwas weh?«

»Nich so direkt«, druckste die Patientin. »Aber auf dem Herzen hätte ich schon noch was: Haben Sie denn Freundinnen, die die Kirche schön schmücken, wenn Sie heiraten? So mit einem Herz aus Blumen und so. Tun Sie doch, ne? Heiraten, meine ich, oder?« Wiebke nickte. Frau Christiansen fummelte ein Taschentuch hervor. »Och, is aber auch zu schön!«

Wiebke sah in die glänzenden Augen der liebenswerten

Dame und traute sich nicht zu sagen, dass sie und Tamme nur standesamtlich heiraten würden.

»Das wird sich schon alles finden. Ein bisschen Zeit haben wir ja noch, die Hochzeit ist erst im Sommer.« Wiebke lächelte, da kam ihr ein wirklich schöner Gedanke. »Sie können aber sicher sein: Freundinnen habe ich!«

Frau Christiansen nickte zufrieden. »Das is schon mal gut!« Plötzlich öffnete sie ihre Handtasche und zog einen Umschlag heraus. »Gucken Sie mal. Ich habe zufällig ein Foto von meiner Hochzeit dabei und eins von der Hochzeit meiner Tochter.«

»Zufällig.« Wiebke holte tief Luft.

»Ja, is 'n Ding, was?« Sie zwinkerte vergnügt. »Sehen Sie, wir hatten ja beide so schöne Myrte-Kränze auf. Ich war knapp zwanzig, meine Tochter schon achtundzwanzig. Ein spätes Mädchen.« Das Kichern blieb ihr im Hals stecken, als ihr auffiel, wie alt Wiebke sein würde, wenn sie Ja sagte. »Die Hochzeitskrone in der Kirche existiert ja leider nicht mehr. Die war so aus Draht, mit bunten Bändern und Gold- und Silberfäden geflochten. Hat eine Generation Bräute nach der anderen getragen, die in der lütten Halligkirche geheiratet hat. Aber dann is die wohl mal nach Föhr ausgeliehen worden und nie zurückgekommen.« Sie seufzte tief. »Mann bannig schade!«

»Ja, das ist es tatsächlich. Die Geschichte kannte ich noch nicht. Vielleicht sollte ich mal an einer Führung über die Hallig teilnehmen. Es gibt bestimmt noch viel zu entdecken.«

»Jo, jede Menge. Traditionen waren immer wichtig, uns

Älteren bedeuten sie noch immer viel. Ach, Deern, wo fang ich da an?«

»Keine Ahnung. Jetzt jedenfalls nicht. So leid es mir tut, Frau Christiansen, ich muss weiterarbeiten. Das Schiff wartet nicht. Ein anderes Mal gerne! Dann plane ich Zeit für einen Klönschnack ein.«

»Jo, das machen Sie man. Und ich zauber uns 'ne leckere Friesentorte. Is nich so gefährlich wie Kartoffelpuffer.« Sie lachte.

Wiebke warf einen Blick auf die Uhr und begleitete Frau Christiansen hinaus.

Im Wartebereich lief ein telefonierender Lutz hin und her. Er hob den Zeigefinger, um anzudeuten, dass er gleich fertig sein würde, und verdrehte die Augen hinter der knallroten, rechteckigen Brille.

»Jo, geit klor, geit klor. Jo, nee, kein Problem. So, nu muss ich aber wirklich. Erst mol! Meine Güte, Doc, manche Leute hören aber auch nie auf zu reden.«

»Lutz, sei ehrlich: Bist du krank, oder möchtest du nur den aktuellen Stand unserer Hochzeitsplanung hören? So lange habe ich noch nie für zwei Patienten gebraucht, die keine ernsthaften gesundheitlichen Probleme haben.«

Ertappt! »Na ja, ich hatte schon so'n ... Ohrensausen neulich«, stammelte er. »Kann aber auch an meinem Headset vom Telefon gelegen haben. Ich hab ein neues, und das Sausen ist weg. Aber wenn du doch lieber noch mal gucken willst ...« Er lachte schallend.

Wiebke grinste. »Will ich nicht.« Aus rein medizinischer Sicht hätte sie sich den Besuch auf der Hallig sparen können, selbst den Reibekuchen-Unfall hätte Volker gut allein in den Griff gekriegt. Andererseits kam es nicht selten vor, dass niemand ernsthaft erkrankt war, wenn sie zur Sprechstunde kam. Und so sollte es ja auch sein. Wiebke ging es darum, dass die Hooger wussten, dass sie medizinisch versorgt waren, obwohl sie keinen eigenen Arzt hatten.

»Sonst alles gut bei dir?« Wiebke mochte Lutz. Er war stets fröhlich, hatte immer einen kessen Spruch auf den Lippen. Vor allem aber hatte er ein großes Herz. Wie so viele war er ein Zugezogener und hatte es selbst nach Jahren manchmal noch immer nicht leicht mit den ruppigen Friesen.

»Allerbest! Und bei dir so? Hast alles im Griff? Is ja einiges zu tun in nächster Zeit, ne?«

»Ja, das kannst du laut sagen.«

»Habt ihr schon den Hochzeitsschinken bestellt?«

»Den … ?« Das hörte sie tatsächlich zum ersten Mal.

»Jo, is wichtig! Ich bin zwar nicht verwandt mit dir, so wie sich das für den Job eigentlich gehört, aber ich würde mich schon breitschlagen lassen, das tote Tier in den Saal zu tragen. Dann kann ich wenigstens sicher sein, dass ich auch eingeladen werde.« Lutz freute sich diebisch über seine geschickte Selbsteinladung. Wiebke verdrehte demonstrativ die Augen. »Du, wenn dir das alles zu viel ist, dann kannst auch auf die Hallig flüchten. Mit Tamme zusammen natürlich. Hier kannst auch total schön heiraten. Ich kümmer mich um alles, das volle Programm!«

»Ich kann's mir lebhaft vorstellen. Danke, sehr liebes Angebot, aber der Leuchtturm gewinnt.«

»Bitte, wie du meinst.«

»Ich halte dich auf dem Laufenden, Lutz, versprochen. Und eingeladen wirst du auf jeden Fall. Ob mit Schinken oder ohne.«

Auf dem Schiff warf Wiebke einen Blick auf ihr Handy. Fünf verpasste Anrufe. Vier davon von Nick. Tief in ihrem Inneren hatte sie gehofft, die Sache einfach aussitzen zu können. Wenn sie ihn abblitzen ließ und sich nicht zurückmeldete, konnte er sich einreden, dass er versucht hatte, Kontakt zu seinem Kind zu bekommen. Hatte eben nicht geklappt. Er konnte sein Leben ungestört weiterleben. Es sah nicht danach aus, als würde er großen Wert darauf legen. Ob es ihr nun passte oder nicht, es schien Nick ernst zu sein mit seinen verspäteten Vatergefühlen.

Kapitel 5

Der letzte Arbeitstag vor dem Umzug! Wiebke hatte angekündigt, an diesem Freitag früh Feierabend zu machen.
Glücklicherweise war nichts los, sie hoffte sehr, dass es so
blieb. Frau Ingwersen war kürzlich zum Blutabnehmen da
gewesen, nun wollte sie eine Bestätigung der vermuteten
Allergie haben. Ansonsten standen keine weiteren Termine
im Kalender.

»Wie ich dachte, Sie haben sich eine Histaminintoleranz
angelacht«, erklärte Wiebke ihrer Patientin, die an diesem
Tag einen korallfarbenen Lippenstift aufgetragen hatte.

»Die Magen-Darm-Probleme waren in null Komma nix
weg, nachdem ich auf Tomaten verzichtet habe. Da habe ich
gleich geahnt, dass Sie den richtigen Riecher hatten.«

»Und die Schwellungen im Mund?«

»Alles vorbei. Gott sei Dank! Nu muss ich mir wohl einen
neuen Jungbrunnen suchen, was? Oder kann ich doch wieder Tomaten ...«

»Nein, so leid es mir tut. Das heißt, in gekochter Form
kann ich Ihnen die Früchtchen erlauben.« Wiebke faltete die
Hände. »Essen Sie viel Obst und Gemüse, gerne auch Fisch,

aber nur wenig Fleisch. Das hält gesund, und darauf kommt es schließlich an.« Sie zögerte, dann fügte sie hinzu: »Und Zufriedenheit spielt natürlich auch eine Rolle. Ein Hobby wäre gut.« Der Blick von Frau Ingwersen sagte alles. Sie hatte kein Hobby. »Vielleicht versöhnen Sie sich mit Oma Mommsen. Die kann sicher helfende Hände brauchen.«

»Nee! Geh mir wech! So'n Hobby brauche ich nicht.« Sie stand auf, für sie war die Sache erledigt.

Wiebke beschloss, endlich ihren Besuch bei Oma Mommsen nachzuholen. Auch wenn Frau Ingwersen äußerst schnippisch sein konnte, tat sie Wiebke leid. Sicher hatte sie sich gefreut, durch die Modenschauen hin und wieder im Rampenlicht stehen zu können. Was, wenn sie keine andere Aufgabe hatte? Das Angebot für ältere Menschen war auf Pellworm ziemlich begrenzt. Nicht umsonst hatte Lulu einen Senioren-Service gegründet. Der war zwar in erster Linie dafür da, Fahrten zum Einkaufen, zu Wiebkes Praxis und zum Hafen zu übernehmen, aber auch um Gartenarbeiten zu erledigen oder Hilfe im Haushalt zu leisten. Nicht zuletzt ging es darum, die alten Herrschaften zusammenzubringen, ihnen Beschäftigungsfelder zu vermitteln. Vielleicht sollte Wiebke Lulu fragen, ob sie nicht eine Idee für Frau Ingwersen hatte. Allein würde die den Schritt ganz gewiss nicht machen, vermutete Wiebke. Sie lebte wohl eher zurückgezogen in ihrem Häuschen in der Nähe der Vogelkoje. Die Kinder waren längst aufs Festland gezogen und kamen höchstens zu Ostern und manchmal über Weihnachten zurück auf die Insel.

Wiebke verabschiedete sich und lief schnell hinüber zu

Oma Mommsen, die nur einen Katzensprung vom Feldweg entfernt wohnte. Unterwegs warf sie einen Blick auf ihr Handy. Schon wieder! Nick war wirklich hartnäckig. Das war ja beinahe Belästigung. Wie kam er dazu? Fast acht Jahre war ihm nicht aufgefallen, dass er Vater einer Tochter war, und von einem auf den anderen Tag hatte er Interesse an seinem Kind? Dafür musste es einen Grund geben. Wiebke blieb stehen, ehe sie noch mit starrem Blick auf das Display in einem Priel landete. Sie schrieb ihm eine SMS: »Habe überhaupt keine Zeit, bin frühestens am Montag zu erreichen. Gruß, Wiebke.«

Ob er inzwischen weitere Kinder hatte? Das konnte ein Anlass sein, um nun Kontakt zu Maxi zu suchen, oder wenigstens wissen zu wollen, wie es ihr ging. Wiebke wollte nicht weiter darüber nachdenken, musste sich aber eingestehen, dass sein Anruf einige verdrängte Fragen an die Oberfläche holte.

»Ach, dumm Tüch«, sprudelte Oma Mommsen los, nachdem Wiebke zuerst ihre Neugier in puncto Umzug und Hochzeit befriedigt und sie dann direkt auf Frau Ingwersen angesprochen hatte. »Wir brauchen doch gar keinen mehr bei uns. Die Chef-Designerin bin ich, darüber hinaus sollen man ruhig die Jüngeren ran, damit wir auch modern bleiben. Saskia schmeißt den Laden allerbest, da muss ihr niemand nich reinreden. Wie schick geht, weiß Saskia allemal.« Da konnte Wiebke nicht widersprechen.

»Wenn ich es richtig verstehe, will Frau Ingwersen nicht gleich einen Posten im gehobenen Management«, begann sie lächelnd. »Es hat ihr einfach Freude gemacht, deine Mode zu präsentieren, dabei zu sein.«

»Jo, bloß is uns annern die Freude fix vergangen. Dauernd hat Ingrid sich an mich rangewanzt und ging allen fürchterlich auf die Nerven, weil die alles besser wusste.« Wiebke wollte sie beruhigen, aber Oma Mommsen kam gerade erst in Fahrt. »Was die für Ideen hatte! Nix kapiert hat sie! Hat am laufenden Meter betont, dass sie man nich so viele Falten hat wie ich. Jo, kein Wunder, wenn die sich ihre Nachtcreme dreimal am Tach in die Visage schmiert. Wat soll dat überhaupt sein, Wischi Nui mit Hüloren oder so? Und denn sabbelt sie pausenlos von so Verrenkungen, die du machen sollst, damit du knackig bleibst. Bei mir knackt's doch sowieso schon ständig, auch ohne Übungen.« Sie lachte so herzhaft, dass die Augen zwischen der schrumpeligen Haut verschwanden.

»Bewegung ist bis ins hohe Alter wichtig, da hat sie schon recht«, warf Wiebke vorsichtig ein. Keine gute Idee.

»Ach nee, aber wenn ich meinen Garten in Schuss halten will, denn schimpfst mit mir rum. Jedenfalls hat sie neulich beim Kaufmann rumgetönt, dass sie nuur noch Tomaten essen will, weil man da soo schön von wird. Unsinn! Wenn die am Ende man nich 'ne schöne Allergie kriegt davon.«

»Hat sie schon.«

»Wusst ich's doch!« Sie kicherte vergnügt, riss sich aber zusammen, als sie Wiebkes strafenden Blick einfing. »Ich mein ja man nur, dass das Unfug is, von einem Gemüse so viel zu futtern. Die Mischung macht's, sagen die bei den Ernährungs-Docs im Fernsehen auch immer.«

»Eins zu null für dich, Oma Mommsen.«

Die Mommsen strahlte sehr zufrieden. Wiebke wollte ihre gute Laune ausnutzen, um Frau Ingwersens Vorzüge anzupreisen. Ein größeres Model sorgte womöglich auch für einen größeren Kundenkreis.

»Nee, Wiebke, das is mir nix. Die hat uns bloß von der Arbeit abgelenkt und schlechte Stimmung verbreitet. Wir brauchen keine Schnepfe, die sich für was Besseres hält. Außerdem guckt sie mich ja nu nich mal mehr mit'm Mors an. Das hat sich denn ja wohl von allein erledigt.« Sie war nicht weniger stur als Frau Ingwersen. »Guck ma, hast du schon unsere neuesten Kreationen gesehen? Verwegen, aber man kann sich ja mal was trauen, ne?« Sie kicherte und präsentierte Wiebke einen Schlitz im Ärmel, der von der Schulter bis zum Ellbogen verlief. »Wenn du willst, und nich zu viele Falten am Arm hast, denn kannst den neckisch offen tragen. Sonst machst den mit 'ner Brosche zu. Is auch prima, wenn's irgendwo zugig is. Die Brosche is im Preis schon drin! Ich sach dir, das wird der Schlager. Wenn das auf'm Ärmel gut ankommt, machen wir das auch auf'm Bein, auf'm Rücken ...« Sie runzelte die Stirn noch mehr als üblich. »Da müssen wir uns aber was anneres ausdenken als die Brosche. Nich dass man da am Ende draufsitzt und die Nadel im Po hat.« Sie amüsierte sich königlich.

»Ja, Oma Mommsen, das wäre dann kein Schlager. So, ich muss jetzt mal los. Zwei hungrige Mäuler und viele, viele Kartons warten auf mich. Erst mol!«

Unglaublich, wie viel Energie in dieser kleinen Frau

steckte! Und Wiebke bekam schon im Voraus Kreuzschmerzen wegen der bevorstehenden Schlepperei.

Wiebke hatte eine Vorliebe für Freitagabende. Das Wochenende stand bevor, und meist war die ganze Familie zu Hause. Dieser Freitagabend war etwas ganz Besonderes, es war der letzte mit zwei getrennten Haushalten. Zwar dachte sie auch gerne an die Abende in Tammes Haus, wo er sie zunächst mit seinen Kochkünsten und später mit Künsten ganz anderer Art verwöhnt hatte. Doch sie freute sich noch mehr auf das gemeinsame Nest in der Liebesallee. Die Erinnerungen an die letzten beiden Jahre konnte ihr keiner nehmen, gemeinsam würden Maxi, Tamme und sie sich neue schaffen. Wiebke stellte fest, dass sie richtig aufgeregt war. Dabei war der Umzug bestens vorbereitet. In den letzten Wochen hatte Wiebke fast jeden Abend Kartons gepackt, die Tamme nach und nach zusammen mit seinen in das neue Haus gefahren hatte. Meine Güte, war das eine Menge Zeug! Und was einem bei der Gelegenheit alles in die Finger geriet. Der Umzug von Berlin nach Pellworm war noch nicht so lange her, und dabei hatten Wiebke und Maxi schon ordentlich aussortiert. Jetzt zeigte sich, dass sie trotzdem noch viel zu viel mitgenommen hatten. Auf einer Nordseeinsel brauchte man eindeutig andere Dinge als in der Großstadt. Hochhackige Schuhe waren das perfekte Beispiel. Von Lulu mal abgesehen, lief keine Frau, die es nicht auf ein Rendezvous mit einem Orthopäden abgesehen hatte, hier freiwillig auf hohen und möglichst dünnen Absätzen herum. Wiebke hatte jedenfalls drei Paar zu Konrad gebracht. Der Mitbewohner in Opa Tüdeligs Senioren-WG hatte glücklicherweise Abstand von seinem fragwürdigen Hobby genommen, diverse Lieferanten aus dem Internet zu testen. Jeder Anbieter, der behauptet hatte: »Wir kommen an jeden Ort in Deutschland – kostenlos!«, war Konrads Opfer geworden. Dass er jedes Mal umgehend von seinem Rücktrittsrecht Gebrauch gemacht hatte, brachte ihm ziemlichen Ärger ein. Wie gut, dass Lulu ihn mit sanftem Druck zur Vernunft gebracht hatte. Seine neue Leidenschaft gehörte dem Online-Verkauf. Wer etwas nicht mehr brauchte, brachte es zu Konrad. Der machte alles zu Geld, von gebrauchter Markenunterwäsche bis DVDs, vom geerbten Silberbesteck bis zu Autogrammkarten. Es hatte sich rasend schnell herumgesprochen, dass man einfach alles bei ihm abgeben konnte. Mit der unerfreulichen Folge, dass nicht nur Opa Tüdeligs Schuppen längst aus allen Nähten platzte. Trotzdem fand Wiebke das Projekt »Alles muss raus!« gut. Viele Pellwormer wollten nämlich nicht einmal den erzielten Preis, abzüglich Kopro, Konrad-Provision, sondern verzichteten zugunsten von Lulus Senioren-Service. Mit der Summe, die auf diese Art zusammenkam, stellte Lulu eine Weihnachtsfeier auf die Beine oder organisierte sogar einen Ausflug für die alten Leutchen. Neben Wiebkes Schuhen waren auch einige von Maxis Filmen und Spielsachen bei Konrad gelandet. Das verringerte den Aufwand des Umzugs erheblich.

Wiebke stand in der Küche und bereitete Spaghetti Bolognese zu, neben Fisch Maxis absolutes Lieblingsessen.

»Wenn wir umgezogen sind, kann ich dann in meinem

Zimmer so eine Einweck-Party machen?«, wollte Maxi wissen.

Sie hatte Janosch sein Futter hingestellt und lungerte jetzt am Herd herum, um auch ja nicht beim Abschmecken vergessen zu werden.

»Was willst du?«

»Ihr macht ja auch 'ne Party. Im Sommer. Man kann gar nicht genug feiern. Sagen alle Nachbarn!« Maxis Argumente waren unschlagbar.

Tamme kam in die Küche. »Wer möchte hier was feiern?«

»Ich, eine Einweck-Party«, krähte Maxi und zupfte an seinem Shirt herum, auf dem die beiden alten Männer der Muppets-Show abgebildet waren. Mal kein Spruch, das war ja etwas ganz Neues.

»Und was soll das sein?«

»O Mann, das weiß man doch!« Sie sah von einem zum anderen und seufzte tief. »Na, wenn man ein neues Haus hat, oder eben ein neues Zimmer, dann weckt man das doch ein, oder nicht?«

»Ach so, du möchtest dein Zimmer einweihen!« Tamme griente, auch Wiebke musste sich das Lachen verkneifen.

»Nö, Wein will ich nicht, lieber Limo!«

»Einwei-hen«, betonte Tamme. Maxi legte die Stirn in Falten. »Das heißt, dass man … Also, das kommt aus der Religion und hat mit einer Zeremonie zu tun, wenn etwas Neues eröffnet oder in Betrieb genommen wird.«

Wiebke drehte sich langsam zu Tamme um, der zuckte hilflos die Schultern. Sah nicht so aus, als würde Maxi kapieren, was er ihr da erzählte.

»Probieren?« Wiebke tauchte einen Löffel in die Soße und erlöste Tamme damit aus der verunglückten Schulstunde. Maxi kam sofort zu ihr und riss den Mund auf.

»Ich habe nichts gegen eine Einweihungsparty«, erklärte Tamme, »aber deine Mutter entscheidet.«

Na super, hatte sie also den Schwarzen Peter. Warum eigentlich nicht?

»Von mir aus. Aber dann solltest du das in den nächsten zwei Wochen machen, wenn Frühjahrsferien sind.« Ihr fiel etwas ein. »Am besten gleich kommende Woche, wenn du Hilke dabeihaben möchtest. Ihre Mutter hat gesagt, sie fahren in der zweiten Woche wahrscheinlich in den Urlaub.«

»Okay, ich sage ihr morgen gleich Bescheid.«

»Das wird nichts. Wir ziehen morgen um, schon vergessen?« Tamme wuschelte ihr durchs Haar.

»Nee, darum will Hilke doch vorbeikommen. Sie will helfen.«

»Das ist aber nett von ihr.« Tamme legte das Besteck auf die nackte Tischplatte, die Untersetzer waren schon eingepackt. Wiebke seufzte. Ob es eine gute Idee war, wenn Hilke zwischen rufenden Männern und schnurrenden Akkuschraubern unterwegs war?

»Darf Emil auch kommen?«, fragte Maxi leise.

»Ach Schätzchen, ein Umzug ist doch kein Kinderfest«, erklärte Wiebke ihr.

»Zu meiner Party, Mama!«

»Ach so, na klar! Emil ist wirklich nett. Und wen willst du sonst noch einladen?«

»Hm, die Kinder aus dem Feldweg sind alle noch zu

klein.« Sie setzte sich auf ihren Platz. »Wir drei und Janosch. Schließlich ist es auch sein Zimmer.«

Wiebke atmete auf. Das war überschaubar. Sie füllte die Teller.

»Übrigens hat Saskia angeboten, unser Wedding Planner zu sein«, sagte sie, als sie Tamme seine Portion hinstellte.

»Hä?« Maxi schüttelte den Kopf. »Was ist das denn schon wieder?«

»Das ist englisch.« Wiebke setzte sich. »Guten Appetit! Wedding heißt Hochzeit, und die Planerin ist diejenige, die alles in die Hand nimmt. So braucht sich das Brautpaar um nichts zu kümmern. Das ist toll, oder?« Maxi nickte und konzentrierte sich dann auf ihre Nudeln. »Ich war doch neulich auf ein, oder auch zwei bis drei Gläser Prosecco bei Saskia«, erinnerte Wiebke Tamme. »Corinna, Lulu und sogar Margit waren auch da. Ja, und da hat Saskia sich angeboten. Genau genommen würde der Club der Blauen Kappen sich um alles kümmern, mit Saskia als Chef. Das wäre endlich mal eine Aufgabe für unseren kleinen Mädels-Verein. Für irgendetwas muss es doch gut sein, dass wir den damals in einer Sektlaune gegründet haben.« Wiebke lachte leise. »Ist gar nicht schlecht, was meinst du?«

»Wir wären ja schön blöd, wenn wir das ablehnen würden.« Er drehte einen Berg Spaghetti zu einem Knäuel, das nicht einmal in seinen Mund passte, und fing noch mal von vorn an. »Solange die Mädels nicht nur zusammen sau... trinken, sondern auch alles geregelt kriegen.« Wiebke wollte ihn diesbezüglich gerade beruhigen, als er hinzufügte: »Und sofern wir ein Mitspracherecht haben.«

»Haben wir.« Sie strahlte ihn an.

»Das ist super! Dann können die Damen sich ein schönes Unterhaltungsprogramm für die Gäste aus Griechenland überlegen und für deine und meine Eltern gleich mit. Übrigens hat Onkel Apollon gestern erzählt, dass Cousinchen Ismene ihre beiden Söhne mitbringt, Konstantin und Kallisti. Konstantin ist in etwa in deinem Alter, Maxi. Kallisti wird fünf und ist wohl ein ziemlicher Wirbelwind, was man so hört.«

»Sprechen die denn deutsch?«, wollte Maxi wissen.

»Nein. Ihr werdet mit Händen und Füßen auskommen müssen. Es sei denn, du willst noch schnell Griechisch lernen.« Maxi kicherte und schüttelte vehement den Kopf. »Ich fürchte, Apollon wird vor lauter Übersetzen nicht zur Ruhe kommen. Er ist der Einzige, der mal längere Zeit in Deutschland war, als Jugendlicher. Und seine Schwester, Tante Efgenia, spricht ein bisschen. Na ja, unsere Generation kann immerhin Englisch. Meine paar Wörter Griechisch werden uns kaum weiterhelfen.«

»Sag mal was!« Maxi hatte aufgegessen und sah ihn mit offenem Mund an.

»Kalimera!«

»Und was soll das heißen?«

»Guten Morgen! Ist doch klar«, gab Tamme an.

»Du, Tamme«, unterbrach Wiebke den Griechisch-Kurs für Anfänger, »das mit dem Unterhaltungsprogramm für die griechische Reisegruppe gehört nicht zum Rundum-sorglos-Paket der Mädels. Ich fürchte, das bleibt an dir hängen.«

Corinnas Mann Christian und Lulus Jochen wollten es sich auf keinen Fall nehmen lassen, beim Umzug zu helfen. Zu zweit wären Tamme und Wiebke mit den Möbeln auch überfordert gewesen. Um acht Uhr standen sie auf der Matte.

»Moin!«, riefen beide Männer im Chor.

Christian holte seinen Akku-Bohrschrauber hinterm Rücken hervor und ließ ihn zweimal aufheulen. »Sag mir, wo die Schrauben sind«, sang er dazu, »wo sind sie geblieben?«

»Mich interessiert mehr, wo die Bierchen sind«, sagte Jochen und grinste breit.

»Erst die Arbeit ...«, setzte Wiebke an.

»Ja, komm lass!« Christian winkte ab.

»Aber Kaffee gibt's natürlich jetzt schon. Und belegte Brötchen.«

»Ach, Wiebi, auf dich ist Verlass.« Jochen goss sich sofort einen Becher ein. »So, dann mal los!«

Wiebke konnte nicht so schnell gucken, wie Christian und Jochen sich den ersten Schrank vornahmen. Crischi ließ seinen Akkuschrauber bei jeder Gelegenheit röhren, selbst wenn weit und breit keine Schraube zu sehen war. Wiebke war für die Logistik zuständig.

»Gelernt ist gelernt«, lobte Jochen, nur weil Wiebkes Eltern eine kleine Spedition betrieben hatten. Sie sagte an, welches Möbel wo seinen Platz im Transporter hatte. Wiebke war heilfroh, dass Maxi sich zu Fuß auf den Weg zu Hilke gemacht hatte. Hoffentlich ließen sie sich Zeit, ehe sie zum Helfen auftauchten! Schneller als gedacht, war der Wagen zum ersten Mal voll.

»Dann fahre ich mal rüber«, verkündete Wiebke und

setzte sich hinters Steuer. Sie musste schmunzeln. Als sie auf Pellworm angekommen war, hatte es sich wie ein Lauffeuer herumgesprochen, dass Frau Doktor einen Lkw-Führerschein hat.

Hinfahren, ausladen, zurückfahren, und weiter ging es. Wiebke stopfte gerade das bezogene Bettzeug in blaue Müllsäcke, um es abends gleich wieder griffbereit zu haben, als sie einen Schrei hörte.

»Halt!« Das war Christian. Wiebke lief erschrocken in Maxis Zimmer. Da standen Jochen und Tamme wie erstarrt in Maxis leerem Kleiderschrank, gerade im Begriff, das gute Stück auseinanderzunehmen.

»Das könnt ihr schon so machen«, sagte Christian jetzt gelassen, »wird halt Mist.«

Tamme und Jochen beschränkten sich bereitwillig darauf, Seitenteile und Deckel festzuhalten und Schrauberkönig Christian das Ruder zu überlassen. Immerhin war er als gelernter Tischler der einzige Fachmann, wie er betonte.

Pünktlich zur Mittagspause waren die Feldweg-Frauen in der Liebesallee zur Stelle. Lulu hatte eine Riesenschüssel Nudelsalat mit Tomaten, Oliven und Mozzarella gemacht.

»Die perfekte Antipasti-Pasta-Kombination«, kündigte sie an. »Verdient habt ihr es allerdings nicht, dass wir nett zu euch sind. Wer die beste Nachbarschaft der Welt aufgibt, hat eigentlich komplett versch... verspielt, wollte ich sagen.« Solche Sprüche würden sich Wiebke und Tamme wohl bis zum Sankt-Nimmerleins-Tag anhören müssen.

»Wir wohnen nicht mehr nebeneinander, trotzdem bleibt ihr immer die tollsten Nachbarn der Welt.« Wiebke wurde fast ein bisschen wehmütig. »Wenn ich nur daran denke, wie warmherzig ihr Maxi und mich empfangen habt. Lulu hatte Kartoffeln und Krabben vorbereitet«, erzählte sie Tamme, obwohl der die Geschichte natürlich kannte. Tatsächlich hatten die damals noch fremden Frauen schon bei Wiebkes und Maxis Ankunft auf Pellworm nicht lange gefragt, sondern gleich Bettzeug und Koffer aus dem Möbelwagen geholt.

»Ihr müsst mindestens einmal im Monat zum GaBi kommen.« Corinna hatte schon wieder feuchte Augen, sie war aber auch ganz nah am Wasser gebaut.

»Logisch! Bierchen bei euch in der Garage läuft!« Tamme grinste breit. »Wir haben hier nämlich keine.«

»Wie wär's mal mit Tellern?«, fragte Lulu ungeduldig. »Oder wollt ihr warten, bis der Salat Haare kriegt?«

»In der Küche stehen fünf Türme aus Kartons«, ertönte plötzlich Hilkes leise Stimme. Wiebke hatte gar nicht mitbekommen, dass die beiden Mädchen schon mit der Hausbesichtigung fertig waren. »Es sind immer drei Kartons übereinander«, ratterte sie weiter wie ein kleiner Roboter und ließ dabei ihre Schuhspitzen nicht aus den Augen. »Im zweiten Turm von der hinteren Wand aus gesehen sind im mittleren Karton die Teller. Da steht in blauer Schrift ›Küche – Geschirr‹ drauf.«

So still hatte Wiebke ihre Nachbarn selten erlebt. Sie starrten das Kind an.

»Danke, Hilke. Toll, dass du dir das gemerkt hast. Dann muss ich gar nicht lange suchen!«

»Wenn das stimmt, fress ich 'n Besen«, murmelte Christian.

»Dann werden Sie krank, man kann nämlich keine Besen essen«, entgegnete Hilke ernsthaft.

»Guten Appetit!«, rief Maxi und freute sich diebisch. »Das stimmt nämlich. Es stimmt immer, wenn Hilke sich etwas merkt.«

Nach dem Essen wollten Saskia, Corinna und Lulu unbedingt endlich das Haus sehen. Wiebke hatte sich auf den ersten Blick in das Gebäude verliebt. Im älteren Bereich fühlte sie sich wie in einem großen, gemütlichen Schneckenhaus, weil Küche, Esszimmer, Wohnzimmer und Flur offen ineinander übergingen. Der neuere Anbau bot zusätzlichen Platz und wirkte durch die riesigen Fenster hell und freundlich. Aus dem Erdgeschoss wand sich eine Treppe nach oben, dort gab es vier Zimmer, zwei davon mit eigenem Bad.

»Cool, Maxi kriegt ein eigenes Bad!« Lulu nickte anerkennend.

»Sie muss es allerdings mit Nele oder anderen Übernachtungsgästen teilen«, erklärte Wiebke.

»Schlafzimmer, Maxis Zimmer, Gästezimmer«, zählte Corinna auf, als sie wieder im Flur ankamen. »Und das vierte? Ein zweites Kinderzimmer?« Schon glänzten ihre Augen wieder.

»Du hast doch nicht mehr alle Latten am Zaun«, blaffte Lulu sie an. »Die beiden sind doch viel zu alt!«

»Danke schön!«, flötete Wiebke. »Höchste Zeit, wieder an die Arbeit zu gehen.«

»Ich dachte eigentlich, wir könnten schon mal den ersten House-Warming-Sekt köpfen.« Saskia schmollte.

Der Sekt wurde verschoben, stattdessen wurden erst die letzten Kartons von Schmerhörn und aus dem Feldweg in die Liebesallee verfrachtet. Noch immer eine ganze Menge. Nahm das denn nie ein Ende? Glücklicherweise tauchte nun auch noch Jost auf, der gerade von einem Einsatz auf dem Festland zurück war. Die Tatsache, dass sie eine so gute Mannschaft hatten, und dass einige Möbel zunächst in der Haushälfte im Feldweg stehen blieben, sorgte dafür, dass am späten Nachmittag alles geschafft war. Für das halbe Doppelhaus gab es keinen neuen Mieter, weshalb Wiebke und Tamme es noch bis zum Sommer behalten konnten. Ideal für die Unterbringung der griechischen Verwandtschaft und weiterer Hochzeitsgäste!

Nach Einweihungssekt und Bier hatten sich irgendwann alle Helfer verzogen. Endlich kehrte Ruhe ein. Wiebke hatte schnell Hilke nach Hause gefahren. Als sie nun zurückkam, war Tamme dabei, seine Motto-T-Shirts in den Kleiderschrank zu packen. Sie musste lächeln. Sein Mode-Geschmack war die pure Katastrophe. Er liebte Shirts mit klugen oder vermeintlich witzigen Sprüchen. Auch nach zwei Jahren konnte sich Wiebke nicht dafür begeistern, aber sie fand sich damit ab. Es gab Schlimmeres. Hawaii-Hemden oder Socken in Sandalen zum Beispiel.

»Und, möchtest du deine modische Oberbekleidung nicht nach Kategorien sortieren?«, frotzelte sie. »Ganz unten die Meckersprüche, darauf die besonders lustigen ...«

»Haha«, machte er.

Wiebke trat hinter ihn und küsste ihn auf den Nacken. »Ich fürchte, wenn ich nicht aufpasse, kommt eine neue Kollektion mit Texten über fiese Ehefrauen dazu.«

Tamme wirbelte herum. Die Shirts, die er gerade noch in der Hand gehabt hatte, flogen im hohen Bogen quer durch den Raum. Er schnappte Wiebke und zog sie an sich.

»Wenn du nicht aufpasst, passiert etwas ganz anderes.« Er küsste sie spielerisch. »Wie wäre es, wenn wir eine eigene Kreation mit erotischen Sprüchen entwerfen?«

»Dazu fehlt mir die Fantasie, fürchte ich. Als Ärztin kann ich leider nur mit Fakten arbeiten. Ich schlage eine praktische Studie vor und Beobachtungen über das seltsame Verhalten erwachsener Insulaner nach der Umzugszeit.« Sie erwiderte seine Küsse, ihre Hände wanderten seinen Rücken hinauf zum Nacken. »Vielleicht fällt dann sogar mir etwas Originelles ein.«

»Frau Doktor, Ihre Ideen gefallen mir ausgesprochen gut«, raunte er ihr ins Ohr.

Tammes Hände schoben sich kurz unter Wiebkes Bluse, machten sich dann aber lieber an den Knöpfen zu schaffen.

»Ich habe noch nicht mal geduscht.« Wiebke lachte und schubste ihn weg.

»Dafür ist später noch Zeit. Viel später.«

Kapitel 6

Welch eine Umstellung, sich morgens in den Kati zu setzen und zur Praxis zu fahren. Schluss mit der Bequemlichkeit, von einer Haushälfte in die andere zu wechseln. Aber auch Schluss mit Patienten, Urlaubern in erster Linie, die nur mal gucken wollten, ob Frau Doktor nicht doch kurz Zeit für sie hatte. Außerhalb der Sprechstunden, versteht sich. Und natürlich nicht wegen wirklich beängstigender Symptome, sondern weil sie ein Pflaster brauchten oder einen Sonnenbrand hatten. Ein bisschen Abstand zwischen Arbeitsplatz und Wohnort konnte nicht schaden. Und in Zukunft würde sie den Wagen im Feldweg stehen lassen und mit dem Fahrrad zum Dienst kommen. Über den Junkersmitteldeich und Tilli war es wirklich nicht weit. Wenn sie früh genug losfuhr, konnte sie sogar eine kleine Extrarunde drehen und direkt am Meer entlangradeln, vorbei am Leuchtturm.

Noch machte der frisch gebackene April seinem Namen alle Ehre, das Wetter schlug Kapriolen. Beim ersten Kaffee mit Tamme hatte sie noch gedacht, es würde gleich schneien, jetzt strahlte die Sonne so, dass die Tautropfen an den Sträuchern funkelten wie vergessener Weihnachtsschmuck.

»Herrje, wie konnte denn das passieren?« Wiebke stand doch glatt ohne Kuchenpaket in der Praxis. Und das an einem Mohntag! Das konnte nur an dem noch völlig ungewohnten Start per Auto liegen. Was war sie doch für ein Gewohnheitstier! »Bin gleich wieder da! Muss noch schnell zum Bäcker«, rief sie und war auch schon fast wieder zur Tür heraus.

»Halt!« Corinna kam um die Ecke gesaust. »Vielleicht verzichten wir heute lieber. Sandra hat sich gerade krankgemeldet. Sie hat eine dicke Erkältung.«

»Das ist ja blöd.«

»Ich bin schon dabei, die Behandlungsräume vorzubereiten.«

»Corinna, du bist 'ne Wucht!« Wiebke dachte kurz nach. »Wahnsinnig viel haben wir heute nicht auf dem Kalender, wenn ich es richtig im Kopf habe.«

»Stimmt, wir rocken die Praxis auch allein.« Corinnas glockenhelles Lachen unterstrich, wie entspannt und fröhlich sie war.

»Auch ohne Mohnschnecken?«, fragte Wiebke skeptisch.

»Wir können ja mal was total Verrücktes machen und die morgen früh essen. Wenn du sie nicht wieder vergisst.«

»Sehr guter Plan, ich gebe mein Bestes!«

»Und?« Corinna stand vor ihr wie das Kind vor dem Weihnachtsmann. Hatte Wiebke etwa noch etwas vergessen?

»Und was?«

»Wie hast du im neuen Haus geschlafen? Vor allem: Was hast du geträumt? Du weißt ja wohl, dass das in Erfüllung geht, was man in der ersten Nacht träumt.«

»Nein, das wusste ich nicht.« Sie überlegte kurz, konnte sich aber an absolut nichts erinnern. »Oha!«, sagte sie und sah Corinna bedeutungsvoll an, »wenn das in Erfüllung geht ...«

»Wieso, was hast du geträumt?«

Wiebke grinste. »Nichts! Das wird sehr langweilig und ziemlich dunkel, glaube ich.«

Solange es im Wartezimmer noch so ruhig war, konnte Wiebke sich mit Hilkes Symptomen beschäftigen, wenn man ihr Verhalten überhaupt so bezeichnen wollte. Etwas stimmte mit dem Mädchen nicht, das war unbestritten. Fragte sich nur, wo der Hase im Pfeffer lag. An eine geistige Einschränkung, eine Intelligenzminderung glaubte sie nicht. Während Wiebke in ihrem Standardwerk der psychischen Störungen blätterte, kam ihr Hilkes Vater in den Sinn. Auf den ersten Blick wirkte das Elternhaus nicht weiter auffällig, nur konnte es hinter verschlossenen Türen natürlich ganz anders aussehen. Uwe hatte aggressiv auf Wiebkes Fragen nach Problemen reagiert. Schon möglich, dass er aufbrausend war, womöglich sogar cholerisch. Sie las einzelne Absätze über Verhaltensauffälligkeiten bei Kindern, denen in der Familie seelische oder körperliche Gewalt angetan wurde. So recht passte das alles nicht. Vielleicht lagen die Auslöser doch eher in der Schule. Mobbing war zum Schlagwort geworden. Ein wenig stimmte Wiebke Uwe zu, man musste es Kindern zutrauen, ihre Streitigkeiten allein zu lösen. Es mussten sich nicht ständig Erwachsene einmischen, Streiten zu lernen war ein unverzichtbarer Prozess. Andererseits war der Umgang rauer geworden. Sicher, auch früher hatte es Außenseiter gegeben, die zur Zielscheibe von Hänseleien wurden. Durch die vermeintlich sozialen Medien potenzierten sich Gemeinheiten heutzutage leider. Es war leichter geworden, hinter dem Rücken, womöglich sogar anonym, über jemanden herzuziehen.

Wiebke stand auf und ging ans Fenster. Die Sonne hatte sich wieder verkrochen, der Himmel sah bedrohlich aus, so gelblich-dunkel. Vielleicht gab es doch noch Schnee.

Eine Weile später meldete Corinna einen Patienten, der über Bauchschmerzen klagte. Nach zehn Minuten verließ er die Praxis wieder. Wiebke hatte ihm Flohsamen, viel ungesüßte Flüssigkeit und Bewegung empfohlen. Seiner Miene nach zu urteilen, hätte er lieber Tabletten gegen seine Verstopfung gehabt.

Hilkes Verhalten ging ihr einfach nicht aus dem Kopf. Das Mädchen war intelligent, nur manchmal schien sie einfach nicht zu begreifen, worüber gesprochen wurde. Scherze oder ironische Äußerungen gingen komplett an ihr vorbei. Sie reagierte darauf einfach nicht und wirkte dadurch schroff und abweisend. Selbst Maxi lachte manchmal schon aus purer Höflichkeit. Sie hatte unbewusst gelernt, dass soziale Wesen das eben taten, um anderen ein gutes Gefühl zu geben. Das war genau der Punkt! Wiebke blätterte wieder in ihrem Fachbuch. Hilke mangelte es an sozialer Kompetenz. Dass sie nicht mitfühlend war, passte nicht zu ihrem sonst freundlichen und eher sanften Charakter. Vielleicht ein Hinweis auf eine Einschränkung in diesem Bereich. Und dann war da noch Hilkes außerordentliches Gedächtnis. Sie schien Bilder, ganz besonders Farben, geradezu abzuspeichern, als hätte sie eine innere Kamera. All das konnten Zeichen für eine autistische Störung sein.

Wiebke griff spontan zum Telefon. »Sabine, schön, dass ich dich erreiche. Ich hoffe, ich störe nicht?«

»Leider doch.« Sie lachte, es klang allerdings nicht fröhlich, sondern müde. »Man stört mich immer, weil ich entweder mal wieder tausend Dinge gleichzeitig erledigen muss und schon ohne Unterbrechung nicht weiß, wie ich das schaffen soll. Oder weil ich endlich mal ein bisschen verschnaufe und dann schon gar keine Störung gebrauchen kann. Fall eins ist die mit Abstand häufigere Variante.« Sie atmete tief durch und erzählte dann mehr von ihrem stressigen Alltag, als Wiebke hören wollte. »Mindestens jeden zweiten Tag kriege ich Ware. Aber die fällt ja nicht vom Himmel, die muss ich vorher aussuchen. Ich habe das Gefühl, ich hocke ständig im Auto und pendele zwischen dem Großmarkt in Hamburg und Nordstrand. Feste Mitarbeiter zu kriegen ist ungefähr so schwer, als solltest du Mondstaub besorgen.« Das hatte Wiebke schon mal gehört, vielen Unternehmern auf der Insel ging es nicht besser. »Also stehe ich meistens selbst da, von morgens bis abends. Und ist der Laden zu, habe ich nicht etwa Feierabend.« Ein seltsames Röhren drang durch die Leitung. »Nee, dann kümmere ich mich erst mal um die Bestellungen. Trauergestecke, Blumenschmuck für Familienfeiern. Die Leute wollen es hübsch haben, egal ob sie heiraten oder unter die Erde kommen. Wie viel Aufwand das bedeutet, das kümmert keinen.«

Wiebke schickte ein stummes Dankgebet an Saskia, die versprochen hatte, sich auch um die florale Dekoration der Hochzeit zu kümmern.

»Hättest du trotzdem Zeit, in den nächsten Tagen in die Praxis zu kommen?«, fragte sie schnell, als die Pause am anderen Ende die Sekundenmarke überschritt. »Ich kann mir vorstellen, dass du vor eurem Urlaub besonders viel zu tun hast, aber ich würde dich wirklich sehr gerne sprechen, ehe ihr auf den Kontinent fahrt.«

»Möchtest du Hilke irgendwie untersuchen?«

»Nein. Ehrlich gesagt, wäre es mir am liebsten, wenn du allein kommst.«

Pusten in der Leitung. »Muss ich mir etwa Sorgen machen?«

Wiebke zögerte. »Nein, musst du nicht. Ich habe nur eine Idee, was Hilkes Verhalten betrifft.«

»Tja, die Sache ist die, du hast völlig recht, vor die Ferien hat der liebe Gott den absoluten Wahnsinn gestellt.« Es sei denn, man konnte sich organisieren. Wiebke schämte sich, sie hatte kein Recht, Sabine zu verurteilen. »Kannst du mir nicht einfach sagen, welchen Verdacht du hast?«

»Verdacht ist schon zu viel gesagt.« Wiebke atmete tief ein. »Versteh mich bitte nicht falsch, Sabine, aber ich bin Ärztin. Ich muss alle Aspekte beleuchten, die Aufschluss über eine Krankheit oder über vorübergehende Symptome geben können, bevor ich zu einer Diagnose oder einem Verdacht komme ...«

»Habe ich als Mutter nicht das Recht auf eine offene Einschätzung?«, fiel Sabine ihr ins Wort.

»Es kommt einiges in Betracht«, gab Wiebke bestimmter zurück, als sie beabsichtigt hatte. »Leider wart ihr bisher nicht sehr kooperativ. Euch ist aufgefallen, dass sich Hilke seit einiger Zeit etwas sonderbar verhält, aber ihr habt keine Ahnung, was sich für sie verändert haben könnte.«

»Weil sich nichts verändert hat«, erwiderte Sabine aufgebracht.

»Ich sehe dich manchmal mit deiner Tochter, Uwe und Hilke habe ich noch nie zusammen gesehen. Wie ist das Verhältnis zwischen den beiden, Sabine? Unternehmen sie etwas gemeinsam? Auch mal ohne dich, meine ich.«

»Was willst du damit andeuten?« Sabines Stimme war laut geworden.

Schöner Mist, Wiebke hätte Sabines Drängen auf keinen Fall nachgeben dürfen, sie hätte am Telefon ihren Mund halten und auf ein Gespräch in der Praxis bestehen müssen. War ja auch so geplant gewesen, nur waren Theorie und Praxis zwei Geschwister, die nicht immer miteinander harmonierten. Wiebke hörte nur mit halbem Ohr hin, während Sabine das Loblied auf ihren Mann sang, den besten Vater, den man sich vorstellen konnte. Kein Wunder, dass Sabine sich angegriffen fühlte. Wie würde Wiebke wohl reagieren, wenn jemand Tamme angriff? Sie würde ihn auch in Schutz nehmen. Oder? Nein, sie musste sich diesen Schuh nicht anziehen. Wiebke konnte zwischen Fakten und Emotionen trennen. Als man Tamme unterstellt hatte, er habe im Dienst Alkohol getrunken oder mit Jugendlichen irgendein Kraut geraucht, hatte sie ihn zur Rede gestellt. Menschen machten Fehler, und Ehemänner waren eindeutig Menschen. Ein kurzes Schmunzeln huschte über Wiebkes Gesicht, das ihr allerdings in der nächsten Sekunde schon wieder verging.

»Wenn du jetzt immer noch denkst, dass Uwe irgendetwas mit Hilkes Veränderung zu tun hat, siehst du uns als Patienten nicht wieder«, kündigte Sabine in bemerkenswerter Lautstärke an. Hoffentlich kam Corinna nicht gleich nach dem Rechten sehen. »Und ich werde meiner Tochter sicher nicht mehr erlauben, Maxi zu besuchen.« Aufgelegt!

Wiebke hatte sich entschuldigen wollen, zu spät. Sie seufzte und ließ den Kopf auf die Brust sinken. Das hatte sie ja ganz prima hinbekommen.

Wiebke überlegte, ob sie gleich noch einmal anrufen und Sabine beruhigen sollte, doch da klopfte es, und Corinna platzte regelrecht in das Sprechzimmer. Das war sonst eher Sandras Art.

»Alles in Ordnung mit dir?« Corinnas Blick sprach Bände. Wiebke guckte vermutlich aus der Wäsche wie ein geprügelter Hund.

»Davon mal abgesehen, dass ich soeben mit einem Schlusssprung in einen überdimensionalen Fettnapf gehüpft bin, ist alles super.« Sie holte tief Luft. »Was gibt's denn, ein Notfall?«

»Keine Ahnung. Nee, ich glaube nicht.« Corinnas Miene änderte sich schlagartig. »Da ist ein Mann, ziemlich gut aussehend, allerdings ohne Termin. Er sagt, er bleibt so lange da, bis er dich sehen kann.«

Wiebke runzelte die Stirn. Hoffentlich nicht irgendein Bekloppter, der sich eine exotische Krankheit einbildete. Psychologischen Herausforderungen war sie heute offenbar nicht gewachsen.

»Er sagt, sein Name ist Becker ...«, fügte Corinna hinzu.

»So kann ja jeder heißen«, sagte Wiebke. Sie musste Sabine noch einmal anrufen, unbedingt.

»... Nikolas Becker. Du kennst ihn angeblich.«

Wiebke starrte Corinna an, schloss die Augen und stöhnte. »Auch das noch! Was ist heute bloß los?« Sie rieb sich über das Gesicht. »Schwöre mir, dass ab jetzt nicht jeder Montag so wird, sonst ziehe ich sofort wieder in den Feldweg.«

»Tut mir leid, aber dann schwöre ich bestimmt nicht.« Corinna sah reichlich verunsichert aus.

»Gib mir zehn Minuten, ehe du ihn mir reinschickst, ja?«

Wiebkes Gesicht musste geradezu versteinert wirken, sonst hätte Corinna bestimmt nach Nick gefragt. Sie brannte mit Sicherheit darauf zu erfahren, wer der Fremde war.

»Alles klar! Du hast heute auch keine weiteren Termine«, versuchte sie schwach zu trösten.

»Schade«, konterte Wiebke, »ein voller Kalender wäre jetzt die Rettung.«

Blödsinn, ein voller Kalender würde das Problem nicht lösen, sondern es lediglich aufschieben. Ihr fiel etwas ein, woran sie lange nicht gedacht hatte. Bei einer ihrer ersten

Begegnungen hatte Tamme ihr verraten, dass er sich hin und wieder mit der Bedeutung von Namen beschäftigte. Wiebke hieß Kleines Kampfweib oder etwas in der Art. Na dann, auf in den Kampf!

Sie sprang vom Stuhl auf, um sich nicht klein und unterlegen zu fühlen, als Nick mit seinen knapp zwei Metern Körpergröße den Raum betrat. Seine Statur hatte sie schon beeindruckt, als die beiden sich kennengelernt hatten. Daran hatte sich nichts geändert. Instinktiv drückte sie das Kreuz noch ein wenig mehr durch. Nick trug seine uralte braune Lederjacke. Sie hatte sich nicht getäuscht, er war tatsächlich der Tourist, den sie am Hafen gesehen hatte.

»Nick, das ist ja eine Überraschung! Hast du dich auf die Fähre geschwungen, nachdem ich dich vertröstet habe, oder warst du etwa schon auf Pellworm, als du angerufen hast?« Schummeln war in ihrer Situation erlaubt, fand sie.

»Ich bin seit Mittwoch hier. Leider hatte ich keine Chance, dir das zu sagen. Du hast sofort wieder aufgelegt.«

Sie taxierten sich. Was sollte das hier werden? Wer zuerst dem anderen Vorwürfe macht, hatte verloren? So ein Quatsch, schließlich hatte nur einer von ihnen Vorwürfe verdient. Einer!

»Du hättest mich vermutlich sowieso gleich von deiner Insel jagen oder ins Watt treiben lassen, nehme ich an. Dann hättest du nur warten müssen, bis die Flut kommt, und wärst mich los«, fuhr er fort.

»Gute Idee!« Sie lächelte ihn zuckersüß an. »Schade, dass ich nicht darauf gekommen bin.«

»Es dürfte für dich nicht mal schwer sein, Handlanger

für solche Taten zu finden. Du kennst hier anscheinend jeden, und jeder kennt dich.«

»Hast du mir etwa nachspioniert? Und Maxi womöglich auch?« Wiebke stand immer noch auf zwei Armlängen von ihm entfernt. Sie dachte ja gar nicht daran, ihm die Hand zu geben. Nicht einmal einen Platz würde sie ihm anbieten. Er sollte nicht denken, dass sie sich jetzt Zeit für ein ausführliches Gespräch nahm, weil er sie mit seinem unverschämten Auftritt dazu gezwungen hatte.

»Ich spioniere nicht, Wiebke. Ich wollte lediglich wissen, was du so treibst. Was ihr treibt, genauer gesagt.«

»So plötzlich!«

Er ging gar nicht darauf ein. »Zuerst habe ich deinen Namen nur aus Interesse in die Suchmaschine eingegeben. Als ich dann aber den Artikel über die medizinische Versorgung von Halligbewohnern gelesen habe, war ich total fasziniert. Ich habe nicht lange überlegt, sondern einfach etwas gebucht. Was du hier machst, klingt wirklich spannend und toll. Hut ab!«

»Ich mache einfach nur meine Arbeit, Nick. Dabei werde ich übrigens nicht gerne unterbrochen. Du hast Corinna, meine Mitarbeiterin, in eine blöde Situation gebracht. Ich möchte, dass das nicht wieder vorkommt.«

Er zog eine Augenbraue hoch, sagte aber nichts. Kein Wunder, sie kanzelte ihn ab wie einen Schuljungen. Das hatte er auch verdient, trotzdem wäre sie gern souverän und gelassen. Leider war sie weder das eine noch das andere. Sie konnte nicht damit umgehen, dass er ihr plötzlich wieder gegenüberstand. Überhaupt, er hatte in ihrem Sprechzimmer nichts zu suchen! Das hier war ihr Arbeitsumfeld, ein wichtiger Teil ihres neuen, glücklichen Lebens. Seine Gegenwart passte in etwa so gut hinein wie ein Pinguin in die Nordsee.

»Gehen wir irgendwo hin, wo wir reden können, Nick«, schlug sie nach einer Weile vor. »Ich brauche frische Luft. Das Strandcafé an der Tammwarft ist nicht weit.«

»Gute Idee. Danke, Wiebke.«

»Ich bin außer Haus«, rief sie Corinna zu, deren Blicke an Nick klebten, als er am Empfang vorbeiging. »Kann ein bisschen dauern.«

»Alles klar.« Corinna schwankte sichtlich zwischen Bewunderung und dem Impuls, die Polizei zu rufen.

Passend zu Wiebkes Stimmung ließen Wind und Wolken den Himmel dramatisch aussehen. Es wurde zeitweise dunkel, dann wieder brachte die Sonne die Ränder der davonjagenden Wolken zum Glühen.

»Ihr habt hier wohl ständig Sturm, was?« Nick schlug den abgewetzten Kragen seiner Jacke hoch.

»Das ist kein Sturm, das ist Wind«, entgegnete sie knapp.

»Na, also ich finde …«

»Sturm ist, wenn die Schafe auf dem Deich keine Locken mehr haben«, erklärte sie ihm barsch. Er stutzte, dann lachte er laut los. Ein tiefes äußerst attraktives Lachen. »Ist ein ganz alter Witz«, fügte sie trocken hinzu.

Während Wiebke einen großen Pott Schietwetter-Tee bestellte, entschied sich Nick für eine Portion Pannfisch mit

Bratkartoffeln. Allerdings erst, nachdem er der Kellnerin mit seinen Fragen den letzten Nerv geraubt hatte.

»Ist der Fisch von hier?«

»Ja, der ist heute Morgen noch durch die Nordsee geschwommen.«

»Mit Schleppnetzen arbeiten Sie hier nicht, oder?«

»War das gerade anzüglich?«

»Nein, bestimmt nicht.« Er lachte. »Ich meine nicht Sie, sondern den Fischer.«

»Unser Fischer kennt hier jede Scholle und jede Krabbe mit Vor- und Nachnamen. Der fragt die höflich, ob sie nicht Lust haben, heute auf dem Teller eines attraktiven Klugscheißers zu landen. Was soll ich sagen? Sie haben Glück, die Viecher sind gehopst wie verrückt. Wollen Sie nun Pannfisch oder nicht?«

»Gern!«

Wiebke beobachtete ihn. Er hatte sich anscheinend nicht verändert.

»Was willst du, Nick?«, fragte sie, als die Kellnerin gegangen war.

»Ich möchte meine Tochter sehen. Das möchte ich schon seit einiger Zeit. Ich habe herausgefunden, dass ihr auf Pellworm lebt, und hier bin ich.« Er stützte die Ellbogen auf und verschränkte die Hände. »Aber das habe ich dir ja schon während unseres ausführlichen Telefonats gesagt.« Die Ironie hatte er also auch nicht verloren. »Ich habe in den vergangenen Monaten viel nachgedacht. Du wirst es kaum glauben, ich bin vermutlich endlich erwachsen geworden.«

»Du hast recht, das kann ich schwer glauben.«

»Weißt du, Wiebke, so ganz unschuldig warst du an meinem Verhalten damals auch nicht.«

Na klar, das musste ja kommen. Wahrscheinlich hatte sie überhaupt an allem die Schuld. »Ich?«

»Ja, du! Du warst immer so konsequent und geradlinig und wusstest ganz genau, was du willst. Du hast mich damit einfach überfordert.« Sie starrte ihn an, konnte aber nichts erwidern. »Du hast immer zu viel von mir erwartet.«

»Ich habe ein Kind von dir erwartet, Nick! Anscheinend war dir das deutlich zu viel.« Sie sahen sich lange an.

»Das meine ich nicht, und das weißt du«, sagte er schließlich leise. »Obwohl, stimmt schon, es war mir zu viel. Es hat mir Angst gemacht. Aber ich bin jetzt erwachsener«, wiederholte er. »Glaube ich zumindest, schwören kann ich's dir nicht, denn das war ich schließlich vorher noch nie.« Da war es wieder, sein heiseres, etwas unsicheres Lachen.

In dem Augenblick wurde sein Essen serviert. Keinen Moment zu früh.

Wiebke nippte an ihrem Tee. »Ich hätte nicht gedacht, dass ich dich je wieder zu Gesicht bekomme«, sagte sie. »Was machst du, wo lebst du?«

»Noch immer in Berlin. Allein übrigens. Ich bin zurzeit Single.«

Er sah ihr kurz in die Augen, dann erzählte er, dass er so etwas wie ein Familienleben nie gehabt hatte. Also doch keine weitere Kinderschar. Faszinierend, er konnte reden wie der berühmte Wasserfall, während er parallel seine große Portion Fisch mit Bratkartoffeln verdrückte.

»Wie du siehst, hat sich bei mir gar nicht so viel verändert. Aber es ist natürlich trotzdem einiges passiert, seit du mich verlassen hast.«

»Moment mal, ich habe dich verlassen?«, wandte Wiebke ein.

»Ja, hast du.«

»Hätte ich einen Mann heiraten sollen, der zwar ein Kind zeugen kann, sich mit weit über dreißig aber für noch nicht reif genug hält, es auch großzuziehen? Glaubst du ernsthaft, ich wollte von dir zur Not geheiratet werden?«

Wiebke schüttelte den Kopf. Ihr Herz klopfte mindestens einen Takt zu schnell, und ihre Wangen brannten, als hätte sie Fieber. Sie musste sich zusammenreißen. Viel war zwar nicht los im Strandcafé, aber sie hatte keine Lust, dass in einer halben Stunde die ganze Insel Bescheid wusste.

»Du hättest mir eine Chance geben sollen. Ich meinte das vorhin ernst, Wiebke, ich bin anders als du.«

»Kann man wohl sagen!«

»Ich brauchte eben mehr Zeit, um mich an den Gedanken zu gewöhnen, Verantwortung für ein Kind zu tragen. Das ist die größte Aufgabe, die man im Leben übernehmen kann, oder nicht? Mehr Zeit, Wiebke, das wäre alles gewesen. Aber du wolltest von jetzt auf gleich eine Entscheidung. Du wolltest, dass ich dir unsere Zukunft in allen Einzelheiten präsentiere. Das konnte ich nicht.«

Sie hatte keine Lust mehr, sich das länger anzuhören. Es war doch wohl normal, dass sie in der Lage damals wissen wollte, wie genau er sich das vorstellte, wo sie leben sollten, und wovon, wer vormittags für das Kind da war, wer am Nachmittag. So etwas musste man doch planen.

»Du hast mir die Pistole auf die Brust gesetzt«, fuhr er fort. »Ist doch kein Wunder, dass ich da so blöd reagiert und gesagt habe, ich würde dich zur Not heiraten. Mir ist schon lange klar, dass das keine Meisterleistung war.«

Sie holte tief Luft. Was sollte sie dazu sagen?

»Und dann hast du mir keine Chance mehr gegeben.«

Nick sah tatsächlich verzweifelt aus, und ein Schauspieler war er noch nie gewesen. War sie womöglich zu resolut gewesen? Andererseits hatte er keine Sekunde um sie und das Kind gekämpft. Er hatte sich nicht einmal nach seiner Tochter erkundigt, nicht einmal, nachdem er die Zeit hatte, sich an den Gedanken zu gewöhnen. Sie senkte erschrocken den Blick, brauchte eine Pause von dieser Gefühls-Achterbahn.

»Und was machst du jetzt so in Berlin?«

Er erzählte, dass er zusammen mit einem Freund einen kleinen Bio-Laden im Prenzlauer Berg betrieb. Also kein abgeschlossenes Pharmaziestudium. Sein Kumpel war gelernter Koch, und die beiden kochten für private Kitas.

»Alles gesund und frisch!« Seine Augen strahlten. »Die Idee ist nach wie vor gut und wichtig.«

»Klingt nach einem Aber.«

»Stimmt. Leider ist die Zusammenarbeit mit meinem Partner weniger gut. Wir haben wohl zu unterschiedliche Arbeitsauffassungen und Zielsetzungen.«

»Und jetzt?«

Er betrachtete lange schweigend seine Hände. Dann blickte er Wiebke direkt in die Augen und sagte: »Ich denke darüber nach, mein Leben noch einmal komplett umzukrempeln, noch mal etwas ganz Neues anzufangen. Dazu gehört auch, dass ich Vater sein will.«

Kapitel 7

Corinna hob den Kopf, als Wiebke die Praxis betrat. Ihr professionelles Begrüßungslächeln räumte einer sorgenvollen Miene das Feld.

»Der Mann sah eigentlich nicht aus wie ein Gerichtsvollzieher, aber als du ihn begleitet hast, warst du blass, als wäre er doch einer. Und jetzt …« Sie überlegte. »Wenn ich dich jetzt so ansehe, tippe ich auf Steuerfahndung. Oder nein«, rief sie plötzlich. »Du bist schon verheiratet, und das war dein erster Ehemann, den du bisher vor uns allen geheim gehalten hast.«

»Treffer!«, erwiderte Wiebke matt.

Corinnas Augen wurden immer größer. »O Gott, hoffentlich Steuerfahndung«, sagte sie heiser.

Wiebke schüttelte den Kopf. Es half nichts. Sie musste Corinna ins Vertrauen ziehen.

»Haben wir Schnaps hier?« Wiebke ging vor in den Pausenraum.

»Nee, nur Desinfektionsmittel. Soll ich schnell rüberlaufen?«

»Nein, Corinna, das war nicht ernst gemeint. Das mit dem ersten Ehemann übrigens auch nicht.«

Wiebke setzte Wasser auf und bereitete zwei Becher vor. Alles-wird-gut-Nerven-Tee. Der musste jetzt mal zeigen, was er konnte. »Nikolas Becker ist Maxis leiblicher Vater.«

»Du nimmst mich nicht schon wieder auf den Arm?« Corinna wartete Wiebkes Antwort nicht ab. »Nee, tust du nicht. Alles klar. Puh, das ist mal …« Sie fing an zu strahlen. »Traumschön!« Im nächsten Moment zog sich ihre Stirn zu einem kleinen Gebirge zusammen. »Hattet ihr denn Kontakt? Wusstest du, dass er hier ist?« Jetzt begriff sie das gesamte Ausmaß. »Schöner Mist, oder?«

»Jedenfalls weißt du nun, warum ich so aus der Wäsche geguckt habe. Ich bin genauso verwirrt wie du.«

Wiebke erzählte ihr alles, von der ersten Sichtung über seinen Anruf und Wiebkes Vertröstetaktik bis zu seinem Auftauchen in der Praxis. Dass er sich plötzlich dafür interessierte, die Vaterrolle zu spielen, ließ sie lieber aus. »Warum er ausgerechnet mitten in unseren Hochzeitsvorbereitungen auftauchen muss, wissen die Götter«, schloss sie. »Ich bitte dich inständig, es für dich zu behalten, Corinna.«

»Klar!« Jemand, dem das Kommunikationssystem der Insel nicht vertraut war, hätte darauf hereinfallen können.

»Ich meine es ernst, Corinna«, legte Wiebke nach. »Ich will nicht, dass innerhalb der nächsten vierundzwanzig Stunden alle Bescheid wissen. Sprich bitte mit niemandem darüber, auch nicht mit Saskia oder Lulu.«

»Ach so, ja, nee …«

»Und nicht mit Crischi.«

»Auch nicht?« Corinna starrte sie an. »Das ist schwer.«

»Ich weiß. Aber es ist wirklich wichtig, dass ich mich da auf dich verlassen kann.«

Corinna atmete durch. »Geht klar, Chef, kein Sterbenswörtchen, an niemanden. Ich schaffe das!«

Wie gut, dass der Nachmittag so ruhig verlaufen war. Einem medizinisch anspruchsvollen Problem hätte Wiebke sich nicht gewachsen gefühlt. Sie holte das neue Elektrofahrrad aus dem Schuppen. Das würde in Zukunft in der Liebesallee stehen, falls sie von zu Hause zu einem Notfall aufbrechen musste. Eigentlich hatte sie sich darauf gefreut, die erste Tour damit zu fahren, an diesem verkorksten Montag war ihr allerdings jegliche Freude vergangen. Sie wollte sich gerade auf den Sattel schwingen, da meldete sich ihr Mobiltelefon. Nick. Was wollte er denn schon wieder? Hatte er sich vorgenommen, sie ab sofort stündlich zu quälen?

»Ich wollte hören, ob du dich beruhigt hast. Du bist einfach wortlos gegangen.«

»Was hast du erwartet?«, fuhr sie ihn an. »Dass ich dir um den Hals falle, weil du endlich Vater sein willst? Nach nur acht Jahren?«

»Du hättest mich zum Beispiel fragen können, wie ich mir das vorstelle. Oder du hättest einen Vorschlag machen können, wann und wo ich meine Tochter kennenlernen kann.«

»Sie ist nicht deine Tochter«, fauchte Wiebke. »Maxi hat einen Vater, der sich bestens um sie kümmert und an dem sie hängt. Wir sind gerade an diesem Wochenende in unser gemeinsames Haus gezogen, im August werde ich diesen Mann heiraten, und er wird Maxi adoptieren. Maxi braucht niemanden, der mal wieder etwas Neues ausprobieren will und sich deshalb ein paar Tage, Wochen oder vielleicht sogar Monate um sie kümmert.« Ihr Atem war viel zu schnell und zittrig. Sie ging auf und ab, ballte eine Faust. Wie viel von diesem Alles-wird-gut-Tee musste man trinken, ehe er wirkte. Drei Liter?

Es dauerte lange, ehe Nick leise sagte: »Freut mich für dich und für Maxi, dass es so gut läuft. Ehrlich.« Wieder machte er eine kurze Pause, ehe er weitersprach: »Ich halte es für richtig, dass sie mich kennenlernt. Das ist alles. Du kannst es drehen und wenden, wie du willst, sie ist auch mein Kind. Da du ja mal wieder einfach weggelaufen bist, kam ich nicht dazu, dir zu sagen, dass ich gerade eine kleine Auszeit vom Job habe. Wir können uns also jederzeit sehen. Von mir aus gleich morgen oder erst in ein paar Tagen. Das überlasse ich dir.«

Wiebke hielt die Luft an. Auszeit klang erschreckend lang. »Sehr großzügig! Sie weiß nichts von dir, außer dass du existierst. Ich werde ihr behutsam beibringen müssen, dass du plötzlich eine Rolle spielst. Das kann dauern. Maxi ist überglücklich, dass sie endlich eine richtige Familie hat, einen Vater, der sie wirklich lieb hat. Sogar einen Hund haben wir, den Maxi sich schon lange gewünscht hat. Es ist endlich alles so, wie es sein soll, verstehst du das? Gleich morgen treffen oder in ein paar Tagen!« Sie schnaubte genervt. »Maxi feiert übermorgen eine kleine Einweihungsparty für ihr Zimmer, die werde ich ihr sicher nicht verder-

ben. Tut mir leid, Nick, du wirst noch etwas auf deinen Auftritt als Vater warten müssen.«

Na toll, Wiebke hatte sich zwar nicht auf einen Termin
festnageln lassen, aber im Grunde einem Treffen zugestimmt. Sie setzte sich auf das Rad. Der Motor würde nicht
zum Einsatz kommen, so wie sie in die Pedale trat. Erst jetzt
wurde ihr bewusst, was Nick gesagt hatte, ehe er von dieser Auszeit gesprochen hatte. Du bist mal wieder weggelaufen! Frechheit. Wer hatte sich denn damals vor der Verantwortung gedrückt? Wiebke ärgerte sich höllisch. Vor allem, weil der Vorwurf nicht völlig von der Hand zu weisen
war. Als sie von einigen Inselbewohnern angefeindet worden war, hatte sie schleunigst die Koffer gepackt, beim Streit
mit Tamme hatte sie sich um eine Stelle in Süddeutschland
beworben. Und, ja, als Nick nicht gleich auf die Knie gefallen ist, um der werdenden Mutter einen Antrag zu machen, hatte sie ihn ziemlich flott abserviert. Einen gewissen
Fluchtreflex konnte sie nicht abstreiten.

»Wie war dein Tag, irgendwelche besonderen Vorkomm-
nisse?«, fragte Tamme beiläufig, während er den Salat zu-
rechtmachte.

Wiebke legte gerade Hähnchenbrustfilets in die Pfanne.
Aus Maxis Zimmer drangen trotz zwei geschlossener Türen
schräge Töne in die Küche. Sie übte auf ihrem Akkordeon.
Hörte sich nicht an, als hätte sie eine große musikalische
Karriere vor sich, aber immerhin übte sie!

»Sandra ist krank, und ich habe vergessen, Mohnschnecken zu holen. Toller Mohn-Tag!«, sagte sie, ohne Tamme anzusehen.

»Um doch noch für Har-mohn-ie zu sorgen, bist du mittags ins Strandcafé gegangen und wolltest da Schnecken holen?« Er wusste Bescheid. Hätte sie sich ja denken können. »Oder war die Verabredung mit einem anscheinend nicht unattraktiven Mann von vornherein geplant?« Wiebke drehte sich zu ihm um. Sah nicht so aus, als wäre Tamme sauer. »Du weißt doch, dass man auf Pellworm rein gar nichts unbeobachtet tun kann. Wenn das ein geheimes Date war, hättest du es aufs Festland verlegen müssen.«

»Quatsch, das war doch kein Date.«

»Das war auch nicht ernst gemeint, sonst würde ich mir nämlich Sorgen machen.«

»Hast du mit Corinna gesprochen?« Wiebke wollte wenigstens abschätzen können, wer sonst schon alles informiert war.

»Nein, Max hat euch gesehen. Er meinte, die Gerüchteküche würde bestimmt schon heftig brodeln.«

Wiebke zog eine Grimasse. Dann ging sie zu ihm, schlang die Arme um seinen Hals und sah ihm in die Augen. »Ich hätte es dir nachher in aller Ruhe erzählt ... Der Mann, mit dem ich im Café war, ist Maxis leiblicher Vater.«

Tammes Lächeln machte sich blitzschnell aus dem Staub. »Wieso ist er plötzlich auf Pellworm?«

»Die Großstadt hat ihn im hohen Bogen in die Nordsee gespuckt.« Sie kümmerte sich um das Fleisch, ehe es noch verbrannte. »Er braucht eine Auszeit.« Wiebke dehnte das Wort ironisch.

»Und ist zufällig auf Pellworm gelandet?« Tamme rührte sich nicht und ließ sie nicht aus den Augen.

»Nein. Ihm ist doch glatt eingefallen, dass er eine Tochter hat, die auf einer hübschen ruhigen Insel lebt. Wo könnte man besser abschalten?«

»Ich dachte, ihr hättet ewig keinen Kontakt gehabt. Woher weiß er, dass ihr hier wohnt?«

»Er hat vor einiger Zeit eine Suchmaschine bemüht.« Wiebke erzählte Tamme kurz von dem Treffen und davon, dass sie eine Begegnung zwischen Nick und Maxi erst mal abgelehnt hatte. »Zumindest habe ich ihm gesagt, dass das nicht von heute auf morgen geht. Am liebsten würde ich ihn unverrichteter Dinge nach Hause fahren lassen.« Sie seufzte. Auszeit. Die Vorstellung, Nick könnte wochenlang in ihrer und Maxis Nähe sein, gefiel ihr überhaupt nicht.

»Das wäre keine gute Idee. Ich finde, du solltest es Maxi ermöglichen, ihren leiblichen Vater kennenzulernen.«

Wiebke nahm die Pfanne von der Platte. »Ist das dein Ernst?«

»Klar! Nicht überstürzt, da hast du bestimmt recht, aber so bald wie möglich.« Wiebke war platt, damit hatte sie nicht gerechnet. »Ich freue mich wahnsinnig auf unsere Hochzeit und auf unser gemeinsames Leben. Ist doch super, wenn alles geklärt ist! Je länger wir es herausschieben, desto länger hängt es über uns wie das berühmte Damoklesschwert, meinst du nicht?« Er sah für einen Moment verunsichert aus. »Ich meine, es ist schon ein Schock, dass dieser ...«

»Nick.«

»... dass Nick einfach Fakten schafft und hier auftaucht.

Und dass er auch noch attraktiv ist. Das hattest du nie erwähnt.«

»Ich habe mich schon immer für die tollen Typen interessiert, auch schon vor dir.« Ihr gelang ein Lächeln.

»Ich denke, dass du mit diesem Nick abgeschlossen hast und ich mir keine Gedanken machen muss. Es ist wichtig, dass Maxi ihren leiblichen Vater kennenlernt, Wiebke. Früher oder später wird sie dich nach ihm ausfragen und ihn vielleicht sogar suchen. Du hast jetzt die Chance, das zu verhindern.« Er legte ihr die Hände auf die Schultern. »Das kleine Törtchen wird mich sowieso viel toller finden.« Tamme strahlte siegesgewiss. »Du hast einen guten Geschmack, vielleicht ist Nick ganz in Ordnung. Wir müssen ihn ja trotzdem nicht gleich zur Hochzeit einladen.«

»Das fehlte mir noch«, murrte Wiebke. »Ich finde es einfach ungeheuerlich, dass er nicht vorher fragt, sondern einfach so auf die Fähre steigt. Ich denke nicht dran, jetzt nach seiner Pfeife zu tanzen.«

»Das wäre mir auch nicht recht.« Er nahm sie in den Arm und hielt sie fest.

»Na gut, ich überleg's mir«, murmelte sie an seiner Brust.

»Gib den sofort wieder her, Janosch!« Der Hund kam, einen hellgrünen Plüschfrosch in der Schnauze, in die Küche gerannt. Dicht gefolgt von einer sehr aufgebrachten Maxi. »Nur weil der Frosch jetzt auf dem Bett sitzt und nicht mehr im Schrank, heißt das nicht, dass du ihn haben darfst«, schimpfte sie. Janosch ließ die ausgeblichene Stoff-Amphibie fallen. Wiebke vermutete, das hatte mehr mit dem Duft des Hähnchens zu tun als mit Maxis respekteinflößender Ausstrahlung. Wie magnetisch angezogen, näherte er sich dem Herd, sein Hals wurde immer länger.

»Denk nicht mal dran, Kumpel.« Tamme schob ihn liebevoll zu seinem Körbchen.

»Das ist dein allererstes Stofftier, Maxi«, sagte Wiebke überrascht. »Den habe ich ja ewig nicht gesehen. Ich dachte, du hast ihn längst weggeschmissen.«

»Ich schmeiß doch meinen Frosch nicht weg, Mami.« Aus Maxis Blick sprach pures Entsetzen. »Der war immer bei mir, als ich ganz klein war und du immer arbeiten musstest.«

Das tat weh. »Als du den bekommen hast, war ich noch ganz viel zu Hause«, rechtfertigte Wiebke sich sofort. »Daran erinnerst du dich bestimmt gar nicht mehr, da warst du nämlich noch ein Baby.«

Maxi ignorierte den Einwand. »Und der hat mir immer den zweiten Gutenachtkuss gegeben.«

»Den zweiten?« Tamme zog die Augenbrauen hoch.

»Ja, von Mami war der erste, und weil ich keinen Papa hatte, war der zweite vom Frosch.« Wiebke atmete hörbar aus. »Jetzt muss der mich nicht mehr küssen«, erklärte sie und setzte den vollgesabberten grünen Kerl neben ihren Teller, »dafür bist du jetzt da!« Sie strahlte Tamme an.

»Allerdings! Aber ich küsse dich viel öfter als einmal am Tag.« Er stürzte sich mit Gebrüll auf Maxi. Ihr Kreischen half ihr nicht, er knutschte sie mit lauten Walross-Tönen ab, Maxi bekam kaum noch Luft vor Lachen.

Wer brauchte einen unzuverlässigen Vater, wenn er ein Stofftier hatte, ging Wiebke durch den Kopf. Der Frosch hatte Maxi jedenfalls nicht im Stich gelassen. Wie sollte sie Maxi bloß erklären, dass Nick wie Kai aus der Kiste auf der Bildfläche erschienen war?

»Und jetzt wird gegessen«, sagte Tamme resolut, »ich habe einen Bärenhunger.« Mit spitzen Fingern packte er das nasse Plüschvieh und setzte es in ein noch leeres Regal.

Zwei Tage später wurde Wiebke von einem Geräusch geweckt, das ihr nicht vertraut war. Kein Wunder, alles war noch neu und fremd. Sie spitzte die Ohren. Das waren zwei Füße, die leise die Treppe heruntertapsten, gefolgt von vier Pfoten. Es waren Ferien, wieso war Maxi schon wach? Sie blinzelte auf die Uhr. Acht. Wiebke hatte mit Tamme einen Kaffee getrunken, ehe er zum Schwimmbad aufgebrochen war. Danach hatte sie sich noch einmal ins Bett gekuschelt und musste wohl wieder fest eingeschlafen sein. Sie stand auf und warf sich eine Tunika über. In den beiden Ferienwochen ging Wiebke an einigen Tagen nur stundenweise in die Praxis. In der übrigen Zeit hielten Corinna und Sandra die Stellung, klebten Pflaster, wickelten Verbände. Jetzt musste Corinna eine Weile ganz allein zurechtkommen. Ihren Pieper hatte Wiebke selbstverständlich immer bei sich, damit sie im Notfall schnell vor Ort war. Nach der Hochzeit würde sie sich endlich um eine Partnerin oder einen Partner kümmern, damit der Alarm auch mal ausgeschaltet bleiben konnte.

»Maxi, was ist los? Es ist ja fast noch Nacht!« Wiebke betrat die Küche und gähnte.

»Gar nicht. Du musst dir mal die Augen waschen, es ist doch schon hell. Außerdem haben wir ganz viel zu tun, weil ja nachher die Leute kommen«, erklärte sie wichtig. »Ich muss mein Zimmer aufräumen, und du musst kochen.«

»Aha?« Wiebke wuschelte ihr durch das Haar. »Aber wir sind doch gerade erst eingezogen. Warum musst du denn schon wieder aufräumen?«

»Man muss immer aufräumen, wenn Gäste kommen.«

Woher sie das wohl hatte? Tatsächlich war Wiebke immer in Stress geraten, besonders damals in Berlin, wenn sich Besuch angekündigt hatte. Das lag wahrscheinlich daran, dass sie meist erst in letzter Minute mit den Vorbereitungen angefangen hatte. Gar nicht schlecht, wenn Maxi anders war.

»Nein, Maxi, nicht immer. Nur wenn es unordentlich ist.« Wiebke fing an, den Frühstückstisch zu decken, und schenkte sich noch einen Kaffee ein. »Aber wir könnten vielleicht ein bisschen dekorieren«, schlug sie vor.

»Au ja!«

»Hatten wir nicht entschieden, Waffeln zu backen? Das können wir nachher alle zusammen machen. Das wird bestimmt ein großer Spaß!« Und ein großes Chaos. Aber es war schließlich nur einmal Einweck-Party.

»Das geht nicht«, erwiderte Maxi ernst. »Ich will doch mein Zimmer ein ... weihen. Gebacken wird aber in der Küche. Ich will, dass wir die ganze Zeit in meinem neuen Zimmer sind, deshalb ...«

»Schon gut, wir backen die Waffeln vorher.« Wiebke lächelte, Maxi hatte nicht nur genaue Vorstellungen von ihrer kleinen Feier, sondern war schon richtig aufgeregt. Wenn das mal nichts damit zu tun hatte, dass Emil kommen würde.

»So, mein organisiertes Kind, es wird trotzdem zuerst gefrühstückt. Versorgst du Janosch, bitte?«

Wiebke genoss die Zeit mit Maxi. Sie gingen eine Runde mit dem Hund und hängten anschließend im Kinderzimmer zwei Lampions auf, die Wiebke in weiser Voraussicht beim Umzug zur Seite gelegt hatte. Dann schmückten sie den Raum mit Porzellanhasen, kleinen Nestern und Ostereiern, die Feiertage standen schließlich schon fast vor der Tür.

»Wir könnten doch auch schon im Garten Eier aufhängen«, schlug Maxi emsig vor. »Guck, die Sonne scheint sogar ein bisschen.« Und schon wollte sie losrennen.

»Halt! Erst die Schuhe anziehen!« Es war wirklich schön draußen, nur leider noch ziemlich kalt. Überall auf der kleinen Rasenfläche streckten Krokusse und Schneeglöckchen die Köpfe aus der Erde. Auch ein paar Hyazinthen deuteten darauf hin, dass der Frühling langsam auf Pellworm angekommen war. Die hohen Gräser, die rund um den Garten standen, wurden immer wieder zu Boden gedrückt, so kräftig wehte der Wind.

»Ich fürchte, mit der Dekoration hier draußen müssen wir noch warten, Schatz. Sonst landen alle Ostereier bei unseren neuen Nachbarn.«

Wie auf Wiebkes Stichwort, flog eine der zerbrechlichen ausgeblasenen Schalen Maxi aus der Hand, lag kurz im Beet, wurde aber von der nächsten Böe weitergetragen, als Maxi gerade danach greifen wollte.

»Vielleicht fahren wir nachher lieber zum Tammensiel und kaufen bei Hilkes Mutter ein paar Zweige. Dann könnten wir Hilke gleich mitnehmen, und ihr beiden schmückt einen Osterstrauß, was meinst du, Maxi?«

»Okidoki!«

Wiebke war sehr zufrieden mit sich. Seit ihrem verunglückten Telefonat mit Hilkes Mutter hatte sie Angst gehabt, Hilke könne Maxi für heute absagen. Das wäre eine Katastrophe, Maxi würde vermutlich panisch werden bei dem Gedanken, mit Emil und Janosch allein zu feiern. Wenn sie Hilke aber einsammelten, war eine Absage sehr unwahrscheinlich, vor allem wenn es Wiebke gelang, sich für ihr ungeschicktes Verhalten zu entschuldigen. Nick schlich sich in ihre Gedanken. Schon wieder. Dass sie Maxi noch immer nichts von seiner Anwesenheit auf Pellworm erzählt hatte, machte sie weniger zufrieden. Damit es vor der süßen Waffelschlacht noch etwas Anständiges gab, zauberte Wiebke schnell eine Blumenkohlsuppe. War es klug, ihrer Tochter vor ihrer großen Party von Nick zu erzählen? Einerseits gar nicht schlecht, weil Maxi etwas Schönes vor sich hatte, ihre Freunde würden sie ganz sicher ablenken. Andererseits konnte Wiebke Maxi auch dermaßen verunsichern, dass der Nachmittag zum Fiasko wurde. Salami-Taktik, beschloss sie, ein Scheibchen nach dem anderen. Dann würde sie ja sehen, wie Maxi reagierte.

»Die Suppe ist fertig«, rief sie.

»Komme!«

»Guten Appetit, Schatz!«

»Danke, Mami.« Maxi löffelte los.

Wie sage ich es meinem Kind? Wiebke hatte einfach keine Idee, wie sie es anfangen sollte. Eine völlig neue Situation. Eine blöde noch dazu. Los, du bist hier die Erwachsene, also benimm dich auch so!

»Maxi«, begann Wiebke vorsichtig.

»Hm«, machte Maxi und konzentrierte sich darauf, ihren Löffel so voll wie möglich zu füllen und ihn, ohne zu kleckern, in den Mund zu schieben.

»Wie findest du es, dass wir jetzt immer mit Tamme zusammen sind, dass wir alle zusammen in einem Haus wohnen, meine ich?«

»Gut.« Der nächste Löffel wurde gefüllt.

»Du weißt, wie lieb er dich hat, oder? Er hat dich genauso lieb wie Nele, wie seine eigene Tochter.«

»Ähä«, antwortete Maxi mit offenem Mund.

»Aber du weißt natürlich auch, dass du nicht seine biologische Tochter bist. Wir haben schon mal darüber gesprochen, dass es jemanden gibt, der da war, bevor wir Tamme kennengelernt haben, und der eigentlich dein Papa ist.«

»Klar, Mami, der Samenspender«, sagte sie und sah Wiebke aufmerksam an. »Wir hatten das doch schon in der Schule. Also, nur kurz. Auf jeden Fall weiß ich, dass ein Mann Samen spenden muss, damit das Ei der Frau befruchtet wird. Und aus dem Ei bin ich geschlüpft.« Sie strahlte.

»So ungefähr, ja.« Maxi aß weiter. »Dieser Mann heißt Nick, das habe ich dir schon erzählt. Aus verschiedenen

Gründen konnte Nick leider nie da sein, deshalb hast du ihn nicht kennengelernt.«

»Nee, der musste doch irgendwo hingehen, wo der Pfeffer wächst. Das ist bestimmt weit weg.«

Dieses Kind hatte nicht nur gute Ohren, sondern obendrein ein verdammt gutes Gedächtnis. Hoffentlich hatte Wiebke nicht noch mehr Dinge gesagt, die Maxi bei einer Begegnung mit Nick brühwarm verraten konnte.

»Ja, aber stell dir vor, Nick hat mich doch tatsächlich neulich angerufen. Er ist gar nicht mehr so weit weg und hat gefragt, wie es dir geht.« Wiebke hielt den Atem an. Keine Reaktion. »Bist du nicht ein bisschen neugierig, was er erzählt hat?«

»Hm«, machte Maxi, während sie angestrengt versuchte, auch den letzten Rest Suppe auf den Löffel zu bekommen.

»Nachschlag?« Wiebke lächelte sie an, und Maxi nickte mit leuchtenden Augen. Ein Kind in ihrem Alter, das nicht nur Gemüse liebte, sondern auch noch für sein Leben gern Suppen aß, war eine echte Rarität.

»Wir müssen jetzt auch nicht weiter darüber reden«, sagte Wiebke, als sie ihr den Teller hinstellte. »Ich kann dir ja morgen oder so ein bisschen von ihm erzählen, wenn deine große Party vorbei ist. Er würde gern wissen, was du so machst, wie es in der Schule läuft. Ich habe ihm schon verraten, dass du einen Hund hast. Das findet er ganz toll.« Genug für den Anfang, fand Wiebke. Eine Weile aßen sie schweigend.

»Wo ist er denn jetzt?«, wollte Maxi plötzlich wissen. So gleichgültig, wie es den Anschein hatte, war ihr die ganze

139

Sache doch nicht. Hätte Wiebke auch gewundert. Verflixt, mit der Wo-Frage hatte sie nicht gerechnet, und sie log ihre Tochter prinzipiell nicht an.

»Wo er jetzt genau ist, weiß ich nicht«, antwortete sie wahrheitsgemäß. »Wir können ihn ja mal anrufen, wenn du willst.« Maxi sah sie erschrocken an. »Oder ich mache das und frage ihn, wo er steckt. Aber nicht heute.« Maxi entspannte sich wieder. »Jetzt fahren wir erst mal zu Hilke, kaufen unsere Osterzweige, und dann wird gefeiert. Wann kommt eigentlich Emil?«

Gewonnen! Bei dem Namen Emil blitzten Maxis Augen auf, das mögliche Telefonat mit Nick war vergessen. Wenigstens für den Moment.

Wiebke und Maxi fuhren zur Gärtnerei, die direkt neben dem Wohnhaus von Hilke und ihrer Familie lag.

»Maxi, du kannst ja schon mal klingeln und Hilke sagen, dass wir hier sind. Sie braucht doch meistens ein bisschen länger, ehe sie startklar ist. Ich suche bei Sabine schon mal ein paar schöne Zweige aus. Ihr kommt dann rüber ins Geschäft, in Ordnung?«

»Geht klar!« Maxi, die darauf bestanden hatte, Janosch mitzunehmen, schlenderte mit dem Hund an der Leine zur Haustür.

Wiebke ging in den hübschen Bau, in dem Gewächshaus, Verkaufsraum und ein Arbeitsplatz, an dem Sabine Sträuße und Gestecke band, ineinander übergingen. Alles war liebevoll eingerichtet, hell und einladend, und natürlich hing über allem der Duft frischer Blumen und von Unmengen an Grünzeug. Glück gehabt, Sabine war gerade allein, Wiebke konnte gleich zur Sache kommen.

»Moin, Sabine. Du, ich wollte mich entschuldigen, ich habe mich neulich am Telefon nicht sehr elegant ausgedrückt.« Sabine sah sie kurz an, widmete sich dann aber wieder einem Osterkranz. »Ich wollte euch ganz bestimmt keine Vorwürfe machen und erst recht keinen unbegründeten Verdacht äußern. Ich hätte mich erst abreagieren sollen, ehe ich zum Hörer gegriffen habe. War nicht mein Tag«, gestand sie zerknirscht. »Entschuldige bitte!«

»Schon in Ordnung.« Das war alles? Manchmal war Wiebke auch jetzt noch überrascht von der friesisch wortkargen Art.

»Nicht mehr sauer?«, fragte sie trotzdem. Nur zur Sicherheit.

»Nein. Jeder hat mal einen schlechten Tag.«

»Danke.« Wiebke lächelte. »Es wäre gut, wenn du es doch einrichten könntest, in die Praxis zu kommen, oder ihr beide, du und Uwe. Ich habe tatsächlich einen Verdacht.« Sabine sah sie an und schluckte. »Mach dir bitte keine Sorgen, wir sollten nur in aller Ruhe darüber sprechen. Ich vermute eine Art Verhaltensstörung, die manchmal schon bei ganz kleinen Kindern auftritt, sich manchmal aber auch erst später entwickelt.«

Nun legte Sabine den Osterkranz tatsächlich zur Seite, an dessen naturbelassenen braunen Zweigen sie gerade hellgrüne, mit zarten weißen Blumen bemalte Eier befestigt hatte.

»Verhaltensstörung? Woher soll die denn so plötzlich

kommen? Ich meine, dafür muss es doch einen Grund geben.« Sabine klang so, als würde sie gleich wieder auf Abwehr gehen. »Uns ist aber wirklich nichts aufgefallen.«

»Natürlich hat jede Erkrankung oder Störung einen Grund. In diesem Fall muss das aber kein bestimmtes Ereignis sein. Es ist sehr komplex und darum ...«

»Kann man das denn behandeln?«, fragte Sabine ängstlich. »Ich meine, ist das vorübergehend, oder hat sie das jetzt ihr Leben lang? Und wird das womöglich immer schlimmer?«

»Ich kann verstehen, dass du viele Fragen hast. Leider kann ich dir darauf noch keine Antworten geben. Als Erstes brauchen wir eine Diagnose. Bisher ist ja noch gar nichts gesichert. Ich würde euch empfehlen, mit Hilke zu einem Spezialisten zu gehen. Ihr seid nächste Woche doch auf dem Kontinent, könnt ihr das nicht verbinden?« Wiebke schaute Sabine an. Begeisterung sah anders aus. »Ich stelle gern für euch den Kontakt zu einem Kollegen her und bitte ihn, sich kurzfristig Zeit für euch zu nehmen.« Maxis aufgedrehtes Geplapper kündigte die Mädchen an. »Komm doch morgen oder übermorgen zu mir in die Praxis. Dann erkläre ich dir, was ich vermute und wie es weitergehen könnte.«

Sabine nickte. »Gut, so machen wir das. Ich rufe dich an, wenn ich weiß, wann ich kommen kann.«

Wiebke war erleichtert, dass Sabine ihr nicht mehr böse war. Nie wieder eine unausgegorene Diagnose am Telefon äußern, das schrieb Wiebke sich noch einmal kräftig hinter die Ohren.

Kapitel 8

Maxi und Hilke dekorierten den Osterstrauß gerade mindestens zum dritten Mal um, als es klingelte und Emil vor der Tür stand. Hilke hatte ganz genau darauf geachtet, dass die Anordnung der verschiedenfarbigen Eier symmetrisch war. Kein Rot neben Rot, kein Gelb neben Gelb. Auch die Abstände zueinander mussten exakt gleich sein, und das grüne Ei, das kleiner war als alle anderen, kam nicht an den Strauch. Wiebke bewunderte Maxis Geduld, konnte aber auch gut verstehen, wie sehr sie sich jetzt über den zweiten Besucher freute.

»Hast du toll gemacht, Hilke«, rief sie, während sie die Treppe herunterstürmte und die Tür aufriss.

»Hallo, Maxi, danke für die Einladung. Ich habe dir auch etwas mitgebracht.« Emil strahlte mit Maxi um die Wette.

»Hallo, Emil«, begrüßte Wiebke ihn und nahm ihm die Jacke ab.

Emil reichte Maxi ein Päckchen. »Ist natürlich für das neue Zimmer.«

»Danke«, flüsterte Maxi, »das wäre doch nicht möglich gewesen.«

»Nötig«, korrigierte Wiebke und musste sich das Lachen verkneifen. »Es wäre nicht nötig gewesen.«

»Sag ich doch.« Ein drohender Blick traf Wiebke. Botschaft angekommen, Wiebke zog sich augenblicklich zurück in die Küche.

Der Nachmittag duftete nach heißem Kakao und frisch gebackenen Waffeln. Wiebke hatte sich durchgesetzt, dass nicht die gesamte Party in Maxis Zimmer stattfinden konnte. Gegessen und getrunken wurde am Küchentisch. Nachdem die drei Janosch zur Feier des Tages noch jeweils ein Leckerli geben durften, verzogen sie sich endlich nach oben. Wiebke hörte Kinderlachen, Emil stimmte ein Lied auf der Querflöte an. Welches das sein sollte, war allerdings nicht zu erkennen. Er schien noch nicht sehr lange Unterricht zu haben. Oder er war ähnlich musikalisch wie Maxi.

Wiebke ging nach oben, um die letzten Handtücher und die Bettwäsche in den Schrank zu legen. Die Tür des Kinderzimmers war angelehnt, Wiebke hörte, wie Emil Maxi aufforderte, etwas auf dem Akkordeon zu spielen.

»Nee, lieber nicht«, sagte sie verschämt.

»Och bitte! Es muss auch nicht perfekt sein!«

»Na ja, weißt du, ich würde gerne, aber das ist vielleicht zu laut.«

Wiebke musste über ihre Tochter schmunzeln, die sonst manchmal ein freches Mundwerk haben konnte. Nur war sie offensichtlich zum ersten Mal verknallt und sehr schüchtern.

»Musikinstrumente im Zimmer sind sehr laut«, stimmte

Hilke Maxi zu. »Vor allem das Akkordeon ist ein sehr, sehr lautes Instrument.«

»Schade. Na gut, dann vielleicht mal im Sommer draußen im Garten«, schlug Emil vor. Tolle Idee, dann mussten sie sich wahrscheinlich gleich wieder ein neues Haus suchen. »Dann kannst du jetzt ja mein Geschenk auspacken.«

Wiebke lächelte, ein drolliger Knirps. Nach ein paar Sekunden hörte sie Maxi juchzen.

»Ein Eichhörnchen! Das ist ja voll süß!«

»Das hat mein Vater selbst fotografiert«, erklärte Emil stolz.

»Ich liebe Eichhörnchen. In Berlin konnte ich immer welche in dem Baum vor meinem Zimmer sehen. Die flitzten ganz schnell den Stamm hoch und wieder runter und konnten selbst über superdünne Äste balancieren. Hier gibt's gar keine, oder?«

»Nein, die gibt's auf Pellworm nicht«, sagte Hilke bestimmt. »Ich habe aber mal welche im Fernsehen gesehen. In einer Dokumentation.« Es blieb kurz still.

»Wie sollen die auch auf eine Insel kommen?« Das war wieder Emil. »Auf kleinen Wasserskiern vielleicht!« Er kicherte.

»Oder auf der Fähre. Voll süß, mit kleinen Koffern in der Hand.« Maxi wollte sich kaputtlachen. »Ach nee, die haben ja gar keine Hände.«

»Die haben Krallen.« Hilke lachte nicht. »Wovon ernähren sich Eichhörnchen eigentlich?«, fragte sie.

»Auf Pellworm vielleicht von Pellkartoffeln. Aber nur,

wenn kein Pell-Wurm drin ist.« Emil prustete schon wieder los, Maxi stimmte ein.

Wiebke faltete die leeren Umzugskartons zusammen und brachte sie auf den Dachboden. Wieder etwas geschafft!

Als sie herunterkam, hörte sie ihre Tochter sagen: »Wisst ihr was? Meine Mutter hat mit ihren Nachbarinnen so einen Club. Die nennen sich blaue Kappen. Wir könnten doch auch einen Club aufmachen. Die Eichhörnchen«, schlug Maxi begeistert vor.

»O ja!«, stimmte Emil sofort zu. »Dann müssen wir uns unbedingt eine Mutprobe für unseren Club ausdenken. Nur wer die besteht, darf mitmachen.«

Wiebke spitzte die Ohren. Das war kein Lauschen, das war eine reine Sicherheitsmaßnahme. Außerdem hätten sie schließlich die Tür zumachen können.

»Jeder muss ganz schnell auf einen hohen Baum klettern«, rief Maxi.

»Ja, oder wir veranstalten einen Nüsse-knacken-Wettbewerb.« Emil war mindestens so sehr Feuer und Flamme wie Maxi. »Wer am meisten schafft, ist das Obereichhörnchen.« Emil und Maxi lachten.

»Oder wer am meisten Nüsse essen kann, ohne dass ihm schlecht wird.« Maxi kriegte den Satz kaum raus vor Lachen.

Hilke erklärte sachlich: »Dann müssen wir uns aber mit echten Eichhörnchen richtig gut auskennen.«

»Gute Idee«, lobte Emil sie. »Am besten, wir gehen zu Frau Fuchs. Die hat bestimmt tolle Bücher für uns.«

Damit konnte sich Wiebke eher anfreunden als mit den Mutproben.

»Und bist du zufrieden mit deiner Einweck-Party?«, neckte Tamme Maxi, als er abends nach Hause kam.

»Hahaha, sehr witzig, Tamme.« Maxi knuffte ihn liebevoll in den Bauch. »Ich weiß jetzt, wie das richtig heißt. Ich bin nämlich ein Eichhörnchen, und die sind ganz schlau!«

»Verbuddeln die nicht immer Nüsse und finden sie nicht wieder?«, fragte Tamme.

Maxi war irritiert, aber nur kurz. »Wir haben einen Club gegründet«, verkündete sie voller Stolz. »Den Eichhörnchen-Club. Wir sind die einzigen Eichhörnchen auf ganz Pellworm!« Sie schlang die Arme um Wiebkes Beine und sah zu ihr auf. »Emil und ich möchten ganz doll gerne zum *Bücherfuchs* gehen und uns Bücher über die angucken. Und vielleicht auch eins kaufen«, fügte sie zuckersüß hinzu. »Wir müssen uns doch richtig gut auskennen. Das können wir bestimmt auch in der Schule gebrauchen.«

Das Kind sollte Verkäuferin werden. Mit diesem niedlichen Blick würde Maxi sogar Eskimos Schnee verkaufen.

Am Donnerstag rief Sabine an. »Passt es jetzt, kann ich kommen?«

»Ja, es ist nur eine Bronchitis vor dir an der Reihe«, entgegnete Wiebke lachend.

Keine halbe Stunde später war Sabine da. »Uwe muss diese Woche noch arbeiten«, sagte sie sofort. »Ist vielleicht auch besser, wenn du mir erst mal allein erklärst, was mit Hilke nicht stimmt.«

»Wie ich dir schon sagte, sollte unbedingt ein Fachmann die Diagnose stellen …«

»Du bist doch Ärztin«, unterbrach Sabine sie.

»Stimmt, nur bin ich das klassische Modell: Eine für alles.« Wiebke lachte. »Ich bin weder auf Kinderkrankheiten spezialisiert noch auf den Bereich der Verhaltensauffälligkeiten.«

»Auffällig ist sie, das kannst du wohl sagen.« Sabine fuhr sich durch das vom Kopf abstehende Haar. »Manchmal kommt sie mir vor wie ein kleiner Roboter.«

»Ihr fotografisches Gedächtnis fällt auch auf. Das ist überdurchschnittlich gut. Außerdem drückt sie sich besser aus, als es von einem Mädchen ihres Alters zu erwarten ist.« Wiebke hatte bewusst mit den positiven Dingen angefangen. Leider konnte sie es dabei nicht belassen. »Ich habe bemerkt, dass Hilke ziemlich lärmempfindlich ist. War das schon immer so?«

Sabine dachte nach. »Ich würde sagen, das ist erst seit einiger Zeit so, andererseits … Sie hat als Baby manchmal geweint, ohne dass wir den Grund herausgefunden haben. Das waren immer Situationen, in denen wir unter vielen Menschen waren, meist drüben auf dem Kontinent. Ich erinnere mich zum Beispiel an eine Situation in einer Fußgängerzone. Da hat so eine Panflötentruppe gespielt, und ein paar Jugendliche haben herumgebrüllt.«

»Alles, was du beschreibst, und auch meine Beobachtungen sprechen dafür, dass Hilke möglicherweise eine autistische Störung hat.«

»Wie Dustin Hoffman in *Rain Man*?«

»Das ist Hollywood, Sabine.« Wiebke hätte ahnen müssen, dass es dieses Bild war, das die meisten Menschen beim

Stichwort Autismus im Kopf hatten. Das konnte sie Hilkes Mutter nicht vorwerfen. »Der Film überzeichnet die typischen Symptome, weil Übertreibung anschaulich macht. Bei Hilke tippe ich auf eine milde Form. Sie vermeidet immer wieder direkten Augenkontakt. Und ein ganz typisches Merkmal ist ihre Schwierigkeit beim Einordnen der Gefühle anderer Menschen.« Sabine hörte aufmerksam zu. »Es fällt Hilke genauso schwer, ihre eigenen Emotionen auszudrücken wie das Erkennen der Emotionen, die zum Beispiel Maxi gerade bewegen.« Wiebke atmete einmal durch. »Maxi hat mir erzählt, dass es Jungs in der Schule gibt, die Hilke manchmal nachmachen. Das ist gemein und nicht in Ordnung, aber das ist das größte Problem an dieser Erkrankung: Das Umfeld versteht das Verhalten von Autisten oft nicht und macht sich auch nicht die Mühe, sich damit auseinanderzusetzen. Das führt zu sozialen Defiziten.«

»Woher kommt so etwas denn bloß, haben wir etwas falsch gemacht?«

»Nein, Sabine. Wenn bei Hilke überhaupt eine solche Störung vorliegen sollte, dann ist die genetisch bedingt.«

»Dann hat sie das von uns!« Sabine sah verzweifelt aus.

»Für seine Genetik kann kein Mensch etwas, Sabine. Wer sich für Kinder entscheidet, geht immer ein Risiko ein, etwas nicht unbedingt Optimales zu vererben, daran ist nicht zu rütteln. Bevor du auch nur eine Sekunde denkst, Uwe und du hättet euch gegen Nachwuchs entscheiden sollen, sage ich dir eins: Hilke ist ein ganz wunderbares Mädchen. Und zwar genau so, wie sie ist. Ihr könnt euch weiter darüber freuen, dass ihr sie habt, und stolz auf sie sein.«

Sabine nickte seufzend. »Wir werden sie immer lieb haben. Aber was ist mit ihr? Wenn sie ihr ganzes Leben soziale Defizite hat ...« Sabine konnte nicht weitersprechen.

Wiebke legte ihr eine Hand auf den Arm. »Ich werde mich auf jeden Fall mit einem Kollegen in Verbindung setzen und dir den Kontakt durchgeben, bevor ihr auf das Festland fahrt. Wenn ich mit meinem Verdacht recht habe, seid ihr bei ihm in den besten Händen. Autismus ist nicht heilbar, aber Betroffene können viel lernen. Maxi ist leider gar nicht musikalisch, trotzdem wird sie irgendwann passabel Akkordeon spielen können, wenn sie fleißig übt. So ähnlich ist es auch mit sozialen Fähigkeiten. Hilke kann Kommunikation und sogenanntes normales Miteinander trainieren. Sie wird aller Voraussicht nach einen Beruf ergreifen und eine Familie gründen können wie andere auch.«

Am Freitag kümmerte sich Wiebke um einen eingeklemmten Ischiasnerv. Danach jagte Corinna sie förmlich aus der Praxis.

»Einen Eichhörnchen-Club finde ich traumsüß! Also los, Frau Doktor, ab zum *Bücherfuchs* mit deiner Tochter.«

»Danke, Corinna, du bist die Beste!«

»Das bin ich wirklich.« Corinna machte ihr Los-frag-mich-Gesicht.

»Na, welche Heldentat hast du vollbracht?« Wiebke musste schmunzeln.

»Crischi hat mich gestern gefragt, ob ich wüsste, mit wem du am Montag im Strandcafé warst.« Sie platzte beinahe vor Stolz. »Weißt du, was ich gesagt habe? Ja. Mehr nicht. Einfach nur: Ja. Mann, war ich cool!« Sie ließ das Becken kreisen und machte Handbewegungen, als würde sie runde Tische abwischen.

»Und er hat nicht nachgebohrt?«

»Doch, klar. Ich habe ihn erst schmoren lassen und dann gesagt, das war ein Pharmavertreter. Hat er mir sofort geglaubt.« Ihr Gesicht verzog sich ängstlich. »Das war eine Notlüge, oder?«

»Auf jeden Fall! Danke, Corinna.«

Der Weg zum *Bücherfuchs* war seit dem Umzug kürzer als früher.

»Wollen wir Janosch mitnehmen und gleich eine größere Runde mit ihm drehen?« Wiebke freute sich auf den Ausflug mit ihrer Tochter. Es fühlte sich gut an, Zeit mit ihr zu haben. Hoffentlich kam heute kein Notfall dazwischen.

»Nö, Janosch hat keine Lust«, behauptete Maxi.

»Aha! Hat er dir das gesagt?«

»So ein Quatsch!«, gab sie entrüstet zurück. »Hunde können doch nicht mit Eichhörnchen sprechen. Die haben doch eine ganz andere Sprache.«

»Stimmt, mein Fehler.« Wiebke lächelte.

Maxi erklärte, dass sie schon eine Weile mit Janosch im Garten gespielt hatte. Tatsächlich beobachtete der Hund von seinem Körbchen aus, wie die beiden sich ihre Jacken anzogen. Als Wiebke mit dem Hausschlüssel klapperte, legte er die Schnauze zwischen die beiden Vorderpfoten. Klare Ansage.

Obwohl die Sonne schien, war es bitterkalt. Kein Wunder, bei dem Sturm. Maxi alberte übermütig herum. Wenn eine besonders starke Böe kam, machte sie den Mund auf und zu und kicherte über die Geräusche, die der Luftzug zwischen ihren Lippen verursachte. Dann blieb sie stehen und lehnte sich gegen den Wind. Von dem Moment an, als sie Emil abholten, änderte sich ihr Verhalten schlagartig. Sie vergrub die Hände tief in den Jackentaschen und bekam den Mund nicht mehr auf, außer um über das zu lachen, was er sagte.

»Wiebke, Maxi, ach, und der Emil!« Renate Fuchs, Inhaberin der Buchhandlung, strahlte, als sie die drei hereinkommen sah.

»Moin, Füchslein«, begrüßte Wiebke sie.

»Moin, Frau Fuchs«, sagten die beiden Kinder wie aus einem Mund. »Geht es Ihnen gut?« Typisch Emil.

»Ja, vielen Dank, junger Mann.«

»Liebe Grüße von Janosch«, krähte Maxi, »dem geht es auch gut.«

Janosch war eigentlich Renates Hund gewesen, nur hatte sie schnell begriffen, dass sie mit ihm vollkommen überfordert war.

»Daran habe ich keinen Zweifel, er hat schließlich das beste Zuhause der ganzen Insel.« Füchslein beugte sich auf Kinderhöhe vor. »Was kann ich denn für euch tun?«

»Wir brauchen ganz dringend ein Buch über Eichhörnchen«, erklärte Emil.

»Seit Mittwoch gibt es auf Pellworm nämlich welche«, behauptete Maxi.

»Wie sollen die denn hierhergekommen sein? Als blinde

Passagiere auf der Fähre? Hoffentlich ist ihnen nicht schlecht geworden bei dem Seegang, den wir seit Tagen haben.« Füchslein richtete sich auf und verschränkte die Arme.

»Nein, wir sind die Eichhörnchen. Emil, Hilke und ich, wir sind ein richtiger Club.«

»Genau, und jetzt möchten wir alles über Eichhörnchen lernen.« Emil machte ein Gesicht wie ein kleiner Professor. »Hast du Bücher, Frau Fuchs, auch welche mit vielen Bildern?«

»Klar, guckt mal da drüben, wo *Tiere und Natur* über dem Regal steht. In der Kinderbuchecke gibt es auch viele tolle Geschichten mit Eichhörnchen. Wie wäre es zum Beispiel mit dem hier?« Sie griff nach einem Exemplar. »Ich liebe die Geschichten von Herrn Eichhorn.«

Wie die beiden Kinder sich das Buch schnappten und damit in die Kuschel-Ecke verschwanden, erinnerte tatsächlich an kleine Nager, die ein Nüsschen in Sicherheit brachten.

Wiebke sah ihnen nach. Dabei fiel ihr ein Schaukelstuhl auf, den sie noch nicht kannte.

»Was ist denn das? Macht Oma Mommsen jetzt auch Raumausstattung? Und dieser Stuhl ...« Wiebke strich über die abgerundete Lehne. Das Holz fühlte sich angenehm glatt an. Der Schaukelstuhl stand in der Leseecke neben der Kaffeemaschine, auf der Sitzfläche lag ein großes Kissen mit dem dezenten Oma-MoMo-Logo.

»Einen Schaukelstuhl wollte ich schon lange haben.« Füchslein lächelte über das ganze Gesicht. »Endlich läuft der Laden so, dass ich ihn mir leisten konnte. Und dann auch noch so einen besonderen. Guck mal: Zum Lesen legst du das Buch auf dieses Tablett. Es kann nicht wegrutschen, und eine Leselampe ist auch schon montiert. Möchtest du lieber stricken, schiebst du den Arm mitsamt Tablett einfach nach oben.« Sie machte es vor. »Die kleine Platte drehst du um, schon leuchtet das Licht auf deine Handarbeit. Die Idee ist von mir«, sagte Füchslein stolz, »die Umsetzung hat Holzi übernommen.«

»Eine tolle Arbeit. Ich muss direkt mal darüber nachdenken, ob wir im Haus nicht ein Plätzchen für so ein Prunkstück haben.« Zwar hatte es Wiebke bisher nicht so mit Nadel und Faden, aber immer, wenn sie in Füchsleins Laden war, überkam sie große Lust auf Handarbeiten aller Art. Neben Büchern konnte man in dem Geschäft nämlich auch Wolle und diverses Zubehör kaufen. Und Renate hatte eigentlich immer eine selbst gestrickte Jacke oder einen Pullover an. »Jedenfalls passt dieser Stuhl sehr gut zu Holzis Firmen-Motto«, sagte Wiebke und zwinkerte Renate zu.

Jeder auf Pellworm amüsierte sich königlich über die Aufschrift auf dem Wagen des Tischlers: *Alles aus Holz – für ein lebendiges Wohngefühl*. Da er auch für den Bau von Särgen zuständig war, wirkte dieser Slogan manchmal ein wenig makaber.

»Das Kissen gehört eigentlich an die Lehne. Oma Mommsen wollte den Schaukelstuhl ausprobieren, setzte sich gemütlich rein, kam aber kaum wieder raus, weil sie mit den Füßen nicht mehr auf den Boden reichte. Du kennst sie ja, kurzerhand hat sie dieses Kissen gemacht, das man vor die Rückenlehne stellt. Wieder etwas, das kleinen, schrumpeligen Menschen das Leben leichter macht.« Füchslein lächelte und ging an die Kasse. Wiebke fing gerade an, sich ein bisschen bei den Romanen umzusehen, da kam die Buchhändlerin schon zurück.

»Das Tollste habe ich dir noch gar nicht erzählt, Wiebke.« Sie wirkte richtig aufgeregt. »Weißt du, wer morgen zur Signierstunde hier ist?«

Wiebke zog fragend die Schultern hoch, dann hatte sie eine Idee: »Diese tolle Kinderbuchautorin? Wie hieß sie doch gleich? Die das schöne Buch über den Professor der Erdnuss geschrieben hat.«

»Dagmar Petrick. Nein, das wäre natürlich auch toll.« Sie zog einen Handzettel hinterm Rücken hervor: »Randolf Meising! Er ist zufällig am Wochenende auf Pellworm und hat sich kurzfristig zu einer Signierstunde bereit erklärt. Du, und wenn es gut läuft und richtig viele Leute kommen, dann würde er im Sommer sogar die Premierenlesung seines neuen Romans hier veranstalten. In meinem *Bücherfuchs*!«

Botschaft angekommen. »Dann werde ich Tamme mal überzeugen, dass wir einen Termin haben.«

»Das wäre super!«

»Apropos Termin. Du solltest wegen deiner Fibromyalgie auch mal wieder vorbeikommen. Vor allem solltest du auf dich aufpassen, Renate. Vielleicht kannst du dir ja demnächst zumindest eine Teilzeit-Kraft leisten.«

»Habe ich auch schon dran gedacht, Doc.« Füchslein tätschelte Wiebke freundschaftlich den Arm.

Die Tür ging auf, und ein großer dunkelhaariger Mann betrat das Geschäft. Wiebke rutschte das Herz in die Hose. Dann atmete sie auf, es war nicht Nick. Und schon der nächste Schreck: Er hätte es sein können! Es konnte jederzeit passieren, dass sich Vater und Tochter unvorbereitet gegenüberstanden. Eine schreckliche Vorstellung. Und gleichzeitig die Erkenntnis, dass sie ihn nicht länger hinhalten konnte. Sie sah zu Maxi und Emil hinüber. Die beiden waren völlig vertieft in ihre Diskussion darüber, welches das beste Buch war. Wenn Wiebke es richtig interpretierte, beratschlagten die beiden auch darüber, wie sie sie dazu bekämen, mehr als einen Titel zu kaufen. Füchslein war mit Kundschaft beschäftigt, also fasste Wiebke sich ein Herz, verkroch sich in die hinterste Ecke und wählte Nicks Nummer.

»Hallo, das ist ja eine Überraschung!« Er klang ehrlich erfreut und sparte sich jeglichen Seitenhieb auf ihr fast einwöchiges Schweigen.

»Hallo, Nick. Tja, also, Maxis Einweihungsparty haben wir überlebt.« Sie lachte unsicher. »Gestern hatte ich einen schwierigen Fall in der Praxis. Heute ist es endlich etwas ruhiger.« Wieso rechtfertigte sie sich eigentlich? »Aber du sagtest ja, du nimmst eine Auszeit. Das heißt wohl, dass du länger freihast?«

»Genau.«

Sie wartete, aber er dachte gar nicht daran, das näher auszuführen.

»Dann bist du vermutlich auch noch ein paar Tage auf der Insel?«, versuchte sie es noch mal.

»Das ist der Plan.« Na, Nick hatte sich ja schnell an die Redseligkeit der Friesen angepasst.

»Ich dachte, wir könnten zu dritt Kaffee trinken. Also, Maxi trinkt natürlich noch keinen Kaffee. Aber sie isst gerne Kuchen.«

»Du auch, wenn sich daran nichts geändert hat. Tolle Idee, ich freue mich sehr, Wiebke. Bevor du noch lange herumeierst: Wie wäre es gleich heute Nachmittag?«

Ihr Herzschlag beschleunigte sofort wieder. Je früher daran, desto eher davon, oder wie sagte man immer? Nur wollte Wiebke einfach nicht ran an diese Begegnung. »Ich weiß nicht, das ist ein bisschen kurzfristig.«

»Ich wollte mir das Besucherzentrum des Hybridkraftwerks ansehen. Da gibt es ein Café.«

Wiebke überlegte fieberhaft, warum es an diesem Nachmittag auf keinen Fall möglich war, da gab es draußen einen Schlag, gefolgt von ohrenbetäubendem Scheppern. Janosch!

»Halb vier?«, hörte sie Nick noch fragen.

»Okay.« Sie ließ das Handy in die Jackentasche gleiten, während sie zum Fenster hastete. Ihr fiel ein Stein vom Herzen, Janosch hatten sie doch zu Hause gelassen. Allerdings hatte tatsächlich jemand seinen Hund an den Fahrradständer gebunden! Der Vierbeiner gehörte eher in die Kategorie Kalb und zog das Metallgerüst mühelos hinter sich her.

»Einige Leute sind aber auch so dämlich, die schwimmen nicht mal in Milch«, meinte Renate, die auch ans Schaufenster gekommen war.

»In Milch schwimmt man doch nicht«, wandte Emil ein, der mit Maxi ebenfalls von dem Lärm angelockt worden war.

»Ihr seid zu jung, um das zu verstehen«, sagte Renate.

»Das darf doch nicht wahr sein!« Wiebke starrte auf den Fahrradfahrer, der die Laufrichtung des Hundes zu kreuzen drohte. »Du bleibst auf jeden Fall hier drin bei Füchslein«, bläute sie Maxi ein, ehe sie ins Freie hastete.

Das Tier wurde immer panischer durch das Getöse, das es hinter sich herzog. Der arme Kerl sprang herum wie ein Derwisch und riss den Mann vom Rad. Der ältere Herr schrie auf. Vor Schreck blieb der Hund in vollem Lauf stehen, der Fahrradständer schlitterte noch ein Stück kratzend über das Pflaster. Auch das noch! Das schwarz gelockte Tier jaulte auf und brach zusammen. Frauchen war offenbar gerade beim Bäcker gegenüber gewesen und kam nun angerannt, in den höchsten Tönen kreischend.

»O Gott, Schätzchen, ist dir was passiert? Was machst du denn für Sachen?«

»Was machen Sie denn für Sachen?«, herrschte Wiebke sie an. »Wie kann man ein solches Kaliber an beweglichen Gegenständen festbinden?« Sie kniete neben dem Radfahrer. »Sie haben sich ordentlich das Knie aufgeschürft«, sagte sie zu ihm. »Wo haben Sie überall Schmerzen? Tut der Kopf weh oder der Rücken?« Sie lächelte ihn an. »Ach, Entschuldigung, ich bin Wiebke Klaus, die Inselärztin«, stellte sie sich vor.

»Ärztin? Dann kümmern Sie sich doch endlich um Cora. Sie verblutet!«

»Würden Sie bitte versuchen, Ruhe zu bewahren?«, fauchte Wiebke die Hundehalterin an. »Sie können froh sein, wenn der Herr von einer Anzeige absieht.«

»Schauen Sie ruhig nach dem Tier«, forderte der Mann sie auf. »Wenn Hunde etwas anstellen, sind meistens die Besitzer das Problem.« Er lächelte gequält. »Ich verblute nicht, gehen Sie schon!« Er machte Anstalten aufzustehen.

»Warten Sie, ich gebe Ihnen die Hand.« Als er auf den Füßen war, sah Wiebke ihn prüfend an. »Geht's?« Er nickte, und Wiebke wandte sich dem verletzten Tier zu.

Frauchen hatte ihm die gerade gekaufte Sahnetorte vor die Nase geschoben, der Riesenhund schlabberte sie genüsslich vom Papptablett. Die gängige Therapie bei Verdacht auf Verbluten. Wiebke schüttelte den Kopf. Da waren ein paar rote Flecken auf dem Steinboden.

»Ist Cora Vegetarierin, oder frisst sie mich, wenn ich mir das mal ansehe?«

»Sie tut keiner Fliege etwas zuleide!« Diesen Satz hatte Wiebke etwa so gern wie: Die will nur spielen. Oder: Das hat sie noch nie gemacht!

»Hallo, Cora, na, da hat Frauchen aber ordentlich Mist gebaut. Erst attackiert sie dich mit einem Fahrradständer, und dann vergiftet sie dich auch noch mit Zucker.« Nach einer Weile hatte sie die Verletzung gefunden. Gar nicht so einfach in dem dicken lockigen Fell. Es war glücklicherweise nur ein Kratzer. »Ich bin keine Tierärztin, aber ich schlage vor, Sie schneiden ein paar Haare rund um die Wunde ab. Dann desinfizieren, das sollte reichen. Passen Sie auf, dass Cora nicht an der Stelle leckt.«

»Sollen wir morgen sicherheitshalber in die Praxis kommen?«

»Welchen Teil von *Sie ist keine Tierärztin* haben Sie nicht verstanden?« Der Radfahrer war mit seiner Geduld offenbar am Ende.

Glücklicherweise kam in dem Moment Maxi angesaust. »Der Erste-Hilfe-Kasten von Frau Fuchs, Mami. Brauchst du den?«

»Danke, Schatz!« Wiebke reinigte behutsam das Knie des Mannes und desinfizierte die Wunde. »Sie sollten am Montag zu mir kommen, falls die Schmerzen zunehmen. Wenn irgendetwas ist, bin ich natürlich auch am Wochenende erreichbar.«

»Vielen Dank, Frau Klaus. Nett, dass Sie mir gleich geholfen haben.«

»Das ist doch selbstverständlich.«

»Und Sie hauen einfach ab?« Der Mann wurde laut und schüttelte den Kopf. Tatsächlich, Frau und Hund wollten gerade unauffällig den Rückzug antreten. »Haben Sie sich mal mein Rad angesehen? Das ist nagelneu. Ich hoffe, Sie haben eine gute Versicherung.«

Wieder zu Hause, musste sich Wiebke der Tatsache stellen, die sie in der letzten Stunde so schön verdrängt hatte. Prompt bekam sie Angst vor der eigenen Courage. Von Mut konnte im Grunde keine Rede sein, denn sie hatte völlig überstürzt zugestimmt, als Nick am Telefon vorgeschlagen hatte, sich noch am gleichen Nachmittag zu treffen. Ob nun freiwillig und aus Überzeugung oder notgedrungen in Eile, Wiebke hatte zugesagt. Sie musste Maxi schonend vorbereiten. Die saß am Küchentisch und blätterte in ihrem neuen Eichhörnchen-Buch. In einem der Bücher, denn Wiebke hatte gleich drei gekauft, zwei Sachbücher und eine Herr-Eichhorn-Geschichte. Man musste nicht Psychologie studiert haben, um Wiebkes Gründe für die Großzügigkeit zu durchschauen. Sie hatte eine Verabredung getroffen, die für Maxi eine echte Herausforderung werden konnte, ohne sie zu fragen. Keine Glanzleistung!

Wiebke setzte sich neben ihre Tochter. »Na, sind die gut?« Sie zeigte auf die Bücher.

»Ja, voll toll!« Maxi strahlte.

»Das freut mich.« Maxi blätterte wieder. »Mann, das war ein Schreck, als der Hund mit dem Fahrradständer losgerannt ist, was?«

»So eine blöde Kuh!«, schimpfte Maxi und hatte recht, fand Wiebke.

»Hoffentlich war das ein heilsamer Schock für sie«, meinte Wiebke. Wieder trat eine Pause ein. »Ich habe eine Idee. Wollen wir das Mittagessen ausfallen lassen und stattdessen in ein Café gehen?«

»Was hätte es denn zum Mittag gegeben?«

»Nichts!« Wiebke lachte. »Also, natürlich hätte ich etwas gezaubert, aber ich habe noch gar nichts vorbereitet. Wir waren viel länger weg als geplant.«

»Na gut, bevor es womöglich Igelspei gibt.« Sie verzog das Gesicht. Spiegelei war eins der wenigen Gerichte, die Maxi nicht sonderlich gern aß, es sei denn, es gab Tammes Labskaus dazu.

»Prima, dann ist das abgemacht!« Wiebke hielt die Hand hin, und Maxi schlug dagegen. Die Feldweg-Männer machten das immer, und Maxi fand es sehr cool. Ehe sie sich wieder in ihr Buch vertiefte, fasste sich Wiebke endlich ein Herz. »Du, Spatz, ich muss dir etwas sagen.« Die Eichhörnchen waren eindeutig interessanter. »Würdest du mir bitte zuhören, Maxi?«

Maxis Mundwinkel zogen sich bedrohlich nach unten und begannen leicht zu zittern.

»Das letzte Mal, als du so ernst mit mir geredet hast, wolltest du von Pellworm wegziehen und irgendwo bei Heidi in den Bergen wohnen. Das hättest du gemacht, ohne mich zu fragen, wenn ich nicht ins Watt gelaufen wäre«, jammerte sie. »Hast du dich schon wieder mit Tamme gestritten?«

Wiebke schossen Tränen in die Augen, es war schwer zu ertragen, ihr Kind so unglücklich zu sehen. Das Schlimmste daran: Die Vorwürfe waren berechtigt. Kinder mussten oft ausbügeln, was Erwachsene vermasselten.

»Aber nein, Maxi. Mach dir keine Sorgen. Tamme und ich werden heiraten, schon vergessen?«

»Na und? Jede dritte Ehe wird geschieden. Sagt Hilke.« Auch wenn Hilke vielleicht verhaltensauffällig war, sie kannte sich im echten Leben aus, das musste man ihr lassen.

»Zwischen Tamme und mir ist alles in Ordnung. Was ich besprechen will, ist auch gar nichts Schlimmes.« Maxi beruhigte sich und sah sie neugierig an. »Wir werden nicht zu zweit Kuchen essen, sondern zu dritt.«

»Darf Janosch mit?«

Wiebke lachte. »Darf er. Aber er kriegt keinen Kuchen.«

»Nö, weil Zucker für ihn ganz ungesund ist. Ich weiß das nämlich, die blöde Frau vorhin wusste das nicht.«

»Stimmt genau!« Wiebke stupste gegen Maxis Nase.

»Wer kommt denn noch mit?«

Jetzt oder nie! »Ich habe dir doch erzählt, dass dein richtiger Vater angerufen hat, und dass er wissen will, wie es dir so geht.«

»Den treffen wir?« Der Gedanke war ihr offensichtlich nicht geheuer. Das war nur zu verständlich.

»Ja! Nur wenn du willst natürlich. Stell dir vor, er ist auf Pellworm und geht heute Nachmittag ins Solarcafé. Ich kann absagen, wenn du willst, aber ich glaube, er wäre sehr traurig. Meinst du, das kriegen wir hin?« Maxi stützte das Gesicht in beide Hände und legte die Stirn in Falten. »Nick ist eigentlich ganz nett, weißt du?«

»Und wieso wollte er mich nicht haben und hat mich nie besucht, wenn er nett ist? Andere Kinder haben mit ihren Vätern gespielt oder Drachen gebaut. Nur ich hatte nie einen. Wenn er es so toll findet, dass wir einen Hund haben, hätte er mir ja einen schenken können.«

Wiebke musste schon wieder mit den Tränen kämpfen. Schlimm genug, wie sehr sie sich selbst im Stich gelassen gefühlt hatte. Aber sie war erwachsen und trug vielleicht auch einen kleinen Teil der Schuld. Maxi war ein Kind, das einen Vater noch mehr vermisst hatte, als Wiebke es sich hatte eingestehen wollen. Maxi konnte nichts für den Schlamassel, war aber die Leidtragende. Das tat furchtbar weh. Und es machte Wiebke wütend.

»Maxi, guck mal, es kann ja gar nicht sein, dass er dich nicht haben wollte. Es ist nicht mal so, dass er grundsätzlich kein Kind haben wollte, es war ihm einfach zu früh.«

»Ich hätte ja warten können.«

Wiebke musste lachen. »Nein, ich fürchte, das ging nicht. Gott sei Dank, ich konnte es nämlich kaum erwarten, dass du endlich da bist.« Sie streichelte ihr über die Wange. »Nick hat dich nicht kennengelernt. Wenn er dich nur einmal gesehen hätte, wäre er bestimmt genauso vernarrt in dich wie Tamme und ich. Dann hätte er nie wieder auf dich verzichten wollen.«

Es arbeitete lange in Maxis Köpfchen, dann sagte sie: »Und was ist, wenn er mich jetzt kennenlernt und mich dann für immer haben will? Habe ich dann plötzlich zwei Väter?«

»Das ist ganz allein deine Entscheidung. Wenn du beide gernhast, kannst du zu beiden Kontakt haben.« Wiebke betete, dass sie damit nicht zu viel versprach. Wehe, Nick Becker, wenn du den tollen Typen spielst und dann wieder spurlos von der Bildfläche verschwindest, dann gnade dir Gott! »Du kannst ihn dir doch mal ansehen, einverstanden? Wir laufen zum Solarcafé und lassen uns ein großes Stück Kuchen von ihm spendieren. Wenn du ihn doof findest, gehen wir ganz schnell wieder nach Hause.«

»Okay«, sagte Maxi, schleppte sich von der Küche in den Flur, zog ihre Schuhe an, nahm Janosch an die Leine und trottete dann still neben Wiebke her. Wiebke hätte viel für Nörgeln oder Trotz gegeben, doch das konsequente Schweigen drückte wie ein Gewicht auf ihre Schultern.

Kapitel 9

Nick stand im Vorraum des Cafés, in ein Prospekt über das Solarfeld vertieft.

»Hallo, Nick!« Wiebke legte instinktiv eine Hand auf die Schulter ihrer Tochter, als müsse sie sie beschützen. »Maxi, das ist Nick, dein Vater, sozusagen.«

Maxi rührte sich nicht von der Stelle, auch Nick zögerte für den Bruchteil einer Sekunde. Dann kam er auf sie zu.

»Hallo, ihr zwei. Das ist ja ein richtig guter Ort hier. Wahnsinn, dass eine so kleine Insel ein solches Hochtechnologieprojekt gestemmt hat.« Nicht gerade eine kindgerechte Ansprache, aber woher sollte er auch Erfahrungen haben?

Wiebke beobachtete, wie er einen Moment innehielt und seine Tochter zum ersten Mal richtig ansah. Er schluckte und ging vor Maxi in die Hocke. »Schön, dich kennenzulernen, Maxi, ich freue mich wirklich. Ist ein tolles Café, gehst du hier gerne Kuchen essen?«

»Nein.« Wiebke dachte schon, mehr war aus Maxi nicht herauszukriegen, aber dann überlegte es sich ihre Tochter offenbar anders. »Ich finde die ganzen Figuren nicht so toll.«

Sie deutete auf die Regale, in denen sich solarbetriebene Sonnenblumen, Windmühlen oder auch mehr oder weniger gelungene Abbilder berühmter Persönlichkeiten permanent bewegten. »Ganz schön viel Plastikmüll«, erklärte sie. Und mit einem Seufzer fügte sie hinzu: »Wenigstens brauchen sie keine Batterien.«

»Da hast du recht. Klasse, dass dir das auffällt. Du interessierst dich wohl für Umwelt- und Klimaschutz.«

»Das macht doch jeder. Nur Babys nicht, aber ich bin ja kein Baby mehr.«

Nick richtete sich wieder auf. »Stimmt, das bist du ganz sicher nicht.« Wieder schluckte er. Ob ihm bewusst wurde, wie viele Jahre er verpasst hatte? »Meine Arbeit hat auch ein bisschen mit Umwelt und Energiesparen zu tun, deshalb habe ich vorgeschlagen, dass wir uns hier treffen. Willst du mir jetzt deinen Hund vorstellen, ehe wir Kuchen essen? Oder habt ihr den etwa zu Hause gelassen?«

»Nein, Janosch ist draußen. Wir haben ihn erst mal vor der Tür angebunden, weil wir ja nicht wussten, ob du kommst.«

Wiebke staunte. Maxis Unsicherheit löste sich in Überschallgeschwindigkeit auf. Vielleicht verdrängte sie, wen sie vor sich hatte. Die volle Tragweite würde ihr wohl erst viel später klar werden.

»Aber wir waren doch verabredet, und Verabredungen nehme ich ernst«, erwiderte Nick. »Ich bin überhaupt nur nach Pellworm gekommen, um dich kennenzulernen, Maxi. Da wäre ich doch schön dumm, wenn ich unser erstes Treffen verpassen würde, oder?«

Ein vorsichtiges Lächeln huschte über Maxis Gesicht. »Darf ich Janosch reinholen, Mami?«

»Klar!«

Maxi verschwand durch die Tür.

Nick sah Wiebke an. »Sie ist wirklich ein tolles Mädchen. Das merkt man schon nach zwei Minuten.« Sein Blick bekam eine Nuance, die Wiebke nicht an ihm kannte. »Ich glaube, ich habe eine Menge versäumt.«

»Das hast du ganz sicher.«

Maxi kam zurück. Sie hatte Mühe, Janosch zu halten, der zuerst zu Wiebke zog, um sie zu begrüßen, als sei sie gerade von einer mehrjährigen Polarexpedition zurückgekehrt. Dann stellte er fest, dass sich soeben ein Mann in Lederjacke, die für eine Hundenase vermutlich ausgesprochen interessant roch, hingehockt hatte. Janosch sprang hoch und hätte Nick fast umgeworfen.

»Pfui, Janosch!«, rief Maxi streng.

»Schon gut, mein Fehler.« Nick stand sicherheitshalber auf. »Darf ich ihm etwas geben?« Er fischte einen kleinen Kauknochen aus der Jackentasche.

Aha, es war gar nicht das Leder, das Janosch magisch angezogen hatte!

Sie betraten das Café, Janosch verschwand mit seiner Beute sofort unter den Tisch. Nick nahm die gleiche Kuchensorte wie Maxi. Sehr durchschaubar. Aber vermutlich nur für weibliche Wesen in Wiebkes Alter. Was ihm wirklich gut gelang, war, ein Gespräch in Gang zu bringen und auch zu halten. Keine peinliche Stille, kein zähes Ringen um Themen. Nick wollte wissen, wie es war, auf Pellworm zu wohnen, was Maxi hier unternehmen konnte.

»Vermisst du die Großstadt gar nicht? Auf der Insel kannst du nicht so einfach mal ins Kino gehen oder Geschäfte angucken.«

»Hä? Kann ich doch!« Maxi warf ihm einen Blick zu, als hätte er von nichts eine Ahnung. War ja auch so. Wiebke schmunzelte. »Im Bürgerhaus am Kaydeich gibt es sehr wohl ein Kino«, ließ sie ihn wissen. »Mit Bio-Popcorn, voll lecker!« Sie legte die Stirn in Falten. »Und was für Geschäfte soll ich mir denn angucken? Es gibt einen Supermarkt zum Einkaufen und den *Bücherfuchs*. Da gibt es total viel zu gucken.«

»Bio-Popcorn, ehrlich? Da können sich die Berliner Kinos eine Scheibe von euch hier abschneiden. Das finde ich super, ich arbeite viel mit Bio-Lebensmitteln. Und was gibt es im *Bücherfuchs*?« Er verdrehte sehr lustig die Augen und lachte. »Bücher wahrscheinlich. Blöde Frage!« Maxi kicherte.

»Falls du morgen noch nichts vorhast, kann ich dir nur empfehlen, mal hinzugehen. Randolf Meising ist zur Signierstunde da.«

»Im Ernst?«

»Nee, im *Bücherfuchs*«, rief Maxi und kicherte schon wieder. »Was machst du eigentlich, wenn du arbeitest?« Sie sah Nick erwartungsvoll an.

Der war kurz aus dem Konzept geraten. Es berührte ihn anscheinend sehr, dass Maxi anfing, sich für ihn zu interessieren.

»Ich versuche ein bisschen, die Welt zu retten.« Wiebkes Augenbrauen schnellten in die Höhe, Maxi betrachtete ihn neugierig. »Ich wollte mal Apotheker werden«, fing er an und musste sich räuspern. »Weißt du, was das ist?«

»Klar, ich bin doch kein ...«, antwortete Maxi.

»... Baby mehr«, beendete Nick den Satz für sie. »Tut mir leid. Ich muss wohl noch 'ne Menge lernen, vor allem, dass du schon ein großes, kluges Mädchen bist.«

»Genau, ich bin nämlich ein Eichhörnchen«, sagte sie. Als sie seinen irritierten Blick sah, ergänzte sie leiser: »Apotheken gibt's auch auf Pellworm und nicht nur in Berlin.«

»Klar! Jedenfalls war ich zu faul für den Beruf. Da hätte ich ganz viel büffeln müssen, und das nur, um die Apotheke meiner Eltern zu übernehmen.« Er zuckte mit den Achseln. »Aber ich hatte weder Lust zum Büffeln noch auf eine Apotheke.«

»Ich dachte immer, du wolltest das?« Wiebke sah ihn skeptisch an.

»Das dachtest du. Hast du mich mal gefragt?«

Was sollte das denn jetzt? Sie verkniff sich einen Kommentar.

»Ich wollte gerne etwas Praktisches machen«, erzählte er Maxi. »Auch wenn ich meinen Eltern nicht den Gefallen getan habe, ihren Betrieb zu übernehmen, habe ich ihnen wenigstens Regale eingebaut und mir ein schlaues System für die Aufbewahrung von Medikamenten und Kosmetik ausgedacht. Dabei ist mir aufgefallen, wie viele Nahrungsergänzungsmittel Menschen sich kaufen.«

»Was sind Nahrungsversetzungsmittel?«, wollte Maxi wissen.

»Ich hab mich gar nicht getraut, dir das zu erklären.« Nick lachte unsicher. »Deine Mutter kann das sicher auch viel besser.« Wiebke schwieg. Sollte er mal machen. »Also, das sind zum Beispiel Vitamine oder andere Sachen, die wir ganz dringend in unserem Essen brauchen. Die kann man in einer Fabrik herstellen, so ähnlich wie Tabletten. Ich glaube aber, wenn man gute Sachen isst, ganz viel Obst und Gemüse ...«

»Ich mag Gemüse voll gerne!«, unterbrach Maxi ihn. Anscheinend machte Nick gerade Punkte.

»Wirklich? Das ist gut. Vor allem, wenn du Sorten isst, die nicht unreif geerntet wurden und um die halbe Welt gereist sind, ehe sie auf deinen Teller kommen. Äpfel oder Blumenkohl aus der Region enthalten nämlich all die wichtigen Stoffe, die du brauchst, um groß und stark und gesund zu werden.« Maxi sah ihn noch eine Weile an, dann blickte sie fragend zu Wiebke.

»Ja, das stimmt schon, so ungefähr«, sagte Wiebke. Sie wollte nicht näher ins Detail gehen. Für die Tatsache, dass es selbst heimischen Lebensmitteln oft längst an Vitaminen und Mineralstoffen fehlte, war Maxi dann doch noch zu klein.

»Und wie rettest du nun die Welt?« Maxi hatte ihren Kuchen verputzt. Sie schob den leeren Teller beiseite, stützte den Kopf in die Hände und fixierte Nick.

Er lachte. »Das werde ich wohl nicht ganz schaffen, aber vielleicht kann ich sie ein klitzekleines bisschen besser machen. Ich habe mit einem Bekannten einen Laden eröffnet, in dem es nur gesunde Sachen gibt, die nicht weiter als fünfzig Kilometer von Berlin entfernt produziert wurden.« Herzlichen Glückwunsch, dachte Wiebke, dann sind die durch die Abgase bestimmt länger haltbar. »Für unsere Waren muss kein Flugzeug fliegen, kein Containerschiff über die Meere fahren, und vor allem gibt es nur das, was gerade wächst. Keine Erdbeeren im Winter und auch keinen Spargel. Auf exotische Früchte, wie Ananas oder Mango, verzichten wir, genauso wie auf Plastikverpackungen. Gut?« Nick hielt Maxi die Hand hin.

Maxi klatschte ab. »Gut!«, sagte sie und strahlte ihn an.

»Wir waren auch so ziemlich die Ersten, die Kitas versorgt haben. In Berliner Schulen muss seit einiger Zeit Mittag angeboten werden, darum sieht jetzt alles ein bisschen anders aus. Inzwischen kümmern sich viele darum, dass die Kinder gesunde Sachen bekommen.« Nick griff in die kauknochenfreie Jackentasche. »Übrigens habe ich nicht nur Janosch etwas mitgebracht, sondern dir natürlich auch.« Er machte ein schuldbewusstes Gesicht. »Allerdings habe ich in puncto Umwelt eine Ausnahme gemacht.« Er holte eine Tüte Fruchtgummi-Ampelmännchen hervor. »Die gibt es leider nur in einer Plastiktüte. Und die gibt es nur in Berlin«, sagte er, als sei das das Größte.

»Danke!« Maxis Augen leuchteten. »Ein bisschen Plastik ist vielleicht nicht so schlimm. Und ich schmeiße die Tüte ja auch nicht auf die Straße oder ins Meer«, erklärte sie ernst.

Nick legte ihr noch einen Teddy auf den Tisch, den sie als Schlüsselanhänger benutzen konnte. »Ein echter kleiner

Steiff-Bär«, betonte er. »Siehst du, auf seinem T-Shirt ist das Brandenburger Tor abgebildet, das Wahrzeichen der Stadt. Aber das kennst du ja. Jedenfalls soll der dich an Bär-lin erinnern.« Er lachte. »Und vielleicht ab und zu auch mal an mich«, kam leise hinterher.

Das war genau der richtige Zeitpunkt, um sich zu verabschieden, fand Wiebke. Maxi hatte genug zu verarbeiten, und auch Nick würde mit den Eindrücken des ersten Treffens zu tun haben, vermutete sie. Nick verstand ihre dezente Geste sofort, rief nach der Kellnerin und bezahlte. Maxi bedankte sich höflich. Sie sah ihn dabei an, als könnte sie ihn durchaus leiden.

Als sie sich draußen verabschiedeten, rief Maxi plötzlich: »Guck mal, Nick, die Kugelkäfer finde ich echt Bombe!«

»Das sind Kellerasseln. Und Bombe ist ein Substantiv«, erklärte Wiebke geduldig. »Du brauchst für deinen Satz ein Adjektiv.« Ihre Tochter konnte sich vernünftig ausdrücken, und das sollte sie auch zeigen.

»O Mann, Mami, manchmal bist du voll schnarch!«

»Weißt du, mit wem wir heute Kuchen gegessen haben, Tamme?« Maxi war noch immer ganz aufgedreht.

Wiebke rutschte das Herz in die Hose. Sie hätte Tamme gern behutsam mit der Tatsache vertraut gemacht, dass die erste Vater-Tochter-Begegnung bereits stattgefunden hatte. Kurzfristig und vor allem ohne Ankündigung.

»Keine Ahnung.« Tamme sah Maxi fragend an.

»Mit Nick. Das ist mein echter Vater, also der, der den Samen ...«

Wiebke fiel ihr hastig ins Wort: »Schon gut, Schatz, Tamme weiß, wer Nick ist.«

»Der wohnt in Bär-lin«, fuhr Maxi unbekümmert fort. Sie betonte das Wort, wie Nick es getan hatte, »und hat mir Bären mitgebracht. Zum Naschen und zum Spielen.« Ihre lockere fröhliche Stimmung schlug in Sekundenschnelle um. »Ich glaub, der ist ganz nett«, sagte sie jetzt möglichst beiläufig.

Es lag auf der Hand, dass Maxi verunsichert war. Sie wusste nicht, wie sie gegenüber Tamme von ihrem leiblichen Vater sprechen sollte. Wiebke ging es selbst nicht viel besser. Tamme hatte ihr zwar zugeredet, das Treffen stattfinden zu lassen, und zwar möglichst bald, trotzdem war ihr nicht ganz wohl in ihrer Haut, dass sie ihn nicht informiert hatte. Ein Blick in sein Gesicht bestätigte ihr, dass er gern vorher Bescheid gewusst hätte. Maxi war für ihn inzwischen wie seine eigene Tochter, es war sicher nicht leicht für ihn.

»Prima.« Tamme riss sich zusammen und brachte ein Lächeln zustande. »Er hat sich bestimmt gefreut, dich endlich kennenzulernen.«

»Mmh«, machte sie und rutschte auf Tammes Schoß. Eigentlich war sie aus dem Alter heraus.

»Nick war wirklich nett und total locker«, erzählte Wiebke. »Ich bin überrascht, wie gut er mit Kindern umgehen kann. Er betreibt mit einem Kompagnon einen Bio-Laden und beliefert Kitas mit gesunden Lebensmitteln. Vielleicht hat er dabei Routine im Umgang mit den Zwergen bekommen. Ihr habt euch richtig gut verstanden, ihr zwei, hm?« Wiebke wuschelte Maxi durchs Haar. »Wir hatten einen wirklich schönen Nachmittag. Nick hat viel gefragt und viel erzählt. Er hat Humor, das wusste ich gar nicht mehr.«

Sie lachte, dann merkte sie, dass ihr Redeschwall nach Schwärmerei geklungen haben könnte. Manchmal sollte man lieber mal den Mund halten.

»Vielleicht treffen wir uns noch mal und gehen mit Janosch spazieren, oder so«, murmelte Maxi. »Au ja, du kommst mit, Tamme!« Sie zupfte an seinem Ärmel herum.

»Mal sehen.« Tamme drückte Maxi an sich und küsste sie auf den Scheitel.

Sie kicherte, rutschte von seinem Schoß, schnappte sich ihr Eichhörnchen-Buch und lief ins Wohnzimmer. Wiebke konzentrierte sich darauf, Süßkartoffeln, Möhren und Fenchel in möglichst gleich große Stücke zu schneiden.

»Kann ich helfen?« Sein Ton verriet, dass Tamme lieber gehen wollte.

»Nein, danke. Ich muss nur noch Schafskäse klein schneiden, dann wird alles im Ofen überbacken, geht ganz schnell.«

»Dann gehe ich hoch, ein paar Sachen wegräumen.« Tamme stand auf. In der Tür blieb er stehen. »Vielleicht sollte ich nächstes Mal wirklich mitkommen und den Mann kennenlernen.«

»Wir wissen noch gar nicht, ob oder wann wir ihn treffen. Er wird auch andere Pläne auf der Insel haben.« Wiebke drehte sich nur kurz um, wandte sich aber gleich wieder dem Gemüse zu.

Tamme kam näher und stellte sich direkt neben sie. »Ich denke, er ist nur wegen Maxi hier? Ist doch wohl klar, dass ihr euch noch mal verabredet. Alles andere wäre idiotisch, Maxi will ihn wiedersehen.«

»Ja, schaun wir mal. Wir müssen die Begegnung beide erst mal verdauen. War ziemlich überstürzt, so hatte ich mir das eigentlich nicht vorgestellt.« Sie schob das Blech mit dem Gemüse in den Ofen. »Wir können schon mal ein paar Oliven und Cracker als Vorspeise naschen«, schlug sie vor. »Hände waschen, Maxi, wir wollen essen«, rief Wiebke.

»Ja-ha!« Maxi kam angerannt und setzte sich dann auf ihren Platz, den Steiff-Teddy positionierte sie neben ihrem Teller.

Tamme fixierte kurz das Berlin-Souvenir. »Niedlich«, sagte er und setzte sich ebenfalls. Es klang eher nach: Wenn ich das Ding in die Finger kriege, landet es im Chlorfass.

Janosch schnaufte einmal und legte seine Schnauze auf dem Fußboden ab. Der Duft von Oliven oder Gemüse ließ ihn kalt. Als Tammes Handy klingelte, hob er dann doch den Kopf. Nur nichts verpassen.

»Tamme, wir wollen essen.« Wiebke konnte Handys am Tisch nicht leiden, wenn es sich nicht um einen ausgesprochenen Notfall handelte. Das wusste Tamme ganz genau.

»Ich habe Apollon vorhin schon vertröstet. Tut mir leid, ich muss rangehen.« Wiebe und Maxi seufzten im Duett.

»Onkel Apollon, kalispéra! Ti kánis?«

Maxi zog die Augenbrauen zusammen und guckte Wiebke mit Kulleraugen an, die zuckte mit den Schultern.

»Ich stelle dich mal auf laut, Onkel. Wir wollen nämlich

gerade essen und sind am Tisch versammelt. Wiebke und Maxi möchten dir auch Guten Abend sagen.«

Tamme drückte eine Taste, augenblicklich war Rauschen zu hören und eine freundliche Stimme mit sympathischem Akzent: »Gute Abend, wie geht?«

»Guten Abend, Apollon, hier sind Maxi und Wiebke. Schön, dass wir uns mal hören. Uns geht's gut, und euch?«

»Oh, ganz prima. Hier scheint Sonne, und die Leute gehen schon an Strand. Nicht so kalt wie bei euch. Obwohl ...«, er zog das zweite O lang, »ist noch gar nicht lange her, da haben die Leute noch Ski gelaufen, hier in Drama.«

»So kalt war es bei uns den ganzen Winter nicht«, sagte Wiebke lachend.

Maxi hatte es die Sprache verschlagen, sie starrte das Mobiltelefon an, als hoffe sie, Apollon auf dem Display sehen zu können.

»Soweit alles klar mit eurer Anreise nach Pellworm?«, wollte Tamme wissen.

Schallendes Lachen tönte durch die Küche. »Ist doch erst April, noch soo viel Zeit bis August. Oder wollt ihr fruher heiraten?«

Wiebke sah Tamme an, er grinste zwar, wirkte allerdings auch dezent verzweifelt.

»Nein, nein. Nur will eine Reise nach Pellworm gut geplant sein«, erklärte er. »Wir sind nicht per Bus erreichbar, der im halbstündigen Takt fährt. Ich habe dir doch erklärt, dass ihr ein Schiff nehmen müsst. Wenn das weg ist, ist es weg und fährt vielleicht erst am nächsten Tag wieder.«

»Ja, gibt es auch Fähre in Griechenland«, tat Apollon Tammes Einwände ab.

Tamme seufzte. »Ihr kriegt das bestimmt hin.«

»Kein Problem, mache wir.« Apollon wusste, was er tat, zumindest schien es so. »Maxi, jásou!«

»Gesundheit«, antwortete Maxi höflich.

Tamme verkniff sich ein Lachen.

»Einzige Problem vielleicht Fernsehen«, sagte Apollon und klang zum ersten Mal wirklich besorgt. Wiebke hatte keine Ahnung, was er meinen könnte. »Musst du noch klären, Junge.«

»Was genau muss ich klären? Warte mal, ich schalte den Lautsprecher wieder aus, Onkel Apollon.« Tamme verzog sich, das Handy am Ohr, nach oben.

»Na toll!« Wiebke seufzte. »Komm, Spatz, wir fangen an.«

Maxi nickte, aber sie rührten beide nichts an.

»Mami?« Maxi ließ den kleinen Teddy an ihrer Hand Klimmzüge machen, indem sie die Arme zwischen Daumen und Zeigefinger nahm und mit ihren kleinen Fingern von unten gegen die Beinchen drückte.

»Was denn, mein Schatz?«

»Müssen wir Nick noch mal treffen?«

»Nein, wir müssen gar nichts«, entgegnete Wiebke, ohne darüber nachzudenken. Maxi erweckte nicht den Eindruck, als ob die Antwort sie besonders glücklich machte. »Ich dachte, du würdest dich freuen. Also, er möchte dich ganz bestimmt noch mal sehen. Aber wenn du nicht magst ...« Maxi kaute auf ihrer Lippe herum. »Wolltest du nicht einen Spaziergang mit ihm und Janosch machen?«, bohrte Wiebke weiter.

»Aber nur wenn Tamme nicht böse ist.« Sie sah Wiebke ängstlich an. »Ist Tamme traurig, weil ich jetzt einen richtigen Papa habe?« Sie setzte den Bären ab und sah ihn mit gekräuselter Stirn an, als hätte er ihr die ganze Misere eingebrockt.

»Das glaube ich nicht, Maxi. Bestimmt freut er sich für dich. Du hast Tamme doch sicher nicht weniger lieb, nur weil du jetzt Nick getroffen hast.« Maxi schüttelte den Kopf, dass ihre Haare nur so flogen. »Siehst du! Ich denke, Tamme muss sich erst ein bisschen an die neue Situation gewöhnen. Das müssen wir beide ja auch.« Sie streichelte ihr die Wange. »Wir beide waren lange zu zweit, nun haben wir Tamme und sind eine richtige Familie. Und schwuppdiwupp ...« Wiebke fuhr mit der Hand durch die Luft wie ein Zauberer. »... ist da noch jemand.« Sie sah Maxi lange an. »Gar nicht so einfach, was?«

Maxi nickte und schüttelte gleich darauf den Kopf. Sie war ganz schön durcheinander, hatte Wiebke es sich doch gedacht. Oben klappte eine Tür, dann waren Tammes Schritte auf der Treppe zu hören. »Das war ein aufregender Tag heute. Wir essen jetzt, dann gehst du ins Bett. Wenn du Lust hast, treffen wir Nick noch mal, und wenn nicht, dann nicht! Es gibt nichts, worüber du dir Sorgen machen musst. In Ordnung?«

Maxi schluckte und nickte. Ihre Augen glänzten verräterisch. »Kann ich nachher noch ein bisschen Fischerklavier üben?«, fragte sie leise.

Tamme kam herein. »Ich dachte immer, das heißt Schifferklavier«, sagte er und strich Maxi liebevoll über den Kopf.

»Aber Fischer könnten das doch auch spielen. Was sind denn überhaupt Schiffer?« Maxi hatte den Schlüsselring ihres Bären mit dem Zeigefinger aufgespießt und ließ das kleine Plüschtier durch die Luft kreisen.

»So nennt man Leute, die auf Schiffen arbeiten. Flussschiffer, zum Beispiel«, setzte Tamme zu einer ausführlichen Erklärung an.

»Alle Fischer oder Schiffer, die Hunger haben, Essen fassen«, rief Wiebke und stellte das Blech auf den Tisch.

»Wie wäre es mit einem Schlummertrunk?« Wiebke ging, nachdem Tamme Maxi ins Bett gebracht hatte, mit einer Flasche Rotwein ins Wohnzimmer.

»Gute Idee.« Tamme holte zwei Gläser aus dem Schrank.

»Glaubst du, Maxi kann schlafen? Sie war doch ein bisschen durch den Wind.«

»Sie ist sofort eingeschlafen«, antwortete er lächelnd. »War ziemlich anstrengend für sie.«

Wiebke nickte. »Ich sehe nachher mal nach ihr. Nicht, dass sie schlecht träumt.«

Tamme reichte ihr ein Glas. »Übrigens glaube ich, Onkel Apollon hat während unseres Telefonats auch schon griechischen Wein genossen. Da waren seltsame Gluckergeräusche, und er machte immer mehr seiner gefürchteten Witze.« Wiebke kuschelte sich an ihn. »Apollon hat gefragt, ob wir unsere Aussteuer zusammenhaben.«

»Aussteuer«, wiederholte Wiebke langsam. »Das Wort

habe ich ewig nicht mehr gehört. Ich dachte, das ist ausgestorben.«

»In Griechenland ist das noch ein Thema«, erklärte er ihr. »Du hast doch ganz bestimmt deine Bettwäsche und Tischdecken mit deinen Initialen bestickt, oder? Kann durchaus sein, dass unsere weiblichen griechischen Gäste sie bewundern und mit ein paar Geldscheinen veredeln wollen.«

»Ich fürchte, da müssen sie lange suchen. Von mir aus können sie deine Wäsche inspizieren oder deine Shirts lesen. Dann sind sie beschäftigt.« Er knuffte sie. »Die Geldscheine dürfen sie gerne bei mir lassen.«

»Auf griechischen Hochzeiten wird viel Bargeld verteilt. Das solltest du Saskia sagen, vielleicht plant sie doch noch um auf Griechisch. Könnte sich lohnen. Apollon gibt sich sowieso nicht so schnell geschlagen in Sachen Traditionen.«

»Wir haben ja noch ein bisschen Zeit.« Wiebke wollte nicht länger über die Hochzeit reden. Ihre Gedanken waren noch immer bei dem Treffen mit Nick.

»Ein ganz wichtiger Brauch ist, dass der Bräutigam seine zukünftige Frau vor der Hochzeit eine ganze Woche nicht sieht. Er soll so richtig an Trennungsschmerz leiden.«

Damit war es ihm nun doch gelungen, sie abzulenken. »Komische Sitte. Ob mir die gefällt, weiß ich nicht so recht.« Sie sah Tamme in die Augen und hielt seine Hand ganz fest.

»Keine Sorge, ich habe ihn auf eine Nacht heruntergehandelt. Ich fürchte, mehr ist nicht drin. Der Abend vor der Hochzeit gehört ausschließlich den männlichen griechischen Verwandten. Da musst du durch!«

»Du auch.« Wiebke lächelte matt. »Sonst noch irgendwelche landestypischen Vorgaben, die wir unbedingt einhalten müssen? Aber wir heiraten schon auf Pellworm, oder?«

»Das ist kein Problem. Wobei ... Apollon kann kaum glauben, dass wir nicht kirchlich heiraten. Vor den Altar zu treten spielt in Hellas noch eine große Rolle. Ich glaube, er macht sich richtig Sorgen um uns.«

Wiebke legte sich eine Wolldecke über die Füße. Sie schwieg eine Weile, ehe sie sagte: »Ich mache mir gerade ganz andere Sorgen. Ich wüsste zu gerne, was in Maxi vorgeht. Mal scherzt sie und lacht, dann wieder ist sie nachdenklich und unsicher.« Tamme hörte ihr aufmerksam zu und ließ sie reden. Wiebke liebte diese innigen ruhigen Momente, die es zwischen ihnen gab. »Ich weiß, dass sie sich Gedanken um Hilke macht. Hilke ist ihre Freundin, deren Verhaltensauffälligkeiten sind nicht gerade einfach für Maxi. Aber viel mehr beschäftigt sie natürlich das Auftauchen von Nick.«

Er räusperte sich. »Es scheint doch alles gut gegangen zu sein für den Anfang. Ich war überrascht, dass ihr euch plötzlich doch so schnell mit ihm getroffen habt.«

»Ich auch.« Sie lachte leise. Dann erklärte sie ihm, dass ein Mann die Buchhandlung betreten hatte, der Nick ähnlich sah. »Mir ist heiß und kalt geworden vor Schreck. Ich dachte, besser, wir verabreden uns schleunigst, als dass wir ihm ungeplant in die Arme stolpern.«

»Da hast du auf jeden Fall recht.« Tamme zog sie an sich. »Du machst das gut und absolut richtig, Wiebke. Es ist wichtig für Maxi, dass sie Kontakt zu ihrem leiblichen Vater hat.

Es gibt nicht wenige alleinerziehende Mütter, die ihren Kindern den Umgang vorenthalten, nur weil sie selbst mit ihrem Ex nicht klarkommen. Ein Ding der Unmöglichkeit! Es sei denn, der Ex ist ein Brutalo oder so, klar. Aber mit einem, der Grünfutter an Kitas liefert, kannst du nichts falsch machen.« Er küsste sie und lachte. »Trägt er eigentlich auch selbst gestrickte Pullis, Jesuslatschen und Rastalocken?«

»Sehr witzig, Tamme Tedsen.«

»Den Humor habe ich von Onkel Apollon.« Er griente, wurde aber gleich wieder ernst. »Ich finde es toll, dass du Maxi den Kontakt zu ihm ermöglichst.« Er küsste sie wieder, zärtlicher dieses Mal. »Außerdem bin ich froh, wenn vor unserer Hochzeit alles geklärt ist.«

Tamme sah Wiebke tief in die Augen. Sie zog ihn an sich und küsste ihn, als wolle sie nie mehr damit aufhören.

Kapitel 10

Wiebke und Tamme wollten sich gerade zum samstäglichen Frühstück an den Tisch setzen, als sie vor dem Haus eine Fahrradklingel stürmisch läuten hörten. Tamme guckte aus dem Fenster.

»Das ist Corinna. Die will bestimmt zu dir.«

Wiebke stand auf und ging zur Tür. Hoffentlich nichts Dienstliches. Corinna stellte gerade ihr Rad ab, sie trug einen Fahrradhelm auf dem Kopf.

»Guten Morgen, Lieblingskollegin. Was ist denn mit dir los? Hast du dich freiwillig für eine Weltraum-Mission gemeldet, oder trägst du den jetzt tatsächlich immer beim Radeln?«

»Moin, Wiebke.« Sie kam näher und drückte Wiebke, gar nicht so einfach mit dem Ding auf dem Schädel. »Ich dachte mir, ich habe doch irgendwie eine Vorbildfunktion und sollte dann wohl so ein Teil haben. Wie soll ich sonst den Touris, die sich mit ihrem Elektro-Rad in den Graben geschmissen haben, oder unseren rasenden Einwohnern überzeugend dazu raten, sich so ein Monstrum aufzustülpen? Ich setze das Ding aber nicht ab.« Corinna lachte einmal die Tonleiter herauf. »Erstens möchte ich nicht wissen, wie es drunter aussieht, zweitens will ich euch gar nicht lange stören. Ich wollte nur Bescheid sagen, dass morgen bei uns Angrillen ist. Absagen werden nicht entgegengenommen.« Sie schwang sich wieder auf den Sattel, ohne dass Wiebke zu Wort gekommen war. »Bis morgen, vierzehn Uhr. Tschühüss.« Weg war die grasgrüne Renn-Schildkröte.

»Du hast Corinna ja gesehen. Schick, mit ihrem knalligen Helm, oder? Sie nimmt ihn nicht ab, sagt sie. Ich stelle mir vor, wie sie damit durch den Supermarkt schlendert.« Wiebke musste grinsen.

»Ist sie extra gekommen, um den Hartschalen-Hut zu präsentieren?«

»Nein, wir sind morgen Mittag zum Grillen verdonnert worden.«

»Dass es Menschen gibt, die am Sonntag arbeiten müssen, kann sich anscheinend niemand merken.« Tamme seufzte theatralisch. In dem Moment war das Tapsen von nackten Füßen auf der Treppe zu hören. »Mal sehen, ob Linus den Nachmittag für mich übernehmen kann. Max ist heute im Dienst, ich will ihn nicht das ganze Wochenende einspannen. Ich werde auf jeden Fall versuchen, zumindest früher Feierabend zu machen. Wehe, ihr hebt mir nichts auf!«

»Ich hebe eine Wurst für dich auf!« Maxi warf sich Tamme an den Hals. Dieses Kind war wirklich für Pellworm geboren, es hatte seine Ohren überall.

»Wenn du dir keine Socken anziehst, bist du bis morgen

erkältet und liegst im Bett«, erklärte Wiebke und nahm die Brötchen aus dem Ofen.

»Wieso erkältet sich Janosch eigentlich nicht, wenn er mit nackten Pfoten rumläuft? Der geht sogar ohne Schuhe raus.« Maxi verschränkte die Arme vor der Brust.

»Gute Frage«, musste Wiebke zugeben. »Ein bisschen wie: Warum klebt die Klebe nicht in der Tube fest?«, murmelte sie. »Na ja, ich nehme mal an, die ledrige Fußsohle an der Hundepfote hält genug Kälte ab.«

»Und warum klebt die Klebe nicht in der Tube?« Hoffentlich hielt Maxis Warum-Phase nicht den ganzen Tag an.

»Der Kleber braucht Luft zum Härten, damit er klebt«, antwortete Tamme. »Weil in der Tube keine Luft ist, bleibt er flüssig.« In Physik war Tamme einfach unschlagbar.

Maxis Begeisterung schien sich trotzdem in Grenzen zu halten. Sie griff nach dem einzigen Kürbiskern-Brötchen, legte es auf ihren Teller und pulte einen Kern ab.

»Oh, wollte das jemand?«, fragte sie.

»Jetzt nicht mehr.« Tamme grinste und mopste sich blitzschnell einen Kürbiskern von Maxis Brötchen.

Nach einem sehr gemütlichen Frühstück lieferten Wiebke und Tamme Maxi und Janosch bei Corinna und Christian ab. Von dort radelten sie zum *Bücherfuchs*.

»Hätte gar nicht gedacht, dass so viel los ist.« Tamme wirkte wenig begeistert. Kleine Läden, in denen sich die Kunden drängelten, waren nicht gerade sein natürlicher Lebensraum.

»Renate hat eben kräftig die Werbetrommel gerührt,

und wie es aussieht, mit Erfolg.« Hätte Wiebke den Andrang geahnt, dann sähe der Samstag sicher anders aus, aber sie wollte Füchslein auf keinen Fall im Stich lassen.

»Ach, ihr auch hier. Das ist ja schön!« Lulu schob sich seitlich an einer kleinen Frauengruppe vorbei. »Konntet ihr also auch nicht Nein sagen«, flüsterte sie vertraulich, »um Renate die Chance auf eine Premierenlesung von Meising nicht zu vermasseln. Sie würde sich so freuen!«

»Du siehst mal wieder umwerfend aus.« Tamme nahm Lulu in den Arm und drückte ihr Begrüßungsküsse auf die Wangen.

Lulu trug ein enges Kleid mit einem gewagten Aus-schnitt. Wiebke fragte sich, ob sie auf Renates Handzettel die Stelle mit dem Gala-Abendessen und anschließendem Tanz übersehen hatte.

»Danke, Tamme!« Lulu strahlte wie das berühmte Ho-nigkuchenpferd. »Ich war vorhin noch bei meinen Senioren, danach brauche ich immer eine kleine Veränderung.« Sie zwinkerte fröhlich.

Lulu hatte mit dem Senioren-Service eine sinnvolle Ein-richtung auf der Insel etabliert und ging mit ihren Senis, wie sie sie nannte, sehr liebevoll um. Manchmal brauchte sie aber auch dringend Abstand.

»Wo hast du Jochen gelassen?« Tamme sah sich suchend um. »Durfte der Glückliche diesen kulturellen Höhepunkt etwa schwänzen?«

Lulu lachte. »Kennst du einen, kennst du alle! Anschei-nend hast du genauso viel Interesse wie mein Mann. Warum hast du nicht angeboten, dich mit Maxi zu beschäftigen? Jochen ist mit Tom zu Hause geblieben.« Tja, er war pfiffiger als du, verriet ihr Blick.

»Ich will auch nicht ewig bleiben«, wandte Wiebke ein. »Wenn der Laden so voll bleibt, braucht Renate unsere Unterstützung sowieso nicht. Das ist er wohl.«

Sie hatte einen Mann neben einem Tisch voller Bücherstapel entdeckt. Er war groß, hatte eine Glatze und einen dünnen rötlichen Bart. Auffällig waren die hellbraunen Augen und die beiden wuchtigen Ringe an seiner linken Hand. Er war schon mit einigen Besuchern im Gespräch und offensichtlich ganz in seinem Element. Sehr gut, das sprach sehr für die erhoffte Premierenlesung.

»Schön, dass ihr da seid.« Füchslein hatte sich zu ihnen durchgekämpft. Ihre Wangen glühten. Das lag wohl eher an der Aufregung als an dem Inhalt der Schnapsgläschen, die sie auf einem Tablett balancierte. »Heute gibt es für jeden Besucher einen Friesengeist. Randolfs neues Buch hat nämlich mit Gespenstern zu tun. Mehr darf ich aber noch nicht verraten.«

Sie warf dem Schriftsteller einen Blick zu, der Bände sprach. Soso, die Aufregung, die ihre Wangen zum Glühen brachte, war nicht nur in der Aussicht auf eine spektakuläre Veranstaltung begründet. Randolf hatte es ihr ganz offensichtlich angetan. Er erwiderte ihren Blick über die Köpfe der Gäste hinweg, und Füchslein schmolz regelrecht dahin.

»Wenn du das Tablett gerade hältst, bleibt der Geist sogar in den Gläsern«, stellte Tamme amüsiert fest.

»Oje!« Sie war kurz verwirrt. »Ist Maxi gar nicht mitgekommen?« Ein sehr durchschaubares Ablenkungsmanöver!

»Für die Kinder habe ich extra Kirschsaft. Habt ihr sie verliehen?«

»Ja, sie ist bei Corinna.« Wiebke verzichtete auf Schnaps zu dieser Tageszeit, Tamme nahm eins der ohnehin nicht mehr ganz vollen Gläser. »Ich fürchte, dein berühmter Gast hätte sie eher gelangweilt. Wäre Frau Petrick mit ihrem Erdnuss-Professor hier, hätte Maxi vermutlich schon vor der Tür übernachtet.« Wiebke lachte.

»Ich sehe mir mal den waschechten Romanautor aus der Nähe an«, verkündete Tamme. »Ich muss gestehen, ich kenne seine Thriller noch nicht.« Er schlenderte zum Büchertisch, auf dem Meisings letzte drei Werke lagen.

Lulu hatte hier und da einen Klappentext gelesen, in Wirklichkeit schien sie allerdings nur darauf gewartet zu haben, dass Tamme ging.

»Wir sollten dringend noch mal über einen Shopping-Ausflug auf den Kontinent sprechen, Wiebke«, kam sie augenblicklich auf den Punkt. »Ein Hosenanzug! Ey, echt nicht! Tut mir leid, aber ich bin immer noch nicht darüber weg. Hast du eben gesehen, wie Männer auf sexy Kleider reagieren? Dein Zukünftiger ist da keine Ausnahme.«

»Du willst nicht ernsthaft, dass ich in einem sexy Kleid heirate, Lulu.« Wie gut, dass Saskia die Hauptverantwortliche war. Lulus und Wiebkes Modegeschmack lag, vorsichtig ausgedrückt, weit auseinander.

»Außerdem ist ein Mädels-Nachmittag in Husum längst mal wieder fällig!« Sie ließ sich nicht beirren. »Das können wir ja morgen beim Grillen besprechen. Ihr kommt doch?«

»Ja, aber vom Hosenanzug kein Wort, wenn Tamme in

der Nähe ist«, raunte Wiebke ihr zu. »Es gilt das Gleiche wie für ein Kleid: Kein Sterbenswörtchen zum Bräutigam.«

»Versprochen! Fällt mir sowieso nicht im Traum ein, eine solche, sorry, Geschmacksverirrung in den Mund zu nehmen.« Plötzlich kam ihr eine Idee. »Ha, ich kann dich erpressen: Shopping-Tour gegen Schweigefuchs.« Lulu machte das Handzeichen, das Tom aus dem Kindergarten mitgebracht hatte, und nutzte es ständig, wenn sie wollte, dass die Männer zuhörten und die Klappe hielten.

Renate hatte das Tablett abgestellt und kam wieder zu Wiebke. »Schade, dass Arndt so verschlossen ist«, flüsterte sie, »er hätte längst eine Lesung bei mir machen können. Aber er möchte ja partout inkognito bleiben.«

»Woher weißt du?« Wiebke sah sie einigermaßen schockiert an. Arndt Flebbe, ein Nachbar aus dem Feldweg, war ebenfalls Schriftsteller und ziemlich menschenscheu. Weil er ein Pseudonym nutzte, war es ihm lange sehr gut gelungen, seinen Beruf geheim zu halten und von den Inselbewohnern in Ruhe gelassen zu werden.

»Verstehe, Radio Feldweg hat natürlich längst eine Sondersendung über den Promi in unseren Reihen ausgestrahlt«, gab Wiebke sich selbst die Antwort. »Armer Kerl, er ahnt bestimmt noch nicht, dass seine Tarnung endgültig aufgeflogen ist.« Sie schüttelte den Kopf.

»Lulu hat's mir vorhin erst erzählt«, sagte Renate entschuldigend. Zerknirscht gestand sie dann: »Blöderweise hat Randolf den Namen Alex Ziegler aufgeschnappt und natürlich sofort nachgefragt. Nun weiß er Bescheid.«

»So ein Mist!« Wiebke seufzte. »Arndt wollte sich unbedingt den Rummel der Branche vom Hals halten. Damit ist es jetzt ja wohl vorbei.«

»Das ist zu befürchten. Die kennen sich nämlich! Als Randolf vorhin hörte, wer sich hinter dem Pseudonym verbirgt, rief er mit seiner Donnerstimme: ›Das gibt's doch nicht, Alex Ziegler heißt gar nicht Alex, sondern Arndt, und lebt hier auf der Insel?‹«

Super, nun wussten also alle Bescheid, vermutlich auch schon sämtliche Halliglüüd. Hoffentlich zog Arndt sich nicht wieder in sein Schneckenhaus zurück, nachdem er in der Nachbarschaft gerade ein bisschen aufgetaut war.

Renate sauste an die Kasse. »Und lassen Sie sich Ihr Exemplar unbedingt signieren«, riet sie ihrem Kunden. »Wann hat man schon mal so eine Gelegenheit?«

»Für Nick«, hörte Wiebke keine Minute später eine vertraute Stimme sagen. Ihr wurde mit einem Schlag flau im Magen. Sie hatte ihn gar nicht in die Buchhandlung kommen sehen. Nun stand er vor Meising wie ein großer Junge, der die beste Klassenarbeit geschrieben hatte, vor seinem Lehrer.

»Guck dir diesen Leckerbissen an!«, raunte Lulu und rückte Wiebke ganz nah auf die Pelle. »Wenn das nicht mal ganz exquisites Frischfleisch vom Festland ist. Ganz ehrlich, wenn ich noch nicht vergeben wäre …«

Lulu stieß Wiebke immer wieder den Ellbogen in die Seite und sah bedeutungsschwanger zum Büchertisch. Sie hielt den Kopf leicht gesenkt und legte einen Augenaufschlag an den Tag, der glatt als sexuelle Belästigung durchgehen konnte.

»Ganz ehrlich: Du bist vergeben«, konterte Wiebke und bedauerte plötzlich, dass sie den Friesengeist abgelehnt hatte.

»Du willst doch nicht abstreiten, dass der Mann da vorne erstklassig aussieht. Einen Blick nehmen darf man auch noch, wenn man verheiratet ist«, gab sie kokett zu. Unvermittelt sah sie auf die Uhr. »Blöder Mist, ich muss los. Jochen will zu Jost rüber zum Fußballgucken. Ich habe versprochen, nur kurz herzukommen und ihm Tom dann wieder abzunehmen.«

»Tja, das Leben ist ungerecht.« Wiebke lächelte zuckersüß, nahm Lulu zum Abschied in den Arm und drehte sich mit ihr um neunzig Grad, sodass sie dem Büchertisch den Rücken kehrte. Lulu quietschte vor Schreck. »Also, Lulu, dann bis morgen. Ich gucke mal, wo Tamme steckt.« Wiebke ging in Richtung Eingang und steuerte ein Regal mit Bildbänden an.

»Na, so groß ist der Laden ja nicht. Ich sehe Tamme von hier.« Lulu schaute Wiebke irritiert an, deutete zum Tisch, wo der Autor saß, schlüpfte in ihre Jacke und ging.

Wiebke blickte sich kurz um. Das durfte doch nicht wahr sein, Nick stand fast Schulter an Schulter mit Tamme. Sie griff blind nach einem dicken Wälzer und begann zu blättern, ohne wirklich hinzusehen.

»Da sieht man wieder, was Vorurteile alles anrichten«, sagte eine Frau neben Wiebke. Sie hatte schwarz gefärbtes

Haar mit einer grauen Strähne darin und trug einen Leder-
mantel.

»Bitte?«

»Ich hätte nie erwartet, einen so hervorragenden Künstler wie Randolf Meising in einer kleinen Inselbuchhandlung
zu treffen. Genauso hätten Sie bestimmt nicht gedacht, dass
Sie hier derart ausgewählte Titel finden, stimmt's?« Sie
lachte vertraulich und verschwand dann zwischen den anderen Gästen.

Wiebke starrte auf das Buch in ihrer Hand. Russische
Ikonen des fünfzehnten bis neunzehnten Jahrhunderts. Sie
erinnerte sich, dass Renate es für einen Kunden bestellt
hatte. Der wollte es dann doch nicht haben, weil er sich eigentlich für russische Idole interessierte. Wiebke stellte den
Band zurück in das Regal. Es war albern, sich hier länger
zu verstecken. Sie musste die Gelegenheit nutzen, Tamme
und Nick miteinander bekannt zu machen, ehe es noch zu
einer peinlichen Situation kam. Wiebke atmete einmal kräftig durch. Auf in den Kampf.

»Hallo, Nick, das ist ja eine Überraschung«, rief sie, als
sie den Büchertisch erreicht hatte. »Dann kann ich dir ja
gleich meinen zukünftigen Mann vorstellen. Du stehst genau neben ihm.« Sie lachte und erkannte sich selbst nicht
wieder. »Das ist zufällig Tamme. Tamme, das ist Nick«, erklärte sie überflüssigerweise. Die beiden sahen sich erstaunt
an und begrüßten sich höflich. Wiebke merkte, dass ihr der
Schweiß ausbrach. Natürlich war Tamme nicht zufällig
Tamme. Was für einen Unsinn hatte sie bloß von sich gegeben!

»Danke, dass du mir von der Signierstunde erzählt hast, Wiebke. Ich bin wirklich ein großer Meising-Fan.« Nick sah von ihr zu Tamme. »Ihr auch?«

»Nö.« Mehr als ein Wort schien Tamme nicht sagen zu wollen. Er warf Wiebke einen Blick zu, den sie nicht deuten konnte, verschränkte die Arme vor der Brust und schwieg sich friesisch aus. Füchslein kam wie gerufen noch einmal mit dem Tablett Schnaps vorbei. Wiebke griff ohne zu zögern zu.

»Aber ihr habt euch bestimmt ein Buch gekauft und signieren lassen?« Nick war offensichtlich guter Dinge. »Und wo steckt meine Maxi? Wiebke hat dir sicher von unserem netten Treffen erzählt.«

Er sah Tamme an. Wollte er ihn provozieren oder aus der Reserve locken? Wiebke wurde immer heißer, sie brauchte frische Luft.

»Hat sie.« Immerhin, Tammes Wortbeitrag hatte sich verdoppelt. Wenn er so weitermachte, käme womöglich ein vollständiger Satz heraus. Nach einer Verbrüderung der beiden Väter sah der Auftakt nicht aus. Ihr war das sehr recht. Dann konnten sie sich jetzt ja auch wieder verabschieden.

»Hallo, ich bin Anna.« Das piepsige Stimmchen gehörte einer zierlichen, schwarzhaarigen Frau, die in diesem Moment an Nicks Seite getreten war.

»Anna wohnt in der gleichen Pension wie ich. Wir sind beim Frühstück ins Gespräch gekommen, und ich habe sie einfach eingeladen, mich hierher zu begleiten.«

»Echt verwegen«, kommentierte Tamme leise.

»Schöne Idee von dir«, sagte Wiebke dafür umso lauter,

ihre Stimme war eine Oktave höher als üblich. »So, Tamme, wollen wir uns denn jetzt auch ein Buch sichern, ehe alle weg sind?« Sie lachte wieder und hätte sich im gleichen Moment ohrfeigen können. Das war eine ganz normale Situation. Wieso konnte sie nicht souverän damit umgehen? »Und dann wollen wir ja auch Maxi auslösen, hm?« Wiebke hakte sich bei Tamme ein und konzentrierte sich auf die drei verschiedenen Bücherstapel.

»Wir sehen uns.«

Glücklicherweise schoben sich neugierige Kunden nach vorn, sodass Nick ein wenig abgedrängt wurde.

»Ich könnte Maxi morgen Nachmittag zum Spaziergang mit Janosch abholen, was meint ihr?«, rief er über die Köpfe der anderen hinweg.

Tamme war mit einem Satz bei ihm. Gott sei Dank, Füchslein guckte schon ziemlich interessiert aus der Wäsche. Wenn Nick den Laden mit weiteren Details seiner Pläne unterhielt, war das nächste Inselgespräch gesichert.

»Wir können sie fragen«, erklärte Tamme ihm knapp. »Aber entscheiden muss Maxi selbst.«

Meine Güte, so viele Wörter auf einmal, Wiebke war beeindruckt. Vor allem war sie froh, denn es war die perfekte Antwort.

»Wir telefonieren«, kündigte Nick an und verließ mit der kleinen Anna den Laden.

Tamme machte es sich auf dem neuen Schaukelstuhl bequem, während sich Wiebke in die Schlange stellte.

»Für Irma Klaus«, sagte sie, als sie an der Reihe war.

Wiebke würde ihrer Mutter, die Krimis regelrecht verschlang, ein Buch schenken. So hatte sie schon Lektüre, wenn ihre Eltern zur Hochzeit nach Pellworm kommen würden. Sie hatten angekündigt, sich für zehn Tage in einer Pension einzumieten. Die Reise aus dem Teutoburger Wald sollte sich schließlich lohnen.

»Das ist Wiebke Klaus, unsere Insel- und Halligärztin«, stellte Füchslein sie unnötigerweise vor.

»Ach, Sie sind der Hallig-Doc, wobei *der* eindeutig nicht passt.« Meising lächelte charmant. »Habe schon gehört, der Ziegler hat Sie durchs Watt geführt, und Sie wären beide fast ertrunken.« Das wusste er also auch schon. »Mannomann, da denkt man, auf einer Insel mitten in der Nordsee kann einem nichts passieren. Von wegen, spannend ist das hier, wirklich spannend! Sieht so aus, als würde der Stoff für Romane hier geradezu auf der Straße liegen. Oder eher am Strand.« Er lachte. »Ich werde Arndt einen Besuch abstatten, ehe ich wieder auf den Erdteil fahre.«

»Kontinent«, korrigierte Wiebke automatisch.

»Ja, ja, genau!« Er lachte wieder. »Arndt und ich kennen uns gut, wir haben einige Seminare gemeinsam besucht. In München damals, ist ewig her.«

»Seminare hast du ja wohl nicht mehr nötig«, säuselte Renate. Sieh an, man war schon per Du.

»Ich muss dann los. Schönen Aufenthalt noch!« Wiebke verabschiedete sich.

Arndt würde sich über den Besuch von Meising vermutlich nicht freuen. Wirklich blöd, gerade jetzt hatten er und Doro sich der Nachbarschaft im Feldweg ein bisschen angenähert. Hoffentlich zog er sich nicht wieder komplett zurück, das wäre für Doro eine Katastrophe. Wiebke dachte noch darüber nach, als sie mit Tamme zu Corinna und Christian radelte. Auf dem Junkersmitteldeich waren schon einige Touristen unterwegs, die meisten trugen zum Schutz vor dem Wind noch Schal und Mütze, andere hatten sich bereits für kurze Hosen entschieden. Die Sonne hatte zwar schon Kraft, aber richtig warm war es nun wirklich noch nicht. Hoffentlich hielten einige dieser unvernünftigen Menschen Wiebke morgen nicht vom Grillen mit ihren Nachbarn ab. Sie sah immer wieder zu Tamme hinüber, der stur geradeaus blickte.

Wiebke hielt das Schweigen nicht mehr aus. »Nun hast du Maxis Erzeuger kennengelernt.«

»Ja.« Oh, er war wieder im Plaudermodus! Glücklicherweise besann er sich schnell. »Wieso hast du nicht gesagt, dass du Nick quasi zur Signierstunde eingeladen hast? Dann hätten wir Maxi doch auch mitnehmen können.«

Mit dieser Reaktion hatte Wiebke nicht gerechnet. »Ich habe ihn nicht eingeladen«, stellte sie richtig, »das war eine öffentliche Veranstaltung. Offen gestanden, habe ich nicht mal mehr daran gedacht, dass ich es ihm gegenüber erwähnt habe. Ich wollte einfach, dass so viele Leute wie möglich kommen.« Immerhin das hatte funktioniert. »Füchslein war überglücklich«, fügte sie lächelnd hinzu. Tamme schwieg. »Mir war nicht klar, dass er ein Meising-Fan ist, ich bin eher davon ausgegangen, dass Nick nicht kommt. Und für Kinder war die Veranstaltung nun wirklich nicht geeignet.«

»Darum geht es nicht. Ich hätte es einfach gut gefunden, wenn du mir gesagt hättest, dass er vielleicht da sein wird. Ist das zu viel verlangt?«

Jetzt war es Wiebke, die sich beharrlich in Schweigen hüllte. Als hätte sie ihm vorsätzlich etwas verheimlicht! Und überhaupt, was sollte der Aufstand? Die beiden waren sich begegnet und fertig. So einfach war es natürlich nicht, und das wusste sie auch. Ihre Gefühle für Tamme waren klar und unangreifbar. Trotzdem brachte Nicks Gegenwart sie gehörig aus der Fassung, viel mehr, als sie Tamme gegenüber zugeben wollte. Die Verletzung, ihre Tochter ohne einen Vater aufziehen zu müssen, die Zweifel, ob sie selbst nicht einen großen Fehler gemacht hatte, indem sie Nick damals gleich abservierte, kamen in ihr hoch und verwandelten sie in ein Bündel der Verunsicherung. Was gäbe sie für eine kurze Auszeit ganz allein oder, noch besser, zusammen mit Maxi? Stattdessen hatte sie ihren Rückzugsort, eine eigene Wohnung, aufgegeben und sollte ihre Hochzeit planen ...

Als sie in den Feldweg einbogen, sah Wiebke Maxi und Christian bereits von Weitem. Sie tobten offenbar mit Janosch im Vorgarten.

»Da seid ihr ja schon!« Christian hatte seinen Pullover über den Zaun geworfen. Janosch müde zu kriegen erforderte ganzen Körpereinsatz. Maxi hatte ihre Jacke glücklicherweise anbehalten. Sie kam angerannt und ließ sich von Wiebke und Tamme küssen.

»Habt ihr den berühmten Schriftsteller zu Gesicht bekommen?«, fragte Christian ein wenig spöttisch. »Corinna wollte eigentlich auch hin, aber sie will noch neue Vorhänge für die Ferienwohnungen nähen, ehe eure Verwandtschaft anrückt.« Wiebke hoffte, dass Tamme etwas sagte, er wartete anscheinend darauf, dass sie von der Signierstunde erzählte. »Also, ich hab' noch nie was von dem gehört«, plauderte Christian unbekümmert weiter. Die etwas trübe Stimmung ging offenbar an ihm vorbei. Schon wieder warf er einen vollgesabberten Ball. »Los, Janosch, bring den Ball!«

»Hat der Mann im *Bücherfuchs* euch was vorgelesen, oder hat der nur in die Bücher reingeschrieben?« Maxi baute sich vor Wiebke auf und betrachtete ihre Hände, die stellenweise grünlich und braun gefleckt waren.

»Er hat nur seine Bücher signiert, also nichts vorgelesen. Das macht er nächstes Mal, wenn er sein neues Werk vorstellt. Was hast du denn mit deinen Händen gemacht?«

»Aber ihr könnt doch selbst lesen. Kann ich dann mitkommen?«

Tamme hockte sich vor Maxi und sah sie mit übertrieben gerunzelter Stirn an. »Seine Geschichten würden dir nicht gefallen, darin werden ständig Leute abgemurkst.« Er würgte sich selbst und verdrehte die Augen. Maxi lachte. »Jetzt bist du mit Antworten dran: Was hast du angestellt, dass du so grüne Hände hast?«

»Ich wollte mit Crischi Fußball üben. Meine Knie sind leider auch ein bisschen grün, fürchte ich ...«

»Aha, fürchtest du ...«, setzte Wiebke an und wollte gerade ein ernstes Wörtchen mit Christian reden. Der riss allerdings in dem Moment sein Handy aus der Tasche. Wie es aussah, hatte er eine SMS bekommen. Seine Augen bewegten sich schnell hin und her.

»Ach du Sch ... reck!« Er starrte auf das Display.

»Schlechte Nachrichten?«, wollte Tamme wissen.

»Das kannst du laut sagen. Ich habe doch einen Saugroboter gekauft. Voll geiles Ding.« Er strahlte über das ganze Gesicht, seine Begeisterung für elektrische Geräte ließ ihn die unerfreuliche Mitteilung anscheinend sofort vergessen. »Den kannst du per Handy starten, oder du sagst ihm, dass er in die Ladestation fahren soll. Und der meldet dir, wenn irgendetwas nicht passt. So cool, du sitzt in der Kneipe, und der Staubsauger sagt dir, dass die Etage fertig ist.«

»Das ist lustig!«, rief Maxi. »Hat der dir jetzt auch eine Nachricht geschickt?«

Christian nickte und las vor: »Achtung, großer Gegenstand. Sind Sie sicher, dass ich fortfahren soll?« Wiebke und Tamme sahen sich alarmiert an. »Das Ding ist in Wohnung *Deichblick* unterwegs. Corinna hat gesagt, die Mieter haben einen kleinen Hund.«

Christian verabschiedete sich übereilt.

Tamme setzte Maxi auf die Stange seines Rades und hörte sich geduldig ihre Heldentaten als Torwartfrau an.

»Oder heißt das Torwärterin?«

Wiebke sah Lulu hinter deren Küchenfenster wild gestikulieren. Wiebke winkte fröhlich, zeigte auf ihre Uhr und hob entschuldigend die Hände. War doch klar, was Lulu wollte. Sie brannte darauf, Wiebke über den Leckerbissen vom Festland auszufragen, wie sie Nick genannt hatte. Wiebke zweifelte keine Sekunde daran, dass es sich längst bis in den Feldweg herumgesprochen hatte, dass Wiebke ihn kannte. Ehe Lulu die Chance hatte, in ihre Schuhe zu schlüpfen, trat Wiebke kräftig in die Pedale.

Zu Hause angekommen, schickte Wiebke Maxi unter die Dusche. Obwohl Tamme und sie einigermaßen ordentlich miteinander umgingen, war der Tag irgendwie gelaufen. Wiebke setzte ein paar Mal an, sich bei Tamme zu entschuldigen, aber immer kam etwas dazwischen. Irgendwann redete sie sich ein, dass im Grunde alles gesagt war und sie sich nicht in die ganze Sache hineinsteigern sollte.

Als sie gerade essen wollten, brummte Tammes Handy. Wiebke unterdrückte ein Stöhnen und lächelte stattdessen. Eine prima Gelegenheit, einen auf Schönwetter zu machen. Tamme lächelte nicht. Er sah aus, als hätte er gerade in eine Zitrone gebissen.

»Tedsen hier, 'n Abend, Herr Scheewe.« Hooges Bürgermeister!

Wiebke dachte, der hätte sich längst von seinem kuriosen Bauplan verabschiedet. Aber was sollte er sonst von Tamme wollen?

»Jo, alles paletti hier, bei Ihnen auch? Klar, das Bad hat morgen geöffnet. Selbstverständlich werde ich da sein.« Lange Pause. »Wenn Sie meinen. Gut, dann bis morgen. Erst mol.« Tamme beendete das Gespräch und schüttelte langsam den Kopf, als müsse er verarbeiten, was er zu hören bekommen hatte.

»Sag nicht, der macht Ernst mit seiner Idee!« Wiebke sah ihn an. Maxi spielte mit einer Olive, die sie versuchte, in ein aus Messer und Gabel gebautes Tor zu schießen. »Bitte, Maxi, man spielt nicht mit Essen«, wies Wiebke sie zurecht.

»Der lässt nicht locker«, sagte Tamme. »Scheewe will sich tatsächlich morgen in unserem Bad inspirieren lassen. Für seine Hooge Woge. Sogar einen Namen hat er schon, nicht zu fassen.« Er schüttelte schon wieder den Kopf, vehement dieses Mal. »Ich muss ihm diesen Blödsinn austreiben.«

»Wieso findest du den Namen denn blöd? Ich finde den ganz lustig.« Maxi war nun dabei, eine Olive auf einen Kräcker legen zu wollen. Natürlich rollte die immer wieder auf Maxis Teller, ehe sie in ihrem Mund landen konnte.

»Ich sage es nicht noch einmal, Maxi!« Wiebke wusste selbst, dass sie übertrieben streng war, aber sie konnte nicht anders.

»Den Namen finde ich nicht blöd, sondern die Idee, auf einer Hallig ein Schwimmbad zu bauen.« Tamme stach schwungvoll mit der Gabel nach einer Olive, erwischte sie aber nur knapp, sodass sie im hohen Bogen über den Tisch flog. Maxi wollte sich kaputtlachen.

Wiebke konnte sich ein Grinsen auch nicht verkneifen. »Schlüpfrige Scheißerchen, was?«, sagte sie. Maxi lachte noch mehr.

»Wir haben doch auch ein Schwimmbad, warum sollen die auf Hooge keins haben?«, wollte Maxi wissen, als sie sich wieder beruhigt hatte.

»Weil Hooge viel kleiner ist als Pellworm.« Tamme hatte die Olive eingesammelt, ohne eine Miene zu verziehen. Oha, er war schwer genervt.

»Stimmt, da ist ja gar keine Warft frei. Man müsste erst eine Woge-Warft bauen«, erklärte Maxi nachdenklich.

»Kluges Kind. Halligen liegen durchschnittlich bei nur einem Meter über Normalnull«, erklärte Tamme. »Das bedeutet, dass ein Hochwasser ganz schnell über den Sommerdeich steigt und auch nicht vor einem Schwimmbad haltmacht, wenn es nicht von einem Extra-Deich geschützt ist.«

»Bei Landunter drückt die Nordsee überall von unten an die Oberfläche«, überlegte Wiebke laut. »Da wären die Probleme doch vorprogrammiert.«

»Die ganze Idee ist totaler Schwachsinn«, schimpfte er. »Überleg dir nur mal, wie viel Baumaterial vom Festland transportiert werden müsste. Und nachher im laufenden Betrieb … Wo will der denn das Chlor lagern oder die ganze Reinigungschemie? Mann, Mann, Mann, allein die Strom- und Heizkosten kriegst du bei den paar Nutzern nie im Leben rein. So blöd kann keiner sein, das nicht zu kapieren.«

»Das wäre ganz schön umweltunfreundlich.« Maxi verschränkte die Arme vor der Brust.

»Stimmt genau!« Tamme nahm die gleiche Haltung ein und zwinkerte ihr zu. »Weißt du was, du kommst morgen ins Schwimmbad und erklärst das dem Scheewe.«

Wiebke wollte Einspruch erheben. Immerhin waren sie zum Grillen eingeladen.

»Au ja!« Zu spät. »Weißt du eigentlich, dass mein richtiger Vater auch umweltfreundlich ist, Tamme?«

Na toll, gerade hatte sich die Stimmung etwas gelöst und Wiebke an etwas anderes gedacht als pausenlos an Nick.

»Nein, das wusste ich bisher noch nicht. Ist er biologisch abbaubar?«

»Hä?« Maxi kräuselte irritiert die Stirn. »Nee, der verkauft nur Essen, was um ihn drum rum wächst. Stimmt's, Mami?«

»Ja, so in etwa.«

»Kann ich morgen ins Schwimmbad, Mami?«

»Was kannst du ins Schwimmbad, stolpern, gehen, einbrechen?«

»O Menno!« Maxi verdrehte die Augen.

»Auf jeden Fall mischst du dich lieber nicht ein. Ich bin sicher, Tamme redet Herrn Scheewe das Projekt auch ohne deine Hilfe im Handumdrehen aus. Ich habe gerade eine Idee. Wie wäre es mit einem T-Shirt, auf dem steht: Kein Gewoge auf Hallig Hooge?« Endlich, ein Schmunzeln huschte über Tammes Gesicht. »Oder: Hooges Bürgermeister hat's erkannt – Hände weg vom Beckenrand!«

»Deine poetische Ader kannte ich noch gar nicht. War dieser Schreiberling ansteckend? Ich glaube, ich bevorzuge die sachliche Botschaft: Den Stöpsel ziehen für Hooges Schwimmbad-Projekt.«

»Klar, das passt auch viel besser zu deiner diplomatischen Ader.«

»Darf ich denn nun ins Schwimmbad fahren?«, hakte Maxi nach.

»Wolltest du nicht mit den Nachbarn grillen und für Tamme eine Wurst retten? Wenn du vorher schwimmen willst, müssen wir ziemlich früh aufstehen.«

Maxi blies beide Wangen auf und ließ die Luft mit einem

quakenden Geräusch heraus. »Hm, aber ich muss doch mal wieder trainieren.«

Tatsächlich war Maxi in den Schwimmverein eingetreten, nachdem sie mit einer fadenscheinigen Ausrede beim Reitclub abgelehnt worden war. Inzwischen war sie ziemlich gut, aber in letzter Zeit hatte sie ihr Training wirklich vernachlässigt.

»Na gut, wir gehen gleich um zehn hin, dann haben wir zwei Stunden. Kann mir auch nicht schaden, mal wieder ein paar Bahnen zu schwimmen.«

Kapitel 11

Obwohl Wiebke und Maxi sehr früh da waren, herrschte schon Hochbetrieb im Schwimmbad. An der Rutsche bildete sich eine Schlange, und im Becken versuchten plantschende Kinder sich mit Sportschwimmern und Damen, deren Haare auf keinen Fall nass werden durften, zu arrangieren. Die neuen Öffnungszeiten wurden noch besser angenommen, als Wiebke gedacht hatte.

Tamme wurde von Bauer Jensen belagert. Er hatte Wiebke erzählt, dass der Landwirt aus Waldhusen an einem Witz-Wettbewerb teilnehmen wollte. Seit sie Jensen mehr Bewegung verordnet hatte, war er Stammgast im Bad. Er war ganz offensichtlich der Ansicht, dass Tamme in erster Linie für Unterhaltung zuständig war, und bestand immer auf einen ausgiebigen Klönschnack, ganz gleich, ob nichts los oder die Halle brechend voll war, wie Tamme ihr mal ein wenig erschöpft erklärt hatte. Sie schlenderte zu den beiden hinüber.

»Moin, Herr Jensen! Na, geht's gut?«

»Moin, Frau Doktor. Jo, allerbest!« Er strahlte.

»Das höre ich gerne.« Sie lächelte und ging zu Maxi, die eine Liege ganz in der Nähe gekapert hatte.

Als Wiebke gerade ein Handtuch ausbreitete, flüsterte Maxi: »Wieso tanzen Tamme und Herr Jensen denn?«

Wiebke drehte sich überrascht um. Sie musste lachen. Jensen stand vor Tamme, um ihm den neuesten Witz zu erzählen, wie unschwer zu hören war. Tamme versuchte, das Schwimmbecken und das Ende der Rutsche im Blick zu behalten. Ging er einen Schritt zur Seite, rückte Jensen nach. Es gehörte sich schließlich, dass man sich anschaute, wenn man miteinander redete. Nur musste Tamme Aufsicht eindeutig über Manieren stellen. Es sah wirklich drollig aus, wie sie umeinander herumtänzelten.

»Wollen wir Ich-sehe-was-was-du-nicht-siehst spielen?«, schlug Maxi vor.

»Moment mal, du willst doch trainieren. Dafür sind wir schließlich hergekommen.« Maxi zog eine Schnute. »Spielen hätten wir zu Hause auch können«, beharrte Wiebke.

»Ja, aber dann würden wir Tamme nicht sehen. So sind wir alle zusammen, auch wenn er arbeiten muss.«

»Das stimmt natürlich.« Wiebke sah ihre Tochter aufmerksam an, die im Schneidersitz auf der Liege hockte und an einem Faden des Handtuchs herumfummelte. Ob sie Angst hatte, Tamme zu verlieren? Wiebke seufzte. »Guck mal, die Schlange an der Rutsche ist gerade kurz.«

Maxis Kopf schnellte in die Höhe, ihre Augen leuchteten. »Au ja, super!«

Sie küsste Wiebke schmatzend auf die Wange und rannte

los. Es sah drollig aus, sie wollte sich den nächsten Platz zum Rutschen sichern, wusste aber auch, wie glitschig nasse Fliesen sein konnten. Wiebke ließ ihren Blick durch die Halle schweifen. Wollte sie selbst nicht auch ein paar Runden drehen? Ihr ging es wie Maxi, die vielen Menschen im Becken verdarben ihr ein wenig den Spaß daran.

In dem Moment betrat ein Mann in leuchtend orangefarbenen Schwimm-Shorts das Bad, neben ihm eine rundliche, kleine Frau. Herr Scheewe mit Gattin! Scheewe steuerte sofort auf Tamme zu, der sich einen guten Beobachtungsposten am Beckenrand gesichert hatte. Seine Frau watschelte neben ihm her. Scheewes Gesten nach zu urteilen, war er sofort bei seinem Lieblingsthema, seine Frau trat von einem Fuß auf den anderen und begann, sich mit den Händen die Oberarme zu reiben. Irgendwann schien sie begriffen zu haben, dass die Unterhaltung der beiden länger dauern würde. Ehe sie zum Eiszapfen wurde, kletterte sie in das Schwimmbecken.

Wiebke dagegen hätte zu gern ein wenig gelauscht. Nicht, dass sie neugierig war, aber sie wollte wirklich wissen, welche hanebüchenen Argumente Scheewe für seine Hooge Woge ins Feld führte. Sie warf sich ihren Bademantel über und schlenderte zu den wild debattierenden Männern. Als sie näher kam, fiel ihr erst die Aufschrift auf Tammes T-Shirt auf: »Außer Betrieb – Geduldsfaden gerissen«. An Scheewes Stelle würde ich mir schnellstens ein anderes Gesprächsthema suchen, dachte sie.

»Guten Morgen, Herr Scheewe. Schön, Sie mal auf Pellworm zu sehen.« Wiebke gab dem Bürgermeister die Hand und positionierte sich anschließend so, dass sie Maxi im Blick hatte, wenn die aus der Rutsche schoss.

»Frau Tedsen! Ach nee, noch Frau Klaus, oder? Oder behalten Sie Ihren Namen nach der Hochzeit sowieso?«

»Nein, ab Sommer müssen Sie sich an Frau Tedsen gewöhnen. Ich werde den Teufel tun und auf einen so herrlich friesischen Namen verzichten.«

»Das stimmt, das stimmt. Sie waren neulich auf Hooge, hab ich gehört?« Das war ja mal wieder typisch. Seit seinem Amtsantritt hatte er es nicht für nötig gehalten, das Gespräch mit ihr zu suchen, geschweige denn, sich bei ihr für ihren Einsatz zu bedanken. Wenn ihre Sprechstunden auf Hooge inzwischen auch ganz offiziell stattfanden und sie sie abrechnen konnte, war die aufwendige An- und Abreise, manchmal sogar eine Übernachtung, noch immer Wiebkes Privatvergnügen. Sie tat das sicher nicht für ihn, trotzdem hätte sie etwas Wertschätzung von einem Bürgermeister als angebracht empfunden.

»Ach, ich war mir ziemlich sicher, Sie haben mich sogar gesehen«, sagte sie und lächelte. »Ich komme immer gern, Herr Scheewe, es liegt mir sehr am Herzen, dass sich die Hallig-Bewohner medizinisch gut betreut fühlen.«

»Natürlich, natürlich. Mir auch. Gute Lösung, das alles.« Er warf sich in die Brust. »Tja, einen richtigen Supermarkt haben wir jetzt und einen exzellent ausgestatteten Sanitätsraum für Sie. Guter Anfang. Aber dabei soll es nicht bleiben. Hat Ihnen Herr Tedsen schon von meiner gigantischen Idee eines Schwimmbads auf Hooge erzählt? Wenn das erst fertig ist, kann Langeneß mit seinem Sterne-Hotel einpacken.«

»Ja, gigantisch ist da wohl das richtige Wort. Aber Sie wollen nicht gleich noch ein Luxus-Resort daneben bauen, oder?« Wiebke lachte. Es blieb ihr im Hals stecken, als sie Scheewes Blick sah.

»Interessant, dass Sie das sagen. Ich hatte tatsächlich darüber nachgedacht. Kennen Sie die Therme in Scharbeutz? Da geht man durch einen Glasgang vom Zimmer direkt hinüber in den Wellnessbereich. Das wär was, das wär was«, murmelte er.

Tamme verdrehte die Augen und durchbohrte Wiebke mit bösen Blicken. Sie hob entschuldigend die Achseln.

»Ich gehe dann mal schwimmen«, sagte sie leise und wollte sich gerade verkrümeln.

Da trat eine Frau zu ihnen, sie wirkte aufgeregt. »Entschuldigung, ich möchte einen Chemieunfall melden.«

Wiebke blieb stehen. Konnte sein, dass ihre Hilfe gebraucht wurde.

»Was ist passiert?«, wollte Tamme wissen und machte Linus am anderen Ende der Halle ein Handzeichen, ohne die Dame aus den Augen zu lassen.

»In der Dusche riecht es so komisch. Ich fürchte, da ist etwas Schlimmes passiert. Man hört doch immer wieder von Chlorgasunfällen.«

»Sehr gut, dass Sie gleich Bescheid gesagt haben«, lobte Tamme. Und an Scheewe gewandt, sagte er: »Das kommt dann auch auf Sie zu, Sie werden mit Giftgas hantieren müssen, aber das kriegen Sie bestimmt gut hin, ne?« Tamme sah den Hallig-Bürgermeister an. »Am besten, Sie nutzen die Gelegenheit gleich für eine praktische Übung.«

Scheewe hob beide Hände. »Na ja, also, ich will das Bad ja nicht selbst leiten.« Er sah wirklich erschrocken aus.

»Chlorgas in der Dusche?«, flüsterte Wiebke und sah Tamme fragend an. Linus war auf dem Weg zu ihnen, er hatte, wie üblich, keine Eile.

»Nie im Leben«, presste Tamme wie ein Bauchredner zwischen den Lippen hervor, während Scheewe auf die beunruhigte Dame einredete. Laut sagte Tamme: »Frau Doktor begleitet uns, falls schon jemand verletzt ist. Kommen Sie, Scheewe, ich habe eine schicke Gasmaske für Sie. Oder wollen Sie lieber evakuieren?«

Scheewes Miene verriet Panik. »Was? Nein! Die werden mich vierteilen!« Er zeigte auf die fröhlich spielenden Kinder und die Schwimmer.

»Gute Entscheidung«, erwiderte Tamme, »überlassen wir Linus das. Gehen Sie schon mal vor, ich komme gleich nach.«

»Wohin soll ich denn … ?« Scheewe ging langsam zur Tür, die zu den Duschen führte, er drehte sich ständig um. Inzwischen war Linus doch tatsächlich bei ihnen angekommen.

»Moin, Doc! Was gibt's denn, Chef?«

»Aus der Damendusche wird beißender Geruch gemeldet.« Er sah seinen Kollegen vielsagend an. »Es ist Sonntag. Weißt Bescheid?«

Linus seufzte. »O nee, die schon wieder! Ob die das irgendwann kapiert?« Er machte sich auf den Weg.

»Kannst du mir mal erklären, was los ist?« Wiebke wurde beim besten Willen nicht schlau aus all dem.

Ein diabolisches Lächeln trat in Tammes Gesicht. »Alle drei Wochen taucht bei uns sonntags eine Frau auf, die sich in der Damendusche Enthaarungscreme auf die Beine schmiert. Das stinkt bestialisch, das Zeug!«

»Das ist nicht dein Ernst!« Sie sah ihn ungläubig an.

»Hast du das mal gerochen?«

»Ja, das stinkt. Ich meinte doch, es ist nicht dein Ernst, dass die sich in einem Schwimmbad ...« Ihr fehlten die Worte.

»Sie versteht einfach nicht, dass ein öffentliches Schwimmbad kein öffentliches Badezimmer ist. Sobald Linus hier wieder die Stellung hält, nehmen wir Scheewe noch ein bisschen auf den Arm.«

Es dauerte nicht lange, bis Linus wieder auf der Bildfläche erschien, im Schlepptau eine Frau, die sich ein Badetuch wie einen Rock umgeschlungen hatte. Vermutlich war sie mit ihrer Enthaarungsprozedur nicht fertiggeworden, und ihre Beine sahen nun partiell nach Männerkinn aus.

»Hat Scheewe mitgekriegt, was los war?«, wollte Tamme wissen.

Linus verneinte. »Der steht draußen vor den Duschen wie bestellt und nicht abgeholt.«

Tamme machte Wiebke ein Zeichen und marschierte los. Quasi im Vorbeigehen holte er zwei Atemschutzmasken aus dem Schrank. Scheewe stand noch immer an Ort und Stelle.

»Ich konnte doch nicht reingehen. Ich meine, das ist eine Damendusche. Aber es riecht wirklich schlimm, mir ist schon ganz blümerant.«

»Setzen Sie die mal auf, dann wird's gleich besser.«
Tamme reichte ihm die Maske. Scheewe stülpte sie eilig über
Mund und Nase, als wäre er wirklich in Gefahr. Ihm fiel
nicht einmal auf, dass Tamme sein Exemplar auf der Stirn
trug.

»Los geht's!« Tamme betrat die Duschen. Wiebke hörte,
wie er den Frauen erklärte, es habe einen Hinweis auf Gefahr
gegeben. Er beruhigte sie sofort und sagte ihnen, dass sie
in zwei Minuten wieder ungestört unter den Wasserstrahl
hüpfen konnten. Wiebke behielt Scheewe im Blick, dessen
Augen immer größer wurden, und dessen Oberkörper seltsame Bewegungen machte, ohne dass der Brustkorb sich
weitete. Der Mann bekam keine Luft. Sie wollte ihm gerade
helfen, als Tamme zurückkam und Scheewe sich die Maske
vom Gesicht riss.

»O Gott, ich wäre fast erstickt!«, japste er.

Tamme griente zufrieden. »Logisch! Sie müssen das
Ventil ja auch erst aufmachen, ne?«

Schon als Wiebke und Maxi in den Feldweg einbogen,
schlug ihnen der Duft von glühender Holzkohle, Zwiebeln
und Gewürzen entgegen. Und von Knoblauch! Christians
allseits gefürchtete Spezialität waren Knollen, die er in Alu-
folie wickelte und auf den Grill legte, bevor Fleisch, Fisch
oder aus seiner Sicht sinnloserweise Gemüse an der Reihe
waren. Er behauptete, es gäbe keine gesündere Beilage. Für
den, der das Zeug aß, vielleicht, aber sicher nicht für dessen
Ehefrau. Corinna war jedes Mal einer Ohnmacht nahe.
Wiebke hatte einen grünen Salat mit Lauchzwiebel, Dill, Öl

und Zitronensaft gemacht und vom Bäcker zwei große Baguettes geholt. Maxi hatte für Janosch etwas Trockenfutter eingepackt.

»Meinst du, das können wir auch grillen, Mami?«, fragte sie, als sie die Räder abstellten.

»Ich glaube, das lassen wir lieber, Maxi. Den Geruch will ich mir gar nicht erst vorstellen, und ich glaube, die anderen möchten nicht so gerne Janoschs Futter neben ihrem Rinderfilet sehen.«

Maxi zog kurz eine Schnute, gleich darauf Janosch heftig an seiner Leine. Das hier war gefühlt noch immer sein Zuhause, er hörte die Stimmen der Nachbarn und war kaum noch zu halten.

Die Frauen, der kleine Tom und die Zwillinge saßen auf der Terrasse ganz nah an der Hauswand und kuschelten sich in Berge von Decken. Die Männer standen um den Grill herum und fachsimpelten. Sogar Pit, Margits Mann, war an diesem Wochenende auf Pellworm. Eigentlich wollte er beruflich kürzertreten, um öfter hier zu sein anstatt in Hamburg. Dummerweise sah es so aus, als wolle sein Arbeitgeber gerade genau das Gegenteil.

Wiebke hatte eben alle begrüßt, als sich ihr Handy meldete. Sie warf einen Blick auf das Display. Nick.

»Entschuldigung, bin gleich wieder da.«

Lulu schälte sich aus ihrer Decke und wanzte sich betont unauffällig heran. Wiebke ging langsam immer weiter weg.

Glücklicherweise schnitt Corinna Lulu den Weg ab. »Ein Gläschen Prosecco zur Begrüßung?«

»Immer!«, antwortete Lulu.

»Das ist lieb von dir. Der steht drüben im Schuppen.« Sie zwinkerte Wiebke zu.

Die nahm das Gespräch an.

»Hallo, Wiebke, ich wollte mal hören, ob du mit Maxi gesprochen hast.«

»Ich rede jeden Tag mit meinem Kind.«

Stille. »Versuchst du, lustig zu sein?«

»Nein, ich weiß nur nicht, was du meinst. Und wir sind hier gerade bei Freunden ...«

»Tamme hat gestern gesagt, Maxi soll entscheiden, ob sie mit Janosch und mir spazieren gehen will. Ist sie da? Kann ich mit ihr selbst sprechen?«

»Nein, sie ist nicht hier.« Na ja, nicht direkt neben mir, dachte Wiebke.

»Ich mache morgen einen Ausflug und dachte, vielleicht passt es übermorgen.«

»Könnte sein, ja. Ich frage sie nachher und melde mich bei dir.« Ihr Finger rutschte auf die rote Taste.

»Versprichst du es?«

»Versprochen.« Wiebke schloss die Augen. Als sie sie wieder öffnete, kam Lulu auf sie zugestöckelt. Ob sie sich später aus dieser engen Hose würde herausschneiden müssen? Auch das Oberteil saß wie eine zweite Haut und hatte natürlich wieder einen nicht jugendfreien Ausschnitt. Wiebke bekam schon beim Anblick eine Gänsehaut.

»Naaa«, sagte Lulu erwartungsvoll und drückte ihr ein Glas in die Hand.

»Danke.« Wiebke nahm es und nippte daran. »Glühwein wäre passender, oder?«

»Das musst du der Gastgeberin sagen, ich wette, das kriegt sie hin.«

Wiebke entdeckte aus dem Augenwinkel Corinna, die in ihre Richtung kam.

»So, nun bin ich aber gespannt«, verkündete Lulu.

Wiebke setzte eine möglichst ahnungslose Miene auf.

Und dann war Corinna auch schon zur Stelle. »Lulu, du musst unbedingt die Marinade abschmecken. Kommst du?«, flötete sie und schenkte ihr einen Augenaufschlag, dem niemand widerstehen konnte.

»Äh ja, klar.« Lulu war in der Nachbarschaft und darüber hinaus berühmt für ihre besonders raffinierten Soßen. »Glaub bloß nicht, dass du mir entkommst«, drohte sie Wiebke, ehe sie Corinna ins Haus folgte.

Der Frühling meinte es gut mit den Grillwütigen. Zumindest blies der kräftige Wind auch die Wolken weg, sodass die Sonnenstrahlen es in den Garten schafften. Jost setzte sich sofort seine verspiegelte Sonnenbrille auf, vor allem wohl als Schutz vor dem aufsteigenden Qualm. Die Stimmung war bestens, wie immer, wenn sich die Feldweg-Gemeinschaft traf. Wiebke genoss es, mit Menschen zu plaudern, die sie beinahe als Familie empfand, und gleichzeitig zu beobachten, dass sich sowohl Maxi als auch Janosch unter den wohlwollenden Blicken austoben konnten. In der kleinen Liebesallee mit ihren hübschen, reetgedeckten Häusern war die Stimmung eine völlig andere. Jeder kochte dort sein eigenes Süppchen. Bisher hatte Wiebke noch mit niemandem Kontakt. Vielleicht gar nicht schlecht. Margit hatte einmal zu

Wiebke gesagt, sie sei der besonnene Ruhepol im Feldweg. Vermutlich hatte sie gemeint, dass Wiebke einfach weniger tratschte als die anderen. Aber es war schon etwas dran, Wiebke brauchte einen Rückzugsort. Das war die Liebesallee eher als der Feldweg.

Sie gesellte sich zu den Frauen und Kindern, ehe Lulu sie doch noch vertraulich in die Finger bekäme.

»Da ist ja die Braut«, rief Margit.

»Ich nehme an, es vergehen noch einige Grillpartys, ehe es so weit ist«, versuchte Wiebke, das Thema abzubügeln. Ohne Erfolg.

»Sag mal, plant ihr eigentlich eine Hochzeitsreise?« Saskia legte den Kopf schief. »Das kann ich sonst auch gern übernehmen. Irgendetwas Romantisches, nur für euch beide ...«

»Nein, danke!« Ups, das war wohl etwas zu schroff. »Wir wohnen doch schon im schönsten Urlaubsgebiet, das man sich wünschen kann. Warum sollten wir verreisen? Und wenn überhaupt, dann nur mit Maxi.« Wiebke hätte gern gewusst, ob Doro und Arndt auch zum Grillen eingeladen waren, doch sie mochte nicht fragen. Damit würde sie das Thema nur zur Signierstunde und damit auf direktem Weg zu Nick leiten.

»Und wie sieht es mit einer Geschenke-Liste aus oder einem Tisch?«, fragte Margit. Wiebke schüttelte den Kopf. »Ich kann euch nur raten, das auf dem Kontinent zu machen.«

»Sehr gute Anregung«, lobte Saskia. »Ich kenne eine kleine, feine Druckerei in Husum. Da wollte ich wegen der

Einladungskarten sowieso mal hingehen. Das können wir super mit einem Shopping-Ausflug verbinden. Den machen wir doch, oder?« Wiebke seufzte übertrieben.

»Ich dachte, das wär längst beschlossen«, wunderte sich Margit.

»Ist es auch«, erklärte Saskia resolut. »Selbst wenn du wirklich bei deiner Hochzeits-Latzhose bleiben solltest, liebe Wiebke«, wisperte sie, »möchten wir anderen uns wenigstens schön anziehen. Dass keine besser aussehen darf als die Braut, können wir in dem Fall leider nicht versprechen.« Jetzt war es aber mal gut, Wiebke holte tief Luft. »Außerdem könnten wir endlich mal wieder zum Thai gehen, oder so.« Saskia lächelte in die Runde.

»Falls wir nach Husum fahren, gehen wir auf jeden Fall zu *Tante Jenny* oder vielleicht noch auf die *MS Nordertor*«, wehrte Wiebke sich. »Ich mag die thailändische Küche sehr, aber wie soll ich mich denn da auf eine friesische Hochzeit einstimmen?«

»*Tante Jenny* geht immer. Da waren Crischi und ich früher öfter mal, als er noch in der Werbephase war«, erzählte Corinna mit sanfter Stimme.

»Werbephase beendet, jetzt darfst du ihn bekochen«, stellte Margit fest. »Willkommen im richtigen Leben.«

»Wusstet ihr, dass die *Nordertor* mal im Husumer Hafen gesunken ist?« Wiebke sah von einer zur anderen. »Und das, obwohl sie extra einen zusätzlichen Boden als Dichtung an ihren Rumpf bekommen hat. Da hat wohl einer von den Monteuren gepennt.«

»Netter Versuch, Wiebke!« Saskia setzte eine strenge

Miene auf. »Meine Güte, normalerweise stellen sich doch immer die Männer so an, weil sie keine Lust haben, über Hochzeitsvorbereitungen zu reden. Für uns Mädels gibt's doch kaum etwas Anregenderes.« Sie ließ eine Augenbraue zweimal hintereinander in die Höhe schnellen.

»Stimmt!«, seufzte Corinna. »Das ist traumschön!«

»Wahrscheinlich hat Maxis Vater dir das Hochzeits-Gen abgewöhnt«, mutmaßte Saskia.

Corinna verschluckte sich an ihrem Prosecco und bekam einen Hustenanfall.

»Schön blöd, der Kerl. Bestimmt hätte er dich eh nicht verdient«, fuhr Saskia ungerührt fort, während sie der armen Corinna auf dem Rücken herumtrommelte. Hätte Saskia geahnt, dass besagter Mann putzmunter auf der Insel herumstiefelte, hätte sie ihn vermutlich eigenhändig in einem Priel ertränkt. »Auf jeden Fall habe ich für euch schon mal den Pellwormer Pesel reserviert. Du weißt schon, das Lokal bei der Neuen Kirche. Der neue Koch kommt aus Flensburg. Seit der da ist, haben die die beste Küche der Insel.« Sie sah Wiebke an. »Weniger kommt für euch doch wohl nicht infrage, oder?«

»Wir waren noch nicht da. Habt ihr da schon gegessen?«, fragte Wiebke.

»Noch nicht«, antwortete Saskia gedehnt, »aber Jost führt mich nächste Woche dorthin a-haus!«

Sie spreizte gerade die Finger, als ob sie schon mal das Besteck in die Hand nehmen wollte, als Lulu aus dem Haus kam. Sie sah Saskia und Wiebke zusammensitzen, beschleunigte sofort ihre Schritte und machte große Augen. Lulu fürchtete eindeutig, Saskia könne vor ihr erfahren, wer der geheimnisvolle Mann in der Buchhandlung war.

»Wart ihr schon im Pellwormer Pesel, Lulu?« Saskia klopfte auf den freien Stuhl neben sich.

»Ja, waren wir. Erste Sahne! Wollt ihr da eure Hochzeit feiern? Sehr gute Idee. Haben wir ein Glück, dass wir alle eingeladen werden.« Lulu kiekste zufrieden und setzte sich. Die Aussicht auf ein rauschendes Fest inklusive erstklassigem Essen, gepaart mit der Erkenntnis, dass die Signierstunde nicht Thema war, schienen sie sofort zu beruhigen.

»Mami, die Kinder haben zuerst gekriegt«, brüllte Maxi und kam strahlend angerannt, einen Teller in der Hand. Janosch lief neben ihr her, den Blick nach oben gerichtet. Seine Chancen standen nicht schlecht, dass Maxi ins Straucheln geriet oder der Teller einfach kippte. »Ich habe gleich eine Thüringer für Tamme gesichert. Die mag er am liebsten.«

»Stimmt. Aber bist du sicher, dass er auch Eis-Wurst mag, Schätzchen?«

Maxi blieb stehen, Janosch stoppte synchron. »Ach so.« Sie sah nachdenklich und enttäuscht aus.

»Crischi legt für Tamme ganz bestimmt auch ganz spät noch etwas auf den Rost. Hier verhungert keiner«, tröstete Corinna.

»Okay, dann esse ich die selbst.«

»So, die Damen.« Christian klapperte munter mit einer Fleischzange in der Luft herum. »Wenn ihr heißes Fleisch möchtet, dürft ihr gerne zu uns rüberkommen!«

Jost prustete los.

»Zum Grill, meine ich.« Christian warf Corinna einen halbherzig entschuldigenden Blick zu, grinste schelmisch und schnappte ein Nackensteak mit der Zange. »Wer will?«

»Ich!«, krähte Maxi und streckte Christian ihren Teller entgegen.

»Langsam, Maxi, du hast doch schon etwas«, ermahnte Wiebke sie.

»Aber ich hab voll Hunger, weil ich gerade im Wachsturm bin.«

»Ist da noch ein bisschen Platz?«, fragte Pit, der sich gerade Senf vom Tisch nahm. »Dann schicke ich Margit auch mal in den Turm. Sie ist ein bisschen zu klein für ihr Gewicht.«

»Witzig«, fauchte Margit und ließ die Hälfte Kartoffelsalat von der Kelle zurück in die Schüssel fallen.

Als Tamme endlich auftauchte, war von der Sonne nicht mehr viel zu sehen, und vom Grillgut schon gar nicht. Die Kohlen glommen nur noch schwach vor sich hin.

»Hier sind noch ein paar fertige Sachen im Topf«, sagte Corinna und reichte ihm die längst abgekühlten Bratwürste und Koteletts. »Ich kann die aber auch noch mal warm machen«, bot sie halbherzig an.

»Danke, geht schon so.«

Ganz Kumpel reichte Christian ihm sofort ein kühles Bier. »Passt doch, kaltes Bier, kaltes Fleisch.« Er lachte über seinen Witz und schlug Tamme freundschaftlich auf die Schulter.

Der Wind frischte immer mehr auf, die Temperaturen gingen in den Keller. Die Männer hatten sich schon vor geraumer Zeit in den Schuppen verzogen, die Frauen beschlossen gerade, es sich im Wohnzimmer gemütlich zu machen.

»Wollen wir auch noch kurz mit reingehen?«, fragte Tamme, sah allerdings nicht gerade begeistert aus. Kein Wunder, er war der Einzige, der noch nüchtern war.

»Von mir aus nicht unbedingt«, sagte Wiebke.

»Ich hab Bauchweh«, jammerte Maxi.

»Das war abzusehen.« Wiebke schüttelte leicht den Kopf. »Du hast nicht gegessen, sondern gefr... Ich hatte schon Angst, dass sonst keiner mehr etwas abkriegt.«

»Du hast Glück, Zuckerschnecke!« Tamme nahm sie auf den Arm. »Ich bin mit dem Auto hier, sonst wäre es noch später geworden. Ich fahre dich nach Hause, und wir holen morgen dein Fahrrad.«

»Super, danke, Tamme.« Wiebke küsste ihn. »Ich schleppe ihr Rad ab, das kriege ich hin. Dann müsst ihr nur Janosch mitnehmen.«

»Wird gemacht!«

»Danke, Tamme, du bist der beste Papa der Welt«, murmelte Maxi, während er sie zum Auto trug.

Es hatte noch eine ganze Weile gedauert, ehe sich auch Wiebke auf den Weg machen konnte. Corinna musste ihr unbedingt noch versichern, dass niemand etwas von Nicks Identität ahnte. Sie hätte geschwiegen wie ein Grab und jede Gelegenheit genutzt, die anderen abzulenken, sobald sich das Gespräch auch nur entfernt in seine Richtung bewegt hatte. Die Fahrt mit einem Kinderrad im Schlepptau erwies sich obendrein als doch nicht so einfach. Wiebke war langsam gefahren. Wenn Sheriff Momme gesehen hätte, welche Schlangenlinien sie vollführte, hätte er ihr glatt den Führerschein abgenommen. Als sie endlich zu Hause war, schlief Maxi schon fest.

Tamme saß auf dem Sofa, einen Thriller von Meising auf dem Schoß.

»Musste sich unser Vielfraß übergeben?«, wollte Wiebke wissen.

»Nein, ich habe ihr einen Schnaps zur Verdauung gegeben, danach ging's.« Wiebke starrte ihn an. »Du bist echt reingefallen.« Er griente breit.

»Höchstens für eine Sekunde.«

»Als wir zu Hause waren, wollte sie noch ein Gummibärchen als Betthupferl naschen. Darum habe ich ihr auch keine Schüssel ans Bett gestellt.«

Wiebke setzte sich neben ihn und klopfte gegen den Buchrücken. »Gut?«

»Ja, ist ziemlich spannend. Wenn der wirklich zur Premierenlesung kommt, sollten wir hingehen.«

Wiebke nickte. Ihr Blick fiel auf ein paar herrenlose Schrauben auf dem Wohnzimmertisch. »Was machen die denn da?«

»Waren am Ende des Umzugs übrig«, entgegnete Tamme gelassen.

»Aha. Aber die müssen doch irgendwo hingehören.«

»Ja, müssen sie. Wenn ein Schrank zusammenbricht, wissen wir auch wohin. Guck mich nicht so an, bisher hält doch alles.«

»Sehr beruhigend.« Bildete sie sich das nur ein, oder

gingen sie irgendwie unentspannt miteinander um? »Was macht die Scheewe-Front? Konntest du ihn von seinem gigantischen Projekt abbringen?«

Tamme schob ein Lesezeichen zwischen die Seiten und legte das Buch auf den Tisch. »Keine Ahnung.« Seine Augen funkelten. »Er hat auf jeden Fall kapiert, dass an seiner Schwachsinnsidee mehr hängt als nur die Finanzierung des Baus. Ihm ist, glaube ich, bewusst geworden, dass ein Betreiber Verantwortung für Menschenleben trägt.«

»Klingt nicht schlecht.« Wiebke lächelte. »Mit Verantwortung hat er es bekanntermaßen nicht so.«

»Ich bin nicht sicher, dass das eine gute Nachricht ist. Ich fürchte, er denkt jetzt über einen Investor nach, der Hotel und Therme baut und betreibt.«

»O nein, bitte nicht!« Sie ließ sich in die Polster sinken.

Sie schwiegen einen Moment und hingen ihren Gedanken nach.

»Sieht ja ganz sportlich aus, dieser Nick.«

Wiebke sah ihn überrascht an. »Meinst du, ich wäre nur mit bierbäuchigen Männern ausgegangen, bevor ich dich kennengelernt habe?« Sie grinste Tamme an, spürte aber sofort, wie ihre Laune in den Keller ging. »Wie kommst du denn jetzt auf ihn?«

»Der war am Nachmittag im Bad mit dieser kleinen Frau aus seiner Pension. Meinst du, er hat was mit ihr? Kleine Urlaubsaffäre?«

»Keine Ahnung, interessiert mich auch nicht.« Sie merkte, dass das gerade nach dem genauen Gegenteil geklungen hatte. Nicht, dass Tamme am Ende noch dachte, sie wäre eifersüchtig, das fehlte noch. »Nachdem wir uns getrennt hatten, erzählte mir eine Freundin, er würde sich laufend mit wechselnden Frauen verabreden. Keine Ahnung, ob das noch immer so ist. Damals fand ich jedenfalls, dass es zu ihm passte. Wer sich in dem Alter noch nicht festlegen will, hat möglicherweise ein generelles Bindungsproblem.«

»Habt ihr euch noch mal verabredet? Ich meine, du, Maxi und er.«

»Nick hat vorgeschlagen, sie übermorgen abzuholen. Ich habe versprochen, sie zu fragen, ob sie will. Hab ich aber noch nicht geschafft.« Tamme schwieg, also sprach sie weiter: »Sehr lange ist Nick hoffentlich nicht mehr auf der Insel, dann sollte er die Möglichkeit haben, etwas mit ihr zu unternehmen. Das ist doch okay für dich, oder? Du hast doch gesagt, du findest es gut und dass Maxi entscheiden soll.«

»Holst du auch mal Luft?« Er lächelte, wurde dann aber ernst. »Ich habe gesagt, ich finde es richtig, und daran hat sich nichts geändert. Nur dass du mir von der Verabredung nichts erzählt hättest, wenn ich nicht gefragt hätte, das finde ich nicht in Ordnung.«

»Moment mal, das ist eine Unterstellung ...« Weiter kam sie nicht.

»Hättest du?« Er sah ihr in die Augen.

»Ich denke schon. Sobald es mir eingefallen wäre. Ich habe ja nicht einmal mehr daran gedacht, dass ich Maxi noch fragen muss.« Klang alles nicht sehr überzeugend. Sie seufzte. »Ach, Tamme, es ist doch noch nicht einmal sicher. Wir telefonieren noch. Sobald es eine feste Verabredung ist, sage ich dir natürlich Bescheid.« Sie lehnte sich zu ihm herüber. »Okay?«

»Okay.«

Das war das Mindeste, was Tamme erwarten konnte, er hatte ein Recht darauf, eingebunden zu werden. Das schlechte Gewissen kroch in ihr hoch wie Magensäure. Wann hätte sie es ihm gesagt? Sie stöhnte insgeheim. Wenn diese ganze Geschichte doch nur schon erledigt wäre!

»Du denkst an unseren Termin morgen um drei beim Juwelier, oder?« Tamme legte ihr den Arm um die Schultern.

Mist, den hätte sie völlig vergessen. »Natürlich, was glaubst du denn?«

Kapitel 12

»Ich habe schon wieder jemanden für dich in der Leitung.« Corinnas Seufzen klang eher belustigt als gestresst. »Ich glaube, das ist ein Flashmob.«

»Du telefonierst mit einem Flash... ?« Es kam häufiger vor, dass Wiebke ihr nicht folgen konnte.

»So heißt das doch, wenn sich viele verabreden, an einem bestimmten Ort das Gleiche zu tun, oder? Nur wer zufällig dazukommt, hat keine Ahnung.« Letzteres traf auf Wiebke in dieser Sekunde auf jeden Fall zu. »Heute haben sich alle verabredet, deine Praxis aufzusuchen oder dich wenigstens anzurufen.«

»Nur ich habe von der Verabredung nichts mitgekriegt«, erwiderte Wiebke.

Corinnas Glöckchenlachen überschlug sich fast am Telefon. »Genau! Kann ich dir Frau Kruse durchstellen?«

»Ja, klar.«

»Danach schicke ich dir Herrn Schmidt rein. Er hat irgendetwas mit dem Magen.«

Es war wie verhext an diesem Morgen. Sie hatten die Mohnschnecken noch zwischen den Zähnen gehabt, als der erste Patient an der Tür gerüttelt hatte. Seitdem ging es Schlag auf Schlag: ein paar schwere Erkältungen, eine verbrühte Hand und ein bereits eine Woche andauernder Stimmverlust. Wie gut, dass Herr Berg erst gar nicht versucht hatte, sein Anliegen krächzend am Telefon vorzutragen.

»Sie haben sich eine akute Laryngitis eingefangen. Kehlkopfentzündung. Die Stimmbänder, die Ihnen gerade den Dienst quittiert haben, sitzen im Kehlkopf.«

Wiebke kontrollierte seine Temperatur, die leicht erhöht war, und fragte weitere Symptome ab, wie Müdigkeit oder Schluckbeschwerden.

»Bitte nur nicken, nicht sprechen«, forderte sie Herrn Berg bei der Untersuchung auf. Dann verordnete sie ihm ein konsequentes Schweigegelübde. »Auch nicht flüstern, das strengt die Stimmbänder ganz besonders an!« Mit viel Wärme, Inhalieren und Salbeitee würde die Entzündung hoffentlich ohne Antibiotika abklingen. »Kommen Sie Ende der Woche bitte unbedingt noch einmal her. Ich möchte sehen, ob's dann schon besser ist, und ich würde auch gern der Ursache auf den Grund gehen.«

In der Mittagspause, wenn man es so nennen wollte, aß Wiebke nebenbei ein belegtes Brot, das Corinna liebevoll mit Gurkenscheiben und Mini-Tomaten garniert hatte. An einen Spaziergang an der frischen Luft war nicht zu denken. Das Wetter war allerdings auch wenig verlockend. Immer wieder drückte der Sturm die Bäume zu Boden und schlug in solchen Böen gegen die Fenster, dass die Scheiben bedrohlich knackten. Wiebke hatte noch die letzte Tomate im Mund, während sie den Teller in den Aufenthaltsraum brachte und auf dem Rückweg ihren nächsten Patienten aufrief.

Bauer Jensen klagte über Druck im Kopf. »Mönsch, ich glaub, ich hab 'n Tumor. Das drückt in meiner Birne, das können Sie sich nich vorstellen, Frau Doktor.«

»Na, na, Herr Jensen, wir wollen nicht gleich den Teufel an die Wand malen.«

Wiebke stellte die klassischen Fragen und ahnte schnell, dass seine Nebenhöhlenentzündung, mit der er schon einmal bei ihr gewesen war, chronisch geworden sein könnte.

»Neigen Sie den Kopf bitte einmal nach vorn. Wird es jetzt schlimmer?«, fragte sie Jensen.

»Jo! Machen Sie das extra?«

»Nur, um meinen Verdacht zu bestätigen. Sie dürfen den Kopf wieder heben. Es wird jetzt noch mal wehtun.« Sie drückte verschiedene Punkte entlang seiner Nase.

»Aua! Ich wette, Ihnen macht das doch Spaß. Armer Tamme, der hat nix zu lachen bei Ihnen, was?«

Wiebke lächelte. »Das müssen Sie ihn selbst fragen. Wie es aussieht, lieber Herr Jensen, ist die Nebenhöhlenentzündung, mit der Sie vor einigen Monaten hier waren, nicht ausgeheilt, sondern hat sich festgesetzt. Sie sagten damals, Sie hätten häufiger damit zu tun.«

»Jo, ich hab eben 'n großen Zinken. Da passt ordentlich was rein.« Er grinste.

»Wenn wir nichts unternehmen, flammt das immer wieder auf. Es nützt nichts, wir müssen die Nebenhöhlen sanieren.«

»Och, das geht?« Er machte große Augen. Plötzlich lachte er. »Na ja, wieso nich? Bei so 'nem alten Haus musst ja auch alles rausreißen, sonst bröckelt's immer weiter.«

»Ich dachte eher an eine Kombination aus Enzymtherapie, Akupressur und Besuchen in der Solevernebelungskammer. Wenn das nicht hilft, können wir immer noch rausreißen.« Sie zwinkerte ihm zu.

Nach einem vertretenen Knöchel und einem Hautausschlag war Tischler Heinz Holzmann an der Reihe.

»Holzi, was führt dich zu mir?«

Wiebke stand auf, nachdem ihr Patient das Sprechzimmer betreten hatte. Sie konnte allmählich nicht mehr sitzen. Ein schneller Blick auf die Uhr. Hoffentlich brauchte er nicht wieder so lange, ehe er auf den Punkt kam. Sie würde sich sonst ziemlich beeilen müssen, wenn sie pünktlich um drei beim Goldschmied sein wollte.

»Ich weiß auch nicht, Wiebke, mir tut meine Schulter so weh, schon seit Monaten. Das geht gar nicht mehr weg und wird immer noch schlimmer.«

»Kannst du sagen, ob es im Ruhezustand auch zwickt oder ob es bei bestimmten Bewegungen schlechter ist?«

»Na, zwicken ist wohl nicht das richtige Wort. Das sind Schmerzen …! Wenn ich was sägen will, oder wenn ich etwas oben auf ein Regal stelle, du, das zieht wie verrückt.« Er sah zu ihr auf. »Mit dem Alter kann das doch wohl nichts zu tun haben, oder?«

»Auf keinen Fall.« Wiebke lachte und ging um den Stuhl

herum, auf dem er in völlig verkrampfter Haltung saß. »Welche ist es denn?«

»Blöderweise die rechte.«

»War ja klar. Lass die Schultern mal ganz locker!«

»Sind die doch.«

»Ja, locker wie eine Schraubzwinge. Wenn du sie immer so hochziehst, ist es kein Wunder, dass du Schmerzen hast.«

Sie bewegte seinen rechten Arm vorsichtig nach vorn, zur Seite und nach oben. Dabei drückte sie um das Schulterblatt herum auf die Muskeln und Sehnen. Als sie seinen Arm hob, stöhnte Holzi laut auf.

»Verdammt, das tut aber auch weh.«

»Ich bin keine Orthopädin, Holzi. Ich verschreibe dir erst mal manuelle Therapie, sechs Mal.«

Er sah sie skeptisch an. »Meinst du, das bringt was?«

»Oft. Aber nur, wenn man auch hingeht. Du lässt dir am besten gleich alle sechs Termine geben, damit du in einem Rutsch damit durch bist. Wenn es danach nicht deutlich besser ist, würde ich dich gern auf den Kontinent schicken, zum MRT. Kann sein, dass Sehnen angerissen oder schlimmstenfalls durchgerissen sind.«

»Und dann?« Er starrte sie an. »Ab in die Nähstube, oder wie?«

»Keine Sorge, so schnell wird für gewöhnlich nichts geflickt. Man kann mit Übungen und Massagen oft viel erreichen.«

»Massage klingt gut.« Seine Miene hellte sich auf. »Ich muss die Schulter auf jeden Fall ganz schnell wieder vernünftig benutzen können. Ich habe nämlich einige neue

Projekte. Hast du bestimmt schon gehört.« Er sah sie erwartungsvoll an. Wiebke wurde unruhig, sie musste los. »Sag nicht, du hast den Multifunktions-Schaukelstuhl im *Bücherfuchs* noch nicht gesehen?«

»Doch, doch. Der ist toll geworden.«

»Ja, ne? Ist mal was anderes. Vor allem für mich. Macht mehr Spaß, als die Kiste für die letzte Reise zu zimmern. Jedenfalls will ich noch mehr multifunktionale Sachen machen.«

»Klingt gut. Du, Holzi, ich muss ...«

Er war nicht zu bremsen. »Multitasking ist heutzutage gar nicht mehr wegzudenken, die Leute wollen das. Das gilt auch für Möbel. Die müssen alles gleichzeitig können. Wie der Schaukelstuhl. Da kannst du sitzen, entspannen, lesen, stricken ...« Konnte man das nicht auf jedem Stuhl tun? »Wenn den jemand bestellt, gehe ich damit in Serie. Und dann muss das nächste Produkt her. Ist ganz wichtig, dass du 'n großes Portfolio hast. Was hältst du davon: Eine exklusive Picknick-Ausrüstung, natürlich aus Holz.« Ehe sie erneut Einspruch erheben konnte, zählte er auf: »Mit Sitzgelegenheiten, Tisch, Aufbewahrungselementen für Essen, Getränke, Kissen und Decken. Das Ganze zu einem großen Würfel zusammenklappbar.«

»Entschuldige, wenn ich dich unterbreche, Holzi, aber ich muss gleich weg.«

Sollte er mit seinem Picknick-Monster ernst machen, hätte Wiebke bald noch mehr Patienten mit Schulterschmerzen. Wer sollte ein solches Trumm denn schleppen? Das würde doch schon ohne Inhalt etliche Kilo wiegen.

»Denk unbedingt an die Termine für deine Schulter«, rief sie ihm nach, als er ihr Sprechzimmer verließ. Im Warteraum entdeckte sie Hilkes Mutter. Ausgerechnet!

»Ich hoffe, es passt gerade?« Sabine stand auf.

Nein, absolut nicht. Wiebke unterdrückte einen Fluch. Sie konnte Hilkes Mutter nicht wegschicken, das brachte sie nicht übers Herz.

»Gibst du mir bitte zwei Minuten?«

»Klar.« Sabine setzte sich wieder. »Danke.«

Zurück in ihrem Behandlungszimmer, griff Wiebke zum Hörer. »Tamme, ich schaffe es nicht, um drei beim Juwelier zu sein. Tut mir leid! Ich wollte gerade los, aber ausgerechnet jetzt steht Hilkes Mutter auf der Matte.«

»Machen deine Patienten normalerweise nicht Termine? Das ist doch kein Notfall.«

»Was ist schon normal?« Sie lachte leise. »Für Sabine ist die Situation mit ihrer Tochter extrem schwierig, ich kann sie nicht vertrösten. Vor allem wollten die heute eigentlich in den Urlaub fahren. Wenn sie vorher noch reinschaut, muss es dringend sein.« Am anderen Ende war nur gedämpft die typische Geräuschkulisse des Schwimmbads zu hören: Wasserplätschern, Lachen, das von den Wänden widerhallte. »Wie sieht's eine Stunde später aus? Vier Uhr schaffe ich.«

»Der Juwelier hat heute Nachmittag geschlossen«, erinnerte er sie. »Termine nur nach Vereinbarung. Drei Uhr war die einzige Lücke, die ich kriegen konnte.«

»Das ist blöd. Können wir nicht morgen Vormittag hingehen, während der regulären Öffnungszeit? Du hast sowieso deinen freien Tag, wir könnten viel entspannter die Ringe aussuchen.«

Sie hörte ihn förmlich stutzen. »Das war meine ursprüngliche Idee. Aber da kommt doch dieser Pharma-Typ, oder hat der abgesagt?«

Wiebke ballte die Faust. »Auch das noch. Den habe ich komplett verdrängt. Dann danach? Weißt du was, ich rufe den Juwelier an und frage, ob wir ausnahmsweise in der Mittagszeit kommen dürfen.«

»Gut, dann schicke ich Max jetzt nach Hause. Er wollte für mich hier die Stellung halten.«

Kein Vorwurf, kein Schimpfen. Wiebkes Gewissen meldete sich noch lauter. Tamme hatte seinen Tag extra so organisiert, dass er die Stunde am Nachmittag ganz für diesen besonderen Moment hatte. Die Ringe auszusuchen war schließlich einer der Höhepunkte, noch dazu ein Vorgang, bei dem einem niemand hereinredete. Von Lulu abgesehen, die Wiebke hatte einbläuen wollen, dass ihr Exemplar auf gar keinen Fall unter acht Brillanten haben durfte. Dabei stand Wiebke überhaupt nicht auf Blingbling. Sie hatte aufgelegt und spürte, wie enttäuscht sie selbst war. Trauringe! Tamme und sie würden sie in dem hübschen kleinen Laden am Ostersiel anprobieren, und es würde sich das erste Mal danach anfühlen, verheiratet zu sein. Es kribbelte in ihrem Bauch. Abwarten, erst mussten sie die Zeit finden. Morgen würde nichts dazwischenkommen, es musste einfach klappen! Es tat ihr leid, dass ausgerechnet Tamme die Folgen von ihrem Stress zu spüren bekam. Am liebsten hätte sie alles stehen und liegen lassen, um zu ihm zu gehen und ihn zu umarmen. Dummerweise kam das natürlich nicht infrage. Ihre Patienten hatten Vorrang.

Wiebke rief Sabine ins Sprechzimmer.

»Uwe und ich haben uns ein bisschen über autistische Störungen schlaugemacht.« Sabine schluckte. »Mensch, das war teilweise, als würde jemand unsere Hilke beschreiben. Ihr Verhalten, meine ich. Hilke ist intelligent, aber sie wird immer eigenartiger und verschlossener.«

»Das ist normal, der Prozess verstärkt sich gegenseitig«, erklärte Wiebke. Sabine zog die Stirn kraus. »Hilke legt plötzlich merkwürdige Verhaltensweisen an den Tag, die Leute reagieren darauf, weil sie nicht wissen, wie sie damit umgehen sollen, als Reaktion darauf zieht sie sich zurück. Ich hatte dir doch die Nummer von einem Kollegen aufgeschrieben, der Facharzt für Kinder- und Jugendpsychiatrie ist. Wolltet ihr nicht diese Woche rüber aufs Festland und zu ihm gehen? Ich hatte euren Besuch extra angekündigt.«

Sabine war bei dem Wort Psychiatrie zusammengezuckt. »Wir nehmen heute die späte Fähre nach Nordstrand.« Sie zögerte. »Deshalb bin ich hier. Uwe meint, dass wir vielleicht lieber abwarten sollten. Kann doch sein, dass sie nur eine Phase hat, die von allein vergeht. Aber wenn ein Psychiater sie erst in die Finger kriegt ...«

»Es tut mir leid, aber ich glaube nicht an eine Phase. Es ist noch überhaupt nichts sicher, aber es gibt Anzeichen, die auf das Asperger Syndrom hindeuten. Psychiatrie bedeutet heutzutage nicht mehr, dass Patienten ans Bett geschnallt und mit Medikamenten vollgepumpt werden, Sabine. Das ist ein Bild aus schlechten Filmen.«

»Uwe sagt, Hilke ist doch nicht verrückt. Und das stimmt ja auch.«

»Das ist sie bestimmt nicht. Autisten sind auch nicht verrückt.« Wiebke lächelte ihr aufmunternd zu. »Nicht verrückter als wir alle.« Sie atmete tief ein. »Ich kann dich nur sehr bitten, die Tage auf dem Kontinent für einen Besuch zu nutzen. Der Kollege wird erst eine gründliche Anamnese durchführen, das heißt, er wird ihre Vor- und Familiengeschichte durchleuchten. Vielleicht fragt er dich, ob du während der Schwangerschaft etwas eingenommen hast.« Sie sprach schnell weiter. »Und er wird natürlich auch wissen wollen, was euch alles an ihr auffällt. Geräuschempfindlichkeit, diese Dinge. Sollte er auf Asperger oder eine ähnliche Erkrankung tippen, wird er vermutlich einen weiteren Termin mit euch ausmachen, bei dem Hilke für ein paar Tage zur Beobachtung in einer Klinik bleibt.« Sabine riss entsetzt die Augen auf. »Das ist überhaupt kein Grund zur Sorge. Man wird sie gut behandeln. Sabine, wenn eure Tochter eine Verhaltensstörung hat, ist das erstens keine lebensbedrohliche Krankheit, zweitens bedeutet es nicht, dass ihre Lebensqualität erheblich beeinträchtigt sein muss. Aber es ist wichtig, dass die Diagnose gestellt wird und die Therapie beginnt. Je eher Hilke lernt, damit umzugehen, desto besser für euch alle. Und übrigens wird es für sie schon leichter, wenn alle Bescheid wissen, warum sie so ist, wie sie ist. Vielleicht hören die Hänseleien nicht alle auf, aber die Lehrer können eingreifen und auch die verständnisvollen Kinder können sie viel leichter in Schutz nehmen.«

»Das klingt vernünftig. Dann werde ich mich also durchsetzen und Uwe überzeugen.« Sie lächelte matt. »Danke, dass du dir die Zeit genommen hast, Wiebke. Ich halte dich auf dem Laufenden.«

»Sehr gern geschehen. Schönen Urlaub trotzdem!«

Kaum war Sabine raus, ging die Tür wieder auf, und Corinna kam herein. Was machte sie denn für ein Gesicht? Wiebke konnte nicht fragen, weil ihr Telefon klingelte.

»Ist doch nicht zu fassen. Wieso kommen die Gespräche von extern denn direkt auf meinen Apparat?« Sie schnappte sich den Hörer. »Wiebke Klaus!«, sagte sie schroff. »Oma Mommsen …« Wiebke sackte leicht zusammen und rieb sich über die Augen. »Hast du etwas Dringendes auf dem Herzen, oder kann ich dich zurückrufen?« Corinna machte kryptische Zeichen und wurde immer nervöser. Hoffentlich saß Nick nicht schon wieder im Wartezimmer. »Kleinen Moment, Oma Mommsen, Corinna platzt gleich, wenn sie nicht kurz meine Aufmerksamkeit kriegt.« Sie ließ die kleine alte Dame reden, hielt den Hörer an die Brust gedrückt und sah Corinna an.

»Du hast nicht vergessen, dass ich heute früher los muss, oder? Hast du doch …«

Wiebke setzte ein irres Lächeln auf und flötete: »Schönen Nachmittag, Corinna, bis morgen!«

»Tut mir echt leid, gerade heute, wo alle durchdrehen, aber Crischi wartet«, flüsterte sie.

Wiebke wedelte mit der Hand, und Corinna hauchte einen Kuss in ihre Richtung und huschte davon.

»So, Oma Mommsen, nun bin ich ganz Ohr. Wo drückt der Schuh?« Wiebke lehnte sich zurück.

»Ich wollt man blots wissen, ob da in dem neuen schnieken Lokal, wo ihr feiern wollt, genug Platz für die Volkstanzgruppe is. Kannst ja die Mädels nich auf'm Tisch tanzen lassen, ne?« Sie kicherte. Wiebke schloss die Augen. »Du, die üben ja schon wie verrückt für meine nächste Modenschau. Denn is das doch ein Aufwasch, wenn die auch bei euch hopsen, hab ich gedacht.«

»Hast du gedacht, Oma Mommsen? Es ist sehr lieb, dass du dir Gedanken über unsere Hochzeitsfeier machst, aber zufällig habe ich noch Sprechstunde!«

»Jo, eben. Wie heißt das wohl sonst, was wir grad machen?«

Wiebke musste schmunzeln und wurde augenblicklich etwas ruhiger. »Ich sehe mir das Lokal rechtzeitig an und sage dir dann Bescheid, in Ordnung?«

Volkstanz bei der Oma-MoMo-Show, das klang nicht nach Josts Handschrift. Ob er die Veranstaltung dieses Mal nicht organisierte? Wahrscheinlich gab es wieder Punkte, die Oma Mommsen höchstselbst auf das Programm setzte. Ohne Rücksprache natürlich.

Saskia – das war die Lösung! Sie musste Oma Mommsen klarmachen, dass der Tanz nicht mehr in den bereits geplanten Ablauf passte.

Sandra meldete sich und kündigte den nächsten Patienten an. Gott sei Dank, war sie wenigstens wieder gesund!

In der nächsten Sekunde kam ein Anruf auf Wiebkes Handy. Saskia. Na, das war ja mal Gedankenübertragung. Leider passte es gar nicht, Wiebke ignorierte den Vibrationsalarm. Dafür fiel ihr etwas anderes ein. Der Juwelier!

»Verdammt!« Sie hatte vergessen, ihn anzurufen. Ihretwegen mussten sie den Termin verschieben, und jetzt auch noch das.

Leises Klopfen, die Tür zum Sprechzimmer ging auf. »Kleinen Moment bitte noch!« Die Tür wurde eilig wieder geschlossen.

Wiebke suchte die Telefonnummer des Goldschmieds heraus, wählte. Anrufbeantworter. »Mist, Mist, Mist!« Ein langes Piep ertönte, Wiebke riss sich zusammen und säuselte eine Entschuldigung und die Bitte, am nächsten Tag in der Mittagspause kommen zu dürfen.

Wiebke musste noch eine Bronchitis und Ohrenschmerzen überstehen, ehe sie endlich Feierabend machen konnte. Sie holte ihr Handy hervor und las Saskias Nachricht:

> Irgendjemand hat im Pellwormer Pesel
> nachgefragt, ob bei eurer Feier eine
> Volkstanzgruppe auftreten kann – warst du
> das??? Melde dich! Auch wegen Gästeliste, Menü,
> Musik …

Den Rest sparte Wiebke sich, sie brauchte sofort frische Luft. Außerdem wollte sie Maxi abholen. Sie war zwar bestens aufgehoben, weil sie im Rahmen einer Ferienpass-Aktion an einem Tischtennis-Turnier in der Freizeithalle am Kaydeich teilnahm, bei dem auch Lulu und Tom waren, trotzdem mochte Wiebke sie nicht enttäuschen. Wenigstens den Rest eines Spiels wollte sie noch zu sehen kriegen und Maxi kräftig anfeuern. Wiebke schloss die Praxis ab.

»Toll, dass ich dich noch erwische«, sagte eine Stimme hinter ihr. Wiebke fuhr erschrocken herum. Doreen. »Entschuldigung, ich wollte mich nicht anschleichen ...«

»Schon gut, ich war nur in Gedanken. War ein langer Tag heute, und ich will Maxi abholen.«

»Ach so, ja, na ja, vielleicht können wir später mal quatschen?«

»Natürlich, gerne!« Wiebke wollte an ihr vorbei, aber Doreen bewegte sich nicht vom Fleck. Ihre gesamte Körperhaltung sprach Bände. »Was ist denn los, alles klar bei dir?«

Doreen sah ihr in die Augen. »Hast du mitgekriegt, dass Randolf Meising weiß, wer sich hinter dem Pseudonym Alex Ziegler verbirgt?«

Dieses Thema hatte Wiebke gerade noch gefehlt. »Ich habe so etwas gehört«, gab sie vage zurück.

»Lulu hat es herausposaunt. Da steht doch der Meising plötzlich bei uns vor der Tür.« Doreen sah wirklich zerknirscht aus. »Kannst dir ja vorstellen, wie begeistert mein lieber Mann war.«

»Ist es denn wirklich noch immer so ein Problem für Arndt? Inzwischen wissen doch nicht nur die Nachbarn, sondern wohl alle Pellwormer Bescheid. Hat ihn jemand belästigt, oder ist sonst etwas vorgefallen?«

»Wie soll ihn denn jemand belästigen. Seit es rum ist,

hat er sich ja wieder völlig zurückgezogen. Ich wäre gerne zur Signierstunde gegangen, aber für Arndt kam das natürlich nicht infrage. Und dann taucht dieser Kerl auch noch bei uns zu Hause auf. Es ist furchtbar. Arndt glaubt, dass Meising überall mit seiner exklusiven Entdeckung prahlen wird und dass sich die Hyänen von der Presse dann auf ihn stürzen. So hat er es ausgedrückt.« Es war wirklich ein Jammer, Doreen war das Häufchen Elend in Person. »Hätte er gar nicht erst so ein Geheimnis um seine wahre Identität und um seinen Wohnort gemacht, wäre wahrscheinlich gar nichts los. Kein Reporter würde sich darum scheren. Aber so?« Sie schüttelte leicht den Kopf. »Wir leben auf dieser tollen Insel, nur hat Arndt nichts davon, weil er sich komplett verschanzt.«

Doreen konnte einem leidtun. Sie hätte Arndt längst mal Paroli bieten sollen, dann hätte sie auch jetzt eine Chance, auf ihn einzuwirken.

Wiebke sah auf die Uhr. »Ich muss jetzt wirklich los. Wir machen demnächst einen Mädels-Ausflug nach Husum. Wenn du Lust hast, komm doch mit!«

»Danke, lieb von dir. Ich überleg's mir.«

»Mami, wir haben gegen die Größeren gewonnen!« Maxi flog Wiebke geradezu um den Hals. Sie war kein bisschen sauer, dass Wiebke von den Spielen nichts mehr mitbekommen hatte.

Lulu machte irgendwelche Zeichen, sie hatte ihr Handy am Ohr. Klang so, als ob sie mit einem ihrer Senioren sprach.

»Weißt du was, ich komme am besten kurz vorbei und sehe mir das an. Nein, ich weiß so nicht, was du machen musst, wenn auf dem Bildschirm so ein gelbes Ding leuchtet.« Sie verdrehte die Augen. »Lass am besten erst mal die Finger davon, bin gleich da.«

»Danke, dass du ein Auge auf meine Kleine hattest, Lulu«, flüsterte Wiebke.

Prima, schneller Abflug ohne weitere Hochzeitsgespräche oder Fragen nach Nick.

»Tamme, wir haben gegen die ganz Großen gewonnen«, brüllte Maxi sofort los, als sie das Haus betraten.

»Schatz, Tamme ist nicht taub, sondern einfach nur nicht da.«

Wiebke war nicht unglücklich darüber, so blieb ihr eine Schonfrist, ehe sie beichten musste, zu spät beim Goldschmied angerufen zu haben. Ach was, es würde schon irgendwie trotzdem klappen. Kein Grund, gleich wieder in Panik zu verfallen.

»Es passt ganz gut, dass wir beide allein sind«, setzte sie nach einem Moment hinzu. Maxi sah sie ängstlich an. Sie schien momentan ständig mit Hiobsbotschaften zu rechnen. »Nick hat gefragt, ob du morgen mit ihm spazieren gehen möchtest.«

»Mit Janosch?«

»Klar, wenn du willst. Janosch will ganz sicher.« Wie auf ein geheimes Stichwort kam der Vierbeiner angetapst. »Ich glaube, jetzt muss er auch raus.«

»Ist doch viel zu windig«, protestierte Maxi.

»Musst du bei schlechtem Wetter nicht auf die Toilette?«

»Doch.«

»Siehst du, der arme Kerl auch. Und seine Toilette ist eben draußen.«

»Na gut, ich komme mit!« Der Wind mauserte sich zu einem ausgewachsenen Sturm. Janoschs Ohren schlackerten waagerecht, sie mussten sich alle drei Schritt für Schritt vorwärtskämpfen. Genau richtig nach diesem Tag! Janosch schnappte nach Gräsern, die sich in den Böen bogen. Nachdem er sein Geschäft erledigt hatte, bestand er nicht darauf, noch eine größere Runde zu drehen. So ganz geheuer war ihm das Tosen und Heulen wohl auch nicht.

Wieder zurück, fühlte Wiebke sich endlich wieder frisch und einigermaßen sortiert.

»Mami?«

»Maxi?« Wiebke machte ihre Tochter lächelnd nach und zog das A auch besonders in die Länge.

»Kommst du dann auch mit, wenn ich mit Nick Gassi gehe?« Sie merkte, was sie gesagt hatte, und kicherte. »Äh, wenn ich mit Nick spazieren gehe, meine ich. Kommst du dann mit, bitte?« Den Hundeblick hatte Maxi sich eindeutig von Janosch abgeguckt.

Und schon war die Faust in Wiebkes Magen wieder da.

»Vielleicht wäre es ganz schön, wenn ihr euch mal allein unterhalten könntet, ganz ungestört.« Der Gedanke sagte Maxi nicht besonders zu. »Ich weiß nicht, wie ich das schaffen soll, Mäuschen, ich muss doch in die Praxis.«

»Du hast nie Zeit, dabei sind doch Ferien. Und wenn ich dann nicht weiß, was ich sagen soll?« Ihre Augenbrauen zogen sich bedrohlich zusammen. »Was ist, wenn er in ein Café geht oder in ein Restaurant, und ich weiß nicht, was ich bestellen soll?« Jetzt fing auch noch ihre Stimme zu zittern an.

»Also, letztes Mal habt ihr euch ganz prima unterhalten, und ich bin sicher, das ist auch morgen der Fall. Du bestellst einfach das, worauf du Appetit hast. Das kannst du sonst doch auch schon ganz gut.« Nicht gerade überzeugend. »Ich gucke mal, wie der Tag läuft. Wenn so viel los ist wie heute, schaffe ich es nicht mal, etwas zu essen. Siehst du, ich bin schon ganz dünn!« Wiebke sog die Wangen nach innen. Nicht lustig. Maxi machte es ihr wirklich nicht leicht. »Und morgen wollen Tamme und ich unsere Ringe aussuchen, weißt du?«

»Für eure blöde Hochzeit hast du immer Zeit.«

Schön wär's. Blöde Hochzeit? Bisher hatte Wiebke den Eindruck, Maxi würde sich darauf freuen. Ob sich das geändert hatte, seit Nick in ihr Leben geplatzt war?

»Das stimmt nicht, Maxi. Eigentlich wollten wir heute zum Juwelier …«

»Was ist denn ein Jubilier?«

»Juwelier. Das kommt von Juwelen, von Schmuck. Wir wollten heute die Ringe aussuchen, aber ich hatte eben keine Zeit. Wenn ich morgen auch absage, ist Tamme sicher traurig. Ich habe es ihm nämlich versprochen.«

Maxi dachte nach. »Was man verspricht, muss man halten«, sagte sie leise. »Ich will nicht, dass Tamme traurig ist. Und ich finde es ja eigentlich gut, dass ihr heiratet. Ist besser als eine wilde Ehe.«

Wo hatte sie das denn schon wieder aufgeschnappt?

»Das ist sehr lieb von dir.« Wiebke küsste sie schmatzend auf die Wange.

»Iiih«, schrie Maxi und verbarrikadierte sich hinter ihren Armen.

»Wenn Tamme das macht, sagst du nie Iiih. Möchtest du Nick gleich anrufen und ihm Bescheid sagen?« Wiebke wollte schon das Telefon holen.

»Nö, keine Lust. Kannst du das nicht machen?«

»Na gut.« Maxi sah noch immer nicht glücklich aus. Höchste Zeit, sie ein wenig aufzumuntern. »Ich glaube, ich habe gerade eine Spitzen-Idee.« Maxi sah sie skeptisch an. »Wir machen heute Abend Apfelklöße!« Maxis Augen leuchteten. »Team Klaus? Auf die Äpfel, fertig, los!«

Wiebke holte Obstmesser, eine Schüssel für die Schalen und natürlich die Äpfel und stellte alles auf den Küchentisch. Maxi machte sich zwar ans Werk, ihre Freude war aber noch immer verhalten.

»Ihr habt heute also die Großen im Tischtennis geschlagen? Erzähl doch mal!«

»Ja, wir waren voll schneller und windiger.«

»Wendiger, nehme ich an.«

»Sag ich doch.« Damit war ihr Bericht anscheinend bereits beendet. Nach einer Weile sagte sie: »Hilke und ihr Papa waren auch da.«

»Aha? Hat sie denn auch mitgespielt?«

»Aber nur ein Spiel. Danach war sie traurig, glaube ich.«

»Warum das denn?« Wiebke ahnte Böses.

»Ein paar von den Großen haben gemeckert, weil Hilke

immer alle Punkte im Kopf zusammengezählt und gesagt hat, wie es steht und wer aus welcher Mannschaft wie viele Punkte gemacht hat. Die dachten, das macht sie nur, weil wir geführt haben, dass sie sich über die anderen lustig macht und so. Ein Junge hat gesagt, wir sollen mal die Punktezählmaschine ausschalten, sonst macht er das selbst.«

»Und was hat Hilkes Vater gemacht?«

»Der hat zu dem Jungen gesagt, er kann ja mal versuchen, das mit den Punkten im Kopf nachzumachen. Das wäre nämlich gar nicht leicht. Und er sollte Hilke bloß nicht noch mal angreifen, weil er ihm sonst zeigt, wo der Lurch die Haare hat, oder so.«

Wiebke musste schmunzeln. »Das hat Hilkes Papa prima gemacht, finde ich.«

»Fand ich auch. War trotzdem voll blöd, dass sie dann keine Lust mehr hatte.« Maxi pustete sich eine Strähne aus dem Gesicht. »Na ja, bis zum Schluss hätte sie sowieso nicht bleiben können, weil die heute in den Urlaub fahren.«

Ganz schön viel, was da im Moment auf Maxi einprasselte. Trotzdem war es besser, ihr nichts vorzumachen.

»Ich habe heute mit Hilkes Mutter gesprochen. Hilke geht auf dem Festland zu einem Arzt.«

»Wieso das denn?«, wollte Maxi wissen. »Ist doch nicht schlimm, wenn man toll im Kopf rechnen kann, oder wenn man sich Farben und Muster merkt, wie neulich im Schwimmbad. Oder wird man davon krank?« Maxis Blick flackerte vor Angst. »Muss sie irgendwann auch im Rollstuhl sitzen?« Ihre Lippen bebten.

Wiebke legte das Messer zur Seite und nahm Maxi in den Arm.

»Aber nein, Schatz, du musst dir überhaupt keine Sorgen machen. Ich habe ihrer Mutter sicherheitshalber empfohlen, mit Hilke zum Arzt zu gehen. Du weißt, dass sie sich manchmal ein bisschen anders verhält als du oder deine Mitschüler. Der Grund könnte eine Störung sein.«

»Ist das eine schlimme Krankheit?«, murmelte es kläglich an Wiebkes Bauch.

»Nein, überhaupt nicht. Aber so etwas wie heute mit dem großen Jungen, der dachte, sie will ihn provozieren, ärgern«, korrigierte sie sich, »das kann ihr öfter passieren. Ihre Eltern und sie müssen lernen, wie sie am besten damit umgehen. Hilke kann sich freuen, dass sie eine so tolle Freundin wie dich hat. Du magst sie doch trotzdem, oder?« Maxi nickte eifrig, während sie sich die Nase putzte. »Hilke wird einiges nie so gut können wie andere, dafür hat sie aber auch besondere Talente, eine sogenannte Inselbegabung.«

Maxi runzelte die Stirn. »Kann sie dann nie von Pellworm wegziehen, oder nur auf eine andere Insel?«

»Nein!« Wiebke lachte und drückte ihr einen Kuss auf den Scheitel. »Inselbegabung sagt man, weil es um eine Begabung geht, die klar begrenzt ist, wie eine Insel mitten im Meer.«

»Dann geht das vielleicht weg, wenn sie auf dem Festland ist.«

Das Thema war komplizierter für Maxi, als Wiebke gedacht hatte. Für heute hatte sie genug gehört.

»Nein, das hat damit nichts zu tun. Das Wichtigste ist:

Ihr könnt sehr wahrscheinlich alles zusammen machen, was kleine Mädchen eben so machen. Du brauchst überhaupt keine Angst um Hilke zu haben. Im Gegenteil, du kannst stolz sein, so eine besondere Freundin zu haben, und ihr zu helfen, wenn sie das möchte.«

»Meine Mutter hat angerufen und gefragt, wo sie im August wohnen werden.« Tamme ließ sich mit gequältem Gesichtsausdruck auf das Sofa sinken. Ob seine Miene mit dem Anruf zu tun hatte oder damit, dass Maxi sich oben schon wieder am Akkordeon versuchte, wusste Wiebke nicht genau.

»Ich denke, sie wollten sich selbst ein Zimmer buchen, so wie meine Eltern auch.« Wiebke seufzte.

»Das habe ich genauso gesehen. Bis zu dem Telefonat vorhin.«

»Apropos Telefon ...« Wiebke holte sich ihr Handy, ehe sie es sich neben Tamme gemütlich machte. »Ich habe vorhin eine Nachricht von Saskia bekommen, die habe ich noch nicht mal zu Ende gelesen, weil so viel zu tun war.« Sie überflog die Zeilen. »Na, das ist mal eine Neuigkeit! Oma Mommsen plant eine Niederlassung in Flensburg. Sie braucht größere Lager- und Büroräume.« Wiebke sah ihn an. »Wer hätte gedacht, dass es so viele winzige und schrumpelige Menschen gibt, die offenbar nur auf speziell für sie kreierte Mode gewartet haben?«

»Ich finde das super!« Dann fragte er: »Haben wir gesalzene Erdnüsse?«

»Wir haben gerade gegessen.«

»Das ist keine Antwort auf meine Frage.« Er war schon

auf den Beinen. »Die Klöße waren lecker, aber eben auch süß. Ich brauche jetzt etwas Herzhaftes.« Wiebke musste feststellen, dass ihr geheimes Knabber-Lager im neuen Haus gar nicht so geheim war, denn Tamme kehrte mit einem Beutel in der Hand zurück. Er setzte sich mit triumphierendem Grinsen neben sie. »Du hast vorhin so verheißungsvoll mit apropos Telefon angefangen. Ich dachte ...« Wiebkes Handy summte ihm ins Wort.

»Hört das denn heute gar nicht auf?« Sie sah auf das Display. »Nick. Ich gehe kurz ran. Maxi ist einverstanden, ihn morgen zu treffen.« Tamme nickte. »Nick, guten Abend.« Sie ließ ihre Fingerspitzen über Tammes Bein gleiten, während sie Nick zuhörte. »Du kannst sie gern inklusive Hund hier abholen. Ja. Du musst sie selbst fragen, ob sie auch noch mit dir Mittagessen will.« Ihre Finger krabbelten aufwärts. »Nein, Nick, ich habe keine Lust, mich anzuschließen. Keine Zeit«, verbesserte sie sich. »Am besten rufst du an, ehe du sie zurückbringst, ich habe morgen verschiedene Termine. Tamme hat zwar frei, aber er sitzt ja auch nicht den ganzen Tag zu Hause herum.« Sie schmiegte sich enger an ihn. Plötzlich schoss sie hoch, als habe sie sich an Tamme verbrannt. »Du hast was?« Wiebke lief auf und ab. »Verstehe. Ja. So machen wir es. Tschüss.« Sie sah Tamme an. »Nick behält sein Zimmer in der Pension noch ein bisschen. Er hat um vier Wochen verlängert!«

»Wie bitte? Hat er nichts zu tun?«

»Ich habe dir doch gesagt, dass er eine Auszeit vom Job nimmt.« Sie wollte nicht patzig klingen, aber ihre Nerven lagen blank. Die schrägen Akkordeon-Töne aus Maxis Zimmer machten es nicht besser.

»Eigentlich ist es das Beste, was er tun kann.«

»Wieso das denn?«

Tamme klopfte auf den leeren Platz neben sich, doch Wiebke konnte nicht still sitzen. »Aus seiner Sicht auf jeden Fall. Ich würde mein Kind auch noch so oft wie möglich sehen wollen. Aber ganz entspannt, mit viel Zeit dazwischen, damit Maxi sich an mich gewöhnen kann. An ihn. Du weißt, was ich meine.«

»Weiß ich, aber ich verstehe dich nicht. Du findest das auch noch gut?«

»Gut vielleicht nicht, aber irgendwie richtig, jedenfalls ist es sicher kein Grund, sich aufzuregen.« Er zog eine Augenbraue hoch. »Vielleicht bleibt die kleine Dunkelhaarige aus seiner Pension ja auch noch länger. Kann doch sein, dass es auch etwas mit seiner Affäre zu tun hat, wenn er noch bleiben will.«

»Was du immer mit seiner Affäre hast!«, fauchte sie. »Du weißt doch gar nicht, ob die beiden etwas miteinander haben. Nur weil sie zusammen in der Buchhandlung und im Schwimmbad waren, bedeutet das gar nichts.«

»So wie sie im Wasser miteinander umgegangen sind, sah es mir aber sehr nach mehr aus.« Er winkte sie heran. »Jetzt komm mal wieder runter!«

Sie ging zu ihm. »Ich bin eben nicht so tiefenentspannt wie du.« Sie griff in die Schale mit den Nüssen. »Nervenfutter«, rechtfertigte sie sich. »Das war echt ein Sch... ein ätzender Tag!«

Tamme legte ihr einen Arm um die Schultern. »Morgen gibt's dafür einen umso schöneren.« Er küsste sie liebevoll. Wiebke seufzte. »Wie sollte ein Tag nicht großartig werden, wenn er beim Goldschmied beginnt?«

»Du, ich habe ihn nicht erreicht, sondern ihm nur noch auf den Anrufbeantworter sprechen können.«

Er zog den Arm zurück. »Wieso, wir waren doch um drei verabredet. Wenn du dann um drei ...«

»Es ist später geworden«, gestand sie. Verdammt, dieser Blick! Tamme hatte allen Grund, enttäuscht zu sein. Doch das sagte sie nicht, stattdessen griff sie auf fadenscheinige Argumente zurück, um sich zu verteidigen. »Es war so unfassbar viel los, ich bin ständig von etwas oder jemandem abgelenkt worden.« Sie suchte nach Worten. »Wenn alle so an dir gezerrt hätten, dann hättest du es auch vergessen.«

Schon in dem Moment, in dem sie es aussprach, fühlte es sich falsch an. Tamme hätte daran gedacht, egal, was um ihn herum los gewesen wäre.

»Nein, ich glaube nicht«, sagte er nach einer ganzen Weile. »Mir ist das nämlich sehr wichtig. Die ganze Hochzeit ist mir wichtig.«

»Mir doch auch! Bitte, Tamme, das ist nicht fair! Niemand vergisst absichtlich etwas. Es passiert, wenn die Umstände sind, wie sie heute waren. Weißt du, unter anderem waren es auch Anrufe rund um unser großes Fest, die mich abgelenkt haben. Dich ruft Oma Mommsen ja nicht an, um zu fragen, ob genug Platz für eine Volkstanzgruppe im Lokal ist. Und an dir drängelt auch nicht ständig jemand wegen der Einladungen oder der Gästeliste herum.« Sie redete sich in Rage und wurde immer verzweifelter, denn plötzlich erschien ihr das alles gar nicht mehr machbar. Wie sollten sie bis August alles beantworten, entscheiden, organisieren? Tamme sagte nichts. Warum sagte er denn nichts? »Und jetzt wollen deine Eltern auch noch, dass wir ihnen eine Unterkunft buchen. Mann, die sind doch wohl erwachsen.«

»Sind sie, und sie kriegen das auch allein hin«, erwiderte er gefährlich ruhig. »Ich hatte dir nur von dem Anruf erzählt, weil ich dachte, wir könnten sie vielleicht bei Corinna und Crischi unterbringen, wenn meine griechische Verwandtschaft in der Haushälfte unterkommt. Keine Angst, du musst dich nicht um ein Zimmer für meine Eltern kümmern.« Das klang nach Vorwurf. Als ob sie einfach keine Lust hätte, das für ihn zu tun.

»Es geht nicht darum, dass ich mich vor irgendetwas drücken will, oder dass ich das für deine Eltern nicht gerne tun würde. Es ist nur alles ein bisschen viel, Tamme. Nick steht plötzlich auf der Matte, und es sieht so aus, als würde er sich auf Pellworm einnisten wie ein oller Wattwurm. Maxi ist total dünnhäutig, weil sie mit der Situation erst mal umgehen muss und ihre beste Freundin nun auch noch eine Verhaltensstörung hat. Die Praxis frisst mich auf, weil kein Kollege eine halbe Stelle auf einer kleinen Nordseeinsel haben will.« Sie merkte, wie ihr die Tränen kamen, aber sie wollte jetzt auf keinen Fall weinen. »Ganz ehrlich, am liebsten würde ich die Hochzeit verschieben.«

Die plötzliche Stille hatte etwas Endgültiges. Selbst das Akkordeon schwieg.

Kapitel 13

Zum ersten Mal seit dem Umzug in die Liebesallee war Wiebke nicht in Tammes Armen oder eng an seinen Rücken gekuschelt eingeschlafen. Ob das der Grund dafür war, dass sie sich herumgewälzt und kaum ein Auge zubekommen hatte? Am nächsten Morgen fühlte sie sich jedenfalls, als wäre sie unter Bauer Jensens Trecker geraten. Tamme war irgendwann mitten in der Nacht ins Bett gekommen. Als Wiebke aufstand, schlief er noch fest. Sie zog sich leise an und versuchte, den Juwelier zu erreichen. Wieder nur der Anrufbeantworter, wahrscheinlich war sie zu früh dran.

Wiebke hinterließ einen Zettel auf dem Küchentisch:

Nick kommt um elf und holt Maxi und Janosch ab. Ich habe den Goldschmied auch heute Morgen nicht erreicht. Am besten, wir gehen auf gut Glück hin. Treffen wir uns um 12.25 Uhr dort? Er wird schon nicht auf seine Mittagspause pochen und uns rausschmeißen.
Schönen Tag euch beiden und ein dicker Kuss,
Wiebke

Der Wind hatte nachgelassen, die Sonne ließ sich sogar sehen. Wiebke radelte den Stürenburgerweg bis zum Deich. Sie hörte das Schreien der Möwen, das Piepen der Austernfischer und dazu hin und wieder das Blöken der Schafe, die das Gras kurz hielten und düngten. Der Anblick des Leuchtturms war eigentlich ein Höhepunkt auf ihrer Route. Nicht nur für Touristen, auch immer noch für sie. Umso mehr, seit Tamme und sie einen Termin in dem kleinen Standesamt darin mit unvergleichlichem Inselblick hatten. An diesem Morgen stimmte der rot-weiß geringelte Turm sie traurig. Natürlich war ihr die Hochzeit wichtig, und selbstverständlich wollte sie sie im Grunde nicht verschieben. Wenn sie sich nur nicht so überfordert fühlen würde. Eine Sekunde dachte sie darüber nach, ob sie nicht doch Lutz anrufen und bitten sollte, eine ganz kleine Feier auf Hooge für sie zu organisieren. Nur Tamme, Maxi und sie. Vielleicht noch die Eltern. Im nächsten Moment verwarf sie den Gedanken. Apollon und Co. reisten nicht extra aus Griechenland an, um einfach nur Zeit mit den frischgebackenen Eheleuten zu verbringen. Sie wollten dabei sein, alles hautnah miterleben. Das nächste Problem. Wiebke seufzte und trat kräftiger in die Pedale. Nur wenige Personen durften mangels Platz im Standesamt dabei sein. Wer sollte zu den Glücklichen gehören, wer musste unten warten? Ihnen blieben noch mehr als vier Monate, um das zu entscheiden. Sie musste jetzt nicht darüber nachdenken.

Am Kaydeich fiel ihr Blick auf die neue Ferienhaussiedlung. Gute Lage und hübsche Häuschen aus Holz. Vielleicht sollte sie einfach eins für Tammes Eltern reservieren, um guten Willen zu zeigen. Sie bog in den Westerweg ein. Endspurt. Nein, besser nichts ohne Absprache tun. Nachher hatte Tamme noch den Eindruck, sie hätte seine alten Herrschaften absichtlich getrennt von allen anderen untergebracht. Im Moment hatte sie das Gefühl, dass er alles in den falschen Hals bekam. Warum war das Leben so kompliziert? Sie hätte sich so gerne einfach nur auf ihre Hochzeit gefreut.

Die letzten Meter bis in die kleine Sackgasse ließ sie ihr Fahrrad einfach rollen. Ein Mann mit Kapuzenjacke und Sonnenbrille stand draußen vor der Praxis, auf den zweiten Blick erkannte sie ihn: Arndt!

»Moin, Wiebke«, sagte er leise, als sie gerade zur Haustür gehen wollte.

»Moin, Arndt. Wir haben uns ja lange nicht gesehen.«

»Kennst mich ja.« Er lachte heiser.

Wiebke überlegte, ob sie ihn hineinbitten sollte. Sie könnten reden, vielleicht würde ihm das guttun.

»Schön, dass ich dich treffe«, fuhr er fort. »Ich wollte fragen, ob du die alte Fischerlampe haben möchtest, die bei uns im Flur hängt. Die hat dir doch so gefallen.«

»Ja, hat sie. Aber sie hängt in eurem Flur.« Wiebke lachte.

»Wir wollen uns von ein paar Dingen trennen«, flüsterte er. Wiebke musste ordentlich die Ohren spitzen. »Wir haben zu viel Kram. Ist doch alles nur Last.«

»Da sagst du was. Wir haben beim Umzug auch gemerkt, wie viel Zeug man so mit sich herumschleppt.«

Er nickte. »Fühlt ihr euch wohl im neuen Heim?«

»Ja, sehr. Kommt uns doch mal besuchen, Doro und du.«

»Im Moment ist schlecht. Ich muss dann auch wieder.«
Er drehte sich um. »Ach so, die Lampe?«

»Die nehme ich gerne, wenn ihr sie tatsächlich loswerden wollt.«

»Bringe ich dir die Tage rüber«, versprach er und ging.

Corinna war noch nicht da, Sandra hatte frei. Wiebke wählte gleich noch einmal die Nummer des Juweliers. Dieses Mal war besetzt.

»Guten Morgen!« Corinna brachte den Sonnenschein mit in die Praxis. »Mann, tut mir so leid, dass ich dich gestern hängen lassen musste, aber ich hatte es Crischi versprochen, und es stand ja auch schon seit Ewigkeiten im Kalender, dass ich früher gehen muss, und ...«

»Luft holen nicht vergessen!« Wiebke grinste. »Es ist alles in Ordnung. Ich habe es überlebt. Wäre trotzdem nicht schlecht, wenn es heute ruhiger bliebe.«

In dem Moment ging die Tür auf, die beiden sahen sich an und lachten.

»Ach, Herr Frerksen, Moin«, begrüßte Corinna den Insel-Apotheker. Sie sah in das Terminbuch. »Ich habe Sie hier gar nicht ...«

»Nein, mein Besuch ist eher ungeplant. Ich habe mich verletzt«, sagte er.

Seine Stimme klang seltsam gedämpft, fiel Wiebke auf. Und Corinna setzte eine höchst eigenartige Miene auf.

»Dann kommen Sie doch gleich mit«, forderte Wiebke ihn auf. »Was ist denn passiert?«, fragte sie ihn, nachdem er die Tür hinter sich geschlossen hatte.

»Ich habe mir den Kopf angestoßen.«

»Ich sehe mir das mal an.« Sie deutete auf die Liege, wo er sofort Platz nahm. Er setzte die Mütze ab, die er vermutlich sonst nie trug. Zumindest wollte sie nicht zu der Stoffhose, dem Kaschmirpullover und dem Jackett passen. Zum Vorschein kam eine mindestens fünf Zentimeter lange und auf den ersten Blick recht tiefe Wunde. »Wie haben Sie das denn geschafft? Wenn ich es nicht besser wüsste, würde ich vermuten, Sie sind Einbrecher von Beruf.« Sie lachte, während sie die Stelle vorsichtig reinigte, um das Ausmaß der Verletzung zu betrachten.

»Wie kommen Sie darauf?« Er wirkte nicht amüsiert.

»Der Ratscher sitzt oben auf dem Schädel an einer Stelle, die typisch für Gauner ist, die eilig durch ein Kellerfenster verschwinden. Das kommt häufiger vor, als Sie vielleicht glauben.« Sie desinfizierte die Wunde. »Ich gehe mal nicht davon aus, dass Sie die Flucht antreten mussten«, meinte sie fröhlich.

»Wie man's nimmt.« Er räusperte sich. »Spricht sich ja sowieso herum«, sagte er mehr zu sich selbst. »Ich habe mich wirklich beim Sprung durch ein Kellerfenster verletzt.« Wiebke traute ihren Ohren kaum. »Ich war kurz auf der Insel unterwegs, hatte etwas zu erledigen. Da ruft meine Mitarbeiterin an und sagt, dass die Aufsicht da ist.« Er schnaubte. »Irgendein Klugscheißer hat mich bei der Apothekerkammer angeschwärzt, dass kein Approbierter anwesend sei. Meine Güte, ich war ja nicht den ganzen Tag weg, sondern nur eine Stunde!«

Wiebke war sprachlos. Aber nur kurz. »Sie sind drollig.

Ich finde die Regelung, dass zu jeder Zeit ein Apotheker mit Zulassung anwesend zu sein hat, ganz richtig.«

»Meine Mitarbeiterin kennt sich bestens aus.«

»Meine auch. Trotzdem darf sie als medizinische Fachangestellte längst nicht alles selbstständig tun, was ich mit abgeschlossenem Studium und eben meiner Zulassung mache.«

»Ja, ja, ja«, knurrte er. »Wir regulieren uns in diesem Land noch zu Tode. Regeln sind da, um ausgelegt zu werden.« Wiebke unterbrach die Versorgung seiner Verletzung. Es wurde ja immer interessanter. »Wir haben das immer so gemacht, dass meine Mitarbeiterin auch mal allein den Laden schmeißt. Wenn was ist, sollte sie sagen, ich hätte mich im Aufenthaltsraum aufs Ohr gelegt, sie könne mich gern wecken. Dann hat sie angerufen, und ich bin gekommen. Geht ja schnell auf der Insel.«

»Und Sie sind dann jedes Mal durchs Fenster gekrochen?«

»Was heißt denn jedes Mal? So oft kam das nun auch nicht vor. Die meisten Kunden sind entspannt.«

»Aber die Herrschaften von der Aufsicht nicht«, stellte Wiebke trocken fest.

»Nein, die nicht. Haben gleich gedroht, was alles passiert, wenn sie mich noch mal erwischen.«

»Klingt nicht so, als würden Sie Ihren Fehler einsehen.« Wiebke klebte ein Pflaster auf die Wunde.

»Sie sind witzig! Kriegen Sie auf Pellworm mal eine Apothekerin oder einen Apotheker! Da spielen Sie mal lieber Lotto, da haben Sie bessere Gewinnchancen.«

Wiebke konnte es nicht fassen. Wenn er trotz ordentlicher Bezahlung niemanden überzeugen konnte, bei ihm anzufangen, dann musste er eben immer während der Öffnungszeiten anwesend sein. Oder er sollte sich einen anderen Job suchen. Solange sie keine Kollegin oder keinen Kollegen fand, der sie entlastete, musste Wiebke doch auch ständig einsatzbereit sein. Wer das in einem derartig verantwortungsvollen Beruf nicht einsah, dem mangelte es ganz klar an der nötigen Reife, eine Apotheke zu führen. Statt ihm einen Vortrag zu halten, wies sie ihn kurz darauf hin, dass er in den nächsten achtundvierzig Stunden auf Anzeichen für eine Gehirnerschütterung achten solle. Sie brachte ihn zur Tür, um Corinna die Ungeheuerlichkeit zu erzählen.

»Weiß ich doch schon!« Corinna schmiss sich beinahe auf den Empfangstresen. »Das ist noch nicht alles«, flüsterte sie, die Eingangstür fest im Blick. »Die Aufsicht hat bei der Gelegenheit gleich noch Fehlbestände bei den Betäubungsmitteln und andere Ungereimtheiten entdeckt. Ich habe gehört, es kommt erst mal ein Apotheker vom Kontinent, bis die Sache abschließend geregelt ist. Der Frerksen darf seinen Laden jedenfalls erst mal nicht mehr führen.«

Im Vergleich zum Vortag fühlte es sich heute geradezu nach Urlaub an. Wiebke sah auf ihr Handy. Ein verpasster Anruf von Tamme. Und eine Nachricht von ihm:

Ohne Termin überfalle ich den Juwelier nicht in seiner Mittagspause. Kümmere dich bitte drum,

Wiebke hätte schreien mögen. Sie wählte seine Nummer. Sie mussten das klären, sofort. Die Mailbox sprang an, und sie hinterließ ihm eine Nachricht: »Tut mir leid, dass es mit dem Termin für die Ringe so blöd gelaufen ist. Natürlich kümmere ich mich darum. Bis später.« Sie machte eine lange Pause. »Hab dich lieb«, fügte sie hinzu, obwohl der Piepton ihr signalisierte, dass die Aufnahme beendet war.

Am frühen Nachmittag brummte ihr Mobiltelefon, und Wiebke schnappte es sich sofort. Sie wollte Tamme nicht noch einmal verpassen.

»Moin, Wiebke, hier möchte dich eine Kichererbse sprechen.« Es war Nick.

Jetzt Maxis Stimme: »Mami, hier gibt es … es gibt …« Immer wieder verhinderten ihre gefürchteten Lachanfälle, dass sie einen Satz zustande brachte.

»Na, Spatz, was gibt's denn so Lustiges?«

»Einen Nachtisch. Der heißt: Der bekloppte …« Wiebke musste das Telefon ein Stück vom Ohr weghalten, weil Maxi jetzt mehr quietschte als lachte. Sie hörte ein Rascheln.

»Die haben hier einen Eisbecher, der ernsthaft *Der bekloppte Frosch* heißt«, erklärte Nick ihr.

Wiebke musste lachen. »Wahrscheinlich ist da jede Menge Eierlikör drin und dazu vielleicht … Hm, was ist grün? Minzschnaps?«

»Es ist ein Dessert für Kinder.«

»Oh!«

»Übrigens gibt es auch Crème brûlée.«

»Brüllcreme!«, hörte Wiebke ihre Tochter im Hintergrund, dann wieder Gegacker. Sie unterhielt vermutlich das gesamte Restaurant.

»Die hast du doch immer so geliebt«, sagte Nick.

»Daran hat sich nichts geändert.«

»Dann komm doch zu uns. Wir würden uns sehr freuen.«

»Au ja, Mami!«

Warum eigentlich nicht? Es war doch sowieso der Plan für die Ferien gewesen, möglichst wenig in der Praxis zu sein.

»Wo seid ihr denn?«

»In diesem Fischlokal am Hafen«, antwortete er fröhlich.

»Lischfokal«, rief Maxi, »bekloppter Frosch im Lischfokal!« Sie kriegte sich nicht ein vor Lachen.

»Was hast du ihr gegeben? Ich bin gleich da, ehe Maxi dafür sorgt, dass wir uns auf Pellworm nirgends mehr sehen lassen können.«

Eine Stunde später betrat sie das Restaurant.

»Hallo, Mami«, krähte Maxi. Alle drehten sich nach Wiebke um.

»Hallo, Kind! Hast du heute Morgen einen Clown gefrühstückt?«

»Hallo, Wiebke, schön, dass du da bist.«

Nick gab ihr einen flüchtigen Kuss auf die Wange, ehe

sie sich in Sicherheit bringen konnte. Es war ein rein freundschaftlicher Kuss, dagegen konnte niemand etwas haben.

»Mami, Nick hatte eine ganz tolle Idee. Wir haben bezahlt, waren mit Janosch draußen, und jetzt sind wir wieder hier, und wir können uns alle noch einen Nachtisch bestellen.« Sie strahlte. »Stimmt doch, Nick?«

»Klar!« Er lächelte.

Sah aus, als hätten die beiden eine richtig gute Zeit miteinander gehabt. Wiebke ging das Herz auf. Sie hätte nie für möglich gehalten, dass Maxi ihren Vater je kennenlernen, geschweige denn ein so gutes Verhältnis zu ihm aufbauen würde.

»Ich dachte, ehe wir hier festwachsen und Janosch sich zu Tode langweilt, drehen wir eine Runde.« Er sah sie an. »Crème brûlée?«

»Gerne!«

»Das können wir noch ganz oft zusammen machen, Mami, Nick bleibt nämlich noch ganz lange auf Pellworm.«

»Habe ich schon gehört.« Die Desserts wurden gebracht, und Maxi war abgelenkt. »Es hat nicht zufällig etwas mit dem Mädel aus der Pension zu tun, dass du verlängert hast?«, fragte sie leise.

»Eifersüchtig?« O Mann, dieser Blick! Flirten konnte Nick schon immer gut.

»Die Zeiten sind vorbei, endgültig!«

»Warst du doch sowieso nie, oder habe ich das nur nicht mitgekriegt?«

Wiebke dachte nach. »Manchmal war es mir nicht einerlei, wenn du mit einer Kommilitonin viel Zeit verbracht hast.«

»Im Ernst? Schade, dass mir das früher nicht klar war.« Er lachte.

»Vor allem, wenn die sehr sportlich war und gut ausse- hend. Wie gesagt: Lange her und vorbei.«

»Weißt du noch, diese Sportstudentin? Wie hieß die?« Er legte die Stirn in Falten. »Die war so irre attraktiv, nur sobald sie den Mund aufgemacht hat, war es vorbei mit ihrer sexy Ausstrahlung.«

»Stimmt! Die hatte doch einen tief bayerischen Dialekt und hat auch noch gelispelt.«

»Tief bayerisch ist gut.« Er lachte. »Die hatte eine Stimme wie ein Kerl.«

»Wie geht ein bayerischer Diadings mit Lispeln?«, wollte Maxi wissen.

Nick versuchte, es ihr vorzuführen, und Wiebke hing ih- ren Gedanken nach. Wie vollständig man einige Menschen vergessen konnte! Sie hatte ewig nicht an diese Sportstuden- tin gedacht, dabei war sie eigentlich jemand, der sich einem ins Gedächtnis brannte.

Sie verließen das Lokal und gingen noch eine Runde mit Janosch, der, wie Wiebke herausgehört hatte, wohl die meiste Zeit des Tages unter einem Tisch verbracht hatte. Nick wirkte zufrieden, um nicht zu sagen glücklich. Auch Maxi war allerbester Laune, ein wenig überdreht, aber kein bisschen verkrampft. Mehr und mehr konnte auch Wiebke loslassen, abschalten und sich einfach nett unterhalten. Auf dem Weg zu Nicks Unterkunft kamen sie an der Apotheke vorbei.

Nick entdeckte ein Schild an der Tür und ging hin. »Die suchen einen Apotheker.«

Weiter kam er nicht, weil Maxi sofort schrie: »Du bist einer. Du kannst da arbeiten, und dann sehen wir uns immer.«

Wiebke war hin- und hergerissen. Schön, dass ihre Tochter sich mit ihrem leiblichen Vater vertrug. Aber auch ein wenig bedenklich, wie sehr sie ihn plötzlich mochte.

»Würdest du das gut finden?«, fragte er mit belegter Stimme.

»Klar!«

»Leider bin ich aber kein Apotheker. Ich habe das Studium nicht beendet, weißt du doch.«

»Macht doch nix, aber du kennst dich doch ganz gut aus, vor allem mit diesen Nahrungsdingsdingern.«

»Dingsdingern?« Er sah sie an und riss die Augen übertrieben auf. Maxi lachte.

»Ohne Zulassung wird das nichts«, sagte Wiebke. »Das musste der Herr Chef-Apotheker gerade schmerzhaft lernen.«

Sie ignorierte Nicks fragenden Blick. Wie das Schicksal so spielte ... Wäre Tamme nicht in ihr Leben getreten und Nick hätte seine Ausbildung der Pharmazie abgeschlossen, könnte es die Weichen jetzt ganz anders stellen. Aber Nick hatte sich beruflich neu orientiert, und Wiebke hatte Tamme.

Maxis Begrüßung von Tamme fiel wesentlich inniger aus als

die Verabschiedung von Nick vor dessen Pension. Gott sei Dank! Dafür war der Kuss, den Wiebke von Tamme bekam, eine Sparversion.

»Na, wie war der Tag, wertes Fräulein Maximiliane?«, fragte er.

»Iih, so will ich nicht heißen.«

»Das ist blöd«, sagte Wiebke gelassen, »denn das ist dein Name.«

»Nö, ich heiße Maxi. Das findet Nick auch viel cooler.«

»Kann ich mir denken.« Wiebke überlegte, wie sie Tammes Panzer knacken konnte. Am besten abwarten, bis der kleine Quälgeist im Bett war.

»Tamme, Mami ist voll eitersüchtig auf Nick.«

»Wie ekelig!« Tamme schüttelte sich. »Und warum ist sie das?«

»Weiß ich auch nicht. Aber weißt du was? Ich habe bekloppten Frosch gegessen. Und das könnte ich immer, wenn Nick in der Apotheke arbeiten dürfte. Darf er aber nicht, weil er keine Zerlassung hat, oder so. Voll schade!«

Wiebke und Tamme wechselten Blicke. »Tja, dann gibt es in Zukunft wohl keine irre Amphibie mehr. Ist vielleicht auch besser so«, sagte er.

»Die kleine Kröte hat heute einiges durcheinandergebracht«, erklärte Wiebke, nachdem sie Maxi ins Bett verfrachtet hatte. »Ich wette, du hast höchstens die Hälfte von dem verstanden, was sie von sich gegeben hat.«

»Du wettest, oder du hoffst?« Er sah sie ernst an.

»Warum sollte ich das hoffen?«

»Zum Beispiel, weil ich vielleicht lieber nicht so genau verstehen sollte, warum du eifersüchtig warst, oder auf wen.«

Wiebke holte tief Luft, um zu erzählen, worum es gegangen war, aber dann wusste sie selbst nicht mehr, wie sie eigentlich auf das Thema Eifersucht gekommen waren. Außerdem war es ihr zu dumm, ein belangloses Gespräch wiederzugeben.

»Du hättest mitkommen können, Tamme. Es ist nichts passiert, was nicht auch in deiner Anwesenheit passiert wäre. Und wir hätten mit Sicherheit über die gleichen Dinge gesprochen.«

»Sicher?« Er legte den Kopf schief.

»Sicher! Ich sagte doch schon, Maxi hat wirklich viel durcheinandergebracht. Eitersüchtig. Mehr Beispiele gefällig?« Sie grinste und hoffte, er würde lachen. Das tat er nicht.

»Kindermund tut Wahrheit kund. Heißt es nicht so?«

»Ja, aber Kinderhirn baut sich auch manchmal eine eigene Wahrheit zusammen«, konterte sie.

Tamme sah auf die Uhr. »Ich würde gern die Nachrichten sehen«, erklärte er und verzog sich ins Wohnzimmer.

Die letzte Ferienwoche verging wie im Flug. Die Stimmung zwischen Tamme und Wiebke blieb frostig. Einmal fasste sie sich ein Herz, um ihm zu sagen, dass sie die Hochzeit auf keinen Fall verschieben wollte. Dummerweise fing sie es falsch an, erwähnte die Buchung für seine Eltern, woraufhin er sofort abblockte.

»Das ist alles geregelt«, sagte er kurz.

»Ach so, gut. Ich dachte nur, weil im August Hochsaison ist.« Sie mussten tatsächlich alle Unterkünfte sicher haben, weil es kurzfristig kaum noch etwas geben würde.

»Wie jedes Jahr«, entgegnete er schroff. »Ich wohne schon länger auf dieser Insel. Mir ist bewusst, dass im August Zimmer knapp sind, das kannst du mir glauben.«

»Ja, ja, schon klar.«

»Gut. Übrigens haben die Griechen inzwischen ihre Flüge gebucht. Die meisten jedenfalls. Wenn du erst nächstes Jahr heiraten willst, oder übernächstes, rufst du sie bitte an.«

»Tamme, das ist doch Unsinn.« Mehr konnte sie nicht sagen, weil Maxi auftauchte und Tammes volle Aufmerksamkeit für sich beanspruchte.

Wenigstens das Wetter beruhigte sich wieder. Die Frühjahrsstürme hatten Pellworm kräftig durchgerüttelt. Danach wurde es immer milder, es gab sogar schon Tage, an denen das Thermometer auf zwanzig Grad und mehr kletterte. Von Übergangszeit hielt das Klima anscheinend nichts. Entweder eisig oder heiß, dazwischen gab es kaum mehr etwas. Maxi beschwerte sich bitterlich, dass sie wieder in die Schule musste, obwohl es endlich Sommer wurde, wie sie sagte.

»Erst mal ist Frühling dran«, erinnerte Wiebke sie, »wenn du deinen Kindern wahrscheinlich auch einmal erklären musst, was das war.«

»Ich habe doch keine Kinder!«

»Noch nicht.«

Nachdem Wiebke ihre Tochter in der Schule abgesetzt hatte, wollte sie gleich noch einen Hausbesuch erledigen. Auf dem Weg in die Praxis hielt sie bei Hinnerk Boll an. Tammes Onkel war dement. Damit er nicht in ein Heim ziehen musste, hatte sich in seinem Haus eine WG der besonderen Art eingerichtet. Roswitha und Konrad aus Düsseldorf waren nach Pellworm gezogen, um hier, nach unzähligen Urlauben, ihren Lebensabend zu verbringen. Roswitha hatte starkes Übergewicht und konnte sich kaum noch bewegen. Konrad war drahtig und geistig ausgesprochen fit, dafür blind wie ein Maulwurf. Elvira machte die Gemeinschaft, die Lulu auch gern als Lazarett bezeichnete, komplett. Sie war Hinnerks Cousine und hielt den ganzen Laden zusammen. Und das obwohl sie unter Parkinson litt. Als die drei in Hinnerks Haus gezogen waren, hatte Wiebke die Hände über dem Kopf zusammengeschlagen. Sie war nicht sicher gewesen, ob die vier alten Herrschaften sich gegenseitig umbringen oder sich aus Versehen in die Luft sprengen würden. Weder das eine noch das andere war passiert, im Gegenteil, die ungewöhnliche Truppe hatte sich besser eingespielt, als Wiebke je für möglich gehalten hätte. Trotzdem sah sie immer mal nach dem Rechten. Man konnte schließlich nie wissen.

Elvira und Hinnerk standen gerade im Vorgarten, beide gestikulierten wild. Ein sehr vertrauter Anblick. Wenn Elvira durch den Garten wackelte, standen selbst die Grashalme stramm. Hinnerk mochte es, wenn alles ungebremst wucherte.

»Na, ihr zwei, alles gut bei euch?« Wiebke klopfte den ewigen Streithähnen auf die Schultern.

»Man gut, dass du endlich kommst«, begrüßte Hinnerk sie. Wahrscheinlich hielt er sie gerade wieder für seine Tochter. Dabei hatte er nur einen Sohn. »Die Frau will, dass die Nester wegkommen.«

»Die Frau heißt Elvira«, beschwerte Elvira sich. »Das solltest du auch mit tüdeligem Kopp endlich kapiert haben. Und die Viecher machen Dreck.«

»Die Viecher sind Mehlschwalben, wenn ich das richtig sehe.« Wiebke legte den Kopf in den Nacken und beobachtete, wie die ersten Sommerboten emsig an ihrem Bau aus Lehm arbeiteten.

»Mir egal, wie die heißen«, ereiferte Elvira sich und wippte immer schneller vor und zurück. »Dreck ist Dreck. Ich will Gitter da oben hin haben, damit die sich das gar nicht erst gemütlich machen. Wenn die erst brüten, dann ist hier unten alles vollgeschietet.«

Wiebkes Blick folgte Elviras Zeigefinger. Unter den Nistplätzen waren Blumenbeete. Da störte der Kot der Vögel doch nun wirklich nicht, sondern war auch noch willkommener Dünger.

»Nu sach du doch mal was, Deern«, wandte Hinnerk sich verzweifelt an Wiebke. »Die Schwalben kommen extra aus Afrika zu uns geflogen. Da kannst du denen doch nich die Tür vor'm Schnabel zumachen.«

Wo er recht hatte ... Wiebke staunte, wie klar sein Geist machches Mal funktionierte.

»Tja, Elvira, ich fürchte, du wirst nachgeben müssen.

Mehlschwalben stehen unter Naturschutz. Wenn Momme sieht, dass ihr die Tiere am Nestbau hindert, kassiert ihr womöglich eine Anzeige.«

Wiebke kreuzte die Finger hinter dem Rücken. Elviras entsetzter Blick sagte ihr, dass sie auf dem richtigen Weg war, denn die alte Dame fürchtete nur wenig so sehr wie den inseleigenen Gesetzeshüter.

»Tröste dich! Wer Schwalben hat, kann bei offenem Fenster schlafen und wird nicht von Mücken gestochen«, fügte Wiebke noch hinzu.

Elvira verzog sich grummelnd in den hinteren Teil des Gartens, Hinnerk stellte sich mit zufriedenem Lächeln vor sein Haus und sah den Schwalben zu.

Wiebke ging hinein. Sah alles prima aus, das Quartett hatte seinen Haushalt bestens im Griff. Im Wohnzimmer saß Konrad vor dem Computer.

»Konrad, Moin, wie geht's?«

Er kniff die Augen zusammen, hatte anscheinend ihre Stimme erkannt. »Moin, Frau Doktor, mir geht's gut. Nach Roswitha könnten Sie vielleicht mal schauen, die liegt schon den zweiten Tag im Bett. Ihre Füße tun so weh, dass sie nicht aufstehen mag.«

»Ich gehe gleich mal hoch.«

Nicht zum ersten Mal musste Wiebke lange auf die stark übergewichtige Roswitha einreden, bis die schließlich die Zähne zusammenbiss und aus dem Bett kam. Es war immer das Gleiche. Roswitha jammerte, wie sehr ihre Gelenke schmerzten, Wiebke erklärte ihr, dass sie nur mit einer Gewichtsabnahme die Belastung verringern konnte, die auf die

Knochen einwirkte. Und sie musste aktiv bleiben, das war für den Bewegungsapparat die beste Therapie. Wie jedes Mal versicherte Roswitha ihr, dass sie eigentlich schon gar nichts mehr aß und ständig auf Achse war. Nur wusste Wiebke leider, dass gar nichts in ihrem Fall aus einer Menge Kalorien bestand, und dass sie zwar wirklich viel auf Achse war, wenn sie denn aufstand, nur leider mit dem Auto.

Ehe sie wieder ging, verabschiedete sich Wiebke bei Konrad. »Kannst du auf dem Bildschirm überhaupt etwas lesen?«

»Klar, die Schriftgröße kannst du dir doch einstellen. Und die Seiten im Browser kannst du auch anpassen. Prima Sache!«

»Und was machst du, wenn du vor dem Ding hockst? Du bestellst doch nicht etwa schon wieder Dinge, die du dann zurückschickst?«

Er lachte. »Nein, ich habe ein Reiseportal entwickelt.« Wiebke war sprachlos. »Guck! Alte Herrschaften, die nicht mehr allein reisen können oder wollen, geben ein, von wo es losgehen und wo es hingehen soll. Hier werden Punkte notiert, bei denen sie sich Hilfe wünschen, zum Beispiel, dass sie nicht mehr selbst Auto fahren dürfen oder nicht gut zu Fuß sind. Und hier ...« Er scrollte routiniert über die Seite. »Hier muss man eintragen, was man geben kann. Einer ist vielleicht bereit, seiner Reisebegleitung den gesamten Urlaub zu bezahlen, ein anderer ist Fachmann auf einem Gebiet und gibt sein Wissen weiter. Ganz egal. Jeder, wie er kann und will.« Konrad strahlte. »Zum Schluss müssen noch Interessen und Vorlieben sowie Abneigungen ausgefüllt werden, damit nachher nicht ein Kettenraucher mit einem Nichtraucher unterwegs ist.« Er lachte. »Die jungen Leute können sich natürlich auch präsentieren. Wenn zwei Profile zueinander passen, gibt das Programm eine Meldung heraus. Oder du gibst hier Suchkriterien ein und bekommst im besten Fall mehrere Personen angezeigt, die für deine Ansprüche infrage kommen.«

»Das ist toll, Konrad!«

»Ja?« Er lächelte fast ein bisschen schüchtern. »Roswitha meinte, das wäre Quatsch, weil niemand mit Fremden verreisen würde.«

»Das sehe ich ganz anders. Lulu erzählt mir öfter, dass einige Pellwormer nicht mehr von ihren Freunden besucht werden, weil die Anreise auf die Insel für die zu beschwerlich ist. Wenn da jemand wäre, der sie begleitet, sich um ihr Gepäck kümmert, dann würden sie wahrscheinlich weiterhin kommen.«

»Ich bin seit drei Wochen online und habe jetzt bald zehntausend Einträge deutschlandweit. Nur durch Mund-zu-Mund-Propaganda. Gar nicht schlecht, oder? Ich dachte, ich könnte das auch auf das deutschsprachige Ausland …«

Elviras aufgebrachte Stimme unterbrach ihre Unterhaltung.

»Ich sehe mal nach«, sagte Wiebke und ging in den Flur. Dort stand Hinnerk und schüttete lächelnd Reis auf das Parkett.

»O nee, was soll das denn nu schon wieder?« Elvira verzog das Gesicht und wandte sich an Wiebke: »Guck dir diese Schweinerei an!«

»Du hast doch selbst gesacht, ich soll saugen«, verteidigte sich Hinnerk.

»Und denn machst du vorher noch alles dreckig?« Elviras Wangen waren rot vor Ärger.

Er strahlte. »Das Beste am Saugen ist doch, wenn's so schön klappert im Rohr. Dann weißt du wenigstens, dass es sich lohnt. Nur für den dösigen Staub hol ich den Apparat nich raus. Staub siehst doch sowieso nich, wenn du den in Ruhe lässt!«

Der April ging zu Ende, der Sturm kehrte nach Pellworm zurück. Wiebke und Tamme hatten ihre Ringe noch immer nicht ausgesucht. Nächste Woche würde sie sich als Erstes darum kümmern, nahm sie sich ganz fest vor. Verrückt, wie manches eine Eigendynamik entwickelte und man in eine Situation manövriert wurde, die man nie gewollt hatte. Wiebke liebte Tamme, und sie mochte Nick und freute sich, dass er als eine Art Freund eine Rolle in Maxis Leben spielte. Noch war sie zwar nicht völlig überzeugt, dass es sich bei Nick nicht um ein Strohfeuer handelte, aber sie wollte ihm eine Chance geben. Sie mochte weder über ihn schimpfen, noch ihn in Schutz nehmen, nur hatte sie dummerweise ständig das Gefühl, eins von beidem tun zu müssen.

Nachdem Nick einmal mit Maxi im Schwimmbad gewesen war, wurde Tamme nicht müde, sich anschließend über ihn aufzuregen.

»Der war die ganze Zeit im Demo-Modus: Guckt mal alle her, ich bin ein Vater, der mit seiner Tochter im Schwimmbad ist! Hui, Attraktion!« Wiebke konnte sich ein Grinsen nicht verkneifen. »Ich fand's nicht lustig, sondern abartig. Was will er damit erreichen? Glaubt er, junge Väter, die etwas mit ihrem Kind unternehmen, wirken besonders anziehend? So jung ist er nun auch nicht mehr.«

Ein anderes Mal, Tamme hatte Maxi an seinem freien Tag von der Schule abgeholt und sie waren zusammen zum Einkaufen gegangen, hatte Maxi einen Herrn angesprochen, der den Motor seines Autos laufen ließ.

»Ich weiß nicht, ob Nick den besten Einfluss auf deine Tochter hat«, ereiferte sich Tamme danach, als sie abends allein waren. »Ich finde es ja gut, dass sie einen Erwachsenen darauf anspricht, wie bescheuert es ist, völlig sinnfrei Abgase in die Luft zu blasen. Aber weißt du, was sie zu ihm gesagt hat? Sie hat gesagt: ›Sie tun mir sehr leid, weil Sie zu alt oder zu dick sind, um das kurze Stück zum Supermarkt zu Fuß zu gehen.‹ Der Typ im Wagen wohnt am Tammensiel«, erklärte er.

»Dann hatte sie doch recht.« Wiebke versuchte, gelassen zu klingen.

»Inhaltlich ja, aber die Art und Weise … Solltest du nicht ein Auge darauf haben, was Nick ihr beibringt?«

Wann immer ein solches Thema aufkam, wollte Wiebke sich heraushalten. Doch das akzeptierte Tamme nicht, er hakte so lange nach, stichelte, bis sich Wiebke zu einem Kommentar hinreißen ließ. Meist endete das Gespräch in Reibereien oder eisigem Schweigen. In ruhigen Momenten war Wiebke völlig klar, was los war: Tamme hatte einfach Angst, dass Maxi Nick lieber hatte als ihn, dass sie womöglich regelmäßig nach Berlin wollte. Vielleicht hatte er sogar die Befürchtung, Nick könne über den Umweg Maxi auch Wiebkes Herz zurückerobern. Leider wurden diese ruhigen Momente der Einsicht immer seltener, viel häufiger war Wiebke gereizt und reagierte emotional-unsachlich.

Am letzten Freitag des Monats braute sich ein Unwetter zusammen, das einen das Fürchten lehren konnte. Mitten am Tag wurde es so dunkel, dass Wiebke das Licht in ihrem Sprechzimmer einschalten musste. Dazu zerrten Böen derartig an Fenstern und Türen, dass es mal irgendwo krachte, dann gespenstisch heulte.

Es klopfte, und Corinna kam herein.

»Ist das gruselig«, sagte sie. »Man könnte meinen, die Welt geht unter. Wolltest du nicht gleich Feierabend machen?«

Wiebke sah auf die Uhr. »Ja, wenn kein Überraschungspatient mehr draußen ist, hole ich Maxi jetzt von der Schule ab. Hoffentlich wird's ein ruhiges Wochenende.«

»Sieht nicht so aus.« Corinna schaute zum Fenster. »Ich fürchte, wir werden eher diverse Notfälle haben: Leute, denen ein Ast auf den Kopf geknallt ist oder die vom Sturm in den Priel gedrückt wurden.« Sie lachte, es klang allerdings so, als meinte sie es durchaus ernst. »Passt gut auf euch auf, wenn ihr draußen unterwegs seid!«

»Machen wir! Schönes Wochenende!«

Wiebke packte gerade ihre Tasche zusammen, als Lulu anrief: »Hättest du mir ruhig sagen können, dass der attraktive Typ aus der Buchhandlung Maxis Vater ist.«

»Sensationell, wie lange es gedauert hat, ehe diese Information bei dir angekommen ist.«

»Sie ist angekommen, das war von vornherein klar.« Der Triumph in Lulus Stimme war nicht zu überhören. »Warum erst das blöde Versteckspiel?«

Wiebke hatte keine Lust, trotzdem setzte sie zu einer Erklärung an, Lulu ließ sie aber nicht zu Wort kommen. »Nee, im Ernst, verstehe ich ja. Hätte ich wohl auch so gemacht. Jedenfalls wollte ich sagen, du kannst ihn gerne zum Tanz in den Mai mitbringen.«

»Keine gute Idee, Lulu! Ich weiß noch nicht mal, ob wir kommen ...«

»Was? Och nö, nicht ihr auch noch! Saskia und Jost sind schon nicht dabei, weil sie bei irgendeinem Promi-Event auf dem Kontinent sind. Und Margit ist bei Pit in Hamburg. Der ist von seinen Kollegen eingeladen.«

»Max konnte wegen irgendwelcher Prüfungen nicht so viele Dienste im Bad übernehmen, und Linus war ein paar Tage krank. Tamme ist ziemlich bedient. Glaube kaum, dass er Lust hat zu tanzen. Du, ich muss los, Maxi von der Schule abholen. Wir melden uns noch, ja?«

Wiebke nahm ausnahmsweise den Kati. Bei dem Getöse da draußen musste man sonst wirklich Angst haben, einen Ast auf den Kopf zu kriegen. Sie steckte den Schlüssel ins Schloss, der ganze Wagen wackelte, als ihn eine Böe durchschüttelte.

Schon wieder klingelte ihr Handy. Es war Lutz. Sie hatte

ihm eine Nachricht hinterlassen, weil sie die nächste Hallig-Sprechstunde vereinbaren wollte.

»Moin, Hallig-Doc! Du wolltest einen Termin klarmachen. Du, ist echt lieb, aber wir telefonieren besser nächste Woche noch mal. Wenn das so weitergeht, läuft die Hallig morgen oder übermorgen voll. Da willst du wohl kaum hier sein und festsitzen.« Er lachte.

»Zum Nichtstun verdammt und nicht erreichbar sein? Ich kann mir Schlimmeres vorstellen.«

»Oha, die Braut, die sich nicht traut, oder was?« Wiebke schnaufte. Lutz wurde ernst. »Es gibt doch hoffentlich keinen Ärger wegen Maxis Vater?«

»Ah, endlich ist auch Hooge informiert, dass er hier ist.«

»Das weiß ich schon lange.«

»Nein, es gibt keinen Ärger. Aber sagen wir es mal so: Sein Auftauchen ausgerechnet jetzt macht es uns nicht gerade leichter.«

»Kann ich mir vorstellen. Der Ex ist immer ein heikles Thema, da weiß ich was von. Auf jeden Fall braut sich hier was zusammen, Wencke, äh Wiebke, das könnte gefährlich werden. Ehrlich, ich hab hier schon viel erlebt, aber selbst die alten Hallig-Lüüd sind dieses Mal nervös. Kannst mir glauben, in den nächsten Tagen sollte niemand hier sein, der nicht unbedingt muss.«

Sintje erwartete gerade ihr viertes Kind, und auf einer Warft lebte nur noch ein altes Ehepaar. Wiebke schnürte es die Kehle zu bei dem Gedanken, dass sie in den nächsten Tagen medizinische Hilfe brauchen könnten. Sie bewunderte wieder einmal alle, die sich für einen Wohnsitz auf einer Hallig entschieden hatten. Manches Mal waren sie auf sich allein gestellt, ganz gleich, wie sehr sie Unterstützung von außen benötigten. Welch eine mutige Entscheidung, ein solches Leben zu wählen!

Als Wiebke den Wagen auf den Parkplatz an der Schule lenkte, musste sie das Steuer mit aller Kraft festhalten. Sie stieg schnell aus und rannte dann mit hochgezogenen Schultern ins Gebäude.

»Ach, Frau Klaus, was machen Sie denn hier?« Frau Sommer-Lucht war offenbar gerade auf dem Weg ins Lehrerzimmer.

»Ich wollte Maxi abholen. Bei diesem Wetter lasse ich sie lieber nicht mit dem Rad fahren.«

»Nee, besser nicht. Aber Maxi ist schon weg. Herr Tedsen war hier. Ich nehme an, er hat sie mit ins Schwimmbad genommen.«

»Natürlich, das hatten wir ja auch besprochen. Manchmal ist man aber auch dämlich.« Wiebke brachte ein Lächeln zustande. »Na dann, schönes Wochenende!«

Von wegen, das hatten sie besprochen. Hatten sie nicht! Was sollte so eine Aktion? Wütend stapfte sie zu ihrem Kati zurück. Wenn Tamme bei Maxi punkten wollte, was er überhaupt nicht nötig hatte, sollte es ihr recht sein. Aber konnte er dann nicht einfach Bescheid sagen? Sie überlegte, nach Hause zu fahren, entschied sich dann aber anders. Ganz ruhig, Wiebke, ermahnte sie sich. Du lässt dich einmal kurz im Bad sehen, klärst, wie lange deine Tochter bleiben will, und erledigst in Ruhe den Großeinkauf. Guter Plan. Sie sprang aus dem Wagen und nahm den Seiteneingang.

»Moin, Max, ich dachte, du bist im Prüfungsstress.«

»Moin, Wiebke. Ja, nee, also eigentlich schon, aber heute hatte ich nichts Wichtiges auf dem Zettel. Morgen wird wieder gebüffelt.« Der sonst eher souveräne und meist gut gelaunte Rettungsschwimmer wirkte seltsam bedrückt. »Na ja, und weil Tamme doch so dringend rüber nach Hooge musste, da habe ich eben eine Schicht übernommen.«

Kapitel 14

Die Gedanken in Wiebkes Hirn rasten wie der Sturm auf der Insel. In atemberaubendem Tempo ging es immer im Kreis. Max hatte nach anfänglichem Herumdrucksen und diversen Ausweichmanövern zugegeben, dass Tamme nicht davon abzubringen gewesen war, trotz der bedrohlichen Lage nach Hooge zu fahren.

»Um ehrlich zu sein, Wiebke, hatte ich das Gefühl, er braucht dringend Abstand.«

Tamme musste fluchtartig das letzte Ausflugsschiff genommen haben, das noch gefahren war. Wie konnte ein Kapitän dieses Risiko überhaupt eingehen? In den nächsten Tagen sollte niemand hier sein, der nicht unbedingt musste, hatte Lutz gesagt. Die Worte hämmerten in ihrem Kopf. Niemand, der nicht musste, weder Tamme, der auch noch eine Woche später dem Bürgermeister ins Gewissen reden konnte, noch Maxi! Ein Kind, das die Gefahr nicht abschätzen konnte, das sich Tamme voll und ganz anvertraute.

Wiebke fuhr nach Hause. Sie schluckte schwer, als sie das leere Haus betrat. Nicht ganz leer, Janosch tobte auf sie zu. Er freute sich wie verrückt, dass man ihn doch nicht völlig vergessen hatte.

»Na, Kumpel!« Wiebke tätschelte ihm den Kopf und streichelte ausgiebig seine Ohren. Er presste sich immer mehr an sie. Gewitter konnte er nicht leiden, das da draußen kam dem bedenklich nahe. »Wir gehen mal raus, ehe es noch schlimmer wird, hm?«

Sie ging in den Flur, nahm sein Geschirr vom Haken. Janosch machte keine Anstalten, zu ihr zu kommen. Für gewöhnlich biss er schon in die Leine oder sprang an ihr hoch, weil er es nicht erwarten konnte. Umso besser. Wiebke schnappte sich das Telefon, wählte Tammes Nummer. Freizeichen.

»Los, geh schon ran!« Knistern, dann Tammes Stimme. Die Ansage seiner Mailbox. »Tamme, wo seid ihr? Max sagt, du bist mit Maxi nach Hooge gefahren. Bist du irre? Lutz meint ... Egal, melde dich bitte, ja? Ich mache mir Sorgen!«, setzte sie hinzu. Er sollte nicht denken, sie sei sauer, er sollte wissen, dass sie außer sich war vor Angst. »Komm, Janosch, es nützt nichts. Du hältst es keine zwanzig Stunden aus, ohne wenigstens das Bein zu heben.«

Der Hund erledigte, was er zu erledigen hatte, und lief sofort wieder zurück zum Haus. Drinnen kontrollierte Wiebke ihr Mobiltelefon, noch ehe sie aus Schuhen und Jacke schlüpfte. Nichts.

»Mann, Tamme!« Sie schlug mit der flachen Hand auf eine Kommode und wischte sich mit der anderen die Tränen weg. Okay, ruhig bleiben, logisch denken! Wenn das Schiff noch gefahren war, sah die Sache vielleicht doch nicht so schlimm aus. Die Kapitäne waren alle erfahren und riskierten nicht unnötig das Leben von Gästen und Einheimischen. Tamme war es gewöhnt, Verantwortung zu tragen, er konnte das. Für sich selbst würde er möglicherweise eine unvernünftige Entscheidung treffen, aber niemals für Maxi. Ihr Leben würde er um keinen Preis aufs Spiel setzen.

In den nächsten Tagen sollte niemand hier sein, der nicht unbedingt musste. Lutz neigte hin und wieder zum Dramatisieren. Abwarten, ruhig bleiben.

Wiebke füllte Wasser in den Kocher und Tee in das kleine Metall-Ei. Ein anderer Satz, den Lutz gesagt hatte, drängte in ihr Bewusstsein: Selbst die alten Hallig-Lüüd sind dieses Mal nervös. Wiebke hatte mehr als einmal mit den Gemeindearbeitern gesprochen, alte Haudegen, die meisten waren auf Hooge geboren worden. Landunter ließ sie kalt, das gehörte dazu wie das Duschen zum Schwimmbadbesuch. Behaupteten sie.

Bei den Frauen hörte es sich anders an: »Nach außen sind die immer lässig, aber wenn das Wasser für die Nacht angekündigt ist, dann ziehen die sich nicht aus, sondern schlafen in Klamotten auf dem Sofa. Könnte ja doch immer schlimmer kommen als angenommen.«

Nicht nur die Gemeindearbeiter, sondern auch die alten Männer, die schon 1962 erwachsen gewesen waren und die Sturmflut miterlebt hatten, die selbst in Hamburg noch gewütet hatte, blieben äußerlich ruhig, wenn alle Zeichen auf Landunter standen. Hatte Lutz übertrieben oder nicht? Falls sie wirklich nervös waren, bestand ein echter Grund zur Besorgnis. Wiebkes Handy schnarrte. Sie fuhr zusammen. Der

Wasserkocher war längst still, das Tee-Ei baumelte nach wie vor einsam in der leeren Kanne. Wiebke las Nicks Namen im Display.

»Wiebke Klaus.«

»Hey, Wiebke. Ich bin's, Nick.«

»Ich weiß.«

»Ja, klar. Alles gut bei dir?«

Was sollte sie ihm sagen? Sie war es nicht gewöhnt, jemandem Rechenschaft schuldig zu sein, wenn es um Maxi ging. Aber er war ihr Vater, er hatte ein Recht darauf zu erfahren, was los war. Dabei wusste sie doch selbst noch nichts Konkretes.

»Wiebke? Ich wollte nur hören, was ihr am Wochenende vorhabt«, fuhr er fort. »Ich dachte, es passt vielleicht, dass wir etwas zusammen unternehmen. Vielleicht mal alle vier, falls Tamme freihat. Wiebke?«

»Tamme und Maxi sind auf Hooge«, sagte sie schwach. Sie konnte es nicht ändern, die Tränen liefen ihr jetzt über die Wangen. Sie hatte so verdammt viel Angst.

»Was sagst du? Ich habe eben verstanden, Tamme und Maxi sind auf Hooge.« Er lachte. »Aber das kann ja nicht sein. Mein Vermieter meint, wir kriegen eine Sturmflut, die sich gewaschen hat. Wir könnten froh sein, wenn hier nur die Keller volllaufen, aber auf den Halligen ...«

»Du hast dich nicht verhört«, unterbrach sie ihn. Stille. Schweres Atmen.

»Ist der irre?«

»Das habe ich ihn auch gefragt.«

Wiebke holte tief Luft und erzählte, was geschehen war.

»Ich bin in zehn Minuten bei dir.«

Nick schaffte den Weg in acht Minuten. »Hat Tamme sich gemeldet?«, fragte er außer Atem.

»Nein. Das muss nichts heißen, Nick, wenn er in einer Besprechung ist, stellt er sein Telefon meistens auf lautlos.«

»Du glaubst, die haben da ganz normal eine Besprechung, obwohl ein Jahrhundert-Unwetter bevorsteht?«

»Jetzt komm mal wieder runter, von Jahrhundert kann noch keine Rede sein. Manchmal dreht der Wind von einer Sekunde auf die andere, dann klatschen die Wellen nur an den Sommerdeich, lassen die Hallig aber in Ruhe. Ich mache uns erst mal einen Tee.« Wiebke schaltete den Wasserkocher erneut ein, wenig später füllte sie endlich die Kanne.

»Wir können nicht nichts tun«, ereiferte er sich. »Wenn Maxi etwas passiert, das wäre …«

»Daran denken wir besser nicht.«

Sie setzten sich an den Küchentisch. Janosch legte sich augenblicklich auf Wiebkes Füße.

»Ich habe versucht, Lutz zu erreichen«, begann sie. In dem Moment schnarrte ihr Telefon. »Wenn man vom Teufel spricht … Lutz, danke, dass du zurückrufst.«

»Wiebke, hier ist die Hölle los. Ich hab eigentlich anderes zu tun, als zu klönen. Aber du rufst wegen Maxi an, stimmt's?«

»Ja. Ist sie da?«

»Logisch. Dein Zukünftiger meinte ja, er müsste sie hierherschleppen. Ist das 'ne Entführung, oder was, damit der biologische Vater nix mit ihr unternehmen kann?«

Wiebke starrte Nick an.

»Was? Was ist los, Wiebke?« Sie machte Nick ein Handzeichen, dass er still sein sollte. Vielleicht hatte Lutz ins Schwarze getroffen, obwohl er es vermutlich nicht ernst gemeint hatte.

»Wie sieht's bei euch aus? Meinst du, es gibt tatsächlich eine Sturmflut und die Warften könnten überspült werden?«

Sie hielt den Atem an, wollte die Antwort am liebsten nicht wissen und hörte dennoch aufmerksam zu.

»Kannst du mir bitte sagen, was los ist? Es geht schließlich um meine Tochter«, flüsterte Nick.

»Sie stehen in ständiger Verbindung zum BSH, Bundesamt für Seeschifffahrt und Hydrografie«, erklärte sie, während sie gleichzeitig Lutz' Bericht verfolgte.

»Unglücklicherweise sind die Fluttüren am Neubau noch nicht eingesetzt«, erzählte er gerade. »Da hat sich irgendetwas verzögert, jedenfalls hat Volker nun Panik, dass seine schöne neue Sanitätsstation absäuft.«

»Ist es denn sicher, dass es ein Landunter gibt?«

Lutz lachte. »Du bist niedlich. Ist es sicher, dass es heute Nacht dunkel wird?«

»Schöner Mist«, murmelte sie.

»Ich weiß ja nicht, was unser Bürgermeister mit eurem Schwimmmeister so Wichtiges hat, aber die beiden haben inzwischen kapiert, dass die Zeit für bescheuerte Konferenzen gerade nicht so optimal ist. Scheewe rührt sich aus dem Schutzraum im Gemeindehaus nicht weg. Er sagt, einer muss 'n klaren Kopf und den Überblick behalten und er würde von da oben alles koordinieren.« Man hörte ihm an, dass er nie sonderlich viel von seinem Chef hielt, in dieser Situation schon gar nicht. »Tamme ist mit Jan und den anderen Gemeindearbeitern draußen, um zu retten, was zu retten ist. Ich gehe auch gleich wieder raus. Zuerst müssen die Schafe und die Ziegen alle auf die Warft gebracht werden. Dann alles, was Wert hat, nach oben in die Schutzräume. Und natürlich Trinkwasser, etwas zu essen ...« Er schien gar nicht mehr mit ihr zu sprechen, sondern laut zu überlegen, was als Nächstes zu tun war.

»Was ist mit Maxi, wo ist sie?«

»Die sitzt warm und trocken bei Volker.«

»Ich weiß, du hast Wichtigeres zu tun, könntest du Tamme bitte trotzdem sagen, dass er mich anrufen soll? Und könntest du bitte ein Auge auf ihn haben? Er soll bloß nicht den Helden spielen!«

»Geht klar! Ich melde mich zwischendurch mal. Erst mol!«

»Können wir nicht irgendetwas tun, ein Boot chartern vielleicht, mit dem Maxi nach Pellworm geholt werden kann?«, schlug Nick vor. Wiebke sah ihn fragend an. »Tamme auch, von mir aus.«

»Melf Harrsen betreibt ein Taxi-Boot, aber der ist nicht lebensmüde.«

»Ich rufe den an.«

»Das kannst du dir sparen, Nick, so viel kannst du ihm gar nicht bezahlen, dass er sich jetzt auf die Nordsee wagt. Das wäre auch verantwortungslos.« Sie schenkte Tee ein.

»Ein Grog oder ein Schnaps wäre mir lieber.« Er sah sie zerknirscht an.

»Mir auch, um ehrlich zu sein. Aber ich muss nüchtern bleiben. Wer weiß, wie sich das entwickelt. Kann sein, dass wir hier auch ein paar Sachen vor dem Wasser in Sicherheit bringen müssen.«

Das Haus in der Liebesallee stand ziemlich nah am Deich. Sie hatten alles frisch renoviert, ehe sie eingezogen waren. Kein schöner Gedanke, dass hier drinnen der Schlamm bald zentimeterhoch stehen könnte. Aber das war Wiebkes kleinstes Problem.

Die Minuten zogen zäh vorüber, eine Stunde verging, noch eine. Wiebke bedauerte, dass sie Maxi noch kein Handy gekauft hatte. Ihr Kind saß vermutlich völlig verängstigt bei Volker, es wäre gut, mit ihr sprechen zu können. Volker, na klar! Wiebke wählte seine Nummer.

»Tamme geht doch sowieso nicht ran«, mutmaßte Nick düster. »Du hast es bestimmt schon hundertmal versucht.«

Wiebke lauschte dem Freizeichen. Wieso ging er nicht ran? Vielleicht ein Notfall. Dann hatte er Maxi allein in seiner Wohnung gelassen? Wiebke hoffte von Herzen, dass ihre Tochter den Namen ihrer Mutter im Display sah und abhob. Doch niemand meldete sich.

»Wir können doch hier nicht einfach herumsitzen«, fing Nick schon wieder an. In dem Moment piepte Wiebkes Telefon.

»Lutz, gibt es etwas Neues?«

»Ja, aber nichts Gutes. Die Hallig ist unter Wasser, es steht schon zu Zweidrittel an den Warften.«

Wiebke schluckte und atmete schwer. Sie musste die Fassung behalten.

»Und der höchste Stand ist noch längst nicht erreicht«, erzählte er weiter. Er klang gehetzt. »Sieht nicht gut aus. Vor allem ...«

»Vor allem was, Lutz?«

»Hanswarft ist für den Neubau erweitert und bei der Gelegenheit ja auch gleich erhöht worden. Bloß hat da wohl jemand Mist gebaut.« Wiebke musste plötzlich an das Husumer Restaurantschiff denken, das extra einen zusätzlichen Boden bekommen hatte und dann gesunken war. »Der Fething ist schon voll Salzwasser. Volker hatte so viel Schiss um die Einrichtung seiner nagelneuen Krankenstation, dass er versucht hat, so viel in Sicherheit zu bringen wie möglich. Nu is die Hand ab.«

»Was?«

»Na ja, nicht die ganze, aber sieht so aus, als hätte er sich Daumen und Zeigefinger der rechten Hand abgerissen.« Ein würgendes Geräusch kam durch die Leitung. »Ich weiß nicht, und ich will das auch nicht genauer wissen. Auf jeden Fall schreit Scheewe dauernd: ›Wir brauchen einen Arzt!‹ Tamme hat die Finger in eine Tüte gepackt. O Gott, mir ist schlecht. Und Volker schreit auch, aber vor Schmerzen, und er blutet wie Sau.«

»Tamme weiß, was er tut. Er ist spitze in Erster Hilfe. Du musst ihn unterstützen, wenn das sonst keiner machen kann.«

»Nee, Wencke, Wilma, äh, Wiebke, nee, schon bei dem Gedanken könnte ich spucken.«

»Jetzt hör mir mal gut zu, Lutz! Volker ist Rechtshänder. Was kann er noch machen, wenn er Daumen und Zeigefinger verliert? Für immer, meine ich. Noch mal: Tamme weiß, was zu tun ist. Aber wenn er Hilfe braucht, musst du dich zusammenreißen. Ich schicke euch den Heli. Kann der noch bei euch landen?«

»Der Platz ist noch nicht unter Wasser. Aber wie lange das noch so ist, weiß nur der liebe Gott. Ob ein Hubschrauber bei dem Geschaukel überhaupt ...?« Er würgte schon wieder.

»Behalt dein Handy immer bei dir, ich melde mich.« Während Wiebke Nick kurz auf den neuesten Stand brachte, rief sie schon die Leitstelle an.

»Bei dem Sturm startet kein Helikopter, nie im Leben!«, sagte Nick.

»Es geht darum, jemandem die Hand zu retten. Das ist ein Wettlauf gegen die Zeit«, erklärte Wiebke aufgebracht. »Je länger es dauert, desto mehr Zellen sterben unwiederbringlich ab.« Das Gespräch mit der Leitstelle verbesserte Wiebkes Laune nicht, ganz im Gegenteil. »Notarzt Dr. Nonnenmacher ist mit Christoph bereits im Einsatz. Es kann dauern, ehe er zurück ist und wieder starten kann.«

»Ist Christoph der Pilot?«

»Nein, Christoph Europa 5, so heißt der Rettungshubschrauber. Verdammter Mist!«

Ein Schiff war gekentert, und auf Langeneß hatte es einen schweren Unfall gegeben. Einzelheiten kannte Wiebke nicht. Sie wusste nur eins: Alle Helikopter, auf die sie als Ärztin irgendwie Zugriff hatte, waren im Einsatz.

Nick kam zu ihr und nahm sie in den Arm. »Mach dir keine Gedanken über irgendwelche Finger. Die Hauptsache, unsere Tochter ist in Sicherheit«, sagte er leise. »Ist sie doch, oder?«

»Jedes Haus hat einen Schutzraum. Der ist mit tief in den Boden verankerten Pfählen gesichert und bleibt selbst dann stehen, wenn der Rest des Hauses weggespült wird«, erklärte sie ganz automatisch. Und leiser fügte sie hinzu: »Das ist zumindest die Theorie.« Sie durfte der Angst nicht die Oberhand lassen. »Ich muss mir sehr wohl Gedanken um irgendwelche Finger machen«, sagte sie trotzig. »Sie gehören nämlich zufällig einem Kollegen, der ohne sie berufsunfähig wird.«

»Wen rufst du denn jetzt an?«

»In Sankt Peter-Ording gibt es ein Unternehmen, das sich auf die medizinische Betreuung von Windparks und Öl-Plattformen spezialisiert hat. Offshore-Rettung gehört dazu. Ja, Moin, Dr. Klaus hier, von Pellworm. Es geht um einen Notfall auf Hooge.« Sie erklärte die Lage. Als sie schließlich auflegte, war es für eine Sekunde ganz still, selbst der Sturm schien den Atem anzuhalten. »Alles klar, die fliegen mich hin.«

»Bist du jetzt auch noch verrückt geworden?«

»Nick, die haben einen sturmerprobten Piloten und einen Rettungsassistenten. Was ihnen fehlt, ist der Notarzt. Es dauert, bis die einen bekommen, also holen sie mich ab, das ist die schnellste Lösung.«

»Dann fliege ich mit.«

»Das geht nicht.«

»Aber ich …«

Wiebke fiel ihm ins Wort: »Pass auf, jetzt ist keine Zeit für lange Szenen, okay? Der Pilot würde nicht fliegen, wenn er sich und andere gefährden würde. Du kannst uns nicht begleiten, weil an Bord kein Platz für Gäste ist. Aber du kannst mir einen riesigen Gefallen tun.«

»Jeden, Wiebke.«

»Kannst du bitte Janosch nehmen? Ich glaube kaum, dass wir heute noch von der Hallig zurückkommen können.«

»Ach so, ja klar.«

»Danke!« Sie hatte schon wieder das Telefon in der Hand, um Corinna zu informieren.

»Du musst mir auch etwas versprechen, bitte.« Wiebke sah ihn fragend an. »Pass auf dich auf! Und melde dich, wenn du weißt, wie es unserer Tochter geht.«

Corinna meldete sich, sodass Wiebke eine Antwort erspart blieb. Sie nickte ihm nur zu.

»Corinna, hallo. Ich wünschte, es hätte nur jemand einen Knüppel auf den Kopf bekommen. Hör zu, du musst einen Platz im OP reservieren. Zwei abgerissene Finger. Volker von Hooge. Ich bin auf dem Weg zur Praxis.«

»Ist Volker denn auf Pellworm?«

»Nein, ich will nur ein paar Verbände und Schmerzmittel zusätzlich in den Notfallkoffer packen. Wer weiß, was mich auf Hooge noch erwartet?«

»Wieso, du fährst doch nicht …«

»Nein, Corinna, ich fliege. Der Heli ist schon so gut wie unterwegs. Darum mache ich jetzt Schluss.«

»Alles klar, Boss, ich halte dich zwar für völlig bekloppt und betone ausdrücklich, dass ich nicht gut finde, was du da vorhast, aber ich laufe eben rüber und packe dir die Tasche.«

»Du bist ein Engel.«

Corinna war nicht gerade eine Draufgängerin, sondern machte sich eher zu viel Sorgen. Aber wenn es darauf ankam, fackelte sie nicht lange, das musste man ihr lassen.

Wiebke rutschte fast das Herz in die Hose, als der Hubschrauber auf dem Feld landete. Normalerweise übergab sie einen Patienten an Dr. Nonnenmacher oder einen Kollegen und hatte damit ihren Teil der Notfallversorgung getan. Sie war noch nie selbst mitgeflogen. Corinna hatte schon recht, es war völlig verrückt. Ihr erster Einsatz dieser Art und dann gleich unter solchen Wetterbedingungen! Die hintere Tür öffnete sich, Wiebke lief in gebückter Haltung los und kletterte hinein.

»Moin, willkommen an Bord!« Der Pilot drehte sich kurz zu ihr um. »Das wird kein Kindergeburtstag. Anschnallen und gut festhalten!«

»Moin, ich bin Malte, der Windenführer«, begrüßte ein durchtrainierter Glatzkopf, der hinten saß, sie freundlich und reichte ihr einen Kopfhörer mit Mikrofon. »Keine Sorge, wir haben Spucktüten dabei.«

»Toll, ich fühle mich gleich viel besser.« Malte lachte schallend. »Ich dachte, Sie sind der Rettungsassistent.«

Er verneinte und grinste breit. Kein Wort dazu, warum offenbar kein Assi mit von der Partie war, keine Erklärung zu seiner Funktion. Viel Zeit zum Nachdenken blieb ihr nicht, denn bis nach Hooge war es nicht weit. Mit einem erfahrenen Führer konnte man die Strecke durchs Watt zu Fuß bewältigen, im Flug war es nur der berühmte Katzensprung.

Sie kamen von Landsende herein. Das wusste Wiebke, sehen konnte sie den Anleger nicht. Die Hallig war weg, die Nordsee hatte sie sich geholt. Nur noch die Warften trotzten den peitschenden Wellen. Wiebke klebte beinahe mit der Nase an der Scheibe. Es war ein schaurig-schöner Anblick. Wenn nur Maxi und Tamme nicht dort unten wären. Ockenswarft sah unbeschädigt aus, dann kam Hanswarft in den Blick. Wiebkes Puls beschleunigte sich immer mehr.

»Ich versuche runterzugehen«, kam es knisternd aus den Lautsprechern auf ihren Ohren. Der Pilot. »Aber ich glaube nicht, dass das klappt. Sieht nicht gut aus da unten.«

Jetzt sah Wiebke es auch. Die hintere Seite von Hanswarft war intakt, doch vorn, zur Backenswarft und dem Fähranleger hin tobte das Chaos. Die Befestigung, die Menschen, Tiere und Häuser schützen sollte, war auf mehreren Metern weggerissen worden. Ein Auto, das vermutlich vor dem Neubau gestanden hatte, war mit dem Schlamm abwärts gerutscht. Es hatte offensichtlich Halt unter den Reifen, aber wie lange noch? Viel schlimmer: Was geschah, wenn es zum Spielball der Gewalten wurde, die dort tobten? Wiebke sah Menschen, die Vieh und Pferde auf die andere Seite der Warft brachten. Falls der Pegel weiter stieg, hatten sie auch dort keine Chance. Es war ein unbeschreibliches Durcheinander. Jeder versuchte, das weiter nach oben zu holen, was am Fuß der Warft liegen geblieben war.

»Das wird nichts«, stellte der Pilot fest. »Der Landeplatz

ist abgesoffen, sehen Sie? Das wird nichts«, wiederholte er, »wir müssen umdrehen.«

»Nein!« Wiebke erkannte Tamme, der sich mit zwei anderen Männern an einem Boot zu schaffen machte. Es lag genau an der Wasserkante auf dem Weg, der zum Sturmflutkino führte. Wahrscheinlich hatte es sich losgerissen, und sie wollten es sichern. »Der Rettungssanitäter braucht Hilfe. Die Halligleute brauchen alle Hilfe, er war der Einzige, der eine medizinische Notversorgung gewährleisten konnte. Die haben jetzt niemanden mehr. Nur mich!«

»Schreien Sie doch nicht so, ich kriege ja einen Tinnitus.«

»Tut mir leid, ich bin ... Wir müssen Volker und seine abgetrennten Finger in ein Krankenhaus bringen. Auf dem schnellsten Weg.«

»Sie wollen da runter?«

»Unbedingt!«

»Alles klar. Ich gehe so weit herunter, wie ich kann. Dann müssen Sie springen.« Wiebke blieb fast das Herz stehen. Wie tief konnte ein Hubschrauber in der Luft stehen? »Das war ein Witz! Malte lässt sie runter. Wurden Sie schon mal abgeseilt?«

»Nein.«

»Dann viel Glück!«

»Nun gucken Sie mal nicht so, wir kriegen das schon hin. Wenn Sie wirklich wollen«, meldete sich Malte zu Wort. »Es wird Ihnen niemand übel nehmen, wenn Sie kneifen.« Er blickte ihr in die Augen.

Wiebke schluckte, sah aus dem Fenster. Das Boot wurde

vom Wasser gepackt und Warft-abwärts gezogen, Tamme und die anderen sprangen zur Seite. Aus dem Augenwinkel bemerkte Wiebke etwas, das nicht ins Bild passte. Eine Haustür hatte sich geöffnet. Eigentlich müsste alles mit Fluttüren gesichert sein, niemand sollte jetzt ein Haus verlassen. Es war Maxi! Sie wirkte vollkommen verängstigt, stemmte sich gegen den Sturm.

»Seilen Sie mich ab, sofort!«, schrie Wiebke atemlos.

»Alles klar!« Malte machte sich augenblicklich daran, ihr ein Geschirr anzulegen. »Sie bleiben sitzen, bis ich Ihnen ein Zeichen gebe.« Wiebke griff nach ihrer Tasche. »Die bleibt hier. Sie werden mit sich selbst beschäftigt sein. Sobald Sie Boden unter den Füßen haben, werfe ich Ihnen Ihre Ausrüstung hinterher.«

Er gab ihr einen Helm und Handschuhe. Sie nickte und versuchte, ruhiger zu atmen. Hyperventilieren wäre jetzt eine ganz schlechte Idee.

»Auf mein Zeichen rutschen Sie einfach aus dem Heli ins Freie«, erklärte Malte ihr. »Verlagern Sie Ihr Gewicht nach hinten wie in einem Liegestuhl. Und es wäre gut, wenn Sie nicht allzu viel in der Gegend herumfuchteln würden. Sie werden den Zug am Gurt merken. Dann wissen Sie, dass ich Sie habe. Sie brauchen keine Angst haben, zu fallen, okay?« Wiebke nickte. »Prima, los geht's.«

Der Hubschrauber hing wie eine Hornisse über der Wiese vor dem Gemeindehaus. Die hintere Tür wurde zur Seite geschoben, Wiebke blieb kurz die Luft weg von dem Sturm, der plötzlich in das Innere toben konnte und dem Heli einen ordentlichen Ruck versetzte. Sie erkannte Bürgermeister Scheewe, der tatsächlich, wie Lutz gesagt hatte, am Fenster im ersten Stock stand. Sie erkannte auch Lutz, der ungläubig zu ihr hochblickte, kurz den Kopf schüttelte und dann wie verrückt winkte. Wo war Maxi? Hoffentlich sah Lutz sie in dem Tohuwabohu und brachte sie in Sicherheit.

Wie Malte es ihr gesagt hatte, rutschte sie ganz nah auf den Ausgang zu, der Wind zerrte augenblicklich an ihren Beinen. Verdammt, sie waren noch ganz schön hoch. Aber noch hatte er ihr das Zeichen ja auch nicht gegeben. Wiebke konzentrierte sich, da sah sie Maxi in Tammes Richtung rennen. Gleichzeitig wurde das Boot von einer gewaltigen Welle angehoben. Lieber Gott, Maxi lief genau darauf zu.

»Ich muss da jetzt runter!«, schrie Wiebke.

»Kleinen Moment noch«, gab Malte zurück.

Tamme hatte Maxi entdeckt und stürzte auf sie zu.

»Nein, jetzt, genau jetzt!« Wiebke schob sich weiter vor. War das ein Ruck oder der Zug am Gurtsystem?

»Raus mit Ihnen!«

Noch ein Stück, und unter ihr war nichts mehr. Wiebke lehnte sich zurück, klammerte sich an das Seil. Sie brauchte nicht herumzufuchteln, die Böen schafften es auch so, dass sie hin und her schwang, als säße sie auf einer Kinderschaukel. Sie drehte sich, kippte zur Seite, machte sich steif. Unmöglich, Maxi oder Tamme im Blick zu behalten. Lieber Gott, lass das hier gut ausgehen, betete sie stumm. Es konnte nicht mehr weit sein. Den Haken erst lösen, wenn du einen sicheren Stand hast, rief sie sich Maltes Anweisung ins Gedächtnis. Konnte nicht mehr lange dauern. Sie glitt an Scheewe vorbei, der sie anstarrte, als wäre sie Catwoman. Plötzlich spürte sie den Boden unter ihren Füßen. Sie zog sich am Seil hoch, um in eine aufrechte Position zu kommen. Geschafft! Wiebke löste den Karabiner, reckte den Daumen in die Höhe. Sie sah Malte, der grinsend ebenfalls einen Daumen hochstreckte, das Seil wieder heraufzog und ihr ihre Einsatztasche herunterwarf.

Die ersten Schritte fühlten sich etwas unsicher an, wahrscheinlich waren ihre Knie weich wie Pudding, obendrein schubste der Sturm sie hin und her. Wiebke ließ sich nicht aufhalten. Sie rannte in Richtung Boot. Jan kam ihr entgegen, Maxi auf dem Arm.

»Ihr geht's gut«, brüllte er gegen den Sturm und das Stakkato des Hubschraubermotors.

»Mami!« Die zitternde Stimme ihrer Tochter raubte ihr die Fassung.

»Maxi, was machst du denn hier draußen?« Wiebke beugte sich über sie, küsste sie.

»Ich bringe sie rein«, sagte Jan.

Wiebke schluckte die Tränen herunter. »Danke, Jan.« Dann drehte sie sich um. »Wo ist Tamme?« Eine Böe trug ihre Worte davon. Niemand antwortete ihr.

Plötzlich war Lutz neben ihr. Er hielt sich mit Mühe auf den Beinen, seine Jacke flatterte und knatterte wie ein Segel. Wahrscheinlich hatte er sie in der Eile nicht zubekommen.

»Du bist so bescheuert«, schrie er sie an. »Selbstschutz geht vor Fremdschutz, schon mal gehört?« Seine Lippen verzogen sich zu einem Lächeln. »Mann, wenn wir dich nicht hätten! Nimmt der Heli Volker mit ins Krankenhaus?«

»Ja. Wo ist Tamme?« Sie drehte sich noch einmal kurz um.

»Ich glaube, der bändigt mit den anderen noch das Boot. Komm!«

Wiebke machte ein Zeichen in Richtung Hubschrauber und hoffte sehr, dass Malte verstand. Dann rannte sie hinter Lutz her in das Gemeindebüro. Volker hing etwas schief auf einem Lager aus zwei Stühlen.

»Das kommt davon, wenn man seine Finger in Sachen steckt, die einen nichts angehen.« Wiebke sah ihn an und lächelte.

Er war ein bisschen blass, aber sonst wirkte er stabil.

»Ging mich sehr wohl etwas an«, protestierte er schwach. »Wo kommst du überhaupt her?« Er schaute sie benommen an, seine Stimme klang ein wenig verschwommen. Vermutlich war er bis zu den Haarwurzeln mit Schmerzmitteln vollgepumpt.

»Von oben«, antwortete sie und fühlte seinen Puls.

»Die Finger liegen in der Kaffeeküche«, sagte Lutz stockend. »O Gott, ich trinke hier nie wieder etwas.«

Sie sah sich Volkers Verletzung an. Professionell versorgt. Tammes Handschrift. »Kannst du laufen?«

»Ich habe mir ja nicht die Zehen abgerissen.«

»Und den Humor offenbar auch nicht, das ist gut.« Sie lächelte.

»Ist Galgenhumor.«

»Das glaube ich dir sofort. Ein Heli wartet auf dich. Die

nähen dir in der Klinik deine Finger an, dann bist du wieder wie neu. Soweit die gute Nachricht.« Sie versuchte, ruhig und gelassen zu wirken.

»Und die schlechte?«

»Der Hubschrauber kann nicht landen. Wir müssen dich angurten, und sie ziehen dich rauf.« Seine Augen weiteten sich. »Ist nicht schlimm, wirklich. Wenn ich so auf die Hallig gekommen bin, kommst du so auch weg.« Er nickte langsam.

Wiebke holte die abgetrennten Gliedmaßen, die optimal verpackt waren. Steriler Verband, Plastikfolie, das Ganze in einem Beutel mit Wasser, in dem einige Eiswürfel schwammen. Sie schnappte sich eine Einkaufstüte mit langen Schlaufen, legte die kostbare Fracht hinein und hängte Volker die Tasche um den Hals.

»Können wir?« Sie half ihm auf.

Lutz war zur Stelle. »Geht's? Nicht, dass du lang hinschlägst.«

Volker schwankte kurz, murmelte dann aber etwas und marschierte tapfer los. Wiebke blieb an seiner Seite. Gut möglich, dass ihm schwarz vor Augen wurde oder übel. Sie nahm seinen Arm und stützte ihn, als draußen der Sturm an ihm riss. Kaum waren sie einige Schritte gegangen, wurde das Dröhnen am Himmel lauter. Der Pilot brachte seine Maschine nach unten.

»Muss ich irgendetwas machen?« Volker war kaum zu verstehen. Er bekam es anscheinend mit der Angst zu tun.

»Ich lege dir den Gurt an. Wenn's losgeht, lehnst du dich

einfach nur leicht nach hinten und machst dich möglichst steif. Das kriegst du hin.«

»Wird schon!«, brüllte Lutz und sah aus, als würde er lieber auf seiner Hallig sterben, als sich selbst bei dem Wetter durch die Luft schaukeln zu lassen.

Wiebke brauchte drei Versuche, ehe sie das Geschirr zu fassen bekam, das hin und her geschleudert wurde. Sie bugsierte Volkers Beine durch die Schlaufen, zog alle Gurte straff und überprüfte zweimal sämtliche Verschlüsse.

»Alles klar?« Sie sah ihn an.

»Jo. Danke, Doc!«

Wiebke klopfte ihm sanft auf die Schulter und reckte den Daumen nach oben. Ein kleiner Ruck, dann schwebte Volker. Wiebke lief sofort zur Seite. Aus sicherer Entfernung sah sie zu, bis Malte Volker in den Heli zog. Sie schickte ein Dankgebet zum Himmel. Sie hatte es tatsächlich geschafft.

»Wiebke, hierher, schnell!« Das schwächer werdende Motorenbrummen noch im Ohr, rannte Wiebke los. Sie sah das Boot, das die Männer schon vorhin in Atem gehalten hatte. Es war ihnen endlich gelungen, es weit hinauf auf die Warft zu schleppen und dort zu sichern.

Jemand winkte sie hektisch heran, es war der neue Lehrer. Wiebke hatte ihn erst einmal gesehen. Ihr Blick wanderte nach unten. Füße, Unterschenkel. Der schneidende Wind trieb ihr Tränen in die Augen, es fing auch noch an zu regnen. Die Tropfen waren wie Nadelstiche. Halb blind stolperte sie vorwärts. Jemand lag hinter dem Schiffchen und brauchte ihre Hilfe. Das Wasser stieg höher, die Nordsee leckte schon nach den Schuhen des Verletzten. Tammes

Schuhe! Wiebkes Puls beschleunigte sich um ein Vielfaches, mit aller Kraft warf sie sich gegen den Sturm und wäre beinahe gefallen, weil eine Böe abflaute.

»Das Brett muss ihn am Kopf erwischt haben«, schrie der Lehrer. Wiebke sah ein Stück Holz, das aus dem Boot ragte. Sie ließ sich neben Tamme auf die Knie fallen. Er war komplett durchnässt. Das Haar war blutverklebt, das halbe Gesicht schmutzig-rot.

»Tamme! Hörst du mich?«, schrie sie und beugte sich zu ihm herunter, die Finger auf seine Halsschlagader gelegt. Bei dem Wind konnte sie seinen Atem unmöglich an ihrer Wange spüren. Pochen unter ihren Fingerspitzen, sein Brustkorb hob und senkte sich. Tammes Lider zuckten und öffneten sich. Danke, lieber Gott! Die Erleichterung trieb ihr Tränen in die Augen. Er blinzelte noch einige Male, ehe er wieder ganz bei sich war.

»Mir ist so kalt«, flüsterte er. Am liebsten hätte Wiebke ihn angeschrien. Sie war wütend! Das wäre alles nicht nötig gewesen. Gleichzeitig war sie froh. Auf den ersten Blick sah er schlimmer aus, als die Verletzung war. Eine Platzwunde am Schädel. Nicht sonderlich groß, eher ein Kratzer.

»Kannst du aufstehen? Wird Zeit, dass du ins Warme kommst.«

»Bin ich tot, und du bist ein Engel?« Er lächelte schief.

»Weder noch«, antwortete sie und wischte sich mit dem Handrücken über die Wange. »Engel sind nachsichtig und verständnisvoll. Ich schwöre dir, ich bin weit von Nachsicht und Verständnis entfernt. Los, hoch mit dir!« Wiebke wollte seinen rechten Arm nehmen, der Lehrer packte den linken. Tamme schrie auf.

»Meine Schulter! Das geht nicht.«

»Links?«, wollte Wiebke wissen. Tamme nickte. »Kannst du dich allein umdrehen und auf die Knie gehen?«

Er stützte sich mit rechts hoch, rollte sich zur Seite. Zusammen mit dem Hallig-Lehrer half Wiebke ihm auf. Sofort packte Tamme seinen linken Ellbogen und krümmte sich leicht.

»Geht's?« Wiebke sah ihn an.

»Geht schon«, sagte er leise, der Blick hätte selbst den alten ruppigen Insel-Arzt Dethlefsen zum Schmelzen gebracht.

Lutz erwartete sie bereits an der Tür zum Gemeindebüro. »Oha, Tamme, in deiner Haut möchte ich nicht stecken. Das gibt noch 'n Einlauf!«

»Darauf kannst du Gift nehmen«, sagte Wiebke. »Aber erst mal gibt's eine Spritze. Das sieht mir sehr nach einer Luxation aus.« Lutz sah sie fragend an. »Er hat sich die Schulter ausgekugelt. Ist die neue Sanitätsstation eigentlich noch benutzbar?«

»Logisch! Volker hat nur ein paar Sachen in Sicherheit gebracht. Wenn das Wasser weiter so steigt, war das goldrichtig. Aber die Liege ist noch da.«

»Gut, wir gehen hin. Willst du mitkommen und ihn schreien hören?«, fragte Wiebke Lutz und zog eine Augenbraue hoch.

»Nee, lass man! Ich bin nicht traurig, wenn du allein klarkommst.«

»Krieg ich hin. Du könntest mir aber einen Gefallen tun. Tamme braucht trockene Klamotten. Und wir brauchen eine Übernachtungsmöglichkeit für drei Personen.«

»Kein Problem!«

Wiebke schnappte sich ihren Einsatzkoffer. Sie mussten noch einmal durch das Unwetter, nur ein paar Schritte glücklicherweise. Wortlos half sie Tamme aus der Jacke.

»Du bist ziemlich sauer, oder?« Er sah mit gesenktem Kopf zu ihr auf. Wiebke zog schweigend eine Spritze auf.

»Hinlegen«, kommandierte sie. Es kostete sie eine Menge Beherrschung, ihm nicht auf der Stelle die Leviten zu lesen. Aber in diesem Moment war er ihr Patient, und sie musste sich auf ihre Arbeit konzentrieren.

»Hast ja recht, das war nicht besonders schlau.«

»Nicht besonders schlau? Das war das Dämlichste, was du je gemacht hast«, schrie sie. »Und das will etwas heißen, weil du nämlich schon einige richtig blödsinnige Sachen verzapft hast, seit ich dich kenne.«

»Nicht nötig, so zu schreien«, brummte er leise.

»Ich finde Schreien super! Ich fühle mich gleich viel besser.« Sie hatte seinen Ärmel hochgeschoben und die Haut desinfiziert. »Es pikst jetzt gleich ein bisschen«, kündigte sie automatisch an und stach die Nadel auch schon schwungvoll in seinen Oberarm.

»Au!«

»Das wirkt ganz schnell, dann sind deine Muskeln entspannt, und ich bringe dein Schultergelenk wieder in Ordnung.«

»Kannst du nicht auch etwas von dem Zeug nehmen, wenn es so schnell entspannt?«

»Sehr witzig, Tamme Tedsen, wirklich.« Beide schwiegen.

Wiebke hörte dem Fauchen und Rauschen, dem Knistern und Grollen zu, das der Orkan unvermindert von sich gab.

Nach einer Weile sagte sie: »Ich ziehe den Oberarmkopf jetzt ein wenig zu mir und renke dich dann ein, sodass wieder alles an Ort und Stelle ist. Ich hoffe, der Kopf des Knochens stößt nicht gegen die Pfanne, sonst kann es passieren, dass etwas absplittert. Dann müsste operiert werden, das wäre eine langwierige Geschichte. Ich glaube nicht, dass du mich dann im August über die Schwelle tragen könntest.«

Ohne eine Miene zu verziehen, packte sie zu und zog. Tamme gab ein dumpfes Stöhnen von sich.

»Das war's. Du bekommst jetzt eine Fixierung, damit das Gelenk absolute Ruhe hat. Es muss erst stabilisiert sein, ehe du mit Übungen zur Mobilisierung anfangen kannst. Geröntgt werden muss deine Schulter auf jeden Fall. Kann sein, dass irgendwo etwas gebrochen oder gerissen ist.«

Sie half ihm, sich aufzusetzen, und wollte sich sofort abwenden, um sich um die Fixierung zu kümmern. Tamme hielt sie mit der rechten Hand fest.

»Es tut mir leid«, sagte er heiser.

Sie schluckte. Am liebsten hätte sie ihn in den Arm genommen, gleichzeitig war sie so enttäuscht.

»Willst du überhaupt noch, dass ich dich im August über die Schwelle trage?«, fragte er nach einer Weile.

Sie holte Luft, da klopfte es. Lutz streckte den Kopf zur Tür herein.

»Na, alles wieder dran am Mann?« Er lachte.

Lutz sah aus, als wollte er zu einer Mondexpedition aufbrechen. Die wattierte Regenjacke wirkte wie aufgepustet, die Kapuze gab nur einen kleinen Ausschnitt seines Gesichts frei.

»Es war nichts ab«, entgegnete Tamme.

»Hier sind trockene Sachen zum Anziehen.« Lutz hielt eine Tasche hoch, rührte sich aber nicht von der Stelle. »Tut mir leid, ein Sprüche-Shirt war nicht aufzutreiben.« Er grinste.

Wiebke zog Tamme sein T-Shirt aus und das trockene an.

»Und von der Hooge Woge gibt es leider noch keine Werbe-Klamotten«, setzte Lutz dann hinzu.

»Hör bloß auf!«, sagten Tamme und Wiebke wie aus einem Mund.

»Dafür habe ich jemanden mitgebracht.« Lutz öffnete die Tür endlich ganz und gab den Weg frei.

Maxi guckte vorsichtig um die Ecke, dann stürmte sie in den kleinen Behandlungsraum. »Mami!« Sie sprang hoch. Wiebke spürte glücklicherweise die Liege hinter sich, ließ sich darauf sinken und zog ihre Tochter auf ihren Schoß.

»Na, du kleine Ausreißerin.« Wiebkes Stimme zitterte bedrohlich. »Sagt man seiner Mutter nicht Bescheid, wenn man doch nicht von der Schule abgeholt werden will?«

»Ich geh dann mal wieder«, meldete sich Lutz leise zu

Wort. »Scheewe ist total planlos. Mal sehen, was ich noch tun kann.«

»Denkst du, die Warften laufen voll?« Wiebke sah ihn an und streichelte Maxi die ganze Zeit beruhigend über den Rücken.

»Kann nicht schaden zu beten, dass das nicht passiert. Noch ist der Höchststand nicht erreicht.« Und weg war er.

»So, Spatz, ich muss Tamme jetzt einen Verband anlegen.« Sie setzte Maxi herunter und stand auf.

»Tut's noch doll weh, Tamme?« Maxi machte Anstalten, ihn zu drücken.

»Nicht anfassen!«, rief Wiebke. »Du darfst dich neben ihn setzen, auf seine rechte Seite, aber den linken Arm darfst du in der nächsten Zeit nicht berühren, in Ordnung?«

Maxi nickte eifrig, hüpfte auf die Liege, schmiegte sich an Tamme und schlang ihre Ärmchen um ihn.

»Entschuldigung, dass ich nicht drinnen geblieben bin«, murmelte sie an seinem Bauch. »Ich habe aus dem Fenster geguckt, das sah so schlimm aus.«

Sie fing an zu weinen. Tamme legte den gesunden Arm um sie und zog sie noch fester an sich. Wiebke sah, dass seine Augen schimmerten.

»Ich dachte, dir passiert was, aber du sollst doch mein Papa werden. Darum bin ich rausgelaufen. Tut mir leid!« Jetzt schluchzte sie so heftig, dass nichts mehr zu verstehen war.

Tamme lief eine Träne über die Wange, das gab Wiebke den Rest. Sie hatte eine Schlinge improvisiert, die sie nun an

Tammes Körper fixieren musste. Behutsam löste sie Maxis Arme und schob ihre Tochter ein Stück zur Seite.

»Tamme braucht ja gleich wieder ein trockenes T-Shirt, wenn du so weiterweinst.«

Sie stupste Maxis Nase und gab ihrem aufgelösten Kind ein Taschentuch. Anschließend machte sie die Fixierung fertig.

»So, das sollte gehen. Kannst du den Arm noch bewegen?«

Tamme schüttelte den Kopf, sein Kehlkopf hüpfte verdächtig.

»Lutz hat dir einen Pullover mitgebracht.«

»Iih, der riecht nach Stall.« Maxi rümpfte die Nase.

»Den hatte letzte Woche wahrscheinlich noch ein Schaf an«, meinte Tamme und lächelte tapfer.

Nachdem Maxi und Tamme bei Lutz' Kollegin Gabi untergebracht waren, ging Wiebke wieder nach draußen. Jede helfende Hand wurde gebraucht.

»Ich weiß nicht, ob du dem Scheewe ein Beruhigungsmittel geben solltest«, brüllte Lutz, als sie Seite an Seite große Äste, Metallstäbe, und was sonst noch angespült worden war und zur Gefahr werden konnte, aufsammelten und beiseiteschafften. »Nicht, dass der noch kollabiert.«

»Der steht die ganze Zeit im Warmen und guckt zu, wie die anderen arbeiten, sehe ich das richtig?«

Lutz lachte. »Der wär sowieso nur im Weg.«

»Ich glaube trotzdem, dass ich lieber an sämtliche Hallig-Lüüd Beruhigungsmittel verteile. Die müssen doch alle die Krise kriegen.«

»Die haben sie, seit er hier ist.«

Wiebke versorgte hier eine Schnittwunde, da war jemand gestürzt und hatte sich ein Knie aufgeschlagen. Zwischendurch packte sie dort mit an, wo es nötig war.

Lutz hielt ständig Kontakt zu den Warft-Obleuten. Und natürlich zum Bundesamt für Seeschifffahrt und Hydrografie. Immer wieder betrachtete er mit sorgenvoller Miene das Wasser, das jetzt selbst da, wo der Schutzwall unbeschädigt war, immer wieder über die Kante klatschte. Noch zehn Zentimeter, schätzte Wiebke, dann wurde es wirklich kritisch. Gleich neunzehn Uhr. Wenn sie sich nicht täuschte, müsste der höchste Stand in wenigen Minuten erreicht sein. Vielleicht hatten sie doch noch Glück.

»Wiebke, kannst du mal kommen?« Einer der Gäste hatte sich einen Splitter in den Finger gejagt. Durch den Handschuh. Das bedeutete, sie konnte sich kurz drinnen aufwärmen.

Als sie eine knappe halbe Stunde später wieder herauskam, hörte sie: »Der Pegel sinkt! Das Wasser geht zurück!«

Sie hatten es tatsächlich geschafft. Noch blieben alle, wo sie waren. Niemand wollte sich darauf verlassen, dass das Schlimmste tatsächlich überstanden war. Wiebke ging es genauso. Sie zitterte zwar vor Kälte, wollte die schwarze wütende Nordsee aber am liebsten nicht aus den Augen lassen.

»Nu geh man zu deiner Familie. Wenn sich jetzt noch einer verletzt, wissen wir ja, wo du bist«, sagte Lutz und klopfte ihr auf die Schulter. »Mensch, gut, dass du gekommen bist, Hallig-Doc.«

Gabi hatte heißen Kakao gemacht, es duftete herrlich. Wiebke bemerkte, dass sie riesigen Hunger hatte.

»Wenn gleich endgültig Entwarnung ist, treffen sich alle in der T-Stube«, sagte Gabi. »Die Küche macht 'ne Sonderschicht!«

»Das hört sich gut an, ich glaube, ich kann ein halbes Schwein auf Toast verdrücken.« Wiebke lachte.

»Au ja, Hunger!«, schrie Maxi.

In der T-Stube war es brechend voll. Alle, die sich auf Hanswarft aufhielten, schienen sich unter dem bis in den Giebel offenen Strohdach versammelt zu haben. Das Stimmengewirr übertönte sogar das Rauschen und Jaulen des Sturms, der nur langsam nachließ.

»Wenn nicht so ein Hornochse den Aufbau bei der Warfterhöhung versaut hätte, wäre nix los gewesen«, meinte jemand. Der Nächste behauptete, er wäre die ganze Zeit völlig entspannt gewesen, weil doch klar gewesen sei, dass das Wasser nichts anrichten würde. Andere dagegen unterhielten sich darüber, wie haarscharf sie der Katastrophe entgangen waren. Natürlich wurden auch schon wieder Witze gemacht.

»Hast gehört? Auf Ockenswarft haben sie Sturmwichteln gespielt. Jeder stellt was raus, was er nicht mehr braucht, und guckt, wo's hinfliegt. Erika hat Hein rausgestellt.«

Und immer wieder ging es um die spektakuläre Rettungsaktion des Gemeindepflegers Volker.

»Der Notarzt hat sich aus dem Hubschrauber abgeseilt«, erzählte gerade jemand am Nachbartisch.

»Das war eine Notärztin«, verbesserte Maxi nuschelnd, den Mund voller Pommes. Sie schluckte herunter und sagte dann lauter: »Das war nämlich meine Mama!«

Ein paar Köpfe drehten sich um.

Jemand rief: »Alle Achtung, mutige Aktion!«

»Kann seine Hand angenäht werden?«, fragte ein anderer.

»Es waren nur zwei Finger«, entgegnete Wiebke. »Ja, ich glaube, die Chancen stehen ganz gut, dass er sie weiter benutzen kann.«

»Deine Mutter ist jetzt noch berühmter«, flüsterte Tamme Maxi zu.

»Klar, die haben alle an den Fenstern gesessen und geguckt«, gab sie atemlos zurück. »Habe ich genau gesehen. Das war aber auch voll cool wie in einem Superhelden-Film!«

»Das stimmt, du hast eben eine Superheldin-Mama.« Tamme sah Wiebke an. »Mir wäre es trotzdem lieber, sie würde nie wieder ein solches Risiko eingehen. Superhelden leben nämlich ganz schön gefährlich.«

Nachdem Wiebke einen kleinen Salat, ein Friesen-Spezi, Kartoffelpuffer mit Krabben, und hinterher einen Eisbecher verdrückt hatte, kam die Müdigkeit schlagartig. Maxi war auch auffällig still geworden. Wiebke verlangte die Rechnung. Doch Wirtin Ela winkte ab.

»Ich nehme doch von der Frau des Tages kein Geld. Du hast dafür gesorgt, dass wir unseren Volker behalten können, du bist so was von eingeladen.« Sie zwinkerte vergnügt.

»Außerdem könnte ich für eure Zeche doppelt und dreifach kassieren. Du glaubst nicht, wie viele gesagt haben, dass sie die übernehmen.«

Als Wiebke am nächsten Morgen aus dem Fenster der kleinen Wohnung über dem Heimatmuseum blickte, traute sie ihren Augen kaum. Die Sonne schien und warf glitzernde Reflexe auf spiegelglattes Wasser, das sich noch immer zwischen den Warften ausbreitete. Das sollte die Nordsee sein, die gestern noch Mensch und Tier in Todesangst versetzt hatte? Es sah eher nach einem See aus, der kein Wässerchen trüben konnte. Sie blinzelte. Das gelbe Metallgerüst am Anleger, das die Gäste bei ihrer Ankunft auf Hooge begrüßte, ragte in den knallblauen Himmel. Von Backenswarft waren zwei Kanus unterwegs in Richtung Hanswarft. Alles sah friedlich aus, als sei nichts geschehen.

Die Nacht war unruhig gewesen. Der Sturm hatte noch eine ganze Weile getobt und durch sämtliche Ritzen gepustet. Es hatte manchmal geklungen, als würde das Dach vom Haus abgehoben werden, dann wieder, als donnerte ein Trecker durch das Apartment.

Maxi hatte gestöhnt und leise gejammert, Wiebke war mehrmals aufgestanden, um nach ihr zu sehen, und auch Tamme war ständig wach, weil er für gewöhnlich auf der linken Seite schlief und jedes Mal von Schmerzen geweckt wurde, sobald er sich aus der Rückenlage rollte.

Wiebke ließ die beiden noch etwas schlafen. Leise zog sie sich an und ging hinaus.

»Moin, Hallig-Doc«, rief ihr eine Frau zu, die am Abend in der T-Stube gewesen war. Wiebke kannte sie nicht.

Auf dem Weg zum Supermarkt meldete sich ihr Handy.

»Wiebke Klaus, guten Morgen.«

»Moin, Wiebke, hier ist Volker.«

»Hey, Volker, wie gut, deine Stimme zu hören. Wie geht es dir?«

»Super, die geben mir ein Schmerzmittel, das ist besser als Alkohol.« Er lachte. »Im Ernst, ich wollte dir unbedingt noch mal danken. Das mache ich natürlich auch noch persönlich, wenn wir uns sehen. Aber ich dachte, ich sag dir schon mal, dass alles gut gelaufen ist. Finger sind dran.« Er lachte wieder. »Ich glaube zumindest, dass sie das sind und die mir keine Bleistifte oder Pfeifenreiniger angebaut haben. Ist noch alles unter einer dicken Verbandsschicht versteckt.«

»Das hört sich sehr gut an. Gott sei Dank! Freut mich wirklich.«

»Und bei euch? In den Nachrichten heute Morgen haben die berichtet, die Halligen hätten großes Glück gehabt.«

»Das kannst du laut sagen.« Wiebke erzählte kurz, was alles geschehen war. »Dann mal weiter gute Besserung, Volker. Die werden hier alle sehr froh sein, dass sie dich bald heil zurückbekommen. Mach's gut!«

Wiebke wurde an jeder Ecke aufgehalten. Es dauerte, ehe sie mit Eiern, frischen Brötchen, Butter, Hallig-Honig und etwas Aufschnitt zurück in der Wohnung war. Sie ließen sich Zeit mit dem Frühstück. So etwas nannte man wohl eine Zwangspause. Sie saßen auf Hanswarft fest und hatten nichts zu erledigen. Ein seltsames Gefühl.

Wiebke räumte gerade den Tisch ab, als es klopfte.

Lutz stand vor der Tür. »Moin. Ich wollte mal sehen, wie es euch geht, und ob ihr alles habt, was ihr braucht.«

»Hallo, Lutz, hast du was zum Spielen? Mir ist voll langweilig«, rief Maxi.

»Oha, für Kinderspiele bin ich nicht so der Fachmann. Aber mir fällt gerade was ein. Mögen nicht alle kleinen Mädchen Ponys?«

»Ja, die sind voll süß«, quietschte Maxi entzückt.

»Denn komm man mit! Rieke hat ein Pony, die dreht bestimmt eine Runde mit dir.«

»Es steht doch alles unter Wasser«, gab Tamme zu bedenken.

»Ja, aber nur noch so'n büschen. Rieke macht das bei Landunter oft, dass sie einmal um die Warft trabt. Sieht immer aus, als wenn der Gaul übers Wasser gehen kann.«

»Darf ich, Mami? Bitte!«

»Wenn es Rieke nichts ausmacht.«

Maxi fiel ihr um den Hals und küsste sie stürmisch, dann sauste sie zu Tamme, bremste ab und gab ihm ganz vorsichtig einen Kuss, nachdem er sich zu ihr heruntergebeugt hatte.

Tamme ging ans Fenster. »Das sieht unglaublich schön aus. Wollen wir auch ein bisschen rausgehen und ein paar Schritte über die Warft machen?«

»Gute Idee.«

Die Sonne hatte Kraft. Unvorstellbar, wie sehr sie gestern gefroren hatten. Schweigend sahen sie zu, wie hier und da Treibsel eingesammelt wurde, das in Zäunen und Beeten hing und sich über Wiesen verteilte.

»Es war ein Fehler, dir nicht Bescheid zu sagen«, begann Tamme plötzlich. »Ich wusste, du würdest es mir verbieten. Darum habe ich einfach Fakten geschaffen. Ich dachte doch, es wird schon nicht so schlimm, wenn das Schiff noch fährt.«

»Warum musstest du denn überhaupt so dringend mit Scheewe sprechen? Vor allem: Warum musstest du Maxi unbedingt mitnehmen?«

»Sie versteht sich gut mit Nick«, sagte er leise. »Sie war plötzlich so von ihm begeistert, dass ich Angst hatte, sie zu verlieren.«

»Das ist doch Unsinn«, beruhigte Wiebke ihn.

»Ich hatte Angst, euch beide zu verlieren.« Er klang immer verzweifelter. »Ich wollte Zeit mit Maxi allein haben, ich wollte ihr zeigen, dass ich der tollere Papa bin. Wiebke, ich habe wirklich nicht geglaubt, dass das Unwetter so schlimm wird, sonst wäre ich doch nie gefahren, schon gar nicht mit Maxi.« Er holte Luft, es klang fast wie ein Schluchzen. »Als ich sie gesehen habe ... Ich hatte ihr gesagt, sie muss unbedingt im Haus bleiben. Und dann sehe ich sie in dem Sturm und dem ganzen Chaos, und dieses Boot war noch nicht gesichert. Sie ist direkt darauf zugelaufen.« Er blieb stehen und sah sie an. »Wiebke, sie hat Papa geschrien. Ich bin einfach los.« Er ließ den Kopf hängen. »Jetzt weiß ich nicht mal mehr, ob sie mich meinte. Aber das ist auch egal. Hauptsache, ihr ist nichts passiert.« Eine Träne lief über seine Wange, und dann gleich noch eine.

»Tamme, du weinst ja«, flüsterte Wiebke.

»Nö, das ist die Sonne.«

»Du bist manchmal echt anstrengend, weißt du das?« Sie nahm ihn vorsichtig in den Arm und küsste ihn. »Du hättest mit mir reden müssen«, sagte sie, nachdem sie ihn wieder losgelassen hatte. Er sah noch immer entsetzlich traurig aus. »Natürlich hat sie dich gemeint, als sie Papa geschrien hat. Wen denn sonst?« Ehe er antworten konnte, fuhr Wiebke fort: »Hast du nicht gehört, was sie gestern gesagt hat, als Lutz sie uns gebracht hat? Sie ist nur deinetwegen in den Sturm gerannt, weil sie Angst um dich hatte. Weil du ihr Papa werden sollst, das hat sie gesagt.«

»Das bin ich doch längst. Auch ohne Papiere fühlt es sich für mich so an. Ganz ehrlich, Wiebke, ich habe das Gefühl, ich habe zwei Töchter, Nele und Maxi. Da gibt's keinen Unterschied.«

»Das weiß ich doch, und das rechne ich dir ganz hoch an.«

»Nick ist kein übler Typ«, meinte er zögerlich. »Bist du sicher, dass du nichts mehr von ihm willst?«

»Ganz sicher!« Sie sahen sich sekundenlang in die Augen. Dann zog Tamme sie an sich und küsste sie innig.

»Guck mal!« Wiebke bemerkte eine Frau auf einem Pony. Hinter der Frau saß ein kleines strahlendes Mädchen und winkte.

»Sie ist die Größte.« Tamme wischte sich noch einmal über die Augen.

»Das ist sie. Auch wenn ich nichts von Nick will, rufe ich

ihn jetzt trotzdem mal an. Er macht sich sicher schon Sorgen. Ich sage ihm, dass wir morgen zurück sind.«

Nick erwartete die drei am nächsten Tag am Anleger. Er hatte Mühe, Janosch im Zaum zu halten, der wie ein Flummi herumsprang vor Freude, sein Rudel wieder beisammenzuhaben. Maxi klebte geradezu an Tammes gesunder Seite.

»Das war ja 'ne echte Glanzleistung, Herr Tedsen«, setzte Nick an.

»Ich kann verstehen, dass Sie sauer sind«, entgegnete Tamme.

»Sauer? Ich bin so froh. Wiebke hat erzählt, dass es Ihrer Geistesgegenwart und Ihrem Mut zu verdanken ist, dass Maxi nicht verletzt wurde. Ich darf gar nicht dran denken.«

Er hockte sich hin. Tamme sah kurz zu Wiebke hinüber.

»Mensch, Maxi, du machst Sachen, läufst einfach so raus, obwohl das total gefährlich ist. Manchmal muss man auf die Großen hören, auch als kluges kleines Mädchen.«

»Aber meine Mama ist doch eine Superheldin, das will ich auch mal sein. Und mein Tamme-Papa war ja auch da draußen, wo es gefährlich war!«

Nick stand wieder auf. »Danke, Herr Tedsen. Ich hatte noch nie die Verantwortung für ein Kind, ich weiß nicht, ob ich das so hingekriegt hätte.«

»Ist nicht immer ganz einfach, aber Sie können sich drauf verlassen, dass ich für Maxi immer mein Bestes geben werde. Ich werde immer gut auf sie achten, das verspreche ich Ihnen.« Die beiden Männer wirkten ein wenig unbeholfen. »Sollen wir das alberne Siezen mal lassen?«, schlug Tamme vor.

»Sehr einverstanden. Ich bin Nick!«

»Freut mich, ich bin Tamme.« Die beiden gaben sich die Hand, sagten kein Wort, sondern sahen sich nur lange in die Augen.

»Hä? Die wissen doch schon lange, wie sie heißen«, meinte Maxi gespielt verständnislos, dann kicherte sie. »Darf ich Janosch nehmen?«

Kapitel 15

Ungefähr drei Monate später

Ein wahrer Bilderbuchsommer verwöhnte Pellworms Urlaubsgäste und seine Bewohner. Die Sonne strahlte von einem kitschig blauen Himmel, der hin und wieder mit weißen Tupfern garniert war, dazu wehte fast immer ein angenehmes Lüftchen, das allzu große Hitze verhinderte. Die Nächte brachten zusätzliche Abkühlung und immer mal Regenschauer, die dafür sorgten, dass das Gras auf den Deichen saftig grün war. Sehr zur Freude der Schafe, die gut zu tun hatten, es kurz zu halten. Blaue, gelbe und rote Strandkörbe leuchteten vor der grauen Nordsee mit Sommerblumen und weißen Möwen um die Wette. Die Besucher der Insel hätten es nicht besser treffen können.

Für Tamme bedeutete es viel Arbeit, denn an sämtlichen Badestellen herrschte Hochbetrieb. Er hatte seine liebe Mühe, die Dienstpläne mit Rettungsschwimmern zu füllen. Welch ein Glück, dass seine Schulter bei dem Unfall auf Hooge keinen weiteren Schaden genommen hatte. Nach ein paar Tagen Schonzeit und weiteren, an denen er unter Wiebkes strengen Blicken seine Gymnastikübungen absolviert hatte, war er wieder fit und belastbar.

Auch Wiebke hatte alle Hände voll zu tun. Der eine oder andere Urlauber unterschätzte wegen der leichten Brise die Kraft der Sonne und landete mit feuerroter Haut in ihrer Praxis. Sie leierte gebetsmühlenartig herunter, dass man immer einen möglichst hohen Lichtschutzfaktor wählen sollte, wenn sie auch wusste, dass sie damit meist auf taube Ohren stieß. Sie konnte fast darauf wetten, dass Patient oder Patientin die Sonne angeblich prima vertrug und nie einen Sonnenbrand bekam. Eigentlich. Also schmierte sie tubenweise kühlende Heilsalbe, mehr konnte sie meistens nicht tun. Auch die Zahl der eingetretenen Scherben und Muschelstückchen sowie die der Stacheln in Fingern und Füßen stieg parallel zur Gästezahl. Das waren Corinnas Fälle. Sie liebte es, mit Skalpell und Pinzette auch die winzigsten Fremdkörper zu entfernen. Glücklicherweise war insgesamt nicht so viel zu tun, dass es nicht in der regulären Arbeitszeit zu bewältigen gewesen wäre. Die Notrufe hielten sich sehr in Grenzen, Wiebke hatte sogar die Zeit gefunden, endlich erneut eine Anzeige aufzugeben, mit der sie nach einer Partnerin oder einem Partner für die Praxis suchte. Dieses Mal hatte sie die Annonce breiter gestreut und tatsächlich mehrere Zuschriften erhalten. Bei einigen war sofort klar, dass die Bewerber eine falsche Vorstellung vom Aufgabenfeld und den Arbeitszeiten oder von Pellworm hatten. Ein Telefonat hatte genügt, um die Kandidaten auszusortieren. Übrig geblieben waren eine junge Ärztin aus Bottrop und ein Arzt aus Jever, die beide auch schon für ein erstes Kennenlernen auf die Insel gekommen waren. Die fachliche Qualifikation war das eine, das andere war der persönliche Draht.

Der war in diesem Fall mindestens ebenso wichtig, denn sie würden sehr eng zusammenarbeiten müssen. Wiebke war außerdem wichtig, dass sich Corinna und Sandra mit der oder dem Neuen verstanden. Die ersten Hürden waren genommen, trotzdem war Wiebke klar, dass es noch ein weiter Weg war, bis sie irgendwann entlastet sein würde. Nicht zuletzt finanzielle Fragen mussten geklärt werden, und ohne den Segen der Kassenärztlichen Vereinigung ging sowieso gar nichts. Wiebke arbeitete also als Einzelkämpferin weiter und freute sich noch nicht allzu sehr darauf, in absehbarer Zeit womöglich mal wieder freie Tage ohne ihren Notfall-Pieper und Urlaube ohne langfristig organisierte Vertretung zu erleben.

Je näher ihre Hochzeit rückte, desto schwerer fiel es ihr allerdings, sich auf Bänderdehnung und Sommergrippe zu konzentrieren. Zu ihrer großen Erleichterung hatte sich der Kollege aus Jever sofort angeboten, die Praxis für vierzehn Tage zusammen mit Corinna und Sandra zu übernehmen.

»Besser kann ich den Alltag hier doch gar nicht kennenlernen«, hatte er unbekümmert erklärt. »Dann lernen mich die Patienten und Mitarbeiterinnen auch gleich ein bisschen kennen. Mal sehen, ob ich danach noch will und die mich danach noch wollen.«

Eine sehr gute Lösung! So kam es, dass sie heute ihren vorerst letzten Tag in der Praxis gehabt hatte. Sollte nichts Schwerwiegendes passieren, würde sie erst als Frau Dr. Tedsen wieder zum Dienst erscheinen. Ein Schwarm Ameisen schien bei diesem Gedanken durch ihr Inneres zu marschieren.

Wiebke lächelte vor sich hin, als sie die Nähstube am Hafen verließ. Ihren cremefarbenen Hosenanzug würde sie noch oft genug tragen können. Und das Collier ihrer Großmutter würde auch zu dem Kleid perfekt zur Geltung kommen. Die Mädels hatten es aber auch zu raffiniert angestellt.

»Wenn wir schon hier sind, gucken wir auf jeden Fall mal in das Geschäft für Abendmode«, hatte Lulu während ihres Ausflugs nach Husum geflötet. Sie habe nämlich noch nichts Passendes. »Außerdem braucht Corinna als deine Trauzeugin unbedingt etwas Neues.«

Dieser Argumentation und Corinnas unschuldig-verträumtem Blick konnte Wiebke sich nicht entziehen. Also ging es hinein in das Paradies für Seiden-, Tüll- und Spitzenliebhaber. Wiebkes Lächeln wurde noch breiter, als sie sich daran erinnerte, wie viel Spaß es ihr zuerst gemacht hatte, den anderen Frauen bei der Anprobe zuzusehen und über allzu glitzernde oder bunte Fummel zu lästern. Als Saskia mit einem Brautkleid vor ihr gestanden hatte, war Wiebkes Stimmung umgeschlagen.

»Zieh das doch mal an!«, hatte Saskia gefordert. »Nur mal so zum Spaß.«

Wiebke hatte überhaupt keine Lust gehabt, die Frage ihrer eigenen Garderobe noch einmal zu diskutieren. Schließlich war sie sich ihrer Sache sicher gewesen. Sie hatte versucht, auf die nette Tour um eine Anprobe herumzukommen. Ohne Erfolg.

»Anziehen, anziehen«, hatten die vier Nachbarinnen skandiert, bis auch der letzte Kunde im Laden aufmerksam wurde. Wiebkes Widerstand wuchs.

Schließlich wusste sie sich nicht mehr anders zu helfen. »Wenn ich spaßeshalber ein Kleid anprobiere, dann etwas Elegantes. Das hier sieht aus wie eine wiederbelebte Gardine.«

Lulu hatte sofort eine Alternative zur Hand. »Dann das hier. Das ist nun wirklich mega-elegant!« Warum eigentlich nicht?

Die Verkäuferin kredenzte Sekt, und es würde lustig werden, in eine Robe zu steigen, um diese dann nach allen Regeln der Kunst madig zu machen. So war ihr Plan gewesen. Beim ersten Kleid ging er auch voll auf. Nur dass Saskia dann ein Exemplar entdeckt hatte, das Wiebke den Atem raubte. Das ärmellose Oberteil aus Seide, der lange weite Rock aus Tüll. Ausgerechnet. Die Grundfarbe nannte sich Perlenrosa, wie die Verkäuferin beflissen erklärte. Nur an einer Seite liefen silbergraue Linien schräg über die Taille und verloren sich auf dem Rock. Wie Wellen oder Blumenranken, ein wenig Glitzer und dennoch schlicht. Wiebke hatte es, benommen vom Sekt und der Aufregung, angezogen und war dann auf das Höckerchen vor dem Spiegel geklettert.

»Das ist es!« Mehr hatte sie nicht sagen können.

Die Mädels waren komplett durchgedreht vor Begeisterung.

Nun hatte Wiebke es noch einmal angezogen, damit die Schneiderin letzte Änderungen vornahm, und Wiebke konnte es kaum abwarten, bis Tamme sie endlich darin sah. Sie war aufgeregt wie ein Teenager. Schön! Nur noch fünf Tage ...

Auf dem Heimweg wollte Wiebke noch schnell die letzten Einkäufe erledigen. Am Nachmittag würden Tammes griechische Verwandte ankommen. Wiebke war schon mächtig gespannt auf die Menschen, die bald zu ihrer Familie gehörten. Natürlich sollte alles perfekt für den Empfang sein. Was erwartete ein Grieche, der auf eine Nordseeinsel reiste? Krabben natürlich, vielleicht Lammwurst und irgendeinen Küstenschnaps. Sie blinzelte in die Sonne. Die Krabben hatte sie soeben abgeholt. Jetzt noch die Friesentorte, dann hatte sie alles.

Wenig später radelte sie in die Liebesallee. Wie hübsch sie im Sommer war. Unzählige Stockrosen blühten violett, dunkelrot, gelb und rosa, dazwischen ganze Büsche von Margeriten. Diese Idylle vor Augen, konnte Wiebke sich kaum noch vorstellen, dass sie vor knapp drei Monaten nur ein paar Kilometer weiter um das Leben von Tamme und Maxi bangen und zuvor ihr eigenes riskieren musste, um überhaupt nach Hooge zu gelangen. Auf Pellworm waren lediglich zwei Bäume umgeknickt, mehr war nicht geschehen. Doch natürlich wusste sie, dass die Deiche brechen konnten oder ihre Höhe irgendwann nicht mehr reichte. Sie lebten hier wahrlich nicht in Bullerbü, sondern an einem Ort, der den Naturgewalten ausgeliefert war. Gar nicht schlecht, sich das hin und wieder ins Gedächtnis zu rufen.

Volker war längst wieder auf Hooge im Einsatz, wobei er noch nicht so kraftvoll zugreifen konnte, wie er gern wollte. Sintje hatte das Unwetter glücklicherweise bestens überstanden, ihre vierte Schwangerschaft verlief exakt nach Plan. Bürgermeister Scheewe hatten die Erlebnisse dagegen so sehr mitgenommen, dass er nicht nur endgültig von seiner Idee eines Freizeitbades geheilt war, sondern die Hallig verlassen hatte. Wiebke hatte etwas von Landratswahlen auf dem Festland gehört. Wahrscheinlich war es das Beste für alle Beteiligten. Mit einem Hallig-Oberhaupt, das beim kleinsten Windhauch schon vom Deich geblasen wurde, konnte niemand etwas anfangen. Nick war zwei Wochen nach Wiebkes Rettungseinsatz abgereist. Er hatte Maxi noch mehrfach abgeholt. Sie waren zusammen spazieren gegangen, spielten einmal auch Tischtennis miteinander. Wiebke hatte den Eindruck, dass er sich wirklich verändert hatte. Der Kontakt zu Maxi bedeutete ihm etwas, ganz sicher. Aber es war auch klar, dass er kein Kind ständig um sich haben wollte, nicht einmal sein eigenes.

»Maxi ist einfach nur klasse«, hatte er zu Wiebke gesagt, als sie einen Moment allein waren. »Ich habe jede Minute mit ihr genossen. Mir ist aber bewusst, dass das nur die schönen Momente waren. Urlaub, Ausnahmesituation. Wenn ich mir vorstelle, ihr morgens das Frühstück machen, dafür sorgen zu müssen, dass sie rechtzeitig zur Schule kommt. Abends will sie vielleicht nicht ins Bett.«

»Vielleicht?« Wiebke hatte gelacht.

»Jeden Tag die Kämpfe, immer die Verantwortung. Und dann auch noch die Unterhaltungen auf Kinderniveau ... Es ist total süß, das mal erleben zu dürfen.« Er hatte sie vielsagend angesehen. »Mal! Ich glaube, ich könnte das nicht sieben Tage die Woche und zweiundfünfzig Wochen pro Jahr. Ehrlich, ich bewundere dich und Tamme.«

Um sechs Uhr wollten sich Wiebke und Tamme mit Maxi auf den Weg zur Fähre machen. Zwar war es nicht sonderlich weit bis zum Anleger, doch der ragte eben einige Meter ins Meer hinein. Man unterschätzte die Entfernung leicht. Jetzt war es fünf Uhr. Keine Hektik. Das war ganz nach Wiebkes Geschmack.

»Da bist du ja schon.« Tamme kam die Treppen herunter und küsste sie. »Ich hätte nicht gedacht, dass du dich von deiner geliebten Praxis trennen kannst.«

»Ich war sogar schon einkaufen. Dr. Christiansen hat mich rausgeschmissen«, entgegnete sie lächelnd. »Er sagt, er muss auch in Zukunft ohne mich klarkommen, dann wird er das heute die letzten paar Stunden auch schaffen.«

»Sehr sympathisch, der Mann.«

»Das ist er wirklich.« Vielleicht war er sogar der Richtige für die Praxisgemeinschaft.

»Maxi ist noch mit Hilke, Sabine und Janosch unterwegs. Wir haben also sturmfreie Bude«, raunte er und küsste sie schon wieder.

»Die letzte Ruhe vor dem Sturm, meinst du wohl.« Wiebke lachte. »Und, hast du alles im Griff? Ist die Kutsche unterwegs?«

Tamme sah auf die Uhr. »Ich gehe davon aus, dass sie sich demnächst in Bewegung setzt.«

Ein wenig nervös wirkte er zwar, aber in erster Linie schien er sich riesig auf das Wiedersehen mit der griechischen Familie zu freuen. Eigentlich war es Tammes Plan gewesen, die Verwandtschaft bereits in Husum in Empfang zu nehmen, um sicherzustellen, dass die Anreise auf die Insel reibungslos vonstattenging. Apollon hatte jedoch vehement darauf bestanden, dass das auf keinen Fall nötig sei. Er habe alles genau geplant und würde das Kind schon schaukeln. »Stellt schon die Kartoffeln auf«, hatte er beim letzten Telefonat gesagt und schallend gelacht. Einer der ersten Sätze, die er damals in Deutschland gelernt und nie vergessen hatte.

Eine Hochzeitskutsche war viel zu touristisch, da waren sich Wiebke und Tamme absolut einig. Doch zur Abholung ihrer Mittelmeer-Gäste von der Fähre fanden sie den großen Planwagen genau richtig.

Wenige Minuten, nachdem Wiebke zu Hause angekommen war, trudelte nun auch Maxi ein.

»Ich bringe euch ein halbwegs sauberes Kind und einen müden Hund zurück«, verkündete Hilkes Mutter Sabine.

»Das sind gute Nachrichten!« Wiebke lächelte. Auf dem Weg zur Tür fragte sie Sabine noch kurz nach dem Geschäft.

»Iris Sommer-Lucht, die Tochter von der Lehrerin, hat ihr Praktikum sehr ordentlich beendet. Sie will noch ein bisschen überlegen, aber ich hoffe, sie entscheidet sich für eine Ausbildung bei mir. Dann wäre irgendwann mal Entlastung in Sicht.« Sie schnaufte.

»Ich weiß genau, was du meinst«, erwiderte Wiebke. »Ich drücke dir ganz fest die Daumen.«

Die Mädchen streichelten Janosch, er ließ es sich gerne gefallen.

»Wie geht's mit Hilke voran?«, fragte Wiebke leise.

»Na ja, wir haben die Diagnose und warten auf den Therapieplatz. Wir hoffen, dass sie nicht zu lange auf dem Kontinent bleiben muss, sonst verpasst sie in der Schule zu viel und muss die Klasse wiederholen.« Sabine zuckte mit den Schultern. »Eigentlich kein Problem, aber dann wäre sie nicht mehr mit Maxi zusammen im Unterricht.« Sie holte einmal laut Luft. »Weißt du, Wiebke, wir warten einfach ab und vertrauen ihrem Arzt vollkommen. Das Wichtigste ist, dass Uwe mir ab und zu den Rücken freihält, damit ich entspannt ein paar Stunden mit Hilke verbringen und mich ganz auf sie einlassen kann. Wir kriegen das schon alles hin.«

Sie sorgte sich noch immer, das war nicht zu übersehen und nur zu verständlich. Doch sie wirkte auch einigermaßen zuversichtlich. Und Hilke schien die Zeit mit ihrer Mutter, Maxi und Hund auch gutgetan zu haben.

»Komm, Janosch, wir holen die Griechen ab.« Maxi nahm die Leine von der Garderobe und befestigte sie am Halsband. Wie gut, dass der Hund sich schon verausgabt hatte. Er lief ohne viel Gezerre neben Maxi her. Wiebke und Tamme folgten ihnen Hand in Hand.

Lange waren sie noch nicht unterwegs, da erklang aus Tammes Handy die griechische Nationalhymne. Das konnte also nur Apollon sein.

»Lieblingsonkel, was gibt's? Kannst du es nicht erwarten, mit uns zu sprechen?« Tamme blieb abrupt stehen. Wiebke war weitergegangen, drehte sich um und hörte ihn sagen: »Wie, ihr habt die Fähre um sechs verpasst?«

Das durfte doch nicht wahr sein. Wiebke pfiff Maxi und Janosch zurück.

»Das macht sehr wohl etwas!«, ereiferte sich Tamme gerade. »Apollon, das war die letzte Fähre für heute.« Er verdrehte die Augen und stellte sein Handy laut, sodass Maxi und Wiebke mithören konnten.

»Mein Junge, du wirst nicht glauben«, kam es ein wenig abgehackt durch das kleine Gerät. »Hat man uns nichts zu essen gegebe im Flugzeug. Wir sind ja nicht das erste Mal gefloge. Es gab immer etwas. Nie gut, weißt du, mit Essen sind wir bisschen pinkelig.«

Maxi musste lachen und hielt sich schnell den Mund zu.

Apollon erzählte weiter: »Gab immer was. Hier: nix! Dann in Hamburg gelandet, schnell, schnell, und wieder nix zu esse. Zum Bahnhof, hoppla, in den Zug – ist Speisewagen geschlosse. Kaputt! Drei Stunden wieder ohne was in Bauch, zuletzt in Griechenland gefruhstuckt.« Tamme wollte ihn schon unterbrechen, hatte aber keine Chance. »Endlich in Husum, da sehe wir, ah, ein Fischebrotchenverkauf. Alle Mann hin! Ich habe schon ganze Zeit geschwarmt von Krabbelbrötchen!«

Maxis Gesicht war jetzt knallrot, sie presste ihre Finger immer fester auf die Lippen, um nicht loszuprusten. Janosch sprang schon ganz unruhig an ihr hoch. Wahrscheinlich sah es für ihn nach einer Gefahrensituation aus.

»Dann weint kleiner Kallisti«, fuhr Tammes Onkel fort, »hat er Krabbeln auf dem Brötchen gesehe, hat er angefange zu schreien. Also sucht Opa Bäcker und findet auch. Aber war schon spät.«

Den Planwagen konnten sie dann wohl abbestellen oder umbuchen. Und sie brauchten eine Übernachtungsmöglichkeit für die gestrandete Reisegruppe, das stand fest. Es tat Wiebke leid, dass Tamme nun einen Abend weniger mit der Verwandtschaft hatte, trotzdem hatte auch sie Mühe, sich das Lachen zu verkneifen.

Tamme dagegen fand es gar nicht witzig. »Das heißt, ihr seid jetzt in Husum?«, fragte er gerade matt.

»Nein. Weißt du, wir sind auf dieser halben Insel, wie heißt?« Eine Frauenstimme im Hintergrund sagte etwas, dann rief Apollon: »Nordstrand, so heißt.«

»Wie seid ihr denn da hingekommen? Da fährt doch gar kein Bus mehr, wenn keine Fähre fährt?«

»Habe wir Taxifahrer gefragt. Der sollte noch ein anderes, großes Taxi rufen, damit wir alle reinpasse. Aber war der unfreundsam. Wollte uns nicht fahre, sagte etwas von keine Fähre mehr. Na ja ...«

»Was heißt, na ja?«, wollte Tamme ungeduldig wissen. »Seid ihr nun in Nordstrand oder nicht?«

Wiebke und Maxi wechselten amüsierte Blicke.

»Ja, habe andere Fahrer gefunden, habe gesagt, wir müssen dringend zu Nordstrand. Hat der eine Freund mit große Taxi gerufe, habe uns gefahre.« Sein noch immer erstaunlich fröhlicher Tonfall änderte sich. »Als wir hier, habe gefragt, wo Boot abfährt. Hat Taxifahrer gezeigt und gesagt: Fährt erst morgen. Na ja ...«

Das war zu viel für Maxi. Sie musste ihre Hand vom Mund nehmen, sonst wäre sie wohl erstickt. Heraus kam ein lauter Kiekser. Janosch, der einige Meter entfernt geschnüffelt hatte, hielt es anscheinend für einen Pfiff. Er kam sofort angerannt und machte Sitz.

»Apollon, der erste Taxifahrer, mit dem ihr gesprochen habt, war nicht unfreundlich, sondern nur fair. Er hat auf die Einnahme verzichtet, weil er wusste, dass ihr am Anleger herumstehen würdet wie Falschgeld.«

»Wir doch nicht Falsch...«

»Ich weiß, Apollon, das ist eine Redewendung. Pass auf, ich ruf dich gleich zurück, ja? Wir müssen kurz überlegen, wie wir euch nach Pellworm kriegen.«

»Aber machst du schnell! Mein Telefon gibt gleich sein Gas auf.«

»Seinen Geist. Ja, ich mache schnell.«

Tamme beendete das Gespräch und stöhnte auf. Als er von Maxi zu Wiebke guckte, brachen die beiden in lautes Gelächter aus. Tamme konnte auch nicht länger ernst bleiben. »Das kann ja noch lustig werden!«

Sie probierten es bei Melf Harrsen. Der ehemalige Krabbenfischer war seit geraumer Zeit freier Künstler und nebenbei Taxiboot-Chauffeur. Er könne sich so schlecht von seinen Skulpturen trennen, pflegte er zu sagen, darum brauchte er noch eine andere Einnahmequelle. Böse Stimmen behaupteten, er trennte sich mangels Gelegenheit nicht von seinen Werken, weil sie keiner haben wollte. Dummerweise war er partout nicht zu erreichen, weder auf dem Festnetz noch auf seinem Handy.

»So ein Schiet aber auch!«, schimpfte Tamme. »Wenn man ihn schon mal braucht.«

»Gehen wir jetzt essen?«, fragte Maxi. »Das ist langweilig hier. Janosch hat auch schon an jedem Halm geschnuppert.«

»Wir essen zu Hause. Der Kühlschrank platzt bald, so voll ist der. Wenn wir heute womöglich zu dritt sind, müssen wir eben für …« Sie zählte in Gedanken, kam aber zu keinem Ergebnis. »… für ganz viele essen.«

»Okay!«, murrte Maxi.

Sie machte sich mit Janosch langsam auf den Rückweg. Auch Wiebke und Tamme schlenderten am Wasser entlang zurück in Richtung Heimat.

»Was ist mit dem Kahn von dem Drefs?«, fragte Wiebke. »Ich meine, ich hätte ihn im Hafen gesehen.«

»Das winzige Motorboot?« Tamme lachte. »Das kannst du vergessen. Außer dem Skipper passen da nur zwei Personen drauf, vielleicht noch ein Kind. Aber das ist das Höchste der Gefühle.« Er schüttelte den Kopf. »Ich rufe meinen alten Freund Peter an. Der vermietet in der Nähe von Husum Ferienwohnungen.«

»Es ist Hochsaison«, gab Wiebke zu bedenken. Nur mussten sie ja etwas unternehmen. »Hoffentlich hat er etwas frei. Dann rufe ich schon mal den Kutscher an. Der wird sich freuen.«

Maxi erklärte Janosch ausführlich, wie kompliziert Familienangelegenheiten waren. Unterdessen telefonierten Wiebke und Tamme. Sie hatten Glück. Die Gäste einer Ferienwohnung hatten kurzfristig abgesagt.

»Die ist eigentlich nur für sechs Personen gedacht«, erklärte Tamme, und Wiebke wurde den Eindruck nicht los, dass er echte Schadenfreude empfand. »Aber wenn sie den langen Flur nutzen und mit Luftmatratzen zufrieden sind, sollte sich für alle neune ein Schlafplatz finden.«

»Gott sei Dank!« Wiebke atmete auf. »Dann müssen sie jetzt nur wieder ein Taxi finden, das sie alle zurück in die Stadt bringt.«

»Das erledigt Peter. Er hat einen Kleinbus, da passen alle samt Gepäck rein. Damit bringt er unsere erfahrenen Reisenden morgen auch pünktlich zum Anleger Strucklahnungshörn. Er hat versprochen, vor Ort alle noch mal durchzuzählen, ihnen die Fahrkarten zu kaufen und sich höchstpersönlich davon zu überzeugen, dass sie auch wirklich auf der Fähre sind, wenn die ablegt.«

»Peter hat etwas gut bei uns!« Wiebke lächelte.

»Dann sage ich Apollon mal Bescheid. Und zur Feier des Tages, dass wir nun doch noch einen Abend nur für uns haben, lade ich euch ganz exklusiv zu Currywurst mit Pommes im *Funkloch* ein.«

»Au ja!«, brüllte Maxi.

Wiebke seufzte. »Ich dachte, das hätten wir eben geklärt.« Sie sah Tamme an. »Wer soll denn das alles verbrauchen, was ich besorgt habe, wenn wir heute auch noch auswärts essen?« Sie konnte es absolut nicht leiden, Lebensmittel wegzuwerfen.

»Entschuldige, hatte ich gar nicht mitgekriegt, dass du das gesagt hast.« Tamme lächelte fröhlich. »Mach dir keine Sorgen, morgen früh ist die Bande da, die fressen uns sowieso die Haare vom Kopf. Übermorgen kommen deine und meine Eltern dazu, am Donnerstag auch noch Nele. Ich wette, es bleibt nichts übrig.«

Das *Funkloch* war eine urige Kneipe, in der man prima ein Gläschen trinken oder auch mal versacken konnte. Der ideale Ort für Kinder war es dagegen nicht, und die Speisekarte war alles andere als exklusiv. Nick, der aus tiefster Überzeugung Kitas mit Bio-Gemüse versorgte, würde vermutlich die Hände über dem Kopf zusammenschlagen. Aber man konnte auch nicht immer vernünftig sein.

»Ich ergebe mich«, sagte Wiebke. »Also Currywurst Schranke.«

Maxi jubelte. »Obwohl Krabbeln auch lecker wären«, brachte sie glucksend heraus und fing schon wieder an zu lachen.

Wiebke informierte noch schnell Corinna, dass die drei Gäste, die eine ihrer Ferienwohnungen beziehen sollten, nun doch erst am nächsten Tag ankommen würden. Nach dem Hin und Her, wann genau wie viele Personen denn nun anreisen würden, trug Corinna die Nachricht mit Fassung.

Janosch bekam einen Kauknochen und wirkte ziemlich zufrieden, dass er den Abend zu Hause verbringen durfte.

Pünktlich um halb zehn am nächsten Morgen standen Wiebke, Tamme, Maxi und Janosch wieder am Anleger. Die MS »Pellworm I« war mit ihren leuchtend gelben Schornsteinen schon von Weitem zu sehen. Einige Fahrgäste standen noch auf dem oberen Deck, um das Anlegemanöver zu verfolgen, andere hatten es eiliger und wollten offensichtlich unbedingt als Erste von Bord gehen, wieder andere saßen startklar in ihren Autos.

Es herrschte perfektes Willkommenswetter. Die Sonne schien und zauberte hübsche Reflexe auf das Wasser und die gläserne Spitze des roten Backsteingebäudes der Pellwormer Dampfschifffahrtsgesellschaft. Der Planwagen stand bereit, zwei braune Pferde mit zotteligen Mähnen warteten geduldig darauf, sich in Bewegung setzen zu können.

Maxi reckte sich, um nichts zu verpassen. Sie hing schwer an Wiebkes linkem Arm. Klar, sie war noch müde, es war viel zu spät geworden im Funkloch. Als endlich die ersten Passagiere von Bord gehen durften, wurde Maxi allerdings hellwach.

»Sind sie das?« Sie zeigte mit dem Finger auf eine Gruppe, die sofort ins Auge fiel. Ein Pulk von Menschen mit auffällig dunklen Haaren und riesigen Koffern landete nicht jeden Tag auf der Insel.

Apollon hatte Tamme offensichtlich gerade erkannt, blieb abrupt stehen, ließ sein Gepäckstück achtlos stehen, um mit beiden Händen zu winken. Ein Passagier, der hinter ihm gegangen war, musste eine Vollbremsung hinlegen, stolperte, strauchelte und fing sich in letzter Sekunde. Apollon entschuldigte sich bei dem Mann, nahm beflissen seinen Koffer aus dem Weg und stellte ihn schwungvoll und ohne sich umzusehen auf die andere Seite, wobei er fast eine junge Frau erschlug, die sich mit einem Sprung in Sicherheit brachte und in großem Bogen an ihm vorbeiging.

»Noch könnten wir einfach verschwinden«, sagte Tamme leise.

»Es gibt nur einen halbgriechischen Schwimmmeister und eine Ärztin auf Pellworm. Ich fürchte, sie finden uns auf jeden Fall«, gab Wiebke lachend zurück.

Tamme nickte ergeben. Sie gingen langsam auf die Fähre zu, Tamme hob die Hand und winkte.

Die Reisegruppe stand nun mitten auf der Rampe und bewegte sich nicht mehr vorwärts. Alle anderen mussten um sie herumlaufen. Offenbar mussten die Griechen etwas besprechen, was mit wildem Gestikulieren vonstattenging. Dem kleinsten Mitglied der Truppe wurde das anscheinend zu langweilig. Der Junge riss sich von der Hand seiner Mutter los und lief zielsicher auf Janosch zu. Der Hund hüpfte aufgeregt herum, zerrte an der Leine. Wiebke hatte Mühe, ihn festzuhalten. Der Knirps lachte fröhlich, ihm schien das Spektakel zu gefallen. Tammes Begrüßung ignorierte er und konzentrierte sich lieber darauf, einen Fuß über den Rücken des Vierbeiners zu schieben.

»Hey, Janosch ist doch kein Pony«, protestierte Maxi.

In dem Moment tönte es blechern aus einem Lautsprecher: »Wollt ihr auf der Rampe Wurzeln schlagen? Nu man los, weitergehen!«

Das zeigte Wirkung. Apollon drehte sich zwar noch ein paar Mal um, weil er den Besitzer der strengen Stimme ausfindig machen wollte, aber wenigstens setzte er sich flott in Bewegung, und die Truppe folgte ihm. Dann endlich lagen sich Tamme und sein Onkel in den Armen und klopften sich immer wieder auf die Schultern. Wiebke begrüßte einen nach dem anderen und versuchte, sich die Namen zu merken.

»Kalispéra«, wiederholte sie immer wieder, was verunsicherte Blicke auslöste. War ihre Aussprache denn so schlecht?

»Moin«, kam es ein wenig schüchtern von einigen zurück.

Wiebke hatte sich von Tamme auch sagen lassen, was *Herzlich willkommen* auf Griechisch heißt, doch sie konnte sich schon nicht mehr erinnern. Viel zu kompliziert. Also blieb sie bei Kalispéra, die Besucher blieben bei ihren fragenden Blicken.

»Tamme, irgendetwas stimmt nicht«, flüsterte sie zwischendurch. »Die Begrüßung, die du mir beigebracht hast, kommt irgendwie komisch an.«

Tamme grinste. »Weil du immer *Guten Abend* sagst. Wahrscheinlich denken sie, das machst du extra, weil sie schließlich gestern Abend hätten ankommen sollen. Morgens sagt man Kaliméra.«

Maxi wurde von jedem überschwänglich abgeküsst, nach jeder schmatzenden Zuneigungsbekundung wischte sie sich über die Wangen und verzog das Gesicht.

»Huch, hat meine Mutter noch einen Bruder, von dem ich bisher nichts wusste?«, hörte Wiebke Tamme sagen. Er blickte irritiert zwischen Apollon und einem weiteren Mann hin und her, dessen schwarzes Haar von grauen Strähnen durchzogen war.

Wiebke zählte die Gruppe im Stillen durch und kam auf zehn Personen. Hatte es nicht geheißen, sie kämen zu neunt? Merkwürdig, dass Tammes Kumpel Peter nichts gesagt hatte. Wahrscheinlich hatte er den Überblick verloren.

»Nein, mein Junge«, antwortete Apollon und lachte herzlich. »Markos ist nicht unser Bruder, aber ist fast wie Bruder für mich. Ist er mitgekommen.« Apollon strahlte.

»Ja, das sehe ich.« Tamme lächelte ein wenig hilflos.

»Weißt du, Tamme, wir gucke immer Fußball zusamme,

seit funfzig Jahre. Jetzt ist Europameisterschaft, und Griechenland ist dabei. Müsse wir zusamme gucke. Deshalb ist er mitgekommen. Ist in Ordnung?« Apollon sah erwartungsvoll von Tamme zu Wiebke und wieder zu Tamme.

Was sollten sie schon sagen? Der Mann sah ungeheuer nett aus, und er hatte den langen Weg nach Pellworm auf sich genommen.

»Herzlich willkommen, Markos«, sagten Wiebke und Tamme gleichzeitig.

Das Gepäck wurde auf den Planwagen verladen. Nach einigem Hin und Her siegte Maxis Begeisterung für Pferde und Kutschen über ihre Schüchternheit, und sie fuhr mit den Griechen mit zum Feldweg.

»Na, das kann ja lustig werden mit unseren Gästen.« Wiebke lächelte amüsiert und hakte sich bei Tamme ein. »Sie wirken alle sehr sympathisch. Ich meine es ernst, wir werden bestimmt eine tolle Zeit mit ihnen haben.«

»Hast du etwas anderes erwartet? Das ist meine Familie!«, erklärte er mit stolz geschwellter Brust.

»Das ist nicht zu übersehen.« Wiebke lächelte. »Alle sind ähnlich zurückhaltend und schüchtern wie du.« Sie kniff ihn in die Seite und küsste ihn auf die Wange.

Der Planwagen hatte inzwischen gewendet und fuhr nun an ihnen vorbei. Fröhliches Winken. Der Dreikäsehoch durfte neben dem Kutscher sitzen und versuchte gerade, den Schwanz eines Pferdes zu fassen zu kriegen. Seine Mutter dürfte während der kurzen Fahrt gut beschäftigt sein, ihren Sohn im Zaum zu halten.

Kapitel 16

Für den Abend hatten Wiebke und Tamme Nordsee-Schollen besorgt. Die Plattfische sollten auf einem Rost über dem Grill gegart werden. Die Panade aus Semmelbröseln und Kräutern hatte Wiebke schon am Vortag fertig gehabt, denn eigentlich sollte das Begrüßungsessen ja längst stattgefunden haben. Damit die Kruste schön knusprig wurde, wendete Wiebke die Schollen mehrmals in heißem Fett, ehe sie sie an Grillmeister Jost weitergab.

Saskia hatte darauf bestanden, dass sie als Hochzeitsplanerin die Gäste so bald wie möglich kennenlernen und Wiebke bei dem ersten großen Essen unterstützen wollte. Die anderen Nachbarinnen steuerten Salate bei, natürlich standen Christians gefürchtete Knoblauch-Kartoffeln ebenfalls bereit.

»Griechen ernähren sich doch überwiegend von Knofi, die werden meine Kartoffeln lieben.« Außerdem bestand er darauf, dass Nackensteaks und Würstchen nicht fehlen durften. Er rückte also mit seinem Grill an und bezog neben Jost Position. Lulu und Jochen hatten ihren Garten mit Fackeln und Laternen geschmückt. Sie kümmerten sich sehr darum, dass nie ein Glas leer war. Margit und Pit brachten diverse Dips und Brote mit. Außerdem hatten sie ein Auge darauf, dass es niemandem an etwas fehlte. Doreen und Arndt hatten in letzter Minute abgesagt, doch das konnte die gute Stimmung an diesem Abend nicht trüben. Wiebke und Tamme widmeten sich ganz ihren Gästen und ihrer Vorfreude auf den großen Tag.

Wiebke hatte keinen Schimmer, wie das möglich war, aber irgendwie hatten die griechischen und deutschen Männer sofort verstanden, dass Fußball für alle ein großes Thema war. Mehrfach hörte sie das Wort Europameisterschaft und sah jedes Mal fast sämtliche männliche Daumen in die Höhe schnellen. Auch die Frauen schafften es, in einem höchst interessanten Sprachenmix schnell ins Gespräch zu kommen. Sie lachten über Missverständnisse. Wiebke bemerkte schmunzelnd, dass die Griechinnen über die gleichen Eigenarten ihrer Männer lästerten wie die deutschen Mädels. Sie hatten anscheinend auch ähnliche Interessen. Wie konnte Völkerverständigung nur so kompliziert sein, wenn sie hier auf Anhieb klappte? Der niedliche Kallisti mit seinen großen dunklen Augen und den schwarzen Löckchen erwies sich als wahrer Satansbraten. Man durfte ihn keine Sekunde unbeobachtet lassen. Wenn irgendwo eins der anderen Kinder weinte, war er meist nicht weit.

Zu fortgeschrittener Stunde kündigte Crischi eine Deutschstunde an.

»Nicht schnacken, Kopp in'n Nacken«, sagte er langsam, Silbe für Silbe. Die griechischen Gäste mussten nachsprechen und dann selbstverständlich trinken.

Maxi versuchte unterdessen, Konstantin das Wort »Stößchen« beizubringen, das ihr von den Nachbarinnen nur zu vertraut war. Der Junge mit den braunen Augen und den langen dicken Locken, dessen Charme Wiebke an Emil erinnerte, tat sich schwer.

Wiebke befreite ihn aus seinem anspruchsvollen Unterricht.

»So, Maxi, für dich wird es langsam Zeit.«

»Aber ich bin noch gar nicht müde«, protestierte sie und unterdrückte ein Gähnen.

»Ja, das sehe ich.« Wiebke lächelte.

»Alle Kinder gehen jetzt ins Bett«, verkündete Lulu laut.

»Und alle schlafen bei uns!« Wiebke wollte Einspruch erheben, das war nicht abgesprochen.

»Ist doch super«, sagte Tamme. »Sonst müsste jetzt einer von uns die junge Dame in die Liebesallee bringen und vermutlich da bleiben.«

»Stimmt auch wieder.« Wiebke strahlte. Es machte wirklich Spaß, fünfe gerade sein zu lassen.

Lulu und Saskia versorgten die gesamte Kinderschar mit Schlaf-Shirts und Zahnbürsten und legten sie auf Sofas, Matratzen, den Kleinsten sogar auf einen Sessel. Christian und Jochen nutzten die Zeit, um die Nicht-schnacken-Lektion zu wiederholen.

»Nichsnacken, Koppinacken«, kam es schon reichlich schief zurück. Crischi brüllte los vor Lachen.

»Yamas«, rief Apollon plötzlich und erhob sich, sein Glas in der Hand. »Is viel leichter. Ihr musst nix Griechisch lernen, aber das Wort ja. Alle susammen!«, forderte er sie auf.

»Eieiei, morgen wird es einigen nicht gut gehen«, flüsterte Wiebke Tamme zu. Er zog sie an sich.

»Kennst doch Lulus und Jochens Motto: Je mehr Gästen so richtig übel ist, desto besser war die Feier!«

Beim ersten gemeinsamen Abend war das Eis so gründlich gebrochen, dass es sich anfühlte, als würden die Gäste aus Drama und Thessaloniki die Pellwormer schon ewig kennen. Was das Durchhalte- und Trinkvermögen anging, stand Tammes Familie der Feldweg-Truppe in nichts nach. Einzig Ismene hatte sich früher verabschiedet. Ihr Filius, der fünfjährige Kallisti, hatte so viel Wirbel veranstaltet, dass keins der Kinder ein Auge zugekriegt hätte. Sie war mit ihm in die Doppelhaushälfte verschwunden. Selbst von dort war sein bockiges Protestgeheul noch eine ganze Weile zu hören. Papa Alexandros erklärte, Kallisti heiße übersetzt *Der Beste* oder *Das Gute*.

»Ist nicht immer ganz passend«, sagte er zerknirscht. Doch er, Ismene und Kallistis älterer Bruder Konstantin hatten inzwischen begriffen, dass der Name irgendwie doch wieder maßgeschneidert war: Der beste Moment des Tages war nämlich, wenn der dickköpfige Knirps schlief, dann war alles gut.

Am Mittwochvormittag stand eine Inselrundfahrt auf dem Programm. Danach verabschiedeten sich Wiebke und Tamme.

»Erkundet ihr mal schön das Zentrum am Tammensiel und guckt euch mein Schwimmbad an«, schlug Tamme vor.

»Ist Zentrum nach dir benannt, Junge!«, stellte Apollon beeindruckt fest. Widerspruch war zwecklos. »Aber doch! Nach wem soll Tammesiel sonst benannt sein?«

Beide Elternpaare trafen mit der Fähre am frühen Nachmittag ein. Dass es auch Wiebkes Eltern ohne Komplikationen geschafft hatten, war der Unterstützung von Wiebkes alter Schulfreundin Gabi zu verdanken. Meine Güte, wie lange hatten sie sich nicht gesehen! Gabi war schlank geworden, um nicht zu sagen: dünn. Ihr erschreckend faltiges Gesicht wollte nicht so recht zu den löcherigen Jeans, dem knallbunten Trägerhemdchen und den Flipflops passen.

»Sagtest du nicht, sie ist gerade frisch geschieden?«, raunte Tamme, als ihnen die kleine Truppe von der Fähre entgegenkam.

»Ist sie. Vielleicht macht sie auf betont jugendlich, um sich eine neue Bekanntschaft zu angeln.«

»Da ist sie am Meer ja genau richtig.« Tamme grinste.

»Mann, ist das hübsch hier!«, rief Gabi. »Ich hätte mir allerdings einen netteren Anlass für meinen ersten Besuch auf Pellworm gewünscht. Heiraten! Bist du sicher, dass du dir das antun willst, Wiebke?« Sie lachte übertrieben.

Tammes Augenbrauen hüpften, doch er verkniff sich rücksichtsvollerweise einen Kommentar und begrüßte seine Eltern, für die die Ankunft weniger aufregend war. Schließlich hatten sie einige Jahre auf der Insel gelebt.

»Mein Gott, Kind, du bist aber auch wirklich ans Ende der Welt gezogen«, sagte Wiebkes Vater stöhnend und drückte sie an sich.

»Hallo, Papa, herzlich willkommen!« In Gedanken sah

sie ihn vor sich, wie er schwungvoll in das Fahrerhaus oder auf die Ladefläche seiner Speditions-Lkw stieg. Lange her, musste sie sich eingestehen. Damals war sie selbst fast noch ein Kind gewesen. Nachdem er diesen furchtbaren Unfall verursacht hatte, bei dem Maxis Freundin Claudia so schwer verletzt worden war, hatte auch er sich nie mehr ganz erholt, sondern mächtig abgebaut. Er ging schleppend und schien völlig erledigt zu sein. Obwohl er noch ein kugeliges Bäuchlein hatte, schlabberten Hemdsärmel und Hosenbeine um ihn herum, als seien sie mindestens eine Nummer zu groß. Umso glücklicher war Wiebke, dass die beiden die Strapazen auf sich genommen hatten. Wäre es nicht ihre Hochzeit, wären sie sicher nicht gekommen.

»Danke, dass du sie mir heil hergebracht hast«, sagte Wiebke leise zu Gabi, als sie das Gepäck ins Auto verfrachteten. Wiebke freute sich sehr, wenigstens eine Freundin aus früheren Tagen dabeizuhaben. Ihr Kontakt war zwar ein wenig eingeschlafen, aber vielleicht war dies eine Gelegenheit, ihn wiederzuerwecken.

Zuerst bezogen die fünf ihre Unterkünfte. Dort stand schon ein Mietwagen bereit, damit Gabi und die alten Herrschaften unabhängig waren. Und vor allem, damit Wiebke und Tamme nicht ständig einen Pendelverkehr organisieren mussten.

Nachdem sie sich alle ausgeruht hatten, kamen sie in die Liebesallee. Die beiden Großmütter waren sich einig, dass Maxi schon wieder gewachsen war.

»Bist du groß geworden«, riefen sie wie aus einem Mund.

»Stimmt gar nicht«, brummelte Maxi.

Die beiden Großväter dagegen fanden, sie müsse unbedingt mehr essen, damit etwas aus ihr würde.

Es folgte eine Hausbegehung.

»Hier schläft Nele dieses Mal«, erklärte Wiebke, als sie das Zimmer von Tammes Tochter präsentierte. »Wie ihr seht, gibt es ein Doppelbett. Wenn ihr also öfter kommen möchtet, könnt ihr sehr gern bei uns wohnen.«

Ihr Vater winkte ab. »Das reicht erst mal für die nächsten Jahre. Ist doch einfacher, wenn ihr uns besucht.«

Welch ein Unterschied, ging Wiebke irgendwann durch den Kopf. Gestern hatte sie mit einem Haufen Menschen gegrillt, von denen sie über die Hälfte nicht gekannt hatte, dennoch war es ein ausgelassener und sehr langer Abend gewesen. Jetzt saß sie hier mit ihren Eltern, einer alten Freundin und Tammes Eltern, die sie zwar nicht besonders häufig sah, aber mit denen sie auch schon einige Stunden verbracht hatte, und trotzdem waren die Gespräche ein wenig zäh. Ihren Gästen steckte die Anreise in den Knochen, vermutete sie. Tatsächlich verabschiedeten sie sich relativ früh, und Gabi bot sich sofort an, auch aufzubrechen.

»Ich bin schließlich die Chauffeurin.«

»Morgen ist Wattwandern angesagt«, setzte Tamme an. Weiter kam er jedoch nicht.

»Nee, lass mich damit bloß in Ruhe«, sagte sein Vater und hob die Hände. »Ich bin schon so oft durchs Watt gelatscht, ich brauche das nicht mehr.«

Auch die anderen lehnten dankend ab, selbst Gabi hatte keine Lust.

»Ich glaube, das ist nichts für mich. Bei meinem Glück zerschneide ich mir die Füße an Muscheln und kann auf eurer Hochzeit nicht tanzen.«

»Man kann Neopren-Schuhe anziehen«, bot Tamme ihr an, doch sie ließ sich nicht umstimmen.

Am Donnerstag sorgten ein paar harmlose Wolken immer wieder für Schatten, es war angenehm warm, ideal für den großen Gemeinschaftsausflug. Max stand als Wattführer leider nicht zur Verfügung. Er hielt im Schwimmbad die Stellung und übernahm dort einen Teil von Tammes Aufgaben, damit der überhaupt mit gutem Gefühl Urlaub machen konnte.

»Na, alle fit und munter?«, fragte Tamme, als sie sich versammelt hatten.

»Da fehlen doch noch einige.« Wiebke legte die Stirn in Falten.

Fußball-Kumpel Markos mochte nicht mitgehen, ihm klang das alles zu sehr nach nassen Füßen, erklärte Apollon. Auch Efgenia, das schwarze Schaf der Familie, war nicht mit von der Partie. Auf sie war Wiebke besonders gespannt gewesen. Bisher war die Schwester von Apollon und von Tammes Mutter noch nicht sonderlich in Erscheinung getreten. Sie fiel zwar optisch auf, mit ihrem streichholzkurzen Haar und dem langen wallenden Gewand, in dem sie zum Grillabend aufgetaucht war, doch sie schien eher zurückhaltend zu sein. Vielleicht täuschte der erste Eindruck aber auch.

»Efgenia kommt nicht, trifft sich mit eine Model«, sagte Apollon nämlich gerade.

»Dann können wir los!« Tamme ging voran. Maxi hüpfte neben den anderen Kindern her und erklärte ihnen, wie supergefährlich es im Watt war, und dass sie schon mal fast ertrunken wäre, weil sie allein hineingelaufen war. Keiner verstand auch nur ein Wort, weshalb Maxi es, begleitet von großen Gesten, noch einmal versuchte. Sah nicht so aus, als hätte das mehr Erfolg.

»Vielleicht ganz gut, dass einige gekniffen haben«, meinte Wiebke zu Tamme. »Wird so schon nicht einfach, die Truppe zusammenzuhalten.« Plötzlich fiel ihr auf, dass sie bereits auf dem Weg zum Kaydeich waren. »Warum sind wir nicht den Westerweg runtergegangen?«

»Ich dachte, wir zeigen ihnen gleich, wo die Freizeithalle ist. Dann können sie mit den Kindern auch mal allein hingehen.«

»Gute Idee, sehr schlau, mein lieber Zukünftiger!«

»Vielen Dank, meine liebe Zukünftige!«

»Morgen ist es so weit. Kannst du dir das vorstellen?« Sie schmiegte sich an ihn. Dabei fiel ihr der Spruch auf seinem Shirt auf. *Mein Tatenvolumen für heute ist aufgebraucht.* »Hat schon jemand gefragt, was das bedeutet?« Er schüttelte den Kopf. »Das kommt bestimmt noch. Dann viel Spaß beim Erklären!«

Sie erreichten das Freizeitzentrum. Auf der Terrasse davor stand ein gigantischer Fernseher und ein Schild, das Public Viewing ankündigte. Schöne Sache, dachte Wiebke, dann verpassten Touristen und Einheimische kein Spiel, mussten aber nicht drinnen hocken.

»Mami!«, rief Maxi irritiert.

Wiebke und Tamme drehten sich um und sahen gerade noch, wie Apollon auf den Riesenbildschirm zulief wie die sprichwörtliche Motte zum Licht. Dass dort nur Zusammenschnitte vergangener Spiele flimmerten, tat seiner Begeisterung keinen Abbruch. Er strahlte, setzte sich und guckte.

»Wenn wir die Wattwanderung heute machen wollen, müssen wir jetzt weitergehen, Apollon«, rief Tamme. Keine Reaktion.

War wohl doch nicht so eine gute Idee, die Mannschaft hier entlangzuführen.

Tamme schnaufte und ging zu seinem Onkel. »Ich denke, du willst unbedingt durchs Watt wandern.«

Apollon sah mit großen Augen zu ihm auf, als käme er gerade zu sich.

»Sicher«, sagte er, sprang auf und lief schnurstracks durch die offene Tür in das Gebäude.

Maxi sah Wiebke fragend an. Die zuckte mit den Achseln. Der Rest der Truppe schien das eigenartige Verhalten von Apollon keineswegs aus der Ruhe zu bringen, sie schnatterten unbekümmert weiter. Wiebke sah auf die Uhr und überlegte, ob sie den beiden nachgehen sollte. Noch waren sie dank des frühen Aufbruchs gut in der Zeit. Sie entschied sich zu warten.

»Was machen die denn?«, wollte Maxi wissen.

»Keine Ahnung, Spatz. Vielleicht ist bei beiden das Tatenvolumen für heute verbraucht«, murmelte sie.

»Hä? Verstehe ich nicht.«

Wiebke sah erneut auf die Uhr, Apollons Frau Dafne bemerkte es und machte eine fragende Geste.

»Wir müssen den Wattführer erwischen«, erklärte Wiebke. »Man kann die Wanderung nur zu bestimmten Zeiten machen. Wenn das Wasser zurückkommt, sollte man besser wieder auf dem Land sein.«

Maxi bekam einen Lachanfall, weil Wiebke besonders langsam gesprochen und dazu die verrücktesten Handbewegungen gemacht hatte. Die Griechen waren während ihrer Darbietung immer stiller geworden und starrten sie jetzt vollkommen verständnislos an. Als Wiebke auch lachen musste, stimmten sie ein und fingen sofort an, sich wieder fröhlich zu unterhalten.

»Ich gehe mal nachsehen«, sagte Wiebke, doch da kamen Tamme und Apollon endlich wieder heraus. Apollon strahlte, als habe er im Lotto gewonnen. Dafne hatte es sich gerade erst auf einem der Stühle bequem gemacht und musste sich gleich wieder erheben, was sie mit einem missbilligenden Kopfschütteln kommentierte.

Wiebke sah, wie Kallisti ein Zuckertütchen in einen Aschenbecher leerte. Sie ließ ihren Blick über die Tische schweifen. Alle Gläser, in denen normalerweise Zucker bereitstand, waren leer. Der Knirps hatte die Zeit offenbar genutzt, um den Aschenbecher bis zum Rand zu füllen.

»Wird Markos staunen«, verkündete Apollon sehr zufrieden, »habe ich uns Fußballabende organisiert. Guter Mann hier bei Sportclub. Bestellt Bier, viel Bier, sagt er. Wo kann ich Ouzo kaufe?«

»Das sollte das geringste Problem sein.« Tamme griente. »Du denkst aber dran, dass morgen ganz sicher kein Fußball auf dem Programm steht, oder?«

Tamme legte ihm den Arm um die Schultern. Apollon rümpfte die Nase und zupfte an seinem Oberlippenbart, als wollte er jedes Haar einzeln ausreißen. Wiebke hatte bemerkt, dass er das immer dann tat, wenn ihm etwas nicht gefiel. Kratzte er seinen Bart am Kinn, hieß das, dass ihm ein deutsches Wort nicht einfallen wollte.

»Ah, Wort fort«, murmelte er dann jedes Mal.

»Aber spielt Griechenland«, wandte Apollon leise ein, rückte von Tamme ab und verschränkte die Arme vor der Brust.

Sie erreichten den Sammelpunkt am Deich ohne weitere Zwischenstopps. Dort zog ein großes Schild Apollons Aufmerksamkeit auf sich. Er baute sich davor auf.

»Die Tafel warnt vor Schlickfeldern«, erklärte Tamme. Als Bewohner der Insel wusste man einfach, was darauf stand, ohne noch einmal hinzusehen. »Das bedeutet, dass sich Sand, beziehungsweise Ton und Wasser mischen. Aus der Soße kommst du aus eigener Kraft nicht heraus.« Tamme ging zu ihm. »Wenn du Pech hast, steckst du bis ans Ende deiner Tage darin fest. Das war's dann mit der Fußball-EM. Ich bringe dir aber ab und zu einen Ouzo.«

Apollon nickte ernst, als nehme er das für bare Münze. Er sah so aus, als beschäftigte ihn etwas ganz anderes.

Kallisti büxte ständig aus und musste immer wieder eingefangen werden. Die Zeit konnte lang werden, bis die Wattführerin da war.

»Wollen wir ein paar Schritte auf dem Deich gehen?«,

schlug Wiebke vor. »Wir haben noch fast eine Viertelstunde.«

Apollon übersetzte. Zustimmendes Nicken, und los ging's. Wie sie gehofft hatte, blieb Kallisti an der Hand seiner Mutter. Die Schafe in seiner Nähe waren ihm nicht geheuer. Apollon dagegen sah sich mit zusammengekniffenen Augen um, als wäre er einem Dieb auf der Spur.

»Alles gut, Apollon, oder suchst du etwas?« Tamme sah ihn fragend an.

»Das Schild vorne, über Schlick und so. Da war Bild mit Hunde und Schafe. Solle sich kennenlerne?«, fragte er vollkommen ungläubig.

Maxi war gerade ein Stück neben Apollon gelaufen und fing an zu kichern. Wiebke dagegen war klar, welches Bild er meinte: ein Hund an der Leine, der brav Sitz machte, dazu entspannt grasende Schafe.

»Und andere Bild war Schaf tot in Zaun«, erzählte Apollon weiter. »Macht Suizid, wenn Hund nicht kennenlerne will?«

»Nein, keine Sorge, die Schafe sind bei uns nicht selbstmordgefährdet«, beruhigte Wiebke ihn schmunzelnd. »Das Schild will dir sagen, dass man Hunde an die Leine nehmen soll. Es ist leider schon vorgekommen, dass ein Vierbeiner frei auf dem Deich herumgerast ist. Auch wenn der vielleicht nur spielen wollte, hat sich das Schaf buchstäblich zu Tode erschreckt. Um Panik unter den Wollviechern zu vermeiden, gehören Hunde eben an die Leine.«

»Und Kallisti am besten auch«, ergänzte Tamme.

Der Knirps hatte schnell begriffen, dass von Schafen

keine Gefahr ausging, dass man sie aber wunderbar aufscheuchen konnte.

Wiebke sah eine junge Frau mit Rucksack, die gerade ihr Rad an der Sammelstelle für Wattwanderungen festmachte.

»Ich glaube, es geht los«, sagte sie.

Anke, die Wattführerin, studierte Meeresbiologie, hatte aber, wie sie lachend erzählte, vorher ein Schauspielstudium abgebrochen. Sehr hilfreich, wenn weder ihr hervorragendes Englisch noch Apollons Deutsch reichten, um den einen oder anderen Fachbegriff begreiflich zu machen. Sie würde ihn einfach vorspielen, kündigte Anke an.

Grundsätzliches zur Route und zu den Verhaltensregeln war schnell erklärt, dann konnte es losgehen.

Die Studentin war von der ersten Minute an so charmant, dass sogar Kallisti vor lauter Begeisterung kurzfristig vergaß, Unsinn anzustellen. Mit viel Gekicher und Gejuchze machten sie die ersten Schritte auf dem glitschigen Meeresboden. Apollons Töchtern Ismene und Nike war anzusehen, dass ihnen der Schlamm, der sich durch ihre Zehen drückte, nicht ganz geheuer war. Kleine Muschelbänke oder Wasserläufe, die es zu überwinden galt, noch weniger.

»Die schreien immer schon vorher«, stellte Maxi verständnislos fest.

»Very cold«, beklagte sich Nike gerade.

»Ich habe euch gewarnt«, antwortete Tamme gelassen. »Ihr hättet Gummistiefel anziehen können.«

»Sehe nicht schön aus«, übersetzte Apollon den Einwand seiner Töchter. »Außerdem guckst du, sind warm angezoge.«

Das war nicht zu leugnen. Mit ihren dicken Jacken, Schals und Mützen waren sie eher für eine Hundeschlittentour ausgerüstet als für eine Wattwanderung.

»Stimmt, so laufen die Touristen bei uns sonst eigentlich nur im März herum«, kommentierte Tamme.

»Die Sonnenbrillen sehe auch nicht schön aus«, imitierte Maxi Apollon leise.

»Wie riesige Libellenaugen«, flüsterte Tamme lachend zurück.

In dem Moment schrie Ismene auf. Alle starrten sofort auf ihre Füße, in der Erwartung ein fieses Muschelstück und im nächsten Moment eine Blutlache zu entdecken. Maxi erkannte den Grund für den Schrei als Erste, kicherte los und zeigte nach oben. Kallisti, die Hände braun und nass, kicherte ebenfalls. Er hatte ein Klümpchen Matsch geworfen und genau eins der Libellenaugen seiner Mutter getroffen. Ismene setzte zu einer Strafpredigt an, da aber alle lachten, schimpfte sie nicht, sondern machte nur lächelnd ihre Brille sauber. Als Anke obendrein erklärte, der Schlamm sei sehr gut für die Haut, blieben die Spritzer, die Ismenes Wangen abbekommen hatten, an Ort und Stelle. Und die Damen nutzten ab sofort jede Gelegenheit, sich ganz aus Versehen Schlick ins Gesicht und auf jede nicht dick in Textil verpackte Stelle zu reiben.

Maxi lief neben Konstantin her und wies ihn auf Würmer, Schnecken und kleine Krebse im Meeresboden hin. Ankes lebendiger Erzählstil hatte sie offenbar angesteckt. Als sie an einem Priel entlanggingen, deutete Maxi auf den schmalen Wasserlauf und spielte sehr dramatisch vor, was passieren konnte, wenn der bei Flut schneller als erwartet vollliefe. Sie streckte die Arme hoch, fuchtelte mit den Händen in der Luft herum und mimte röchelnd den Untergang. Kallisti riss schlagartig die Augen auf, starrte sie sekundenlang an und fing an zu weinen.

»Oje, tut mir leid, das wollte ich nicht«, beteuerte Maxi.

Tamme drückte ihr einen Kuss auf die Wange und raunte: »Merke dir genau, wie du das gemacht hast. Das ist ab sofort unsere Geheimwaffe, wenn der Knirps wieder übermütig wird.«

Der Spaziergang durch das Watt war die perfekte Ablenkung gewesen. Zum einen war er auch für Wiebke noch etwas Besonderes. Bei ihrer ersten und bisher einzigen Wanderung dieser Art hatte sie Max kennengelernt. Seit Maxi ausgebüxt und ausgerechnet bei Ebbe in die Nordsee gerannt war, hatte Wiebke keine große Lust mehr auf einen Ausflug in den Schlick gehabt. Zum anderen war sie mit den vielen Menschen und den sprachlichen Herausforderungen derartig beschäftigt gewesen, dass sie keinen Gedanken mehr an die kurz bevorstehende Hochzeit verschwendet hatte. Doch kaum hatten sie sich am frühen Nachmittag von den anderen verabschiedet, kam die Aufregung mit ganzer Kraft zurück.

Von den Halligleuten abgesehen, die zum Teil am Abend, zum Teil erst am nächsten Morgen kommen wollten, fehlte nur noch Tammes Trauzeuge Stefan. Und natürlich Tochter Nele. Die hatte darauf bestanden, auf gar keinen Fall von der gesamten Verwandtschaft vom Anleger abgeholt zu werden, wie Apollon vorgeschlagen hatte.

»Bloß nicht so ein Theater«, hatte sie am Telefon kategorisch erklärt. »Das ist mir total peinlich. Ich kenne mich aus, Papa, ich komme direkt nach Hause.«

Wiebke hatte ihr Kleid zum zweiten Mal unter den strengen Blicken der Schneiderin anprobiert. So fühlte es sich also an, wenn etwas wie angegossen passte.

Nun saß sie mit Tamme und Saskia auf der Terrasse, um letzte Details zu besprechen. Im Garten stand ein großer weißer Pavillon, den Crischi und Jochen aufgebaut hatten, während die Griechen-Truppe erste Watterfahrungen gesammelt hatte. Lulu hatte ihn mit Blumenranken geschmückt, eine Überraschung, die Wiebke die Sprache verschlagen und die Tränen in die Augen getrieben hatte.

»Hier findet um neunzehn Uhr der Umtrunk statt«, sagte Saskia, »euer Polterabend ohne Poltern gewissermaßen.« Sie lachte. »Stehtische sind da, Deko, Gläser, Teller ebenfalls. Pit ist abkommandiert, die Flaschen zu entkorken. Häppchen kommen um fünf, die Gäste ab halb sieben, denke ich.«

Wiebke hatte schon wieder Schmetterlinge im Bauch. Sie nahm Tammes Hand und hielt sie ganz fest. Er lächelte ihr zu und erwiderte den Druck.

»Eure Kühltruhe ist voll«, fuhr Saskia fort, den Bleistift zwischen den Zähnen. »Zur Not liegen bei uns noch ein paar Flaschen kalt.« Sie dachte kurz nach. »Ich weiß nur nicht, ob bei Bedarf noch jemand fahren kann, um die zu holen.« Sie lachte. »Aber wir wollen ja auch nicht schon heute das Pulver verschießen!« Jetzt drehte sie den Stift zwischen den Fingern. »Jost hat eine Playlist vorbereitet, etwas Chilliges und etwas, das grooved.«

Wiebke und Tamme sahen sich mit gerunzelter Stirn an. »Klingt ganz nach einer friesischen Hochzeit«, meinte er.

»Na, ihr wollt doch wohl nicht Knut Kiesewetter oder Fiete Kay hören!« Selbst wenn sie gewollt hätten, wäre ihre Chance gleich null, vermutete Wiebke. »Weiter im Programm. Der wichtige Tag ist natürlich morgen. Ach ja, es bleibt dabei, in den Leuchtturm passen nur die Familien und die Trauzeugen. Mehr Platz ist nicht. Also nur die engsten Familienangehörigen. Das musst du Herrn Akropolis unbedingt klarmachen, Tamme!« Sie konzentrierte sich wieder auf ihre Liste.

»Mein Vater verzichtet freiwillig auf seinen Platz«, sagte Wiebke und seufzte. »Er schafft die hundertvierzig Stufen nicht.«

War sie nicht gerade noch das kleine Mädchen gewesen, das der starke Papa mühelos durch die Luft geschleudert hatte? Sie sah zu Maxi hinüber, die Janosch davon abhielt, den Blumenschmuck vom Pavillon zu zupfen. Noch war sie ein Kind, doch nicht lange, dann würde sie ihre alte Mutter Wiebke hier oder da unterstützen müssen. Komischer Gedanke.

»Alles in Ordnung?« Tamme sah sie von der Seite an.

»Ja, alles bestens. Ich bin nur ein bisschen sentimental.«

»Das ist ganz normal«, erklärte Saskia nüchtern. »Am besten, du heulst dich heute schon aus, damit du morgen dein Make-up nicht versaust. Ha, Idee!«, rief sie. »Ich färbe dir nachher die Wimpern. Dann können wir auf Tusche verzichten.«

»Ist vielleicht wirklich nicht schlecht«, stimmte Wiebke ihr zu.

»Wer ist dein Trauzeuge noch mal genau, Tamme?«

»Stefan. Du hast ihn schon mal gesehen. Er war ab und zu beim Grillen dabei.«

Saskia zog die Stirn kraus, dann hellte sich ihre Miene auf. »Der, mit dem du auf der Meisterschule warst?«

»Genau der.« Tamme nickte.

»Und der, der Tamme mit Rat und Tat zur Seite gestanden hat, als er die angebliche Verletzung seiner Aufsichtspflicht an der Backe hatte«, ergänzte Wiebke. »Weißt du noch? Es ging um den kleinen Leo, der beinahe ertrunken wäre, weil seine dämliche Mutter mit dem Handy beschäftigt und der diensthabende Kollege nur mal kurz draußen war.« Allein die Erinnerung daran brachte Wiebke noch immer auf die Palme.

»Ist zum Glück gut ausgegangen«, sagte Tamme. »Wo waren wir?«

»Bei Stefan«, antwortete Saskia sofort. »Wann kommt er?«

»Heute Abend.«

»Sehr schön. Dann gebe ich ihm die Ringe, richtig?«

»Hast du sie schon abgeholt?« Ein neuer Schub Vorfreude machte sich kribbelnd in Wiebke breit.

»Klar, dachtest du, ich mache das morgen auf den letzten Pfiff?« Saskias Gesichtsausdruck wechselte in Sekundenbruchteilen von Entsetzen zu Bewunderung. »Apropos

Pfiff, diese Efgenia ist ja mal eine Granate.« Wiebke sah verwundert zu Tamme hinüber. Der zuckte ahnungslos mit den Schultern. »Ich bin beim Grillabend mit ihr ins Gespräch gekommen. Die spricht super englisch. Jedenfalls hat sie gefragt, was ich beruflich mache, und hat gleich auf Mode getippt. Ich habe ihr von Oma MoMo erzählt.« Sie machte eine Kunstpause. »Stellt euch vor, Efgenia will die Mode nach Griechenland importieren. Sie sagt, da gibt es jede Menge kleine schrumpelige Menschen, die ihre Figur auch gern perfekt zur Geltung bringen würden.« Wiebke war sprachlos. »Efgenia arbeitet im Marketing und ist optimal vernetzt. Wir haben vorhin schon zu dritt die erste Besprechung gehabt.«

»Deshalb hat sie die Wattwanderung geschwänzt«, sagte Wiebke und begriff nun auch, was Apollon damit gemeint hatte, dass sich Efgenia mit einem Model traf.

»Salve!« Nele war unbemerkt durch die Pforte auf das Grundstück gekommen. Selbst Janosch hatte nichts mitgekriegt.

»Was bist du denn für ein Wachhund?«, schimpfte Maxi. Dann lief sie auf Nele zu, Janosch im Schlepptau.

»Papa!« Nele fiel Tamme in die Arme, die beiden drückten sich lange.

»Kann es sein, dass wir erst mal abgemeldet sind?« Saskia hob die Augenbrauen und lächelte. »Ich würde sagen, ich mache mal das erste Fläschchen auf.«

Sie kümmerte sich um den Willkommenssekt, während endlich auch Wiebke Nele begrüßen konnte.

»Mensch, bist du groß geworden, Tochter.« Tamme feixte. Maxi verdrehte die Augen. »Seit wann trägst du denn Ohrringe?«

Die großen silbernen Kreolen waren Wiebke auch sofort aufgefallen.

»Schon eine Weile«, antwortete Nele. Huschte da ein rötlicher Schimmer über ihre Wangen? »Ich habe die geschenkt bekommen. Und da dachte ich, dann sollte ich mir endlich Ohrlöcher stechen lassen.«

»Tut das nicht weh?« Maxi verzog das Gesicht.

»Nein, ist nur ein kurzer Piks. Nicht schlimmer, als wenn deine Mama eine Spritze gibt oder Blut abnimmt.«

Maxis Gesichtszüge entgleisten noch mehr.

»Komm, ich zeige dir erst mal dein Zimmer. Und ich meine: dein Zimmer!« Tamme nahm Neles Reisetasche und verschwand mit seiner Tochter ins Haus. Maxi sauste hinterher.

Wenig später waren Tamme und Nele zurück.

»Richtig schön, euer Haus. Mein Zimmer gefällt mir auch sehr gut. Danke!« Sie drückte Wiebke einen Kuss auf die Wange.

»Wir freuen uns, wenn du es oft nutzt.« Wiebke sah sich um. »Ist Maxi drinnen geblieben?«

»Sie hat etwas von Auftritt und Üben gemurmelt«, erklärte Tamme. Wie auf sein Stichwort ertönte eine Melodie durch ein offenes Fenster im Obergeschoss.

»Spielt Maxi neuerdings Akkordeon?«, fragte Nele.

»Sie versucht es.« Wiebke warf ihr einen vielsagenden Blick zu.

»Ist das nicht das Lied der Sieben Zwerge?«, wollte Saskia beunruhigt wissen.

»Du hast recht! Hei ho, hei ho, wir sind vergnügt und froh«, stimmte Tamme sofort an.

»Vielleicht will sie das im Leuchtturm spielen, damit wir im Gleichschritt die Stufen hochstapfen.« Wiebke sah lächelnd in die Runde.

»Quatsch, das ist die Maxi-Version vom Hochzeitsmarsch«, meinte Tamme grinsend.

»Oje, hoffentlich Maxis Version und nicht Lang-Version!« Saskia schnaufte. Dann sah sie ihren Ablaufplan durch. »Steht sie überhaupt schon im Programm?«

Wiebke blieb gerade noch genug Zeit, Janosch zu seiner ursprünglichen Besitzerin Füchslein zu bringen. Als sie sich ohne ihn auf den Weg machen wollte, legte er die samtige Stirn in Falten und sah sie noch trauriger an, als sie befürchtet hatte.

»Es sind nur zwei Nächte, Kumpel«, versprach sie ihm. Dann nichts wie weg, ehe sie ihn doch noch wieder mit nach Hause nahm.

Der Abend flog nur so an Wiebke vorbei. Corinna und Crischi trudelten zuerst ein. Sie brachten einen Karton und einen Brief mit und machten Gesichter, als wären sie eher zur Scheidung eingeladen als zur Hochzeit. Jedenfalls Corinna guckte jämmerlich aus der Wäsche.

»Also ich war dafür, euch das erst nach der Hochzeit zu geben. Ich möchte nicht, dass ihr heute oder morgen traurig seid.«

Wiebke wurde unruhig. »Ist etwas passiert?«

Corinna nickte und schluckte.

»So schlimm ist es auch nicht«, beschwichtigte Crischi sie, »ihr verkraftet das schon. Und in dem Paket ist vielleicht ein Hochzeitsgeschenk. Wir anderen hatten jedenfalls alle nur Briefe.«

»Ihr macht es ja spannend.« Tamme hatte den Arm um Wiebkes Taille gelegt.

»Wir haben heute Morgen alle Post von Doro und Arndt bekommen.« Christian deutete auf den Brief. Corinna wedelte mit beiden Händen neben ihren Augen herum, als könne sie damit verhindern, dass ihr die Tränen liefen.

Wiebke und Tamme lasen die Zeilen gemeinsam. Es war ein Abschiedsbrief. Doro und Arndt wollten ganz neu anfangen, hieß es darin. Vor allem wohl Arndt, dachte Wiebke. Er hätte die Zeit genossen, in der niemand wusste, was er beruflich machte. Sie schrieben, dass sie zwar auch die wenigen Stunden in der Nachbarschaft nicht missen wollten, doch seine Anonymität sei ihnen eben wichtiger.

»Ich hatte nicht den Eindruck, dass ihm die Fans die Bude eingerannt haben«, sagte Tamme.

»Na ja, seit dieser Meising hier war, habe ich durchaus öfter kleine Gruppen beobachtet, die mit ihren Handys jedes Haus im Feldweg fotografiert haben und manchmal sogar in die Gärten gestiefelt sind«, wandte Wiebke ein.

»Stimmt, ich hab auch 'n paar Mal welche von unserem Grundstück gejagt«, stimmte Christian ihr zu. »Ich wollte schon ein Schild aufstellen: Hier wohnt kein Promi! Oder noch besser: Ich könnte alles verkabeln, und sobald jemand meinen Rasen betritt, donnert ein Explosionsgeräusch durch die Straße.«

In dem Karton lag die alte Fischerlampe, die Doro und Arndt im Flur hängen gehabt hatten. Deshalb hatte er Wiebke gefragt, ob sie Interesse daran habe. Nun konnte sie sich nicht einmal bedanken. Die beiden schrieben, sie würden in ein kleines Dorf irgendwo im Schwarzwald ziehen, wo Arndt in Ruhe arbeiten konnte. Vielleicht würden sie sich melden. Eine Adresse hatten sie nicht hinterlassen.

Wiebke konnte nicht länger darüber nachdenken, weil die Gäste eintrudelten. Sie strömten von allen Seiten in den Garten. Wiebke und Tamme waren vollkommen damit beschäftigt, ihre Eltern, die Feldweg-Nachbarn, Trauzeuge Stefan, Wiebkes Freundin Gabi, die griechische Familie natürlich, Kollegen aus dem Schwimmbad und nicht zuletzt Lutz & Co. von Hallig Hooge miteinander bekannt zu machen.

Immer wieder kassierte Wiebke Komplimente für ihren Hosenanzug, den sie eigentlich für das Standesamt geplant hatte.

»Siehst du«, sagte sie zu Lulu, »so schlecht scheint mein Geschmack gar nicht zu sein.«

»Das Teil ist rattenscharf«, schwärmte Tamme und küsste Wiebke.

»Für heute Abend ist der Anzug perfekt«, gab Lulu zu. »Für morgen ...«

»Nein, morgen trägt sie natürlich ein Kleid«, verkündete Tamme stolz.

»Mehr muss ich wohl nicht sagen«, kommentierte Lulu gönnerhaft.

»Ist ja schon gut, ich werde euch ewig dankbar sein!«
Wiebke lachte.

»Das muss ich nicht verstehen, oder?« Tamme sah verwirrt von einer zur anderen.

»Nö, Tammolos«, sagte Lulu kichernd. Sie hatte schon das eine oder andere Gläschen intus. »Du darfst alles trinken, musst aber nicht alles wissen.«

Kapitel 17

Wiebke war kurz nach Sonnenaufgang wach. Obwohl sie höchstens vier Stunden geschlafen haben konnte, fühlte sie sich frisch und erholt. Sie sah neben sich. Tamme schlief noch fest und schnarchte ein wenig. Wenn sie morgen neben ihm erwachte, war er ihr Mann. Sie lächelte.

Leise schlüpfte sie aus dem Bett, lief hinunter in die Küche, machte sich einen Tee und ging damit hinaus in den Garten. Die Luft war klar und kühl, die Vögel zwitscherten schon eifrig. Der Rasen unter Wiebkes nackten Füßen war feucht. Irgendjemand hatte aufgeräumt. Wiebke erinnerte sich, dass sie selbst noch das eine oder andere in den Kühlschrank gestellt oder in den Müll geworfen hatte, aber als sie ins Bett gegangen war, herrschte noch ziemliches Chaos. Wie so oft sendete sie ein Dankgebet gen Himmel. Freunde, die nicht nur ihren eigenen Spaß beim Feiern im Kopf hatten, sondern auch immer an die anderen dachten, waren ein großes Geschenk! Erst die Vorbereitung, dann der Grillabend, gestern der Umtrunk. Immer hatten ihre Freunde dafür gesorgt, dass Wiebke und Tamme diese einzigartige Zeit gemeinsam genießen und sich um ihre Gäste kümmern konnten. Wie die Heinzelmännchen hatten sie alles getan, was zu tun gewesen war.

Den Becher in beiden Händen, schlenderte sie durch das Gras. Was eine kleine Anzeige so alles bewirken konnte. Wiebke hatte in erster Linie wegen Maxis Asthma auf die Annonce geantwortet, in der eine Inselärztin gesucht worden war. Berlin war weder für die Gesundheit ihrer Tochter noch für ihr eigenes Seelenleben gut gewesen. Aber sie hätte nie gedacht, wie glücklich sie ohne die Verlockungen der Großstadt auf einer winzigen Nordseeinsel werden würde. Dass ausgerechnet hier die Liebe ihres Lebens auf sie warten könnte, hätte sie nicht für möglich gehalten. Aber genau so war es. Ihr kam in den Sinn, dass nach der großen Party gestern, die sich aus dem harmlosen Umtrunk entwickelt hatte, eine ganz kleine Hochzeit in aller Ruhe vielleicht doch schön wäre. Nach den letzten Tagen war klar, dass es mit diesen Gästen ziemlich turbulent werden würde. Andererseits wollte Wiebke auf niemanden verzichten. Eins ging eben nur.

Sie war lange draußen geblieben und hatte die Stille genossen.

Als sie ins Haus zurückschlich, hörte sie Tammes Stimme: »Warte einfach ab, Apollon, sobald du es siehst, wirst du verstehen, warum uns nicht die gesamte Hochzeitsgesellschaft in das Standesamt begleiten kann.« Wiebke trat zu ihm und küsste ihn lächelnd. Er verdrehte vielsagend die Augen. »Nein, es ist völlig unmöglich, dass alle dreimal um den Altar laufen. Es gibt überhaupt keinen Altar, es ist ein Standesamt in einem Leuchtturm.«

Wie oft hatten sie Apollon das nun schon erklärt? Während der Inselrundfahrt hatte er den geringelten Turm sogar schon gesehen, trotzdem schien er nicht von seiner Version der bevorstehenden Zeremonie abzubringen zu sein.

»Der Raum ist zu klein«, fuhr Tamme fort und betonte jedes Wort einzeln. »Wir sehen uns später!«

Er beendete das Gespräch grußlos, legte das Telefon zur Seite und nahm Wiebke in den Arm. »Konntest du nicht schlafen vor Aufregung, oder hast du überlegt, ob du doch noch mit der nächsten Fähre flüchtest?«

»Antwort eins.« Sie küsste ihn. »Und du? Es hörte sich eben an, als würden deine Nerven auch blank liegen.«

»Ein ganz klein wenig vielleicht. Apollons aberwitzige Ideen können einen aber auch in den Wahnsinn treiben.«

»Keine Sorge, ich bin sicher, unsere Nachbarn werden ihn zu bändigen wissen. Im schlimmsten Fall drücken wir beide Augen zu, wenn Markos und er sich zum Fußballgucken davonstehlen.« Sie hielt kurz inne und sagte dann: »Hieß es nicht, dass der Bräutigam die letzte Nacht vor der Eheschließung getrennt von der Braut übernachten muss?«

Tamme lachte. »Apollon will zwar immer alles in die Hand nehmen und sagen, wo's langgeht, aber wenn es wirklich darauf ankommt, gibt Dafne den Ton an. Sie hat ihm den Marsch geblasen, als er mich gestern mit in die Ferienwohnung schleppen wollte.«

Nach dem Frühstück beschleunigte sich Wiebkes Puls. Nun

war es nämlich wirklich Zeit, sich von Tamme zu verabschieden. Sie würden getrennt zum Leuchtturm fahren, mehr wussten sie noch nicht.

»Um zwölf Uhr geht's los«, erinnerte Wiebke ihn. »Wehe, du bist nicht pünktlich!« Sie küsste ihn.

»Gleichfalls!« Er küsste sie ebenfalls, dann verließ er mit Maxi das Haus.

Wiebke sah, dass Stefan, Crischi und Saskia die beiden auf der Straße erwarteten. Maxi würde bis zur Trauung bei Lulu und Jochen bleiben.

Saskia kam ins Haus. »Na dann, husch, husch, ins Bad!« Sie klatschte in die Hände. Einen dünnen Bademantel über der Unterwäsche, nahm Wiebke auf einem Hocker Platz und ließ sich von Saskia schminken.

»Nicht zu viel!«, bat sie immer wieder.

»Heiße ich Lulu, oder was?«

»Nein, dann hätte ich dich nicht in unser Badezimmer gelassen.« Wiebke lachte.

»Stillhalten!«, befahl Saskia.

Wiebke versuchte, schnell einen Blick in den Spiegel zu erhaschen. Keine Chance.

»Lulu meinte, du solltest vielleicht eine glitzernde Spange ins Haar ...«

»Auf keinen Fall!«

»Ich wollte es nur erwähnt haben.« Saskia trat nach getaner Arbeit einen Schritt zurück. »Wenn die Sache nicht schon gelaufen wäre, würde Tamme dir heute einen Antrag machen.«

Wiebke betrachtete sich. »Danke, das ist toll geworden.«

Als sie aus dem Bad kam, sprang Corinna, die inzwischen auch eingetroffen war, ihr geradezu entgegen.

»Jetzt das Kleid!«, rief sie und tupfte sich die Augenwinkel. »Ich bin so gespannt.«

»Du kennst es doch schon«, sagten Wiebke und Saskia wie aus einem Mund.

»Ja, aber so mit allem Drum und Dran ist das doch etwas anderes.«

Wiebke musste zugeben, dass sie auch gefühlsduselig wurde, als sie jetzt in ihr Brautkleid schlüpfte. Corinna stand hinter ihr und zog die Schnürung fest. »Sitzt alles?«

Wiebke bewegte sich probehalber hin und her. »Fühlt sich gut an.«

»Dann bist du fertig. Umdrehen!« Wiebke gehorchte brav, und Corinna brach in Tränen aus.

Saskia kam hereingestürzt. »Ist was passiert?«

»Ich weiß auch nicht. Hätte ich doch bei dem Hosenanzug bleiben sollen?«

»Du siehst so schön aus«, rief Corinna schluchzend.

Sie sahen sich an, dann lachten alle drei. Saskia warf einen Blick auf die Uhr, sie hatte wirklich alles im Griff.

»Die Männer und Tamme fahren im Cabrio zum Leuchtturm, dein Taxi muss auch gleich da sein.«

Sie gingen nach unten. Gar nicht so leicht in einem bodenlangen, ausladenden Rock. Wiebke war es vertraut, in Turnschuhen durch die Gegend zu rennen und schnell in ihren Einsatzwagen zu springen. An diesen Aufzug musste sie sich erst gewöhnen.

»Ach, da ist es schon!«, verkündete Saskia nach einem

Blick aus dem Fenster. »Hast du alles?« Wiebke nickte. »Dann los!« Saskia öffnete die Haustür und ließ Wiebke den Vortritt.

»Das ist nicht euer Ernst!« Wiebke starrte auf die mit Blumenranken geschmückte Kutsche, davor standen zwei weiße Pferde. »Das ist doch total kitschig«, ereiferte sie sich und musste schluchzen. »Mann, ich wollte nicht heulen.«

»Das wird nicht das letzte Mal sein«, entgegnete Saskia entspannt. »Bloß gut, dass wir dir die Wimpern gefärbt haben, sonst hättest du jetzt schon schwarze Schlieren auf den Wangen wie zu Halloween.«

»Traumschön!«, flötete Corinna immer wieder.

Die beiden Freundinnen nahmen Wiebke in ihre Mitte. Auf dem Weg von der Liebesallee über den Junkersmitteldeich bis Tilli und den Süderkoogweg herunter blieben Touristen und Einheimische stehen und guckten und winkten.

»Etwas weniger Aufmerksamkeit wäre auch nicht schlecht gewesen«, presste Wiebke zwischen den Zähnen hervor. Sie sah von einer zur anderen. »Schön ist es trotzdem.« Sie strahlte.

Saskias Timing war perfekt. Die versammelte Gesellschaft war bereits da, als die Kutsche vorfuhr. Saskia und Corinna stiegen eilig zu beiden Seiten aus, sodass die unzähligen Fotoapparate freie Sicht auf die Braut hatten.

»Das ist ja schlimmer als bei einer Pressekonferenz«, sagte Saskia, als sie Wiebke aus dem Wagen geholfen hatte.

Am Rande nahm Wiebke wahr, dass ihre Mutter schluchzte und auch ihr Vater sich eine Träne wegwischen musste. Sie hörte jemanden leise miteinander flüstern und registrierte, dass die beiden Trauzeugen Corinna und Stefan farblich abgestimmt gekleidet waren. Saskia hatte wirklich an alles gedacht. Doch Wiebkes ganze Aufmerksamkeit gehörte Tamme. Er sah großartig aus. In den dunklen Locken schimmerte ein Hauch Gel, seine braunen Augen leuchteten. Er trug einen silbergrauen Anzug, darunter eine passende Weste und ein weißes Hemd. Sehr elegant. Sie ging auf ihn zu und sah seinen Kehlkopf hüpfen.

»Gott, du siehst umwerfend aus«, flüsterte er heiser und nahm sie in den Arm. Sie küssten sich lange und leidenschaftlich. Die Gesellschaft klatschte und jubelte.

»Du bist echt hübsch, Mami«, meldete sich Maxi zu Wort.

Wiebke ließ Tamme los. »Du bist auch sehr hübsch, meine Tochter.«

Maxi trug die Pellwormer Tracht, die sie von Oma Mommsen geschenkt bekommen hatte. Lulu hatte ihr die Haare kunstvoll hochgesteckt.

»Ich muss jetzt los«, kündigte Maxi an und lief auch schon davon. Glücklicherweise in Richtung Leuchtturm.

Die Wartezone vor dem Gelände war voller Menschen, der Standesbeamte hatte Mühe, sich den Weg zum Brautpaar zu bahnen.

»Frau Klaus, Herr Tedsen, herzlich willkommen am Pellwormer Leuchtturm. Ich freue mich, dass Sie Ihren ganz besonderen Tag hier beginnen. Wer wird Sie begleiten?«

»Unsere Töchter Nele und Maxi«, sagte Tamme ganz selbstverständlich. Wiebke verschlug es kurz die Sprache.

»Meine Schwiegermutter und meine Eltern sowie die Trauzeugen.« Während er aufzählte, versammelte Wiebke die Genannten um sich.

»Dann kommen Sie bitte!« Er wandte sich an den Rest. »Sie haben jetzt etwa eine Stunde Zeit. Nach der Zeremonie werde ich Sie hier abholen. Sie dürfen beim Pflanzen der Rose selbstverständlich auf dem Gelände dabei sein.«

Wiebke hakte sich bei Tamme ein. Sie hörte Christian hinter sich sagen: »Jo, dann haben wir jetzt Zeit für eine Runde Ouzo!«

Am Fuße des Leuchtturms wartete die erste Überraschung: Maxi spielte den Hochzeitsmarsch auf dem Akkordeon gar nicht mal so falsch. Emil stand mit stolz geschwellter Brust neben ihr und begleitete sie auf der Flöte. Als Wiebke ihn erstaunt ansah, zwinkerte er ihr zu.

»Tschüss, bis später«, rief er, kaum dass sie ihr Spiel beendet hatten, verabschiedete sich mit einem Küsschen von Maxi und lief in Richtung Wartezone. Maxi war knallrot geworden.

Wiebke hockte sich hin und drückte sie an sich. »Das war wunderschön, mein Schatz, vielen Dank!«

»Schon okay, Mami.«

»Unser Leuchtturm ist aus sechshundertacht Teilen zusammengesetzt«, begann Herr Winkelmann, der Standesbeamte. »Er ruht auf hundertsiebenundzwanzig Eichenpfählen, die tief in den Grund geschlagen sind.« Vermutlich war Wiebkes Mutter die Einzige, die interessiert zuhörte, als sie Stufe für Stufe hinaufstiegen. »So, nun erreichen wir Deck neun und damit das Trauzimmer. Wir sind jetzt auf einer Höhe von etwa dreißig Metern. Sie haben Glück, heute ist es beinahe windstill. Sie dürfen daher gern nachher auf der offenen Galerie den Ausblick genießen und auch Fotos machen. Da wären wir.«

Wiebke und Tamme setzten sich nebeneinander auf die weißen Holzstühle, die vor einem Tisch standen. Alle anderen saßen im Halbrund hinter ihnen.

»Musst ihr bisschen rucken«, hörte Wiebke plötzlich Apollons Stimme. Das war doch nicht möglich. Tamme und sie drehten sich gleichzeitig um. »Hallo.« Er lächelte. »Ist bisschen eng, aber geht.«

»Moment, das geht nicht, das verstehe ich nicht. Ich habe doch beim Losgehen durchgezählt.« Herr Winkelmann war komplett aus dem Konzept.

Wiebke dagegen begriff sofort. Beim Losgehen an der Wartezone war Maxi nicht dabei gewesen, weil sie mit Emil bereits am Leuchtturm gewartet hatte. Unbemerkt von Tamme und ihr, hatte sich Apollon einfach angeschlossen und vermutlich als Schlusslicht die Stufen erklommen.

»Ist kein Problem«, erklärte er gerade fröhlich. »Stehe ich einfach hier ganz leise.«

Man konnte dem armen Standesbeamten ansehen, welche inneren Kämpfe er austragen musste. Sieben Gäste, mehr war aus Sicherheitsgründen nicht gestattet. Keine Ausnahme!

»In Gottes Namen«, sagte Winkelmann leise. »Aber wehe, Sie verraten das irgendjemandem!«

»Nein, nein, nix sage«, versprach Apollon. »Guter Mann!

Wirklich, sind Sie sehr nett. Ist wichtig, wissen Sie, muss doch einer sage, wann alle dreimal um Tisch laufe muss.«

»Apollon, hier läuft niemand um den Tisch«, zischte Tamme und entschuldigte sich bei dem Beamten. »Das ist eine alte griechische Tradition.«

»Wenigstens das Brautpaar?«, bettelte Apollon.

»Mann in de Tünn! Jetzt lass den Standesbeamten doch anfangen«, donnerte Tammes Vater. Seine Stimme hallte von den metallenen Wänden wider. Apollon hielt augenblicklich den Mund.

Die Rede des Standesbeamten war die perfekte Mischung aus nachdenklichen Tönen, heiteren Momenten und auch sehr ernsten Worten. Winkelmann verglich das Leben im Allgemeinen und die Ehe im Speziellen mit Ebbe und Flut. Auch stürmische Zeiten sagte er ihnen voraus und wusste sehr gut, dass sie davon bereits einige hinter sich hatten.

Dann mussten sie ihre Heiratsurkunden unterschreiben. Wiebke schrieb zum ersten Mal Wiebke Tedsen und musste schon wieder mit den Tränen kämpfen.

»Klingt richtig norddeutsch«, raunte Tamme, als er an der Reihe war und ihre Unterschrift las.

»Und nun wünsche ich Ihnen, dass das Schiff Ihrer Ehe immer einen sicheren Hafen finden möge«, endete der Standesbeamte. »Lassen Sie sich Zeit, ich hole Ihre Gäste.«

»Hoffentlich sind die nicht schon betrunken«, flüsterte Tamme.

Sie gingen auf die Plattform ins Freie. Stefan machte Fotos, dann wollten sie den Rest der Gesellschaft nicht länger warten lassen. Als sie unten ankamen, waren bereits alle Gäste am Fuß des Turms versammelt. Wiebke und Tamme pflanzten gemäß der Tradition eine Rose.

Corinna weinte schon wieder vor Rührung. Bei aller Geduld, die Christian für gewöhnlich mit ihr hatte, kam aber auch er manchmal an seine Grenze. »Können wir jetzt endlich feiern?«, rief er.

In der Wartezone vor dem Leuchtturm-Gelände mussten Wiebke und Tamme unter einem Spalier aus Schwimmnudeln hindurchgehen, das von Max, Linus und einigen Stammgästen getragen wurde, darunter auch Bauer Jensen. Und noch eine Überraschung wartete auf das frisch getraute Paar: Neben ihrer Kutsche wartete eine ganze Reihe von Pferdewagen.

»Sind überall Getränke an Bord«, erklärte Jochen fröhlich. »Dafür habe ich gesorgt. Was hätten wir denn sonst eine Stunde lang hier machen sollen?«

Auf dem Weg zum Pellwormer Pesel zog die Hochzeitskolonne wieder alle Blicke auf sich. Dieses Mal genoss Wiebke es. Sollten ruhig alle sehen, dass sie den tollsten Mann der Insel geheiratet hatte!

»Wollen wir uns einfach klammheimlich nach Hause fahren lassen?«, schlug Tamme ganz nah an ihrem Ohr vor. »Ich könnte mir jetzt auch eine andere Art zu feiern vorstellen als mit einer Horde Menschen.«

»Ob du es glaubst oder nicht, den Gedanken hatte ich heute Morgen auch schon.« Wiebke lachte. »Ich fürchte allerdings, dann bringt Apollon uns um. Und Saskia hilft ihm wahrscheinlich dabei.«

Oma Mommsen erwartete die Gesellschaft vor dem Pellwormer Pesel. Die Volkstanzgruppe stand bereit. Nachdem Tamme Wiebke aus der Kutsche geholfen hatte, ging es auch schon los. Glücklicherweise beschränkte sich ihre Darbietung auf zwei kurze Choreografien. Danach schickte Oma Mommsen die Truppe weg, wie eine Star-Modeschöpferin ihre Models.

»So, denn man alles Glück der Welt für euch zwei und ein langes gemeinsames Leben!«, sagte sie feierlich und küsste erst Wiebke, dann Tamme. Dann war es auch schon vorbei mit der Feierlichkeit: »Euer Geschenk müsst ihr aber selbst schleppen. So'n Theater mach ich nich noch mal.«

»Das sagst du?« Margit brachte sich in Stellung. »Sie hat uns gefragt, ob wir ihr eine Kleinigkeit für euch von ihr hierherbringen könnten. Pit hatte fast einen Bandscheibenvorfall, weil er das schwere Ding allein ins Auto gehievt hat.«

Oma Mommsen kicherte. »Jo, früher waren die Kerle noch aus Schrot und Korn, aber heute? Denn seht man zu, wir ihr dat Ding nach Haus kriecht.« Sie ging zur Seite.

Da stand ihre über zweihundert Jahre alte Truhe mit wunderschöner Malerei auf Vorderseite und Deckel, die Wiebke mal auf Omas Dachboden bewundert hatte.

»Die passt perfekt in die noch freie Nische unten im Flur«, sagte Tamme begeistert.

»Mensch, Oma Mommsen, das können wir gar nicht annehmen. Das ist doch ein Familienerbstück.« Wiebke konnte ihr Glück kaum fassen.

»Dumm Tüch! Ich hab meine Tochter mindestens hundertmal gefragt, die will die nich haben. Wenn ich ins Gras beiß, denn kommt so'n Entrümpler und nimmt die mit. Findst das besser?«

Die Vorführung der Volkstanzgruppe blieb nicht die einzige. Der Eichhörnchen-Club spielte Szenen einer Ehe frei nach Loriot. Dazu hatten sie Masken aufgesetzt, die Wiebkes und Tammes Züge trugen. Allein die erwachsenen Gesichter zu den kleinen Körpern waren urkomisch. Und der Text sowieso.

»Möchte wissen, wer ihnen das alles verraten hat«, brachte Tamme mühsam hervor und musste schon wieder lachen.

Tatsächlich waren die Loriot-Dialoge gespickt mit typischen Sprüchen von Wiebke und Tamme. Den krönenden Abschluss bildete ein Lied für Akkordeon, Blockflöte und Kamm. Maxi warf Emil ständig verliebte Blicke zu und verspielte sich prompt.

Wiebke erinnerte sich noch genau daran, als Maxi die Tracht zum ersten Mal anprobiert hatte. Der Anblick hatte Wiebke zu Tränen gerührt. Auch jetzt sah ihre Tochter noch sehr niedlich aus, nur war es mit bodenlang vorbei, so sehr war Maxi in die Höhe geschossen. Und sie war verknallt. Wie gut, dass Hilke stoisch auf dem Kamm blies. So laut und so erstaunlich melodisch, dass sie eine Solo-Zugabe geben musste.

Trotzdem war es eine Wohltat für die Ohren, als Neles Beitrag an der Reihe war. Sie hatte zwei Kommilitonen überredet, unter dem berühmten Balkon von Romeo und Julia in Verona ein Ständchen für Wiebke und Tamme zu bringen, das per Skype nach Pellworm übertragen wurde. Die beiden

Männer sangen zwei italienische Arien. So gut, dass Wiebke eine Dauer-Gänsehaut hatte.

»Der linke ist übrigens Angelo«, verriet Nele lächelnd und überreichte ihr Geschenk. »Das ist nicht nur von mir, sondern auch von allen Nachbarn.« Wiebke ließ Tamme den Umschlag öffnen.

»Eine Hochzeitsreise nach Verona? Ihr seid ja verrückt!« Er sah ungläubig in die Runde.

»Ist doch nichts Neues«, rief Lulu, die mit ihrem Dekolleté, das so tief war, wie ihr Kleid kurz, die anwesenden Männer ins Schwitzen brachte.

»Sonst kommt ihr mich ja nie besuchen.« Nele drückte ihren Vater an sich.

Glücklicherweise wurde die Hochzeitssuppe serviert. Noch mehr emotionale Momente hätte Wiebke auch nicht mehr vertragen.

»Dieser Angelo sieht nicht nur gut aus, der hat eine Stimme zum Niederknien«, sagte sie.

Nele nickte, ihre Augen glänzten. »Er studiert Musik und klassischen Gesang und kriegt jetzt schon Angebote von Opernhäusern.«

»Toll«, meldete sich Tamme wenig begeistert zu Wort, »dann ist Pellworm für meine liebe Tochter erst mal abgehakt, was?«

»Quatsch, Papa. Solange du hier bist, komme ich immer wieder.«

»Und ich bin ja auch noch da!«, krähte Maxi.

Apollon fragte mehrmals, wann denn nun endlich der Hochzeitstanz an der Reihe sei. Danach wolle er nämlich einen Sirtaki-Unterricht abhalten.

»Es gibt noch den Hauptgang und das Dessert«, vertröstete Tamme ihn. »Dann irgendwann wird auch getanzt.«

In dem Augenblick schleppte Lutz eine Platte mit einem gigantischen Fleischberg in den Saal.

»Bist du irre?« Saskia sprang auf. Sie war drauf und dran, ihn rauszujagen. »Es gibt wahlweise Fisch und ...«

»Nu komm mal runter! Das ist ein Hochzeitsschinken, der hält sich. Aber nich, wenn ich den nich sofort abstellen kann. Dann hält er sich nich, dann fällt er.« Lutz lachte. Schnaufend bugsierte er das riesige Teil auf den nächstbesten Tisch. »O Gott, der wiegt mindestens achtzig Kilo. Ich bin durch für heute.«

Oma Mommsen klatschte in die Hände. »Wie bei'ner echten Hallig-Hochtied!«

Der Schinken war mit einer roten Schleife und einer weißen Papierrüsche dekoriert, in die Herzen geschnitten waren. Auch im Fleisch steckten zwei Herzen aus Gewürznelken.

Oma Mommsen erklärte, Tamme müsse aus dem Inneren der Nelkenherzen zwei Stückchen Speck schneiden, die Wiebke und er dann zum Zeichen ewiger Verbundenheit essen mussten. Natürlich gehorchten sie. Wer wollte schon Unheil für die junge Ehe riskieren?

»Das ist gut!«, stellte Wiebke überrascht fest, die sonst nicht viel für fettiges Fleisch übrighatte.

»Kann Markos und ich probiere?« Apollon sah ziemlich hungrig aus.

»Aber gern. Den Koloss kriegen wir im ganzen Jahr nicht weg«, erwiderte Tamme lachend.

Saskia schlug die Hände über dem Kopf zusammen, weil nun alle kosten wollten. Entgegen ihrer Befürchtung wurde aber auch das Menü und später sogar fast die gesamte vierstöckige Hochzeitstorte verspeist, die Saskia natürlich selbst kreiert hatte.

Wiebke und Tamme tanzten bis tief in die Nacht. Maxi schlief irgendwann auf einer Bank im Nebenraum ein. Apollon und Markos hatten sich zwischendurch zum Fußballgucken in die Freizeithalle weggestohlen. Inzwischen waren sie längst wieder zurück. Weil Griechenland gewonnen hatte und sie auch noch verraten hatten, dass sie Gäste von Tammes und Wiebkes Hochzeit waren, hatte man ihnen diverse Flaschen Ouzo und Korn geschenkt, aus denen sie munter die Gläser füllten. Apollons Sirtaki-Kurs fand zwar nicht mehr besonders viele Teilnehmer, aber das schmälerte keineswegs seine gute Laune.

Jost, der für die Musikauswahl zuständig war, machte einen exzellenten Job. Nun wurde es langsam hell draußen, und er legte immer mehr langsame Stücke auf. Wiebke schmiegte sich in Tammes Arme, der längst Anzugjacke und Weste ausgezogen und das Hemd ein Stück aufgeknöpft hatte.

»Vor drei Jahren kannte ich dich noch nicht«, sagte Wiebke, den Kopf an seiner Brust. »Vor drei Jahren kannte ich hier niemanden, und doch haben sie uns die schönste

Hochzeit organisiert, die wir uns nur wünschen konnten. Wie ganz alte Freunde.«

»Tja, du hast eben Glück, dass du dir einen der beliebtesten Männer dieser Insel geangelt hast.«

Sie sah zu ihm auf und schnitt eine Grimasse. »Ist klar, Tamme Tedsen.«

»Sag ich doch, Frau Dr. Wiebke Tedsen.«

»Musst du eigentlich immer das letzte Wort haben?«

»Nö.«

Danksagung

Mein ganz großes Dankeschön geht an meine Schwester!

Danke für Deine Gedanken, Stunden der Diskussionen, für Deine wundervollen Anregungen und Deine Kenntnisse der griechischen Seele!

Ein weiterer Dank geht an meinen Mann, der mich mal wieder mit Geschichten aus dem wahren Schwimmbadleben versorgt hat.

Sonne, Meer und ein neuer Anfang

Inselärztin auf Pellworm! Das klingt für Wiebke Klaus nach Sonne, Nordseestrand, Gischt und Wind. Nach dem perfekten Klima für ihre asthmakranke Tochter Maxi und nach einem Neustart, weit weg von Berlin. Doch nicht alle Einwohner sind davon begeistert, dass der alte Inseldoktor eine tatkräftige junge Nachfolgerin bekommt, die sich auch noch mit der Hebamme anlegt. Beinahe will Wiebke wieder die Koffer packen – doch da ist der Schwimmmeister Tamme, mit dem sich der Sommer plötzlich so leicht anfühlt ... Kann Wiebke der spröden Insel noch eine Chance geben?

Lena Johannson
Die Halligärztin
Roman

Frauenunterhaltung
Taschenbuch
Auch als E-Book erhältlich
www.ullstein-buchverlage.de

ullstein

Sommer, Sonne, Nordseewind

Auf der wunderschönen Insel Pellworm fühlen sich Wiebke und ihre Tochter Maxi schon fast wie zu Hause. Die Ärztin hat ihr Herz an Schwimmmeister Tamme verloren, einen waschechten Friesen mit griechischen Wurzeln. Doch statt den Sommer im Strandkorb zu verbringen und sich die salzige Seeluft um die Nase wehen zu lassen, hat Wiebke alle Hände voll zu tun: Eine mysteriöse Krankheit verbreitet sich auf den Halligen. Als Tamme auch noch beschuldigt wird, den Unfall eines Kindes nicht verhindert zu haben, muss Wiebke alles daransetzen, um ihr Glück zu retten …

Lena Johannson
Die Liebe der Halligärztin

Roman
Taschenbuch
Auch als E-Book erhältlich
www.ullstein-buchverlage.de

ullstein